CHE DONNA

JUDI FENNELL

MERJINN PRESS

PHILADELPHIA, PENNSYLVANIA

Cosa succede quando tre fratelli irresistibilmente sexy perdono una scommessa a poker con la loro sorella intraprendente? Finiscono a lavorare per la sua impresa di pulizie. Ora, le Manley Maids sono al vostro servizio. Soddisfazione garantita. È ciò che una donna vuole...

Dopo aver avviato la sua impresa di pulizie, la Manley Maids, una donna è determinata a farcela da sola. E che donna... Ora che Mary-Alice Catherine Manley — Mac — ha i suoi aitanti fratelli che lavorano per lei, può mettersi comoda e guardare gli affari ingranare. Ma il suo ultimo incarico scombina rapidamente i suoi piani. Mildred, la migliore amica di sua nonna, ha bisogno che le puliscano la casa e la nonna ha offerto Mac come volontaria per il lavoro. Il problema è l'arrogante nipote di Mildred. Lui pensa che Mac sia ai suoi ordini, ma lei ha un paio di cosette da dirgli... oltre al fatto che è uno schianto.

Jared Nolan al momento si sta tenendo in disparte, leccandosi le ferite per qualche osso rotto e un ego ammaccato. Il giocatore di baseball professionista, infortunato, si è lasciato usare da una donna una volta, e ora la cosa potrebbe costargli la carriera. Nessuna donna gli darà mai più ordini, ed è per questo che, quando si presenta l'autoritaria Mac, ha intenzione di mostrarle chi è che comanda davvero. Solo che non è pronto all'innegabile attrazione che c'è tra loro.

E con loro due nella stessa casa, è impossibile dire chi la spunterà...

Serata tra ragazzi... più uno

Tre gran gnocchi in grembiule erano la miglior pubblicità al mondo per un servizio di pulizie. Se uno di loro poi era una star di Hollywood, non c'era modo che Mary-Alice Catherine Manley fallisse nell'ottenere la visibilità di cui la sua attività nascente aveva bisogno.

Se tutti e tre erano suoi fratelli, l'immagine migliorava ancora.

«Hai davvero vinto?» Gran serrò i braccioli coperti di centrini e si sporse in avanti quando Mac tornò dalla storica partita di poker con i suoi fratelli. «Oh, Mary-Alice Catherine! Vorrei essere stata lì.»

«Anch'io, Gran.» Ma era già stato un colpaccio ottenere da tutti e tre un «puoi giocare»; non c'era motivo di insistere per un invito anche per Gran. Avrebbe alzato troppe antenne e forse svelato il loro piano. «Avresti dovuto vedere le loro facce quando ho detto che sarebbero dovuti andare a farsi prendere le misure per le uniformi delle Manley Maids. Vorrei aver avuto una macchina fotografica.»

Si sarebbe assicurata che ci fossero un sacco di macchine fotografiche in giro quando i suoi fratelli avrebbero iniziato a lavorare lunedì.

«Allora, con chi hai intenzione di abbinarli?» chiese Gran, che era d'accordo con il piano nella speranza di far sposare i fratelli. Qualunque cosa funzionasse. A Mac interessava solo la pubblicità. «Dobbiamo pianificare con cura. Sai che tipo di follia si porta dietro Bryan.»

Bryan era la star di Hollywood e a Mac non sembrava che la follia gli dispiacesse. Si era trovato in quel mondo come un pesce nell'acqua. Certo, anche un'anatra doveva imparare a nuotare, per quanto suonasse strano, quindi magari lei e Gran potevano insegnare a Bry un paio di cosette sulle donne, visto che le sue scelte recenti erano state più svampite di un'anatra.

Mac si lasciò cadere sul divano che stava nello stesso punto da ventisei anni, da quando aveva vissuto con Gran dopo che i loro genitori erano morti nell'incidente d'auto; l'avvallamento consumato le accolse, come al solito, il sedere. «Pensavo di dirglielo quando verranno a ritirare le uniformi. Questo ti darà un po' più di tempo per decidere dove li vuoi. Anche se Sean ha già messo le mani avanti sulla tenuta dei Martinson. Non ho visto motivo per oppormi.»

Gran si toccò le labbra a fiocco. «La tenuta dei Martinson? Ma è vuota. Così non incontrerà nessuno, Mary-Alice Catherine.»

Mac lasciò correre il suo nome per intero. Gran era l'unica che lo usasse da quando lei si era ribattezzata Mac, quando avrebbe fatto qualsiasi cosa pur di essere come i suoi fratelli—compreso il nome maschile. Considerato che la partita di poker di stasera era stato il suo tentativo di catapultare la sua impresa nello stesso tipo di successo che i suoi fratelli si erano guadagnati, non è che avesse proprio superato quella competitività, vero?

Ma quella di stasera era stata una sua vittoria, limpida e netta. Be', forse non proprio limpida. Aveva passato un sacco d'ore a imparare a giocare a poker online e a contare le carte per migliorare le sue possibilità, ma i suoi fratelli giocavano insieme ogni mese. Doveva pareggiare le probabilità.

Quella sera li aveva battuti sul loro terreno e si sarebbe goduta ogni minuto della sua vittoria e le possibilità che ne derivavano.

E Bry aveva detto che lei non aveva niente di paragonabile a ciò che lui, Sean e Liam avevano da puntare alla partita? Chiaramente non ne aveva la minima idea. Sì, si sarebbe proprio goduta la vittoria.

«In realtà, Gran, la casa dei Martinson non sarà vuota. La nipote di Merriweather si trasferisce lì. Inoltre, Sean ha chiesto espressamente quel posto. Sarebbe sembrato strano se gli avessi detto di no. Magari si innamorerà della nipote.» E magari gli asini volavano, ma se teneva alto l'umore di Gran e creava abbastanza passaparola, ne valeva ogni goccia del suo duro lavoro.

«La nipote, eh?» Gran tamburellò gli indici l'uno contro l'altro. «Potrebbe anche funzionare. Ma Bryan? Non possiamo assegnarlo ovunque.

Dovrà essere qualcuno a cui non dispiaccia avere in giro il Signor Divetto del Cinema.»

Gran lo disse con più affetto di quanto facessero gli altri quando punzecchiavano Bryan per la sua celebrità. Da quando aveva ottenuto una parte al fianco di una delle più grandi attrici del settore, non avevano saputo resistere a prenderlo in giro, e Bryan non era riuscito a smettere di sorridere. Fino a stasera.

«Io penso davvero che dovrebbe aiutare quella vedova di cui hai appena ricevuto la chiamata. Quella con tutti quei bambini.»

«Vuoi che mandi Bryan in una casa con cinque bambini? Gran, gli verrà il matto.»

«O imparerà la tolleranza. Non vogliamo che gli si monti la testa, vero?»

Gran aveva ragione. E a Mac sarebbe piaciuto vedere Bryan provare a pulire una casa invasa da cinque marmocchi. Nessuno dei suoi fratelli era il tipo che mollava, ma questo avrebbe messo alla prova la tempra di Bryan. Gli doveva molto più di così per gli scherzi che le aveva fatto negli anni.

«Okay, e allora Lee, Gran?»

«Oh, so il posto perfetto per Liam. Quella brava ragazza, Cassidy. Resterà sola quando Sharon andrà a partorire. Liam potrà farle compagnia.»

«Che cos'hai contro Liam?» Cassidy Davenport era viziata e ad alto mantenimento come poche. Più il tipo di Bry, ma se Bryan fosse andato lì, l'unica cosa che avrebbe finito per pulire sarebbero state le lenzuola di Cassidy. E il box doccia. E il tavolo...

«Adesso, Mary-Alice Catherine Manley.»

Mac sussultò. La prima volta che Gran aveva detto tutti e quattro i suoi nomi con quel tono, non aveva sentito lo strato di pelle che le aveva tagliato via per circa un'ora. L'effetto non era diminuito con gli anni.

«Quella Cassidy ha solo bisogno che qualcuno le presti attenzione. E il nostro Liam ha bisogno di tirare fuori la testa dal... insomma, di smetterla di pensare solo a se stesso e di rientrare nel consorzio civile. Hai notato quanto è stato preoccupato da quando ha chiuso con Rachel? Non va bene, e se c'è qualcuno che può far uscire Liam da se stesso, è quella Cassidy.»

Il problema era che Cassidy era proprio come Rachel, solo su scala molto più grande: tutto firmato-questo ed evento-VIP-quello. Rachel aveva fatto passare Liam per il tritacarne e Mac non era così sicura che schiaffargli in faccia una copia ipertrofica fosse poi così carino. Eppure, di certo non si sarebbe innamorato di Cassidy, quindi in realtà avrebbe fatto un favore a Liam, vanificando i tentativi di Gran di combinare matrimoni.

Le dispiaceva per lui. Era l'unico dei suoi fratelli ad essere arrivato vicino all'altare e le conseguenze erano state dure da vedere.

«Va bene, ma se poi vuole staccarmi la testa, devi convincerlo a farsene una ragione.»

«Non temere, tesoro. A tuo fratello piacerà.»

Mac non ne era così sicura, ma non aveva intenzione di discutere con Gran. Sua nonna aveva cresciuto quattro nipoti con pochi risparmi, tanto amore e poco altro. Quella donna aveva fegato.

«Oh. Dimenticavo una cosa.»

«Cosa, Gran?» Mac nascose la preoccupazione. Ultimamente Gran dimenticava un sacco di cose. Era uno dei motivi per cui aveva accettato il piano strampalato di Gran di provare a far sposare i suoi fratelli mentre lavoravano per le Manley Maids, anche se le probabilità erano sottili come... be', come che Mac riuscisse a vincere stasera. E il fulmine raramente cadeva due volte nello stesso punto. Però, avrebbe dato a Gran qualcosa con cui tenere la mente occupata.

«Il nipote di Mildred è tornato a casa questa settimana.» Mildred era l'amica d'infanzia di sua nonna, il cui recente trasferimento in una struttura di assistenza aveva spinto Gran a fare lo stesso. «Ti ricordi di Jared? Quello che si è ferito in quell'incidente d'auto?»

«Sì, Gran. Mi ricordo di Jared.» Come se potesse dimenticarlo. Oltre a essere un giocatore professionista di baseball che aveva subito infortuni da fine stagione in un brutto incidente stradale, e a essere il migliore amico del fratello maggiore da sempre, Jared era stata la sua prima cotta. E la più lunga. E la più imbarazzante. Gli era andata dietro come un'adolescente in estasi. E questo era stato prima ancora di essere un'adolescente. Dio, una volta era persino caduta dalla casetta sull'albero mentre lo spiava, finendo addosso a lui e alla sua accompagnatrice e, be', non era stato il suo momento migliore.

E, tristemente, non era stato neppure il peggiore.

«Be', Mildred e io stavamo chiacchierando ed è saltato fuori che, adesso che Jared è tornato, gli servirebbe aiuto, con la casa così vecchia e i suoi infortuni. Per lei è stato difficile tenere tutto sotto controllo e, insomma, una cosa tira l'altra, e vuole assumerti per farla pulire. Non è fantastico? Ti ho procurato un po' di lavoro e così puoi aiutare anche Jared.»

Questa era sua nonna: il cuore più grande a ovest della Make-A-Wish Foundation. Peccato che fosse il suo peggior incubo.

Mac digrignò i denti. Rifiutare sarebbe stato infantile e meschino—e avrebbe fatto fare a Gran troppe domande. Inoltre, non è che dovesse essere lei a pulire. Non avrebbe nemmeno dovuto vedere Jared. «Sì, Gran, certo che lo è. Quando vuole qualcuno?»

«Non *qualcuno*, cara. Tu. Le ho detto che saresti venuta tu. Mildred non vuole chiunque in casa sua.»

Perfetto. Addio a quell'idea.

Non poteva farcela. Non poteva. Vedere Jared... Tutta quell'umiliazione che le sarebbe esplosa in faccia di nuovo...

Ma discutere con Gran era inutile; alla fine avrebbe vinto comunque. Mac lo aveva imparato all'inizio dell'adolescenza, cosa che aveva risparmiato parecchia sofferenza a entrambe.

Sperava solo di avere abbastanza fortuna che Jared non si ricordasse di quella notte che lei non avrebbe mai dimenticato.

D'altra parte, magari si era giocata tutta la fortuna nella partita di poker.

Sospirò. «Quando dovrei essere lì, Gran?»

«Martedì, cara. Questo martedì.»

Il che le dava tre giorni per corazzarsi all'idea di rivederlo.

Non sarebbero bastati.

Ma era una ragazza grande; poteva farcela. In fondo, non era più la stessa ragazzina convinta che Jared fosse l'unico uomo sulla terra. E considerato che le sue relazioni tenevano il passo dei suoi fuoricampo, non era certo l'unica a pensarla così. E se c'era una cosa che Mac Manley non aveva mai sopportato, era essere una del mucchio. Jared non esercitava più alcun fascino su di lei.

«Va bene, Gran. Martedì sia. Ci sarò, eccome.»

Capitolo Uno

La donna aveva dei campanelli addosso.

Jared sbatté le palpebre, poi si strofinò gli occhi e riguardò fuori dalla finestra d'ingresso.

Indossava campanelli.

Poi suonò il suo campanello.

E, sì, era un bel bocconcino, quindi in un certo senso gli fece proprio scattare qualcosa dentro.

Lo suonò di nuovo—il campanello della porta, non *il suo* campanello.

Jared scosse la testa e impose alle gambe di muoversi. Be', a quella che funzionava. L'altra penzolava e lasciava fare il lavoro alle stampelle. Buffo come pensasse ancora alla meccanica del gesto anche se ormai i muscoli compivano i movimenti da soli; ma le abitudini che ti insegnavi quando reimparavi a camminare tendevano a restare appiccicate.

Aprì la porta proprio mentre lei stava per bussare con la pentola tra le mani, e Jared dovette fare un salto indietro per evitare la zuppa bollente—cosa che gli scatenò una fitta e quasi gli fece scivolare via le stampelle.

Accidenti. Il suo corpo forse era stato riparato dai migliori chirurghi del paese, ma mosse idiote come quella gli ricordarono all'istante quello che aveva passato—sia *durante* sia dopo l'incidente.

Anche altre cose che aveva imparato mentre reimparava a camminare gli rimasero impresse.

I campanelli della donna tintinnarono. «Ciao. Io sono—»

«Con i campanelli addosso.»

«Non proprio.» Sollevò una pentola di qualcosa dal profumo delizioso accompagnandola con un: «Tieni. Prendi questa», e lui dovette incastrarsi le stampelle sotto le ascelle per restare in equilibrio su quelle e sulla gamba buona. «In realtà, li sto portando. Mia nonna pensava che forse li volessi indietro.» Si issò dalla spalla una striscia di cuoio con campanelli da slitta, spostandosi il berretto da baseball di traverso. «Dove li vuoi?»

La donna era alta circa un metro e cinquantasette, eppure entrò in casa come un tornado. Campanelli tintinnanti inclusi.

«Non lo so. Non avevo previsto campanelli nel mio futuro.» Jared indicò con la pentola verso sinistra. «Lascia pure sulla sedia, lì.»

Lei lo fece. Li lasciò cadere proprio sulla sedia. Poi scivolarono e finirono sul parquet con una vibrazione capace di distruggere i nervi. Sperò con tutto se stesso che non avessero distrutto anche il pavimento.

E poi vide il suo abbigliamento. Pantaloni e casacca verdi coordinati con MANLEY MAIDS ricamato sopra il taschino sinistro.

Cavolo. Capì esattamente perché quella donna era entrata in casa come un tornado—*era* un tornado. Mac Manley sapeva scompigliare le cose come solo gli atti di Dio e della Natura.

La sorellina di Liam era stata l'ombra che non erano riusciti a scrollarsi di dosso per tutta l'infanzia e la sua cotta per lui... Non ne parliamo. E irritante. Ogni volta che si voltava, lei aveva bisogno di essere salvata perché inciampava o cadeva o si faceva male a causa delle stelline negli occhi ogni volta che lo guardava. E l'incubo che aveva fatto passare alle sue ragazze... Jared scosse la testa. Gli aveva dato filo da torcere a non finire.

E se quella divisa e la sua presenza significavano quello che pensava, poteva giurare che gli avrebbe dato ancora più filo da torcere.

Jared fece due saltelli d'oscillazione con le stampelle, pentola in mano, e— già. Non avrebbe funzionato. Un po' di liquido traboccò da sotto il coperchio e, diavolo, era bollente. Nemmeno cinque minuti e la sua previsione si era già avverata. «Ehi, una mano?»

Lei lo guardò come se avesse due teste.

Lui sollevò le stampelle stringendo le braccia contro il torace e alzandole con le ascelle. «Infortunio?»

«Oh. Accidenti.» Afferrò la pentola e la portò in cucina; il vapore si alzò quando la posò sul piano di lavoro. «Scusa. Non ci ho pensato. Ti sei fatto male?»

Bene? Con costole rotte, un paio di barre di titanio, un ginocchio rovinato e la prospettiva di artrite in giovane età, per non parlare di una carriera in picchiata grazie al cosiddetto incidente causato dal fidanzato della sua ex Camille, e adesso Mac, lì, in casa di sua nonna dove lui stava convalescendo, più sexy di quanto la sorella terribile del suo migliore amico avesse diritto di essere?

No, non stava affatto bene, per niente.

Jared Nolan si era decisamente fatto un gran bel fisico.

Fu il primo pensiero di Mac al suo primo sguardo ravvicinato e personale all'eroe del baseball che aveva popolato i suoi sogni molto prima di quella festa d'addio che i suoi genitori avevano organizzato per il suo debutto nella major league.

Ma quelle stampelle le manovrava con una grinta pazzesca, e il petto e i bicipiti che si tendevano erano un bel risultato. Anche addominali e cosce. La fisioterapia aveva fatto cose buone oltre a rimetterlo in piedi, perché di certo non sembrava uno che fosse passato vicino alla morte. Anzi, sembrava l'immagine della salute, il modello perfetto per la copertina della rivista maschile di benessere su cui era apparso prima dell'incidente.

Le dispiacque molto ammettere con se stessa di aver guardato quella copertina. Più di una volta.

Ma non era lì per spupazzarsi il cliente con gli occhi. Non guardava mai i clienti in quel modo. Non guardava *nessuno* in quel modo. Soprattutto Jared. Aveva lavorato così sodo per far decollare Manley Maids che, quando finalmente *poteva* guardare qualcosa che non fosse lavoro, gli occhi le si incrociavano per la stanchezza.

Lui, però, glieli raddrizzò all'istante.

Datti una calmata, Mac. Ricorda l'imbarazzo? Ricorda il suo disprezzo?

La notte in cui aveva compiuto diciassette anni le tornò in mente con umiliante nitidezza. Lo aveva seguito fuori di casa, certa che il motivo per cui lui era stato alla sua cena di compleanno avesse a che fare—finalmente—con lei, e non con lo stare con Liam. *Sapeva* che le avrebbe dato il suo primo bacio.

Ma poi lui era sceso lungo il vialetto e lei gli era corsa dietro, afferrandogli il braccio prima che potesse andarsene.

Ancora adesso rabbrividiva al ricordo.

«Che cosa vuoi, Mac?» le aveva chiesto, infilandosi la felpa nera con cappuccio che rendeva i suoi capelli biondi ancora più biondi e i suoi occhi verdi ancora più verdi. Per non parlare di come abbracciava quelle spalle larghe e scolpite e quelle braccia che lei aveva immaginato intorno a sé più volte di quante ne potesse contare.

«Voglio che tu mi baci, Jared.» Si era morsa nervosamente il labbro, incapace di credere di aver finalmente detto quelle parole ad alta voce. Non voleva essere l'unica ragazza della scuola che non era stata baciata, ma desiderava che il suo primo bacio fosse speciale.

Che venisse da Jared.

Lui aveva smesso di infilarsi la felpa con l'altro braccio a metà, e l'aveva guardata con le sopracciglia quasi attaccate all'attaccatura dei capelli. «Baciare te? Ma sii seria, Mac. Avrei potuto avere la mia occasione ogni volta che avessi voluto. E non l'ho voluta. Non ti dice niente questo?»

Le aveva detto che lui era crudele. Che non gliene importava nulla. Che non aveva compassione.

E che non aveva neanche un briciolo d'interesse per lei.

Avrebbe voluto raggomitolarsi nella propria pelle e sparire. O che la terra si aprisse per inghiottirla. Non si era mai sentita così stupida in tutti i suoi diciassette anni.

E con Nan Marone, pettegola per antonomasia, che le sorrideva da sopra la siepe, tutta la scuola avrebbe saputo esattamente cosa il ragazzo più ambito della città pensava di lei prima ancora che rientrasse per leccarsi le ferite e fingere che andasse tutto bene.

Per fortuna, adesso, andava. Jared poteva essere stato la sua prima cotta, ma lei era lontana anni luce da quella diciassettenne insicura e innamorata persa. «Sei sicuro di stare bene? La zuppa non ti ha scottato?»

«Sto bene.»

E come se stava bene.

Mac roteò gli occhi quando lui si voltò e piantò i pugni sui fianchi—una posa che gli donava terribilmente, e che lei non aveva alcun bisogno di notare. Perché se lo avesse fatto, le speranze di Gran sarebbero schizzate alle stelle.

Ehi, un momento... Gran pensava davvero di poter combinare lei e Jared come stava tentando di fare con Liam, Sean e Bryan?

Jared si appoggiò al bancone e incrociò le braccia, le stampelle che scivolarono contro il piano di lavoro. «Sei davvero qui per pulire?»

Quella era l'idea. Ma era di Gran?

«Di certo non sono qui per cucinare.» Mac annuì verso la pentola. «È di mia nonna.»

Un'idea ridicola, perché il brodo di pollo è un rimedio contro il raffreddore, non una panacea per le ossa rotte. E anche se lo fosse, Jared era fuori dall'ospedale da un po'; era sicuramente in grado di arrangiarsi se si era trasferito lì per sistemare la casa da vendere per sua nonna.

«È stata gentile. La ringrazierò, per favore.»

«O può chiamarla Lei mentre io inizio. So che sarebbe felice di sentirla.» Da quando Mildred aveva chiesto che gestisse personalmente quell'incarico, Gran non aveva fatto altro che decantare le meraviglie di Jared, viste appieno attraverso gli occhi di sua nonna. Gran e Mildred adoravano parlare dei loro nipoti.

Ora Mac si chiedeva quanto di quelle lodi fosse perché Gran era felice che Jared stesse bene e quanto perché voleva che Mac fosse felice di Jared. Peccato che Gran non conoscesse la loro storia. I desideri imbarazzantemente ovvi che lei avrebbe voluto riprendersi e fingere non fossero mai esistiti. Soprattutto perché l'oggetto di quei desideri ne era stato consapevole fin dall'inizio.

Mac raccolse una tazza di ceramica blu, un po' storta. Il progetto di arte di quarta elementare del signor Davison. Aveva la stessa tazza anche lei, anche se la sua era un po' più regolare di quella di Jared. «Che ne dici se comincio di sopra e scendo? Interferirà con i tuoi programmi?»

Jared la guardò come se non capisse una parola di quello che stava dicendo.

Posò la tazza accanto a una foto di Jared tredicenne con Mildred a una delle sue partite di Little League. Mac sapeva esattamente quanti anni avesse Jared in quella foto—in realtà lo sapeva al *giorno*—tanto era stata infatuata di lui. La sua povera, illusa, preadolescente se stessa...

«Principessa, che ci fai qui?» Posò lo strofinaccio sul bordo del lavello, piegato tutto bello in ordine.

Ogni gratitudine che provò per la sua precisione svanì all'istante con l'uso di quel soprannome irritante che aveva odiato sin dalla prima volta che lui glielo aveva affibbiato. «Sono qui per pulire la casa di tua nonna.»

«No. Voglio dire, perché sei *davvero* qui?»

«*Davvero* qui? Non capisco la domanda.»

Jared la fissò come se stesse cercando di capirla, ma alla fine scosse la testa e si voltò.

E fece una smorfia.

Incespicò un poco e Mac gli fu accanto, sotto il suo braccio con il proprio avvolto attorno alla sua vita, prima che potesse protestare.

«Ce penso io, Mac. Ho le stampelle. Non devi provare a reggermi.»

«Non ci sto provando; lo sto facendo. Non ho bisogno che ti rompa qualcosa mentre ci sono io.» Grugnì per lo sforzo che ci voleva a tenerlo in piedi. Forse lui non se ne rendeva conto, ma non era una piuma. Tutti quei muscoli aggiungevano parecchi chili.

Non che lei ci stesse facendo caso, eh.

«Quindi stai dicendo che va bene se mi rompo qualcosa dopo?»

Wow. Il tono suo metteva in ombra la capacità di Gran di scorticarti la pelle, perché Mac capì subito che lui non era la sua più grande fan. Serbava ancora risentimento perché lei era stata praticamente la sua ombra tutti quegli anni fa? Le sarebbe piaciuto dirgli di darsi una calmata—che lei l'aveva fatto— ma Gran e Mildred non sarebbero state felici se loro avessero litigato, quindi era ora di tagliare le perdite.

Mac alzò le mani e si tirò indietro. «Okay. Bene. Io comincio e tu fai quello che devi fare e io starò fuori dai piedi.» Lontano, lontanissimo dai piedi suoi.

Lui strinse il bordo del piano e si sistemò una stampella sotto il braccio. «Bene. Fa' così.»

«Bene. Lo farò.» Probabilmente avrebbe dovuto passargli l'altra stampella che stava accanto al lavello, ma a quel punto, chi se ne importa. Se era tanto «ci penso io», che si prendesse la sua maledetta stampella da solo.

Si voltò di scatto e si diresse verso le scale sul retro. Avrebbe trovato l'angolo più lontano della casa e sfogato le sue emozioni sulla polvere—

Tranne che le servivano i prodotti per pulire e, tra la zuppa e i campanelli, non aveva avuto mani a sufficienza per portarli dentro. Il che significava che doveva tornare al piano di sotto. Passando davanti a Jared.

Perfetto. Meraviglioso.

Eseguì una svolta a novanta gradi che avrebbe fatto fermare di colpo un sergente istruttore, e marciò verso la porta d'ingresso.

«Te ne vai così presto?» Non doveva sembrare così contento della cosa.

Si voltò e si innervosì nel trovarlo sorridente. «Senti, Jared, sono qui per fare un favore a tua nonna e alla mia. Se hai problemi con questo, prenditela con loro.»

Le sarebbe piaciuto un sacco sbattere la porta dietro di sé, ma quella era la porta d'ingresso di Mildred, non di Jared, e non aveva nessuna intenzione di farsi vedere in difficoltà.

Perché, maledizione, con quel sorriso, lui *poteva* ancora farla sudare.

: Capitolo Due

Se ne andò esattamente come era arrivata: un piccolo uragano ben confezionato, capace di scompigliare tutto in un modo che nessun altro che lui avesse mai incontrato avrebbe potuto.

Jared si pizzicò l'attaccatura del naso. Le nonne non furono altro che palesi, e per quanto detestasse ferire i loro sentimenti, non avrebbe sofferto la tortura alla maniera di Mac abbastanza a lungo da far illudere qualcuno. Il «giochino» di Camille, compiaciuta di ruffianarsi con lui per ottenere quanto più possibile, lo aveva allontanato dalle donne anche prima che il suo presunto ex ragazzo avesse tentato di stirarlo sull'asfalto accecato dalla gelosia. Quindi, *se* un giorno avesse deciso di mettere la testa a posto, la decisione sarebbe stata sua, non di sua nonna. E di certo non sarebbe stata con una rompiscatole che gli aveva reso la vita un inferno.

La stessa che tornò a irrompere dalla porta d'ingresso, trascinandosi dietro un turbine di ritagli d'erba e foglie. Una gran donna delle pulizie, davvero.

«Non sei cresciuta in una stalla, Principessa.»

Il vecchio soprannome gli rotolò dalla lingua con la naturalezza di chi l'avesse vista la settimana prima, così non ci pensò nemmeno.

Ma lei sì, perché inciampò sul primo gradino.

«Come, prego?»

Avrebbe preferito sentirla pregare per qualcos'altro.

Diavolo. Che cosa gli prendeva? Quella era *Mac*. Il terrore della casa sull'albero. L'appendice per eccellenza.

Che era diventata una dannata, splendida donna.

Quando era cresciuta? Da bambina era stata carina—beh, quando non era ricoperta di terra, sudiciume e macchie d'erba—ma adesso... Addio guance paffute e lentiggini, ginocchia sbucciate e T-shirt dei fratelli. Adesso aveva gambe e curve e zigomi e labbra...

Gesù. Mac, ai tempi, aveva una gran bocca, ma era solo in senso verbale. Ora...

«Ho detto che so per certo che non sei cresciuta in una stalla, quindi mi vuoi spiegare perché hai lasciato la porta d'ingresso spalancata? Non ti sembra un tantino controproducente per il lavoro di pulizia di cui ti dichiari qui per occuparti?»

Lei rientrò in cucina come un temporale, il carattere in bella mostra.

Dannazione, quando era arrabbiata era fin troppo bella per il suo bene. Gli occhi verdi lampeggiavano come smeraldi sotto una frangia così nera da sembrare blu, il resto dei capelli legato in una coda che le arrivava a metà schiena. Era la stessa pettinatura che portava a dieci anni, anche se di sicuro adesso non sembrava avere dieci anni.

«Ti ho mai detto come si gioca a baseball?» Gli piantò un dito nel petto.

Jared lo guardò, poi le fissò gli occhi, cercando di ricordare perché tenersi lontano da lei fosse una buona idea. «C'è stata quella partitella quando sono tornato a casa dall'ultimo anno di college...»

La sua mano sfarfallò. «Stavi per travolgere Nicky. Era un terzo di te. Eri troppo fissato a vincere per vedere quello che stavi per fare. Dovevo dirti qualcosa.»

«Quindi, qual è il punto?»

«Io non ti dico come fare il tuo lavoro; non dirmi tu come fare il mio. So come rimettere in sesto questo posto.»

Jared rise. «Solo tu, Principessa, potevi far seguire a un aneddoto su come mi hai detto come fare il mio lavoro la dichiarazione che *non* mi dici come farlo. La cogli, l'ironia?»

Lei lo fulminò. «Il mio nome non è Principessa; è Mac. Usalo. E, per il bene delle nostre nonne, dobbiamo far funzionare questa cosa finché la casa non andrà in vendita, quindi tu stai fuori dai piedi miei e io starò fuori dai tuoi.»

«È come la storia del non dirmi come fare il mio lavoro?» Probabilmente non avrebbe dovuto prenderla in giro, ma non lo aveva mai fermato prima. Con lei era fin troppo facile.

«Bene. Come vuoi.» Alzò le mani e si voltò di scatto, marciando verso la scala.

E che panorama.

Jared si staccò dal bancone e lo afferrò con le mani. Le settimane successive non sarebbero state di certo noiose.

Mac contò fino a cento—due volte—e ancora non si era calmata. Quest'uomo... Come aveva potuto anche solo *pensare* di essersi presa una cotta per lui? Arrogante, egocentrico... Per il signor Prostratevi-ai-piedi-della-mia-grandezza Jared Nolan la vita era solo una grande festa. La sua versione adolescente si era fatta abbindolare da un bel viso. Avrebbe dovuto ringraziare per quella risata in faccia che lui si era fatto—

Spolverò una ragnatela dalla lampada da terra accanto alla poltrona da lettura in una delle camere degli ospiti di Mildred. Il viso era ancora bello, ma per quanto le importasse Jared Nolan poteva anche andare a farsi friggere. Nessuno la derideva e poi otteneva la possibilità di rifarlo. Nessuno. Di certo non il signor Uomo-delle-caverne, alpha, He-Man Jared, tutto testosterone e muscoli, a impartire ordini a tutti aspettandosi pure che lo ringraziassero. Perfetto per un atleta professionista, ma come regola generale? Anche no.

Mac passò lo straccio su un'altra ragnatela nell'angolo dietro la lampada, ma era fuori dalla portata del panno. Povera Mildred; avrebbe dovuto trasferirsi da un pezzo. Queste vecchie case vittoriane erano troppo difficili da mantenere, soprattutto per persone dell'età di sua nonna e di Mildred.

Troppo difficili anche per lei, con quei soffitti alti tre metri. Con il suo metro e cinquantadue, anche i soffitti a due metri e quaranta erano una sfida. Il che significava che doveva tornare *giù* al suo vecchio pickup per prendere la scala. Passare davanti a Jared e alla sua saccenza sprezzante.

Come poteva una persona dolce come Mildred essere imparentata con lui?

Infilato il cencio nella cintura degli attrezzi, Mac corse giù per le scale, sperando di evitare il signor Sarcasmo a questo giro.

Non ci riuscì.

«Hai già dato?»

Per un istante pensò di fargli il gesto dell'ombrello, ma sarebbe stato A) infantile, B) un ulteriore pretesto perché la prendesse in giro e C) uno spreco di energie quando aveva già mille altre cose da fare.

Così lo ignorò e andò al camioncino. Prese la scala, se la caricò sulla spalla e rientrò in casa.

Jared la raggiunse alla porta. «Ehi, lascia che ti aiuti.»

«Stammi alla larga, Nolan. Ce l'ho.» La sollevò ancora, tanto per ribadire il punto. Come pensasse di portare una scala con le stampelle le sfuggiva. Non si era aspettata che lui le avesse quando gli aveva passato la zuppa ed era stata troppo impegnata a evitare che i campanelli cadessero a terra per accorgersene finché non glielo aveva fatto notare. Non aveva avuto bisogno che glielo ripetesse.

Jared fece un passo indietro, le mani alzate. «Ehi, volevo solo essere d'aiuto.»

«Non mi interessa.» Gli passò accanto a passi pesanti diretta alle scale.

«Con quell'atteggiamento, non sorprenderti se non sarà disponibile quando lo sarai tu.»

«Sul serio, Jared? Nulla di quello che fai mi sorprenderebbe. So esattamente che tipo di uomo sei.» Uno che si compiaceva a distruggere i sogni di una ragazzina. Con freddezza.

Meno male che si teneva al corrimano, perché a metà della scala la scala stessa la strattonò fermandola.

Si voltò sopra la spalla.

Jared teneva l'estremità. «Che diavolo significa?»

Lei lo fissò gelida. «Molla la scala.»

«Non finché non mi dici che cosa volevi dire con quella frecciata. Non ti vedo da quando? Il tuo ultimo anno? E se ricordi, allora non ero affatto *quel* tipo di uomo.»

Non disse nulla per un secondo. Non ne ebbe bisogno. Se lo ricordava. Quanto avrebbe voluto che non lo facesse. *Lei* avrebbe voluto dimenticare quella notte.

«E visto che non ci vediamo da allora, come potresti mai sapere qualcosa di me?»

«Come potrebbe non saperlo nessuno? Sei sempre spiattellato ovunque sui media. Quale attrice stai frequentando questa settimana? Quale contratto di sponsorizzazione hai appena firmato? Chi ha twittato cosa su di te adesso? Come potrei *non* sapere cosa combini?»

«Ti sembri parecchio interessata a un tipo per cui dici di non essere interessata.»

Non aveva detto di non essere interessata a *lui*. Non lo aveva detto apposta per non dargli corda. Conosceva Jared; era cresciuta con quel tipo. Accettava tutte le sfide e le scommesse, uno dei motivi per cui era l'amico perfetto per suo fratello. Era stata felice che Liam non l'avesse invitato a quella partita di poker, perché sarebbe stato un altro da battere, e dopo aver perso il suo cuore adolescente per lui, non era sicura che ci sarebbe riuscita.

«Mac?» Le rivolse quel sorrisetto di traverso che anni prima aveva trovato così carino.

Purtroppo, adesso era solo terribilmente sexy. Quindi non aveva alcuna intenzione di dargli soddisfazione discutendo. L'aveva superato. Era successo quando lui l'aveva derisa.

«O forse *sei* interessata?»

Fece un passo più vicino e, se Mac non fosse stata così scioccata che lui potesse anche solo *pensare* che gli piacesse ancora, avrebbe fatto dietrofront su per le scale.

«Questo spiegherebbe l'atteggiamento.»

Mac lo fissò. Non c'erano parole per descrivere la tracotanza di quel tizio. E pensare che credeva di averne trovate a dozzine mentre rimetteva insieme il suo cuore e i suoi sogni infranti.

«Okay, okay.» Jared sfoderò quel sorriso micidiale che lo piazzava in copertina sulle riviste di spettacolo oltre che su quelle sportive. Ma lei era immune.

Persino da quella fossetta sulla guancia sinistra.

Sul serio.

«Sono uno sportivo, Principessa. Torna giù e ti firmo qualunque cosa tu abbia. O ti do anche un bacino sulla guancia, se è quello che vuoi.»

Di tutte le uscite arroganti ed egotiche—

Mac ridiscese i gradini a furia di passi infuriati, con quella maledetta scala che le impediva di voltarsi.

Così la lasciò cadere, tutta un tintinnare e sbattere sul legno. Accidenti. Sperò di non dover rilucidare i gradini.

Ma ne sarebbe valsa la pena, perché ora poteva fissare Jared dritto negli occhi e puntargli un dito contro. «Sei fuori di—»

Non riuscì a pronunciare l'ultima parola.

Perché lui la baciò.

Le mani di lui le strinsero la nuca, i pollici le inclinarono il mento, quel tocco le incendiò le terminazioni nervose mentre cercava di elaborare la scossa d'*elettricità* che le attraversò il corpo, catapultandola sulle montagne russe del bisogno e del desiderio, tanto che le gambe minacciarono di cederle. Dio, a sedici anni avrebbe ucciso per questo. Certo, a sedici anni non sarebbe stata in grado di reggerlo.

Non era nemmeno sicura di reggerlo adesso.

Ma poi il bacio finì. E se le labbra non le formicolassero ancora—e lui non stesse sorridendo come il gatto del Cheshire—avrebbe potuto credere di esserselo immaginato, un residuo dei sogni dell'adolescenza.

Poi però la realtà irruppe di nuovo e ci volle tutta la sua autodisciplina per non rifilargli uno schiaffo, anche se se lo meritava. Non avrebbe *permesso* a Jared di metterle i nervi a soqquadro. «Che *diavolo* è stato?»

Jared le diede un buffetto sotto il mento. «Piccola, se non lo sai, hai molti più problemi di cui preoccuparti rispetto a quelle divise orrende.»

Rimase a bocca aperta mentre lui zoppicava di nuovo verso il soggiorno su una stampella—e non sapeva se fosse per il commento sulla divisa, per la sua arroganza, per quel maledetto bacio o...

Per il fatto che le era piaciuto.

«Sicura che non ti serva una mano, lassù?» La voce di Jared risuonò — per la terza volta nell'ultima mezz'ora — lungo i gradini di legno, rimbalzò contro le pareti spoglie e le strisciò sotto pelle, irritandola.

Una mano? Non le serviva il suo aiuto. Non *voleva* il suo aiuto. Non voleva avere niente a che fare con lui. Da ragazzi aveva adorato tormentarla; il tempo, ovviamente, non aveva cambiato nulla. *Baciarla*, poi —

«Mac? Non vorrei che cadessi e ti facessi male.»

Ma certo che no. E l'aveva baciata perché la desiderava.

Come no.

Sospirò. «Ma certo, Zoppetto. Allora arrancati fin quassù e sali su questa scala al posto mio per fare il cornicione.» Ecco. Voleva aiutare? Probabilmente pensava che lei non lo avrebbe preso in parola. Così poi poteva andare in giro a dire che si era offerto ma lei l'aveva rifiutato. Benissimo. L'uomo voleva dimostrare di essere chissà chi? Che si accomodasse.

Mac sbuffò. Sì, come no. A Jared avevano servito tutto su un piatto d'argento per tutta la vita. Non ricordava di averlo mai visto tagliare il prato o rastrellare le foglie. Jared era sempre stato tutto baseball, mentre lei aveva avuto faccenda dopo faccenda dopo faccenda.

Fece una smorfia. Non era giusto nei confronti di Gran. Gran aveva fatto del suo meglio, ma loro quattro erano stati un bel da fare. Le faccende erano necessarie, non un modo per tenere i bambini occupati mentre Gran se ne andava a mangiare cioccolatini.

Tonf.

Quello *non* era un rumore di stampella sulla scala.

Tonf.

Oh diamine, lo era eccome.

Mac scese a precipizio dalla scala, attenta a tenere tutta l'acqua saponata nel secchio, ma rischiò di buttare giù la lampada di porcellana a braccio snodabile che anni prima era stata nel salotto di Mildred finché i ragazzi non l'avevano fatta capitombolare.

Si sfregò l'attaccatura dei capelli. Quattro punti avevano impedito che si schiantasse a terra.

Questa volta non fu altrettanto fortunata, anche se almeno non le servirono punti. Si prese comunque una bella *sberla* allo stinco. «Figlio di—»

«Ti sento.»

«Bene. Allora ascolta, Jared.» Posò il secchio e asciugò l'acqua che era colata dal bordo. «Resta giù. Me la cavo benissimo senza di te e non ho alcuna voglia di spiegare agli agenti come ti sei rotto il collo cadendo dalle scale.»

Una cosa era sfidarlo; tutt'altra era passare del tempo nella stessa stanza con lui. *Soprattutto* dopo quel bacio.

«Quando ne ho bisogno, le scale le gestisco, Principessa.»

Ignorò il soprannome. Da ragazzi si divertiva a farla imbestialire con quello; non gli avrebbe dato la soddisfazione adesso. «Be', al momento non ne hai bisogno. Qui è tutto sotto controllo. Perché non ti metti comodo in salotto e accendi una partita o qualcosa?»

Silenzio. Non sentì nemmeno lo strisciare di una stampella.

«Jared?»

«Sì. Come vuoi.»

Tornò a sentire i *tonf*, ma questa volta diretti verso l'ingresso.

Si appoggiò allo stipite e si mise una mano sul cuore che martellava. Avrebbe dovuto rimettere le cose in chiaro con lui. Non era più la stessa ragazzina che pensava che i suoi capelli biondi e gli occhi verdi fossero *da svenire*. Andarsene a baciarla così... Era proprio da lui sbatterle in faccia la cotta.

Be', di certo adesso non aveva nessuna cotta per lui e quel suo stupido bacio poteva anche prenderlo e... e... be', andare a baciare qualcun'altra.

Afferrò il secchio e andò in bagno a cambiare l'acqua. Povera Mildred, non aveva pulito il cornicione da anni. A Mac ci sarebbe voluto un sacco per finire questo posto, se ogni stanza era trascurata come quella, e non voleva restare lì un minuto più del necessario. Non con *lui* in casa.

Riempì il secchio con acqua calda pulita, poi tornò indietro, lanciando un'occhiata oltre la balaustra verso l'ingresso in basso.

Aveva seguito il suo consiglio. Sarebbe rimasta sorpresa, se non fosse che Jared era un malato di sport. E non un *qualsiasi* malato di sport; era stato talmente dentro al gioco che i suoi genitori avevano trasferito un personal trainer a casa sua. Se n'era parlato parecchio a casa sua perché i suoi fratelli amavano lo sport. E se lo amavano loro, lo amava anche lei. Quei punti in fronte non erano niente in confronto alle ossa rotte e alle caviglie slogate che si era fatta negli anni. Gran ne aveva sopportate tante. La povera donna probabilmente aveva pensato di essersi ritrovata una bambolina tutta merletti e pizzi, ma Mac era tutta ginocchiere e mazze da baseball.

Rise di se stessa. Così giovane e così determinata a stare al passo.

Colse il proprio riflesso in uno specchio, con addosso la maglietta MANLEY MAIDS. La sua ditta. Il suo lavoro. Come le iniziative di Sean e Liam e la carriera cinematografica di Bryan, questo sarebbe stato un suo successo o un suo fallimento.

Alzò le spalle. Il fallimento non era contemplato. *Avrebbe* eguagliato i suoi fratelli.

Anche se significava sopportare Jared Nolan.

Jared arrancò fino al salotto, con il piccolo ordine di Mac che gli rimbombava nelle orecchie: «Vai a rilassarti e guarda una partita.» Davvero? Una partita? Non capiva che lui avrebbe dovuto *giocarla*, quella dannata partita? O era una frecciatina per rifarsi del fatto che l'aveva baciata?

Perché *l'aveva* baciata? Doveva essere l'*ultima* cosa che avrebbe voluto fare a Mac Manley. Dio lo sapeva, ne aveva avuto l'occasione quando erano più giovani. Diamine, gliel'aveva pure chiesto, chiaro e tondo.

Scosse la testa, ricordando quella notte. Non lo stupiva che lei lo avesse voluto, ma la sua richiesta l'aveva sconvolto.

Era la sorellina di Liam. C'era un codice tra ragazzi, e le sorelline erano, tipo, la regola numero uno: vietate. Lei non l'aveva mai capito, seguendolo sempre con quegli occhi da cagnolina, e intromettendosi nel suo divertimento, che fosse con i suoi fratelli o con le sue ragazze. Alla fine aveva dovuto troncarla sul nascere. Per così dire.

Fece una smorfia, ricordando l'espressione sul suo viso quando aveva detto la prima cosa che gli era passata per la testa. Ma allora si preoccupava delle chiamate al draft e dei bonus alla firma; uscire con una liceale non rientrava proprio nel suo radar — anche se non fosse stata la sorella di Liam.

Probabilmente avrebbe potuto essere più gentile nel rifiutarla, ma aveva messo fine a quella cotta, ed era stato meglio per tutti.

E adesso era andato a baciarla. Dovevano essere gli antidolorifici.

Peccato che quel giorno non ne avesse presi.

O forse aveva solo voluto farla tacere. Il che aveva funzionato.

O forse, ora che siete entrambi adulti vuoi vedere se potrebbe esserci qualcosa tra voi—

Zittì *subito* quella voce. Era ancora la sorellina di Lee e questo la metteva nella lista Vietato Toccare. A vita.

Allora spiega quel bacio.

Non poteva. E ora che sapeva cosa significava baciarla, sapeva almeno che quel bacetto era stato un errore.

Mac aveva un buon sapore. E una sensazione ancora migliore, e il bacio...

Era Fuori. Di. Testa. Se non erano le medicine, doveva essere il dolore in sé a fargli venire in mente 'ste stronzate. Non aveva alcun diritto di baciare Mac. Né di pensarla in quel modo. Né qualsiasi altra donna, a dirla tutta. Non adesso. Non per molto tempo.

Si prese una botta allo stinco contro quel maledetto poggiapiedi. La nonna aveva questi cosini graziosi disseminati ovunque, e nei giorni buoni lui non era certo "grazioso". Dagli pure le stampelle e diventava un disastro ambulante. O meglio, un disastro *non* ambulante. Non vedeva l'ora che il medico lo liberasse da quelle maledette cose.

Jared si lasciò cadere sul divano, afferrando le stupide stampelle prima che sbattessero contro i delicati tavolini colmi di figurine di vetro e porcellana, il salottino tipico della vecchietta. Un salotto, quello vero, non era. Un salotto doveva avere poltrone di pelle imbottite, un divano bello comodo, una tv a schermo piatto e un pouf grande come una Fiat al posto del tavolino, come quello che aveva a casa sua.

Dove Camille viveva ancora.

La cosa lo mandava fuori di testa. Camille lo aveva tenuto al guinzaglio mentre continuava a fare la vita di coppia di nascosto con il suo ex, Burke, usando il *suo* conto in banca per comprare cose per loro due. Poi Jared era stato abbastanza stupido da pensare di amarla e l'aveva fatta trasferire da lui.

Ed è lì che era iniziato il divertimento.

Il fidanzato si era ingelosito e aveva inscenato un «urto accidentale» in un parcheggio, con Jared finito in ospedale e Burke nel *suo* letto. Purtroppo, con le leggi sugli sfratti peggiori di quelle sul divorzio, a rimetterci era stato Jared; l'indagine penale era andata a ramengo quando il tasso alcolemico di Burke era risultato nei limiti di legge e lui aveva sostenuto che si trattava di un incidente.

Incidente un corno. Non aveva messo la marcia avanti invece della retro *per sbaglio*. Jared aveva visto i suoi occhi e la determinazione sul volto di Burke. Ma il circo mediatico di una causa civile — anche vincendola — non lo avrebbe rimesso in forma più in fretta.

Così eccolo lì, bloccato tra ninnoli, centrini e Mac Manley finché lo sfratto non fosse andato a buon fine.

Alzò lo sguardo al soffitto. Lei era lassù, in casa di sua nonna, a frugare tra le cose... Le nonne probabilmente l'avevano pianificata, questa. Peccato che non sapessero che Mac si era fatta passare la cotta.

Sperava che le fosse passata dopo quella volta che le aveva detto di aspettarlo nella casetta sull'albero, anni prima, e lei lo aveva fatto. Per sei ore.

Lui a quell'ora era tornato per l'allenamento in gabbia da battuta che suo padre aveva fatto costruire in giardino, ma aveva una visuale chiara attraverso il campo per vedere sua nonna ferma ai piedi della scaletta mentre Mac scendeva.

Non il suo giorno migliore. Lo sapeva anche allora. Lei dopotutto era una bambina. Ma lo era anche lui, ed era disperato di stare con i ragazzi, altrettanto disperato che lei non lo facesse. Così l'aveva messa in un posto dove sapeva che sarebbe rimasta e non avrebbe dovuto preoccuparsi che saltasse fuori a rovinare il loro pomeriggio.

Dopo non lo aveva guardato in faccia per due settimane, e l'espressione che gli aveva rivolto quando aveva troncato il loro bacio ora gli ricordava quella che gli aveva fatto allora.

E diamine se non provò la stessa vuota fitta di colpa di allora.

Per non parlare di qualche altra sensazione...

Sospirando, afferrò il telecomando mentre ricordava di averle fatto scivolare le dita dietro la nuca e di averne sentito il calore. Di averle bypassato la guancia quando aveva la bocca proprio lì. E la morbida pressione delle sue labbra, il profumo che diceva che non portava il profumo perché non ne aveva bisogno. Il calore del suo respiro mentre glielo rubava, e il dolce gioco delle labbra contro le sue finché non era rinsavito.

Cambiò canale. Quel bacio era stata una mossa da imbecille, roba che avrebbe fatto più il ragazzino che era stato. Ma adesso aveva trentacinque anni, per l'amor del cielo. Avrebbe dovuto essere in grado di gestire il fatto di trovarla all'improvviso attraente.

Passò al canale di Storia. Okay, forse poi non era così all'improvviso. Lei lo aveva *fatto impazzire* fin dalla prima volta che l'aveva vista, mentre sfrecciava sulla pista di motocross che lui, Liam, Bryan e Sean avevano costruito nel campo che separava i loro quartieri, quella prima estate dopo il suo trasferimento. Per qualche secondo era rimasto stordito nel vedere una ragazza — una ragazzina, per giunta — con l'attenzione così ferocemente puntata su ogni dosso di terra mentre ci passava sopra, finché non si era reso conto che li stava smussando, disfacendo tutto il loro lavoro.

Le aveva gridato, e lei aveva mancato la curva, piantandosi di testa oltre il dosso più alto, quello che regalava l'aria più dolce. Si era arrabbiato perché glie-l'aveva rovinato, ma aveva avuto abbastanza compassione da assicurarsi che stesse bene prima di iniziare a rimproverarla.

Solo che... lei aveva ribattuto. Qualcosa a proposito di averle spezzato la concentrazione, cosa che non avrebbe fatto se avesse saputo *qualcosa* di come si correva su quella pista, e che era meglio che la lasciasse in pace o l'avrebbe detto ai suoi fratelli e per lui non sarebbe finita bene.

Era rimasto sorpreso dal suo atteggiamento e, ripensandoci a distanza di vent'anni, aveva dovuto ammirarne anche lo spirito. La grinta e la determina-zione sia di affrontare il motocross *sia* di mandarlo al diavolo.

Ma quella stessa grinta e determinazione nel ottenere ciò che voleva l'aveva vista fin troppe volte con i suoi fratelli. Come quella volta che Liam aveva dovuto portarla con loro alla sfilata di Halloween perché lei insisteva per mostrare il costume, mandando a monte i loro piani di tirare uova alle case.

Probabilmente lo aveva tenuto lontano dai guai, ma insomma. Aveva rovi-nato il loro divertimento.

E poi c'erano le innumerevoli volte in cui si era accodata allo stagno, alle partite improvvisate di hockey sul ghiaccio e al T-ball, e insomma, ovunque si girasse, Mac era lì. Una vera zeppa nel suo concetto di divertimento, e non capiva come Liam e gli altri la sopportassero.

Liam si era limitato ad alzare le spalle e dire che era sua sorella, era famiglia.

Jared si stiracchiò con le braccia lungo lo schienale del divano della nonna, con i bordi smerlati, la stoffa a fiori e i cuscini con le balze, sentendosi un gigante in una casa di bambole froufrou. La famiglia, come la descriveva Liam, per lui era un concetto estraneo. L'unica ragione per cui i suoi genitori avevano avuto un figlio, a quanto pareva, era portarlo nelle leghe maggiori. Be', almeno suo padre la vedeva così. Era arrivato persino all'estremo di costruire una gabbia da battuta in giardino e trasferire Bill, uno dei più grandi trainer del settore, a casa loro per lavorare con lui. Da allora la sua vita era diventata una serie di sessioni di allenamento con minuscole pause per scuola e amici buttate lì in mezzo.

Quei momenti con gli amici li aveva custoditi.

Qualcosa crollò al piano di sopra. Jared sospirò e si spinse verso il bordo del divano affossato. E proprio come in quei tempi, Mac sarebbe in qualche modo riuscita a infilarsi in mezzo, di solito quando avevano dovuto salvarla da un disastro o un altro.

Pareva che la sindrome da damigella in pericolo non le fosse passata.

Capitolo Quattro

Jared stava per dirigersi verso le scale quando qualcuno suonò il campanello.

Lanciò un'occhiata in cima alle scale. «Mac?»

«Sto bene.»

Lo avrebbe detto anche se non fosse stata vera, ma ormai era una donna adulta; lui non era più responsabile della sua sicurezza.

Aprì la porta.

«Ehi, signor Nolan.» Un ragazzino biondissimo di circa sette anni stava sul portico.

Con una palla da baseball e un guanto.

«Uh, ciao.»

«Mio papà ha detto che stai qui e mi chiedevo se potevi aiutarmi a migliorare il tiro. Voglio giocare nelle grandi leghe come te quando sarò grande, quindi devo allenarmi. Papà ha detto che alla tua età avevi una gabbia da battuta e un preparatore. Scommetto che era una figata.»

«Sì, lo era.» Più o meno. C'erano volte in cui Jared si era sentito meno un prodigio e più un servo a contratto. Come se i suoi genitori avessero speso tutti quei soldi come investimento e lui dovesse garantirgli un buon ritorno. Il che rendeva ancora più ironico che venissero di rado a vederlo giocare. Suo padre aveva i suoi diritti di vanto e sua madre il prestigio di essere la mamma di una celebrità; a quanto pare per loro bastava quello.

«Allora mi aiuti? Cioè, mi aiuti davvero? Ho un buon braccio, ma papà dice che c'è da lavorarci. Mi stava aiutando finché non è dovuto tornare per l'ultimo tour.»

Accidenti. Gli autografi erano una cosa, tirare due lanci un'altra. Non era pronto. «Il suo ultimo tour?»

Il ragazzino annuì serio. «Afghanistan. È lì che ha perso le gambe con una bomba sul ciglio della strada. Per questo non può giocare molto a prendere con me. Dalla sedia è difficile per lui afferrare.»

La sedia a rotelle. Jared ne aveva viste fin troppe durante il suo periodo in riabilitazione, quando era arrabbiato perché forse non avrebbe mai più giocato, qualcosa che ora veniva ridimensionato da ciò che il padre di quel ragazzo aveva perso.

Non poteva rifiutarsi. «Come ti chiami?»

«Sono Chase. Chase Williams. Sono il lanciatore titolare della mia squadra ricreativa. Ho battuto Dylan, ma se non mi alleno, l'anno prossimo potrebbe riprendersi il posto, capisci?»

«Sì, capisco.» Mitch Weymouth stava ora sul *suo* monte e faceva un male cane vedere qualcun altro dove sarebbe dovuto stare lui. «Lascia che prenda il mio guanto e ti raggiungo lì fuori.»

Indicò lo spiazzo tra il portico e gli alberi lungo la strada, cercando di calcolare quanto ci avrebbe messo a salire in camera, rovistare tra le borse che Camille aveva buttato insieme mentre lui era in ospedale e trovare, si sperava, il guanto che lei aveva detto di aver messo. Non gli sarebbe sembrato strano se l'avesse rivenduto online.

Il ragazzino scosse il capo verso lo scalino dove Jared vide un altro guanto. «Mio papà ha mandato il suo. Non era sicuro che tu avessi il tuo.»

Perché nessuno si aspettava che tornasse a giocare. C'era stata così tanta speculazione sui media che teneva la televisione spenta proprio per quello.

«Ce l'ho, ma uso il suo se vuoi.» Gli avrebbe risparmiato una salita e il papà di Chase avrebbe potuto raccontare in giro che *il* Jared Nolan aveva indossato *il suo* guanto. Inoltre, era il minimo per uno che aveva dato così tanto al loro Paese, figurarsi se i media non avrebbero preso la palla al balzo. Mostrare a *loro* che non era al tappeto. «Okay, Chase, andiamo.»

«Forte!»

In realtà per Jared *fu* anche piuttosto bello. Aveva ancora la meccanica di lancio, anche se non avrebbe tirato una novantamiglia a un bambino, ma il gesto era quello giusto—anche se doveva puntellarsi con una stampella. Aveva sempre piantato con la gamba sinistra e caricato con la destra, quindi l'infortunio non aveva inciso su quello. Il vero finale del movimento, però, avrebbe richiesto lavoro. Il fisioterapista in ospedale aveva ritenuto più importante camminare che mantenere la meccanica del lancio... Jared non era stato d'accordo.

«Fai un paio di passi indietro adesso, Chase,» disse Jared dopo che si erano scaldati. Fece rimbalzare la palla nella tasca del guanto mentre il ragazzino saltellava al suo posto qualche piede più indietro e faceva mulinare le braccia.

«Papà dice che faccio un arco alto quando vado più lungo perché penso alla distanza.»

«Allora dobbiamo farti smettere di pensarci e l'unico modo è l'allenamento.» Più facile a dirsi che a farsi, come Jared sapeva per esperienza. Reimparare a camminare gli aveva insegnato in modo brutale a concentrarsi più di quanto non avesse mai fatto il suo vecchio preparatore.

«Ma se non riesco a tirarti la palla fino a lì? Non sarà difficile per te riprenderla?» Chase indicò la stampella. «A volte papà fa fatica.»

«Lascia che a prendere la palla pensi io. Il tuo compito è lanciarla.»

«Okay, però papà ha detto di stare attento a non stancarti o farti male più di quanto già sei.»

Che cos'era, un invalido? Poteva benissimo prendere una dannata palla, per l'amor del cielo.

Saggiamente, Jared si morse la lingua. Dal modo in cui il ragazzino diceva «papà» Jared capì tutto. Quell'uomo era l'eroe di Chase. A buon diritto. Rinunciare a due gambe per il tuo Paese era molto più eroico che spedire una palla in gradinata. Era l'eroe di Jared, anche. Ancor di più perché era l'eroe di suo figlio.

Jared ebbe un groppo in gola. Aveva sempre voluto che suo padre fosse il suo eroe... ma non lo era stato. Non quando aveva lasciato che la mamma controllasse tutto, praticamente adorando la terra su cui camminava. L'esistenza di suo padre sembrava ridursi a darle qualsiasi cosa volesse e portarla ovunque desiderasse. Per Jared quello non era un matrimonio, era una cotta da liceo per la capo cheerleader finita male. Lui non sarebbe mai diventato così.

«Allora quanto pensi che sia questa distanza?» chiese Chase. «Quindici piedi?»

«No, più venticinque. Vediamo che sai fare da lì.»

«Okay, ci provo!» Chase fece la caricata e lasciò andare la palla.

Atterrò dritta nella tasca. Il ragazzino aveva un buon braccio, anche se gli sarebbe servito un po' di coaching. «Bene. C'era velocità. Probabilmente potresti andare avanti di altri tre metri.»

Chase rimbalzò sulle punte. «Davvero? Posso provarci adesso? E se ho il braccio stanco? E se non ci riesco perché ho consumato tutta la forza con gli ultimi lanci? Papà dice che non devo bruciarmi.»

«Puoi continuare a mettere in dubbio te stesso oppure puoi provare e vedere.»

Erano le stesse parole che Dave, il preparatore atletico della squadra, gli aveva detto quando era andato a trovarlo in ospedale subito dopo che Jared aveva ricevuto dai medici la notizia che probabilmente non avrebbe più giocato.

Il commento di Dave lo colpì nel segno. Jared non era un perdente. Non lo era mai stato, non lo sarebbe mai stato. Nessuno diceva a *lui* che non poteva fare qualcosa, né il suo medico, né il GM della squadra, né il suo terapista.

Nemmeno Mary-Alice Manley.

Mac guardò attraverso il vetro che aveva appena finito di pulire. Jared era ancora lì, impegnato.

Dannazione.

Perché doveva essere così gentile con quel bambino?

Staccò con cautela l'ultimo pezzo di vetro incastrato nella cornice di legno attorno a un'altra lastra che un ramo doveva aver rotto. Non c'era da stupirsi se c'erano foglie e altri detriti sparsi sul pavimento. Mildred avrebbe dovuto chiamare prima; quelle finestre erano messe male—ed era per questo che Mac aveva un posto in prima fila per qualcosa di così dolce che le veniva da piangere.

Sul serio, perché doveva farlo? Era più facile aggrapparsi alla sua rabbia quando lui era un borioso presuntuoso, ma vederlo lì fuori puntellato su una stampella per giocare a prendere con un ragazzino del vicinato stava minando la sua prosopopea.

Soprattutto quando per poco non cadde allungandosi per una palla.

Lei sussultò e agguantò la scala come se potesse tenerlo in piedi così.

Perché ti importa?

Non le importava. Jared le aveva spezzato il cuore così tante volte che era un miracolo che si fosse rimesso. Non doveva contare che stesse giocando a prendere con quel bambino; era sempre lo stesso Jared, fino a quella stupida *Princess*. Presuntuoso condiscendente.

Che giocava a palla con un bambino che non conosceva.

Sollevò con delicatezza l'anta per pulire l'esterno della finestra. Avrebbe richiesto più olio di gomito di quanto potesse dargli dall'interno, ma quello sarebbe stato un progetto per un altro giorno. Ora voleva solo pulire in modo che lo scotch resistente avesse qualcosa a cui aderire quando avrebbe coperto il vetro rotto.

«Lavora sul finale del movimento, Chase. Devi tenere l'occhio sul bersaglio per tutto il tempo. Se guardi altrove, la palla va dove guardi. Resta sul tiro.»

Okay, forse una pulita veloce all'esterno era una scusa per sentire cosa stava dicendo Jared, così da sentirlo dire qualcosa che le ricordasse quanto potesse essere un presuntuoso condiscendente. E con l'acero davanti alla finestra, non è che lui potesse vederla guardare, comunque.

Purtroppo, l'unica cosa che sentì da lui fu incoraggiamento, il che non aiutò la sua causa. Né aiutava il fatto che lì fuori stesse ancora bene, stampella e tutto.

D'altronde, quando *non* era stato bello da vedere?

Gemette e spazzò via una ragnatela. Aveva già sprecato abbastanza tempo per Jared; doveva tornare al lavoro e smetterla di spiarlo senza un motivo apparente.

A meno che cotte adolescenziali cresciute in fantasie adulte a tutti gli effetti non contassero come motivo.

Mac scosse la testa e passò il foglio di carta assorbente sul vetro, poi ritrasse il braccio e chiuse la finestra. Non le serviva un motivo. Non ne voleva uno.

Quello che voleva era finire e andare a casa. Uscire di lì con il cuore intatto.

Poi allungò il braccio per togliere quell'ultima ragnatela e... la scala cedette.

Jared fece un doppio saltello per restare in piedi, ma la gamba sinistra stava prendendo un bell'abbuffo. Troppo tempo in piedi e ora troppa acrobazia; a malapena riuscì a non piantare una capriola come se si stesse tuffando a casa base.

Riuscì a tenere il piede sotto di sé con l'aiuto minimo della stampella. Avrebbe dovuto mettere da parte l'orgoglio e portare fuori anche la seconda, perché era sfinito. Ma almeno Dave sarebbe stato contento di sapere che il quadricipite sinistro reggeva abbastanza da fare il suo lavoro.

«Ehi, amico, chiudiamola qui per oggi. Non vogliamo esagerare, okay?» Jared lanciò la palla a cucchiaio verso Chase, e raggiunse le scale prima di accasciarsi su di esse in una specie di seduta.

Per fortuna, il ragazzino era troppo eccitato per accorgersene. «Grazie mille, signor Nolan. Mio papà sarà super impressionato. Ha detto che tu sai tutto del gioco. Posso tornare un'altra volta?»

Jared guardò quel viso pieno di speranza. «Certo, ma diamoci qualche giorno, va bene? Non vogliamo sfiancare il tuo braccio.» O le *sue* gambe, anche se era contento di come la sinistra avesse resistito. «A casa mettici il ghiaccio, perché domani sarà indolenzito.»

«Oh, già, come fate voi delle Majors, giusto? Avete i preparatori e tutto.»

Jared sorrise e toccò la visiera del cappellino del ragazzino. «Già, abbiamo tutto.»

«Ehm...» Chase arricciò il naso. «Posso chiederti un favore?»

«Giocare a palla non era già un favore?» Gli sollevò la visiera con un dito.

«Intendo un altro.» Il ragazzino sembrava nervoso.

«Che c'è?»

«Mi chiedevo...» Chase saltò giù dal penultimo scalino e corse sul portico, tornando con un pennarello indelebile.

«Vuoi che firmi il tuo guanto?»

«E anche quello di papà. Penso che gli farebbe piacere.»

Jared prese la penna, senza nemmeno rispondere. Gli autografi non erano un problema, ma darne uno al padre di Chase che non poteva fare ciò che Jared aveva appena fatto con suo figlio...

Accidenti, quello quasi lo mandò al tappeto.

Scarabocchiò un rapido *Grazie per aver giocato a palla con me, Jared* su quello di Chase e *Grazie per avermi permesso di giocare a palla con tuo figlio. Tutto il meglio a un vero eroe, Jared Nolan* su quello del padre. L'ironia era che l'uomo avrebbe pensato che *questo* fosse un regalo, ma gli sarebbe bastato guardare negli occhi di suo figlio per vederne uno vero.

Jared alzò il pennarello. «Altro? Il cappellino?»

«Davvero?» Gli occhi di Chase si illuminarono mentre si sfilava il cappellino.

«Davvero.» Firmò in grande e glielo restituì. «E ora non dimenticare il ghiaccio su quel braccio. Vogliamo che tu possa usarlo per molti anni ancora.»

«Sì, così posso crescere e diventare proprio come te un giorno.»

Un groppo gli serrò la gola. Lo aveva sentito per anni dai bambini, ma adesso, che forse si trovava davanti alla fine della carriera, quelle parole lo colpirono molto di più.

Si schiarì la voce. «Abbi cura di te, Chase. Ci rivediamo.»

«Okay, signor Nolan. E grazie.»

«Chiamami Jared.»

Jared non sapeva che un sorriso potesse essere grande quanto quello di Chase in quel momento.

«Grazie, signor—cioè, Jared!» Il ragazzino partì così veloce che il cappellino gli volò dalla testa. Chase si fermò, tornò indietro a raccoglierlo, poi si diresse a casa urlando «Paaaaapà!» per tutto l'isolato.

Aveva reso felice il ragazzino, avrebbe reso felice il padre, e si sentì molto più fiducioso sulle sue possibilità di tornare per lo spring training dell'anno prossimo. Okay, non era stata una doppia sfida, ma, diavolo, giocare anche solo un po' gli era piaciuto. La vita stava migliorando.

Poi aprì la porta d'ingresso.

Capitolo Cinque

Mac strillò dal piano di sopra mentre qualcosa andava in frantumi.

Jared zoppicò verso le scale più in fretta che poté. «Mac? Stai bene?» O avrebbe dovuto salvarla di nuovo?

Lei gemette. «Non venire quassù.»

Quindi, salvataggio fu. Jared sospirò. Alcune cose non cambiavano mai. «Sto salendo.»

«Lo dico sul serio, Jared. Non ho bisogno del tuo aiuto.»

«È casa mia e posso salire le scale se mi va.»

«Non è casa tua, è di Mildred, e mi sta pagando per pulirla, quindi fatti da parte.»

A dargli ordini, di nuovo. Eh... no.

Inoltre, sapeva per certo che Mac non stava facendo pagare sua nonna. Quello l'aveva sorpreso. Ed era stato un gesto davvero carino. Lei l'aveva stupito.

Saltò sul primo gradino perché lo doveva a Liam: doveva assicurarsi che sua sorella stesse bene. *E perché in fondo era davvero un bravo ragazzo.*

Sì, e guarda dove ti ha portato con Camille.

Serrò i denti quando atterrò male sul gradino successivo, con le costole—e l'ego—a protestare. Maledetta Camille e il suo fidanzato.

«Lo dico sul serio, Jared. Ti sento che cerchi di sgattaiolare quassù. Le stampelle non sono fatte per sgattaiolare.»

«Non devo sgattaiolare, Mac, se per caso te lo fossi scordata. Io vivo qui.» E non stava usando le stampelle.

«Come se potessi dimenticarlo.»

Lo borbottò, ma lui lo sentì.

Era assurdo, davvero, che il suo tono potesse toccarlo così.

Oh, piantala, Nolan. Ti si è ferito l'ego perché non ti venera più? Sul serio? Sì, è uno schianto; e allora? È sempre la stessa vecchia Principessina da salvare.

Eppure eccolo lì, a correre in suo soccorso ancora una volta. Le vecchie abitudini morivano davvero dure.

Afferò la ringhiera e si tirò su sull'ultimo gradino fino al pianerottolo, da cui ebbe la visuale perfetta sulla camera davanti, la sala da cucito della Nonna, la stanza da cui Mac aveva deciso di cominciare. Accidenti. C'erano decisamente troppe cose appuntite in quella stanza. Poteva farsi male e, con i precedenti quando era nei paraggi di lui, probabilmente se l'era già fatto.

«Stai bene?»

«Ti sembro a posto?»

Era seduta a gambe incrociate, con le mani piantate sulle cosce, in mezzo a una pila di manichini che sua nonna usava per confezionare abiti, con un'aria a metà tra colpevole e infastidita.

La scala accanto alla finestra spiegava il senso di colpa. Aveva origliato e lui, ovviamente, era la ragione dell'irritazione.

«Hai sentito qualcosa che non ti è piaciuto?» Si appoggiò allo stipite e incrociò le braccia. Così toglieva peso alla gamba. «Sembri che avresti bisogno di una mano.» Cercò di non sorridere.

Fallì miseramente.

«Non metterti a battere le mani.» Mac si mezzo rotolò sopra uno dei manichini e si mise in ginocchio, spolverandosi le mani sul didietro mentre lo faceva.

Il sorriso gli scomparve.

A un certo punto, tra quei pantaloni verdi che abbracciavano il sedere e curve che la polo da golf avrebbe dovuto nascondere ma non nascondeva, Mac era cresciuta oltre le lentiggini, la coda di cavallo spelacchiata, i pantaloncini sfilacciati e la T-shirt di seconda mano che la facevano sembrare uno dei ragazzi.

Che donna era diventata Mac.

«Oh mio Dio.»

Strappò lo sguardo dalle sue curve e cercò di concentrarsi su quello che stava dicendo. «Cosa?»

«Sai cos'è che c'è qui sotto?» Picchiettò il comò e si scostò una ciocca dal viso.

Un'altra le rimase sul ponte del naso e o non la sentiva o non le importava, ma Jared non gliel'avrebbe detto rischiando di farsi sbranare perché le spiegava come fare qualcosa. «Direi una colonia di coniglietti di polvere e una scarpa smarrita o due?»

«Non proprio.»

Si sporse, allungò la mano sotto il comò, trascinò fuori una vecchia cappelliera e tirò fuori un...

... gattino.

Era grande più o meno quanto il suo pugno, grigio bluastro con una macchia bianca sul naso, e aveva una coda che si arricciava tutta fino a quel naso e oltre.

Una coda che si agitava.

«Non è un pupazzo, vero?»

La cosina miagolò sommessamente. Non era neanche abbastanza grande per miagolare sul serio.

«E ce ne sono altri tre da dove viene questo.» Inclinò un po' la scatola. «Questo spiega la scia di detriti che parte dalla finestra rotta.»

Un altro con la macchia sul naso, anche se il resto era nero, uno tutto bianco e un tricolore con le macchie asimmetriche sul muso.

«Dov'è la mamma?» *chiese, speranzoso*. Jared scosse la testa. Aveva un brutto presentimento.

Mac posò quello grigio blu e prese in braccio il tricolore. «Credo possa essere sul ciglio della strada. L'ho vista quando sono arrivata stamattina.»

«Quindi è... morta?» Abbassò la voce, il che era ridicolo. Non è che i gattini lo capissero.

«Se è lei. E se è così, queste creaturine sono in pericolo.» Rimise il tricolore nella scatola con i fratellini. «Devono mangiare regolarmente e la loro letargia mi preoccupa.»

«Quindi mi stai dicendo che dobbiamo occuparci di un mucchio di gattini appena nati?»

Si alzò in piedi e si raddrizzò la maglietta.

«Non *noi*, Jared. Tu. *Tu* vivi qui, ricordi?»

«Non so la prima cosa di come si curano dei gattini, Mac.»

«Li nutri, mostri loro la lettiera e preghi che non amino graffiare i mobili.»

«E poi?» Quelli erano *minuscoli*. «Sul serio, Mac. Non posso occuparmi di gattini.»

Prese la cappelliera. «Sul serio, *Jared*, non è così difficile.»

«Dovremmo portarli al canile.»

«Ancora, non *noi*. Tu.» Gli porse la scatola. Quella con dentro i cuccioli vivi e indifesi. «Tu vivi qui, dopotutto. Non era questo che dicevi prima?»

Solo Mac poteva mettere in correlazione il vivere in casa con il doversi occupare di randagi. E non si sarebbero nemmeno dovuti *chiamare* animali domestici, visto che a malapena riuscivano ad aprire gli occhi. Non era il genitore di qualcuno, per l'amor di Dio, e con la scarsità di esempi ricevuti dai suoi, non avrebbe dovuto esserlo.

Si scostò dalla cappelliera. «Dobbiamo portarli fuori di qui.»

Lei avvicinò un po' la scatola. «A rischio di ripetermi, Jared, non c'è nessun *noi*. Ci sei tu. Quindi fa' pure. Vai a lasciarli al rifugio, dove potrebbero o non potrebbero essere adottati. Una gabbia di filo di cinquanta centimetri per lato e l'essere separati dai fratellini batte lo stare insieme e avere libero accesso a una bella vecchia casa, non credi?»

Non avrebbe ceduto alla sua psicologia inversa. «Se li vuoi tanto, perché non li prendi tu?»

«Io devo lavorare per vivere. Qui, per l'esattezza. Non ho tempo. Tu, invece, *vivi* qui. *Te ne stai* qui. A parte qualche lancio ogni tanto, non hai niente da fare se non riposare e rimetterti. Di certo puoi occuparti di quattro minuscoli gattini.»

Già, *aveva* guardato lui e Chase.

Scosse la testa. Non era ciò su cui doveva concentrarsi adesso.

Gattini.

Qui.

Sui suoi.

Avrebbe tanto voluto dirle che non poteva farlo ma, primo, non ammetteva mai la sconfitta, neppure quando gli si parava davanti attraverso il parabrezza di un Ford F-150 con l'amante della sua ragazza seduto dentro, e secondo era... Si dimenticò quale fosse il secondo perché Mac lo stava guardando con una tale speranza negli occhi da poterlo far dire di sì, e aveva il sospetto che potesse accadere davvero.

«Che cosa dovrei dargli da mangiare? Non è che abbia cibo per gatti che gira per casa.» Non stava dicendo di sì.

«Ti serve cibo per cuccioli, e se non sbaglio, anche il latte in polvere per gattini. Questi piccoletti vanno allattati col biberon. Probabilmente hanno bisogno anche di aiuto ad andare in bagno.»

«Aspetta un attimo, Principessa. Allattati col biberon? Sei impazzita? Non ho mai tenuto in mano un biberon in vita mia. E quanto alla cosa del bagno, scordatelo.» Era stato umiliante quando *lui* aveva dovuto farsi aiutare in ospedale; figurarsi se si sarebbe occupato di qualcosa che avesse a che fare con *quello*.

Lei gli afferrò la mano, ci posò dentro un gattino, poi gli ripiegò delicatamente le dita intorno al pelo morbido.

«C'è sempre una prima volta, Jared. Non sei nato sapendo colpire una palla, giusto? Quindi hai dovuto imparare. Tanto vale imparare anche questo.» Si piantò la cappelliera sul fianco e appoggiò il polso sinistro sul bordo, tre gattini che sporgevano il musetto oltre l'orlo. «Io cerco qualcosa che possiamo usare come lettiera. Tu scegli il posto.»

Non stava *affatto* dicendo di sì a questa cosa. «Che ne dici della cantina?»

«Questi piccoletti ci vedono a malapena. Vuoi davvero che debbano affrontare vecchie scale consumate che portano a un pavimento di pietra? Un passo falso ed è addio-micio.»

Odiò che avesse ragione.

Ancora di più odiò il fatto che stesse davvero per farlo.

Aveva sempre voluto un animale. Ma con sua madre inorridita all'idea e suo padre che voleva che si concentrasse sull'allenamento, gli animali domestici erano stati cancellati dalla sua lista di Natale ogni anno. Il pesce betta che aveva vinto a una fiera del Quattro Luglio non aveva compensato, e con tutto il tempo che aveva adesso, sarebbe stata l'occasione perfetta per prenderne uno. O quattro, a quanto pareva.

«Va bene. Posso sempre metterla nella lavanderia.»

«Esatto.» Gli mise in mano un altro gattino. «Adesso devi portarli dal veterinario.»

«Dal *veterinario*? Devo tirar fuori soldi per 'sti cosini?»

«Sono certa che un conto dal veterinario o due non ti manderanno in rovina. Ho sentito dire che i professionisti del baseball oggi guadagnano discretamente.»

Questo *se* uno stava giocando. Per fortuna, però, il suo agente si era guadagnato la commissione con la clausola sugli infortuni che aveva negoziato per Jared, quindi i soldi non si aggiunsero all'elenco delle sue preoccupazioni.

Mac gli piazzò un altro gattino sulla spalla.

«Che stai facendo?»

Quella peste sembrava davvero trattenere una risatina. «Li faccio abituare al tuo odore. Gli animali, i gatti soprattutto, sono molto orientati agli odori. Hanno ghiandole sulle guance e sulla fronte che strofinano contro gli umani per marcarli. Tanto vale cominciare ora e far partire il processo di legame.»

«Legame?»

«Sì, imprinting. Così capiscono che sei la loro madre.»

«Io non sono *affatto* la loro madre.»

«E invece sì, visto che sarai tu a nutrirli.»

Uh, forse non era l'idea migliore... «Non puoi farlo tu, Mac? Sembri avere un'affinità maggiore con queste cosette rispetto a me.»

Lei sollevò l'ultimo dalla scatola e si strofinò la guancia contro il suo musetto. «Awww, che c'è, Jared? Quattro gattini ti mandano fuori giri? Ti ho visto piazzare un grand slam alla nona con due eliminati e un conto di zero e due. Tenere in vita quattro gattini non è neanche lontanamente la stessa pressione.»

«Hai visto quella partita?» Era stato uno dei momenti migliori della sua vita. Quando la palla gli era arrivata addosso, aveva saputo che sarebbe andata lunga ancora prima del contatto. E poi, la sensazione di correre sulle basi con la vittoria sulle spalle...

Dio, quanto gli mancava il gioco.

«Certo che l'ho vista. Gran mette sempre le tue partite. Lei e Mildred sono incollate alla TV quando giochi. Potrebbero fare le commentatrici sportive.»

«Tua *nonna* segue il baseball?»

«Perché ti sorprende? Perché non dovrebbe? È amica di *tua* nonna, dopotutto.»

Vero. La Nonna era la sua fan più grande. Sorprendente che i suoi genitori non lo fossero, ma ormai aveva smesso di interrogarsi sull'atteggiamento che avevano verso di lui anni prima. Non capiva perché fossero così apatici riguardo alla sua carriera quando ci avevano investito tanto, ma aveva smesso di aspettarsi che lo guardassero giocare prima della fine della sua prima stagione.

Ma che Mac lo guardasse giocare? Doveva chiedersi *perché*, se davvero l'aveva superato.

Oh, per l'amor del cielo, Nolan. Superala, ormai. Mezza nazione ha visto quell'azione.

«Okay. Va bene. Lo farò.»

«Sapevo che non li avresti delusi.» Gli tolse i gattini di mano e li rimise nella scatola, poi si guardò intorno. «Quindi immagino che tu non possa guidare.»

Oscillò la gamba ingessata. «Ottima osservazione.»

Picchiettò il naso di quello nero e raccolse il coperchio che trovò sotto la sedia a dondolo. «Per concludere il discorso... Dal momento che tu non puoi guidare, immagino che guiderò io.»

«Ehi, non mi fare favori.»

«Davvero?» Inarcò un sopracciglio. «E tu cosa pensi di fare? Andare dal veterinario a cavallo della tua scopa? Arrivarci a forza di stampelle con una cappelliera in equilibrio sulla testa? Mandare un tweet chiedendo a qualche fan locale di darti un passaggio?»

Rabbrividì. L'ultima era un incubo in attesa di avverarsi. «Va bene. Puoi portarmi tu.»

«No, tu puoi *venire con me* visto che sono io a fare un favore a *te*.»

Jared dovette far girare il cervello intorno a quella logica. Era come quando lei non gli diceva come fare il suo lavoro.

Si aggiustò la cappelliera più in alto sul fianco e scavalcò il manichino da cui era partito tutto. «Dovremmo andare adesso. Non so da quanto sono senza la mamma e con animali così piccoli, ogni minuto conta.»

Stando vicino a Mac, Jared aveva la stessa sensazione.

Capitolo Sei

Che cosa aveva fatto?

Mac sedeva nell'abitacolo stretto del vecchio catorcio che era stato il suo primo grande acquisto dopo che aveva ottenuto la licenza per l'attività. Era della misura perfetta per lei, uno di quei pickup ridotti, ma con Jared dentro... Quella cosa diventava troppo piccola. Troppo soffocante.

Meno male che non aveva guidato la Maserati di Bryan. Era stata la sua puntata alla partita di poker e, per quanto fosse un'auto figa, dentro era ancora più piccola di questa.

Un pullman turistico sarebbe stato troppo piccolo con Jared dentro.

«Wow, Mac. Dove l'hai pescata 'sta cosa—nel menu bimbi di un fast food? In una scatola di croccante al caramello?» La gamba di Jared stava a un'angolazione scomoda e, quando tirò la cintura di sicurezza sul petto, mancava un centimetro per arrivare all'innesto. «Così non va.» La strattonò. «Non salgo in macchina senza cintura.»

«Arretra il sedile. Allora dovrebbe arrivare.»

«Se fossi un pretzel potrei arretrare il sedile.»

Sospirò e si chinò per occuparsi lei dell'operazione. Grazie a Dio la levetta stava da questo lato del suo sedile, così non doveva scavalcargli le gambe—

Tirò la levetta.

Il sedile scattò all'indietro con uno stridio.

Jared si puntellò con una mano al tettuccio e l'altra allo schienale del suo sedile. «Prima volta?»

Scrollò le spalle, non disposta ad ammettere che fosse rimasta scossa. Dalla sua vicinanza o dallo stridio, era un terno al lotto e non era nemmeno sicura di volerlo sapere. «Non ho molti passeggeri, e tenerlo tutto avanti mi torna comodo quando ci metto della roba.»

Tirò di nuovo la cintura e questa volta scattò. «Speriamo che gli airbag funzionino ancora.»

«Sto andando dal veterinario, signor Muso Lungo, non in autostrada tedesca. Starai benissimo.»

«Uh huh.» Si aggiustò di nuovo la gamba, poi prese la cappelliera dal cruscotto e se la posò in grembo. «Quanto manca?»

«Qualche miglio.» Mise il camion in marcia e fece retro dal vialetto di Mildred, stando attenta a guardare in entrambe le direzioni prima di immettersi in strada, perché capiva il suo timore. Era rimasto ferito in un incidente d'auto; aveva tutto il diritto di essere diffidente a salirci. Lei stessa era sempre più che prudente al volante, avendo conoscenza diretta di quanto un incidente potesse sconvolgere delle vite. Pareva che lei e Jared avessero qualcosa in comune.

Lo guardò con la coda dell'occhio. Non voleva avere niente in comune con lui. Si vergognava ancora di averlo pedinato per anni. Lui lo aveva saputo, e anche i suoi fratelli. Le sue amiche l'avevano presa in giro, tutti a considerare la sua "cotta" «carina».

«Allora, come ti è venuto in mente di aprire un'impresa di pulizie, Mac?» chiese Jared, spingendo di nuovo il coperchio della cappelliera quando i micini ficcarono fuori il muso.

«Mi servivano soldi per il college ed era qualcosa che potevo fare con i miei orari. Inoltre rendeva molto di più che lavorare in un fast food.»

«E al college che cosa ci sei andata a fare?»

«Una buona istruzione?» Non una laurea in "Signora di" come probabilmente aveva dato per scontato, visto che sembrava sempre aspettarsi il peggio da lei.

«Intendevo, che cosa hai studiato?»

«Oh.» Maledizione. Pensava di essere oltre il sentirsi un'idiota con lui. Era stato il suo stato perpetuo ogni volta che si era degnato di sorriderle, in quegli anni. Il che era stato raro. «Economia aziendale. Ero partita con Inglese, ma ho capito che sarei stata più vicina a uno stipendio da fast food. E quando ho avuto qualche cliente fisso per le pulizie, ho visto che potevo davvero farne un'attività. Al momento ho quattro donne che lavorano per me, e gli affari vanno bene. Con i miei fratelli che danno una mano—anche se temporaneamente—spero che il passaparola faccia crescere ancora di più la base clienti.»

«Quindi stai usando i tuoi fratelli per farti pubblicità?»

Perché suonasse sorpreso, non lo capiva. Lui aveva contratti di sponsorizzazione; conosceva il valore della celebrità. «Di certo non li sto usando come dipendenti a lungo termine. Sono sorpresa che Bryan sia riuscito a impegnarsi perfino per un mese. E Liam e Sean hanno le loro cose, però sì, prendo quel che viene. Uomini in divisa da colf sono un bell'amo.»

«E io? Hai intenzione di usare me per far circolare il tuo nome?»

«Perché dovrei usare te?»

Alzò le sopracciglia. «Nel caso ti fosse sfuggito, ogni tanto finisco al telegiornale.»

Le era sfuggito? Fin troppe volte. «Ma tu non sei uno dei miei dipendenti. Sto costruendo la mia attività sulla mia attività, non capitalizzando sui nomi dei miei clienti. E tu non sei nemmeno un mio cliente. Non violerò la privacy di Mildred sbandierando il tuo nome ai media.»

Jared aprì la bocca, poi la richiuse.

«Che c'è?»

Scosse la testa. «Niente.»

Oh, c'era eccome. Lo vide dal modo in cui la fissava, e la cosa la mise a disagio.

In due modi diversi.

Maledizione. Odiava il fatto di essere ancora attratta da lui.

Non voleva proprio esserlo. Non voleva notarlo. E di certo non voleva che lui la guardasse in quel modo. In nessun modo. Non si sarebbe di nuovo resa ridicola per lui. Era cresciuta, sapeva che cosa voleva dalla vita. E non era fare la seconda scelta dell'uomo con cui sarebbe finita. E questo sarebbe stata con Jared.

Oh, non per la faccenda della celebrità. Era scontato che qualunque donna con lui dovesse sedersi sul sedile posteriore rispetto alla macchina del PR. No, era il fatto che, per via dei sentimenti che aveva portato in bella vista per anni, lui aveva avuto tutto il potere nella loro relazione. Lei era stata cotta persa di lui mentre lui... Probabilmente avrebbe voluto buttarla a gambe all'aria. Il modo in cui l'aveva guardata quella notte in cui lei lo aveva implorato di baciarla ne era l'esempio perfetto.

Mac scacciò il ricordo prima che le lacrime che pungevano sul fondo degli occhi decidessero di farsi vedere. Almeno Jared non l'aveva illusa; quello era un punto a suo favore. Ma gliene tolse due per la freddezza con cui l'aveva respinta.

Svoltò nel parcheggio della dottoressa Bingham, felice di vedere solo poche auto. Bene, non ci sarebbe stata molta attesa. Doveva darsi da fare con la casa di Mildred. Richiedeva più lavoro di quanto lei o Mildred avessero pensato, e dato che lo stava facendo gratis, non voleva che il suo margine ne risentisse. Lo stava incastrando tra altri clienti, così avrebbe avuto meno tempo per pensare a Jared. Tutti bonus.

«Ti lascio davanti all'ingresso, Jared, e porto i micini con me dopo che parcheggio.»

«Parcheggia e basta, Mac. Non ho bisogno di essere scaricato come un invalido.»

La rabbia nella sua voce la sorprese—al punto che fece quel che diceva senza discutere.

Afferrò in fretta la cappelliera e scese dal camion senza farne una scenata.

Sfortunatamente, Jared Nolan nell'ambulatorio veterinario con una scatola di micini si rivelò una scenata bella e buona.

Appena entrò, tutti capirono chi fosse. E, seriamente... metti un bel giocatore di baseball, ferito—e single—con una scatola di micini in un ambulatorio piccolo nella sua città natale, e diventa un evento. Ogni bambino lì dentro voleva il suo autografo—che lui diede con sincerità—e ogni donna lo voleva, punto. Per fortuna, non ci marciò mentre lei era accanto a lui, ma vide foglietti —presumibilmente numeri di telefono—finire nella tasca posteriore dei suoi shorts.

«Signor Nolan?» La testa inclinata e il sorriso dolce della receptionist erano puro invito. «La dottoressa Bingham la può ricevere adesso.»

Mac vide le stelline brillare negli occhi della donna e roteò i propri. «E va bene, Jared.» Posò la scatola dei micini sul bancone. «Torno a prenderti tra un attimo.»

«Mac.» La voce di Jared era bassa.

«Sì?»

«Potresti... Cioè, ti dispiacerebbe venire dentro con me? Nel caso non afferri tutto quello che dice la dottoressa. Non l'ho mai fatto prima.»

Avrebbe potuto godersi questo inaspettato momento di insicurezza se metà della sala d'attesa non li stesse osservando.

E lui lo sapeva, e lo stava usando. Avrebbe fatto la figura di una carogna se lo avesse lasciato lì. Povero Jared Nolan, ferito con una cappelliera piena di micini, abbandonato a se stesso dalla donna delle pulizie.

Non sarebbe uscita bene sulla stampa, e stampa era ciò di cui aveva bisogno in quel momento. Forse per una celebrità come Jared non esisteva una cattiva pubblicità, ma per chi cercava di costruire un'attività sul passaparola, una sola frase storta poteva affondarle la reputazione.

In più, per quanto le dispiacesse ammetterlo, provava pena per lui. Doveva essere una bella seccatura dipendere dagli altri quando era abituato a fare tutto da solo, e a farlo bene.

«Va bene.» Prese la scatola. «Andiamo.»

La receptionist uscì da dietro il bancone e li guidò lungo il corridoio. «Mi faccia sapere se ha bisogno di qualsiasi cosa,» disse a Jared come se Mac non stesse camminando in mezzo a loro due.

Jared sfoderò il sorriso a mille watt alla donna quando arrivarono alla sala visite. «Grazie, Mimi.»

Incantatore.

La donna ridacchiò mentre chiudeva la porta dietro di sé.

Ridacchiò.

«Accomodati, Mac,» disse Jared, indicando con la stampella l'unica sedia accanto al tavolo da visita.

Posò la scatola sul tavolo e scosse la testa. «Sto bene.» Girò leggermente la sedia. «Siediti tu.»

«Questo no.»

«Che cosa?»

«Questo. Questa gara a chi ce l'ha più lungo.»

«Io non sto facendo una gara a chi ce l'ha più lungo con te, Jared. Non faccio quel genere di gare.»

«Allora siediti.»

«Che problema c'è? Perché non vuoi?»

«Perché tu sei la donna.»

«Non hai davvero appena detto questo.»

«Che c'è di male? Lo sei. E io sono un gentiluomo.»

Avrebbe avuto da ridire, ma si inceppò sul fatto che lui si fosse accorto che fosse femmina.

Peccato non avesse avuto quella rivelazione vent'anni fa.

I micini ripresero a miagolare. «Forse vuoi togliere il coperchio,» disse, senza fare il minimo gesto per farlo lei. Il che era difficile. Le piacevano i gatti come a chiunque altro. Voleva prenderne due per casa, in realtà, così non sarebbe stata così sola adesso che la nonna si era trasferita.

Jared sollevò il coperchio. «Cavolo, Mac. Sono minuscoli. Indifesi.»

«Non hai mai visto un gattino? Non sono proprio rari.» Se non avesse saputo meglio, avrebbe pensato che fosse spaventato. Nervoso. Incerto.

Quella sarebbe stata bella. Quello era Jared Nolan, MVP per due anni di fila, di cui stava parlando. Il tipo aveva il mondo ai suoi piedi; non aveva motivo di essere nervoso o incerto. Mai avuto, ed era probabilmente per questo che aveva potuto liquidare i suoi sentimenti con tanta freddezza—ehm, facilità; se qualcuno l'avesse fatto a lui, gli sarebbe scivolato addosso tanto quanto gli era scivolato dalla lingua.

Ma a lei? Non proprio. Il suo rifiuto aveva fatto male.

Per fortuna, la porta della sala visite si aprì prima che Mac imboccasse di nuovo quella strada, ed entrò la dottoressa Bingham.

La donna era splendida e tutto ciò che Mac non era: un metro e settantacinque, bionda, con un fisico da far diventare verdi d'invidia le modelle da copertina, anche se lo copriva con un camice. Esattamente il tipo di donna che piaceva a Jared.

Sorprendentemente, però, lui non sembrò accorgersene.

Ancora più sorprendente, la dottoressa *Bingham* non sembrò accorgersi di lui.

Come faceva a non notarlo?

Mac non ne aveva idea. Poteva anche essere oltre Jared, ma era abbastanza onesta da ammettere che il tipo fosse ancora uno schianto.

«Buongiorno. Sono Jennifer Bingham. Piacere di conoscerla.» Stringette la mano a Mac per prima e non indugiò su quella di Jared.

Sul serio, era cieca?

«Allora, che cosa abbiamo qui?» La dottoressa Bingham prese in mano uno dei micini e se lo avvicinò al viso, una mossa da femmina per eccellenza che avrebbe potuto far dubitare Mac delle intenzioni della dottoressa, se non fosse che la donna non incrinò mai la sua patina di professionalità.

Spiegò cosa e come nutrire i micini, come abituarli alla lettiera, parlando a Jared come se fosse uno qualunque e non uno dei più hot tra gli atleti professionisti del momento. Avrebbe potuto essere un troll con tre occhi, per le attenzioni personali che la veterinaria gli riservò.

Lui non sarebbe mai stato un troll, con tre occhi o senza.

Quella donna doveva essere cieca.

«Vorrei rivederli tra qualche settimana, ma se nel frattempo ha domande, non esiti a chiamarmi.» La dottoressa Bingham porse loro il suo biglietto. «Questo è il numero del servizio; riusciranno a mettermi in contatto in qualsiasi momento.»

Di nuovo, nessuna allusione, nessun ammiccamento... Jennifer Bingham era diversa dalle altre donne della città, e questo la rendeva una persona con cui Mac avrebbe potuto voler fare amicizia.

«Grazie.» Jared le sorrise mentre si metteva il biglietto in tasca, ma il sorriso non gli raggiunse gli occhi. Wow. Doveva essere vero: anche con una donna bellissima nella stanza, Jared "So-tutto-io" Nolan era fuori dalla sua comfort zone. Per colpa di alcuni gattini.

Mac avrebbe gustato il vederlo cercare di prendersi cura di quelle creaturine.

Jared era nei guai fino al collo.

Si sistemò di nuovo nella camionetta-scatoletta di Mac e guardò i micini nella cappelliera. Erano troppo piccoli. Troppo bisognosi. Troppo dipendenti da lui. Se Mac non fosse stata nella sala visite, li avrebbe semplicemente affidati alla dottoressa e se ne sarebbe andato. Non sapeva come prendersi cura di quelle bestiole e non aveva bisogno di quel genere di responsabilità nella sua vita. Non quando tutta la sua concentrazione doveva essere sulla riabilitazione per tornare a uno status da MVP. Niente di meno sarebbe andato bene; era uscito di scena al top e così sarebbe tornato.

Ma Mac c'era stata, e sembrava sapere tutto sull'allevare gattini, limitandosi a compiacerlo portandolo con sé. Non avrebbe mai ammesso la sconfitta.

Le diede un'occhiata. Al naso carino, alle labbra perfette, agli zigomi alti, alle ciglia lunghe che facevano da schermo a occhi così verdi da meritarsi il nome di trifoglio, e alla coda di cavallo con cui non ricordava di averla mai vista senza. Era la stessa Mac Manley che ricordava... ma diversa.

«Fatti una foto; dura di più.»

Be', *questo* era diverso. Allora, lo avrebbe guardato timida con la coda dell'occhio e gli avrebbe regalato quel sorriso che le illuminava il viso, grata per l'inezia di interesse che le aveva mostrato.

Serrò i denti, dentro. Avrebbe potuto essere più gentile. Avrebbe dovuto. «Non mi serve una foto, Mac.»

Lei gli lanciò uno sguardo, i denti che si mordicchiavano il labbro inferiore. Lo aveva sempre fatto quando era nervosa. Tipo quando—

«Ehi, ti ricordi quando mettemmo la teleferica sopra il ruscello?»

Lei aveva insistito per venire con loro—o aveva minacciato di dirlo alla nonna, cosa che avrebbe stroncato il pomeriggio sul nascere.

«E voi rimaneste bloccati a metà e doveste tirarvi con la cintura di Sean per arrivare dall'altra parte?»

Sistemò la cappelliera in grembo quando lei passò sopra una buca e i micini dentro si spostarono. «Però tu arrivasti dall'altra parte.»

«Io non pesavo quanto voi montagnole di muscoli, quindi non tirai giù la corda.»

Era stata nervosa da morire a salire su quella trovata che avevano messo insieme—dovevano esserlo stati tutti. Quella cosa era pericolosa. Ma i suoi fratelli l'avevano portata, così Jared aveva dovuto adeguarsi.

Col senno di poi, apprezzava che ci tenessero a lei abbastanza da portarla. All'epoca... Non proprio. «È stato un bel pomeriggio.»

«Finché Johnny Heavers non trovò quel serpente e non mi inseguì.»

«I tuoi fratelli pensarono a lui per te.»

«Già. È vero.» Sorrise con lo stesso sorriso che aveva sfoggiato quel giorno, quando Johnny era tornato a casa in lacrime con i suoi fratelli alle calcagna, lasciando Jared da solo con lei.

Avrebbe preferito andare dietro a Johnny, ma i ragazzi ne avevano il diritto, essendo i suoi fratelli, e qualcuno doveva restare con lei. Era stato infastidito e probabilmente non era stato gentile come avrebbe dovuto, ma era sempre stato attento a non lamentarsi davanti ai suoi fratelli. Non aveva voluto mettere alla prova l'amicizia per via della loro sorella.

«Bryan infilò il serpente dietro i pantaloncini di Johnny. Meno male che era un serpente giarrettiera, perché se l'avesse morso, almeno non era velenoso.»

Jared sorrise. Aveva avuto voglia di sistemare Johnny un paio di volte, quand'erano ragazzini. «*Lo* morse?»

Mac fece spallucce. «Non lo so.»

«Se fossi stato Johnny, non so se lo avrei ammesso, nel caso, sai?»

Lei rise. «Chissà che cosa fa, oggi. Ne combinava sempre una.»

«Ho sentito dire che si è unito al circo come domatore di serpenti.»

Lei roteò gli occhi. «Non sei per niente divertente.»

«Oh, non saprei. Io l'ho trovato esilarante.»

«E pensavi che Mariellen Meselnick fosse bona, il che la dice lunga su quanto valga la tua opinione.»

«Mariellen *era* bona.»

«Sì, ma non per quello che vendevi tu.»

Jared scosse la testa. «Questa conversazione è sbagliata su così tanti livelli. Sono sicuro che Mariellen abbia sposato un bravo ragazzo e si sia sistemata a crescere i suoi due virgola cinque figli.»

«In realtà, Mariellen ha sposato una donna e hanno avuto ciascuna un bambino tramite surrogata. Quindi il tuo radar era proprio fuori fase, su quella.»

«Ahi. Così ferisci un uomo. Però, Mariellen e un'altra donna? Be', quello è hot.»

Mac roteò di nuovo gli occhi. «Prossimo argomento.»

Sorrise, godendosi una delle prime conversazioni non conflittuali che avesse mai avuto con Mac. «Okay, che ne dici dei tuffi dai massi nella pozza?»

«Non sono mai stata così spaventata in vita mia. Era tipo un salto di trenta metri.»

«In realtà erano cinque. Ci sono tornato e ho misurato qualche anno fa.»

«Sembrava molto più alto, allora.»

Uno dei micini spinse con il muso il coperchio della cappelliera e il suo braccio sfiorò quello di lei quando andò a richiuderlo. «Tante cose sembravano diverse quando eravamo bambini.»

«Già, è vero.» Svoltò nel parcheggio del centro commerciale. «Resta qui e io entro a prendere il resto di quello che ci serve. Faccio prima e posso fermarmi in doppia fila.»

E, proprio così, la realtà gli piombò in faccia. Il viaggio nei ricordi gli aveva tolto di mente le maledette ferite, ma ora, eccolo lì, a fare da babysitter ai micini nel camion, mentre la gente faceva cose per lui che avrebbe dovuto fare da solo.

Si aggiustò la gamba. Quel maledetto dolore non passava. Come diavolo poteva anche solo sperare di tornare a giocare se non reggeva venti minuti in un camion?

Posò la scatola dei micini sul cruscotto e aprì la portiera. Ci mise più di quanto avrebbe dovuto per scendere dalla cabina, ma una volta fuori... grazie al cielo. Aveva bisogno d'aria e, una volta stirate le giunture, cominciò a sentirsi meglio non solo per la gamba, la vita e le prospettive professionali, ma perfino per i micini.

Poi Mac uscì dal negozio con una borsa di qualcosa sulla spalla e un'altra borsa di qualcosa sotto l'altro braccio, qualche altra busta in una mano e una scatola grande e piatta nell'altra, sembrando una bestia da soma—e addio buonumore. Avrebbe dovuto portarle lui quella roba.

Andò con le stampelle. «Dai, dammene un po'.» Allungò la mano per prendere le borse e, per un istante brevissimo, la vide sorridere.

Ma poi aggrottò le sopracciglia. «Hai lasciato la portiera aperta?»

«Eh?» Le tolse la prima borsa dal braccio.

«Hai lasciato aperta la portiera del camion?»

Si infilò la borsa al polso e poi si girò.

Accidenti. Micini.

Riuscì addirittura a tornare al camion con le stampelle prima di Mac, carica di tutta l'altra roba, e afferrò il batuffolo calico prima che scivolasse dal sedile sull'asfalto.

«Davvero, Jared? Mi stai solo dando corda dicendo che te ne occuperai mentre cerchi un modo per sbarazzartene? Se davvero vuoi che me ne occupi io, dillo e basta. Non ha senso ammazzarli.»

Quella donna riusciva a farlo arrabbiare più di un arbitro col paraocchi. «Piantala, Principessa. Questo l'ho salvato io, no? Certo che so badare a dei gattini.»

Lei sorrise allora. Un sorriso grande, bellissimo... di chi la sa lunga. «Te l'avevo detto.»

Lasciò cadere borse e scatola ai suoi piedi, si buttò la coda di cavallo sulla spalla e praticamente saltellò attorno al camion fino al lato guida.

Per uno con le stampelle, c'era cascato alla grande.

Rimise il piccolo esploratore nella cappelliera con quello grigio—l'unico intelligente del gruppo—e raccolse Moe e Curly dal sedile per ricongiungerli ai fratellini, prima di sollevare le borse e metterle nel cassone.

Ora non ci sarebbe stato più verso di sfuggire al dovere da gattaro. Non con Mac che aveva sorriso per tutto il viaggio di ritorno.

Capitolo Sette

Tre ore erano volate. Mac controllò l'orologio a cucù nella sala da pranzo di Mildred mentre trascinava il sacco di lettiera fino alla lavanderia. Altre tre ore che avrebbe dovuto passare in compagnia di Jared. Per così tanto tempo aveva cercato di dimenticare quel tipo e adesso lui era lì, davanti ai suoi occhi.

A mettere alla prova la sua determinazione.

Perché dovevano esserci dei gattini? Perché doveva *importarle* che ci fossero dei gattini? Perché Jared non si era rotto l'altra gamba così da potersi guidare da solo, con i gattini, dal veterinario senza di lei?

Perché doveva essere così adorabilmente imbranato con i gattini?

Karma. L'universo la stava ripagando per aver fregato i fratelli a poker.

Spinse il sacco pesante per gli ultimi cinque piedi, pregando che non ci fosse un'asse allentata o una scheggia randagia sul parquet, ma proprio non riusciva a portarlo oltre.

Riuscì a entrare nella lavanderia e appoggiò il sacco in un angolo, poi si asciugò la fronte e tornò fuori a prendere la lettiera. *Tre* lettiere, in realtà. La dottoressa Bingham aveva suggerito di prenderne due grandi per quando i gattini fossero cresciuti, dato che potevano essere pignoli con le abitudini di toilette, e una bassa per usarla finché non fossero stati abbastanza grandi da arrampicarsi nelle altre.

Sistemò il tappetino raccogli-lettiera, poi vi posò sopra le cassette in fila come una schiera di villette per mici. Purtroppo, ora c'era ben poco spazio per fare il bucato. Ma visto che qui ci stava solo Jared, quanta roba da lavare poteva mai avere?

A meno che non abbia qualcuno che si ferma da lui.

Non ci voleva pensare. La vita sentimentale di Jared non era qualcosa a cui volesse dedicare un pensiero.

«Hai bisogno di aiuto lì dentro?»

Perché insisteva a chiederle se avesse bisogno di aiuto? La vedeva ancora come la sorellina di Liam da salvare ogni volta che lui era nei paraggi?

Se solo avesse saputo che *lui* era il motivo per cui lei, allora, era così incasinata. Non riusciva a pensare lucidamente quando lui si presentava.

Se avesse potuto dire a Mac-Di-Allora ciò che Mac-Di-Adesso sapeva, la situazione sarebbe stata molto diversa.

Ma col senno di poi non ci faceva un accidente. A proposito... «No, sto bene.» E lo sarebbe stata se non avesse continuato a immaginare la concentrazione sul suo viso mentre la dottoressa Bingham gli insegnava cosa fare. O se il suo sguardo non fosse schizzato verso i gattini ogni due secondi. O se non avesse rubato qualche carezza quando pensava che lei non lo stesse guardando.

Era stata così abituata a Jared che la tormentava che di rado aveva visto questo suo lato tenero.

Lui stava in piedi accanto al lavello quando lei rientrò in cucina, esattamente nel punto in cui doveva andare.

Stava cominciando a provare i caldi e morbidi nei suoi confronti. Tutta colpa di quei dannati gattini. Il trucco più vecchio del mondo.

Ma Jared non aveva mai giocato seguendo il manuale. E di certo non stava giocando adesso. Aveva reso il suo disprezzo per lei molto chiaro in più di un'occasione. Quei caldi e morbidi erano solo frutto della sua immaginazione.

Mac si avvicinò a grandi passi, aprì il rubinetto e si spremette un po' di sapone sulle mani per togliersi la lettiera. «Che cosa ne hai fatto?»

Meglio tenere la conversazione sui gattini. Era un argomento sicuro.

Poi, di nuovo, aveva pensato che salire di sopra prima fosse sicuro, visto che Jared era infortunato, e questo dimostrava quanto ci capisse. Gattini, baci...

Fantastico. Ora stava ripensando a quel bacio.

Si sorprese a guardargli le labbra.

Poi lo sorprese che la *sorprendeva* a guardargli le labbra.

Quelle labbra si piegarono in un sorriso. «Cosa vuoi che *ne faccia?*»

Non parlava di gattini.

E non le piaceva che stesse ridendo di lei. Oh, non apertamente, ma c'era. Lo sapeva perché era stata destinataria delle sue risatine beffarde troppe volte per non riconoscerle al volo.

Be', ormai era una ragazza grande e non più ciecamente innamorata. Sapeva rendere pan per focaccia.

Si avvicinò ancora. Si leccò le labbra. Che pensasse pure ciò che voleva di *quello.* «Che cosa dovresti *farne?*» Si passò di nuovo la lingua sulle labbra e abbassò la voce quasi in un fusa. «Dagli da mangiare.» Alzò il mento. «*Coccolali.*» Lo invitò con un cenno a chinarsi. «*Accarezzali.*»

Lui inspirò a fondo.

Lei stava facendo di tutto per non sorridere mentre si avvicinava ancora e sussurrava: «Poi metti i loro culetto nella lettiera.»

Scosse l'acqua dalle mani e si trattenne dal lanciare la coda di cavallo oltre la spalla, ma gli lanciò un'occhiata mentre usciva dalla stanza. Che sentisse che effetto faceva desiderare. Lei lo sapeva bene.

A Jared occorsero un paio di secondi per rimettere in moto il respiro. Prenderlo in giro così...

Aveva creduto che a lei fosse passato quel cotto, ma poi l'aveva beccata a guardargli le labbra e, be', lui aveva guardato le sue.

E ricordò che sapore avevano.

Non avrebbe dovuto baciarla. Avrebbe dovuto tenersi ben stretta la sua maledetta curiosità e usare i ricordi d'infanzia di lei come scudo.

«Ehm, Jared?» chiamò Mac da sopra. «I gattini hanno bisogno di te.»

Lui espirò. I gattini miagolavano.

«Li sento.» Si staccò dal piano della cucina, infilò una stampella sotto ogni ascella e si diresse nel salotto.

I gattini non avevano aspettato la lettiera.

Cavolo, cosa c'era in quel latte artificiale?

Decise di non sollevare la cappelliera, temendo che il fondo ormai bagnato cedesse, e invece prese in braccio ciascun gattino, raccolse l'orlo della maglietta e se lo infilò in bocca, usandolo come un cestino. Purtroppo, gli offrì un'esperienza fin troppo ravvicinata con le zampette sporche dei gattini mentre rientrava in cucina con una maglietta ormai spacciata.

Di nuovo al lavello—uno in stile rustico da fattoria con i lati alti come grattacieli per quei cosini—Jared sistemò ciascuno su carta assorbente che dispose sulla porcellana. Non era il posto più igienico dove metterli, ma l'igiene era praticamente volata dalla finestra da quando Mac li aveva trovati.

Avrebbe dovuto lavarli, quei cosini. Sperava proprio che i *gattini* si potessero lavare.

Poi quello grigio mollò un pugnetto in testa al fratello bianco, lasciandogli addosso un'impronta molto distintiva—e puzzolente—sul candore del pelo, quindi li si sarebbe lavati che gli piacesse o no.

Si tolse la sua maglietta ormai rovinata, tirandola sopra la testa, e la usò per foderare il lavello.

I piccoli curiosi ispezionavano le pareti della loro dimora temporanea, disseminando minuscole, non proprio piacevoli impronte dappertutto. Non erano molto stabili sulle zampe; la veterinaria aveva detto che sarebbe arrivata con l'età e aveva ipotizzato che avessero circa tre o quattro settimane. Erano stati nutriti bene, quindi la madre probabilmente aveva avuto l'incidente la notte precedente al massimo. Lì in mezzo c'era un lato positivo per Jared; almeno i gattini non stavano sul filo della fame da riportare alla vita, ma il lato negativo era che toccava comunque a lui tenerli in vita.

Quello nero, però, *stava* sul filo del lavello.

Jared lo afferrò—anzi, la afferrò—dal bordo e la rimise al centro del lavello, poi aprì l'acqua per dare inizio al bagnetto—

Santo cielo! Quattro gattini si mossero più veloci di quanto avesse mai creduto possibile, ognuno arrampicandosi per scappare dal lavello. Quello nero ce la fece davvero stavolta e stava andando giù, dritto verso il pavimento.

Jared la raccolse al volo, poi radunò gli altri, stringendoseli al petto mentre gli si arrampicavano sotto il mento, lasciandogli lungo tutto il tragitto piccoli graffi sanguinanti.

«Ti dona, questo look.»

Certo che Mac doveva trovarsi sulla soglia, a vederlo al suo peggio. Non aveva una gamba su cui stare in quell'ambito—ops. Non un gran modo di dire da usare.

«Che hai fatto? Hai provato a lavarli?»

«Visto che sono bagnato quanto loro, direi che si spiega da solo.» Li scosse un po' fra le braccia per impedire al calico di scavalcargli la spalla.

«Non lo sai che ai gatti non piace l'acqua?»

«No. Non lo so. Non ne ho mai avuti come animali domestici.»

Quello bianco arrivò sull'altra spalla e quello grigio decise proprio *adesso* di stare al passo col coraggio dei fratelli mentre cercava di saltare di nuovo *nel* lavello. Accidenti, avranno avuto artigli minuscoli, ma quei cosini facevano sangue.

Le stampelle gli caddero rumorosamente a terra mentre cercava di tenere tutti i gattini nello stesso posto.

Non funzionò e, ovviamente, perse l'equilibrio.

Se Mac non l'avesse preso al volo, si sarebbe rotto il coccige oltre agli altri infortuni quando fosse atterrato.

Com'era andata, scivolò lungo il corpo di Mac—cosa a cui *non* stava per pensare—e quegli infortuni ebbero una tregua prima che lui toccasse il pavimento.

Chi l'avrebbe detto che un metro e cinquantotto potesse essere così in alto?

«Vuoi toglierti da sopra di me, per favore?» Mac aveva il fiato corto.

Hmmm, gli piaceva averla sotto di sé. Preferibilmente in altre circostanze, ma adesso, per un secondo, si concesse di sentire Mac contro di lui.

La sorellina di Liam era *decisamente* cresciuta.

Okay, era ora di scendere da lei. Per il bene di entrambi.

Inspirò forte, posò i gattini a terra e riuscì a rotolare via da lei senza finirle addosso.

Inspirò di nuovo a fondo per arginare il dolore alle costole. «Scusa. E grazie per avermi preso.»

Mac si alzò e si spolverò le cosce. Cosce che ora erano alla sua altezza occhi. «Prego.» Gli porse una mano. «Ti serve una mano per tirarti su?»

No. Non gli serviva. Per niente.

Gesù.

Jared si posò un gatto in grembo per nascondere l'evidenza. Niente come gli artigli di un gattino per mandare il tipo in letargo. Che era dove gli conveniva restare quando c'era di mezzo Mac, santo cielo.

«Non che non apprezzi l'offerta, ma è probabilmente meglio se mi tiro su da solo.»

Fece scivolare il gattino a terra mentre si voltava su un fianco, con quelle minuscole unghiette che praticamente completavano l'opera di rimandargli il coso in ibernazione, e si ingegnò per issarsi su una sedia.

Mac raccolse i gattini da terra, afferrando il calico prima che si infilasse nella fessura del battiscopa. «Quindi, immagino che ti serva una mano con il processo del bagnetto.»

Gli ci volle un secondo per capire che si riferiva al processo del bagnetto dei *gattini*, ma quel secondo bastò per scatenare l'immagine a tutto schermo di Mac nella doccia. Con lui. E il sapone. E l'acqua. E il vapore—quello dell'acqua e altri tipi.

Dannazione. «Eh, già. Non sono sicuro di come possa tenere a bada quattro gattini con due mani.» Anche se almeno gli avrebbe tenuto le mani occupate così che non fossero tentate di sconfinare verso di lei.

Peccato che... erano già *tentate*.

Gesù. Non era mai stato così iperconsapevole con Camille. Perché lo era con Mac, proprio con lei?

«Okay, allora tu porta l'acqua a tiepida mentre io li tengo impegnati qui. Probabilmente è meglio mettere solo un filo d'acqua nel lavello e lasciarli abituare.» Teneva i gattini come se fossero un mucchio di pupazzi—tutti seduti tra le sue braccia come se non l'avessero appena atterrato. Piccoli furfanti.

Sussultarono quando lui aprì l'acqua, ma abbassò in fretta il getto fino a ridurlo quasi a un filo. «Ci metterà un po' a riempirsi.»

Mac fece spallucce. «Aspetteremo. Sono già indietro di tre ore; che sarà mai un'altra?»

«Hai un appuntamento bollente a cui devi andare?»

Alzò un sopracciglio. «È martedì. In mezzo alla giornata. A quanti appuntamenti bollenti sei mai andato a quest'ora? Aspetta.» Alzò la mano. «Non voglio saperlo. Tu e Bryan non avete vite normali come il resto di noi, e ho sentito fin troppe volte le sue storie per volerle sentire anche da te. Diciamo solo che, *se* ho un appuntamento bollente, di solito è il sabato sera, dopo che mi sono ripresa dalla settimana.»

«Quindi *ce l'hai* un appuntamento bollente questo sabato?»

«Perché ti interessa?»

Già, perché? «Non mi interessa. Cioè, era solo conversazione.»

«Lo è anche "che cosa hai mangiato a colazione stamattina", ma non è quello che hai scelto.»

«Accidenti, Mac, dacci un taglio, vuoi? Non ti stanchi mai di portarti addosso tutta quell'armatura?» Le prese un gattino dalle braccia—quello nella piega del gomito, perché non avrebbe messo mano a nessuno dei due in mezzo, proprio sopra il seno.

«Non so di cosa parli, Jared.» Gli porse il gattino grigio quando quello bianco iniziò a miagolare. «Tieni. Non amano essere separati.»

Lui dondolò quel cosino che gli stava praticamente saltando fuori di mano per raggiungere il fratello. *Sua* fratello. Sorella. Qualunque cosa. Prima o poi avrebbe dovuto trovare dei nomi a 'sti cosi così da sapere quale fosse di che genere. C'era una femmina nel gruppo—ed era più che sufficiente per lui. Una femmina era tutto ciò che riusciva a gestire in questi giorni. E, visto che Mac stava drizzando le spine per la sua domanda, una era pure troppo.

«La tua armatura. O forse preferisci la spina sul groppone? Non ti stanchi mai di portartela? Perché non la lasci andare? Anche solo per un po'?»

Per poco non le cadeva l'ultimo gattino. Per fortuna, il suo istinto di conservazione-felina scattò e riuscì ad acchiappare il cosino prima che si spiaccicasse a terra. «Spina? Non ho nessuna spina sul groppone.»

«Certo. È normale che tutti vadano in giro ringhiando a un vecchio amico di famiglia.»

«Un vecchio amico di famiglia, eh?» Posò l'ultimo gattino nel lavello. Il loro miagolio cessò nel momento in cui furono tutti insieme. «Buffo che ti definisca così, Jared, quando non eri amico di *tutta* la famiglia.»

Appoggiò un fianco al lavello e mise una mano sul bordo. «Mac, eravamo ragazzini. A un certo punto devi farsene una ragione e andare avanti.»

«Andare avanti», gli scagliò in faccia lo strofinaccio appena preso dal cassetto. «Non ti montare la testa, Jared. Sono andata avanti da quella cotta stupida che avevo per te. Da un bel pezzo.»

Cosa che dimostrò attraversando la soglia come una furia e lasciandolo con una covata di gattini che ora piangevano.

Gattini ora *bagnati*.

Che cercavano di artigliare il bordo del lavello passando per il suo avambraccio.

Fece un bel respiro e dirottò la rabbia. Non era colpa dei gattini se lei li aveva lasciati alla sua mercé. E non era colpa loro se lui non sapeva che farsene. Era di chi guidava l'auto che aveva ucciso la loro madre, ecco di chi era la colpa.

E, come con Camille e Burke, dare la colpa a qualcuno non lo faceva sentire meglio né cambiava la situazione. Quindi ingoiò il rospo e mise la discussione con Mac in un angolo del cervello fino a dopo che i gattini fossero stati lavati.

E asciugati.

E nutriti.

E portati in lettiera.

Dio, sperava che avrebbero dormito tutta la notte.

Perché, con la rabbia di Mac che ancora aleggiava nell'aria—e la vista del suo didietro in quei pantaloni aderenti mentre usciva—non era affatto sicuro che ci sarebbe riuscito lui.

Capitolo Otto

Mac passò lo spolverino sulla modanatura un'ultima volta per sicurezza, starnutendo un'altra mezza dozzina di volte. Ora capiva perché Mildred non lo faceva da anni; la delicata modanatura a filigrana tratteneva la polvere come lo zucchero a velo sulla glassa di una torta. Era il quinto piumino che consumava da quando aveva lasciato la cucina.

E Jared.

Maledetto. *Prima o poi bisogna voltare pagina.* Davvero? Era *davvero* così presuntuoso da pensare che lei gli avesse tenuto il moccolo per tutti quegli anni? Idiota. Se *fosse* stato così, non si sarebbe forse lasciata andare a quello stupido bacio, supplicandolo di continuare?

Ma lei l'aveva *fermato.* Se n'era andata.

Ehm... non te ne sei andata sul serio, tesoro. Sei ancora qui.

Oh no. Non avrebbe avuto quella discussione con se stessa. Era lì perché aveva un lavoro da fare. Nient'altro. E allora se l'aveva baciata? Era sempre lo stesso arrogante Jared che pensava che le bastasse schioccare le dita perché lei facesse la sua volontà.

Sì, ma tu lo hai *accompagnato dal veterinario e gli hai fatto da autista.*

Solo perché non poteva guidare da solo. Sul serio, se avesse dovuto avere quel dialogo con se stessa dopo ogni incontro con Jared, qualcuno avrebbe dovuto farla ricoverare in manicomio una volta finito quel lavoro.

«Ah, maledizione! No! Vieni qui!» La voce di Jared tuonò su per le scale, seguita da un fracasso e un tonfo che suonò come se lui fosse caduto di testa sul pavimento.

Fantastico. Era tutto ciò di cui aveva bisogno: passare le prossime dieci ore al pronto soccorso e spiegarlo a entrambe le loro nonne.

Mac gettò il piumino carico di polvere nel grande sacco verde della spazzatura sul pavimento e scese di gran carriera dalla scala e giù per le scale principali in tempo record, trovando tre dei quattro gattini rannicchiati insieme tra le gambe divaricate di Jared, mentre l'altro...

Oh no. L'altro era in cima alle scale della cantina, guardava indietro verso i suoi fratelli, in bilico su un abisso.

Quegli scali erano aperti, senza alzate tra i gradini. Un salto sbagliato e il piccolo Bianchino ci sarebbe rimasto secco.

Fece un passo verso di lui e il piccoletto la guardò, con i suoi grandi occhi blu pieni di sentimento, ed emise un acuto «Miao».

Oscillò ancora un po'.

«Non andargli dietro, Mac. Lo spaventeresti e basta.»

«È già spaventato. A proposito, stai bene?» Si voltò a guardare e... uh, sì, stava bene. Più che bene, in realtà, visto che era ancora a torso nudo. Il che non aiutava la sua tesi di non essere più attratta da lui.

«Sì. Sto bene. Le costole fanno male, ma d'altronde facevano male anche prima. Nessun danno, tutto a posto, ma dobbiamo salvare quel gattino.»

«Non mi dire.» Mac si guardò intorno in cerca di qualcosa con cui acchiappare il cosino prima che si rendesse conto delle sue intenzioni, ma ovviamente Mildred non teneva retini da pesca appesi alla rastrelliera delle presine. Pensò di lanciargli sopra uno strofinaccio, ma questo avrebbe potuto farlo cadere di sotto. Così come un balzo verso di lui.

Afferrò il gattino calico e lo posò a portata di mano. Non voleva dover inseguire due di loro giù per le scale della cantina, ma sperava che quello bianco si avvicinasse al suo fratellino.

«Miao.» Il calico recitò la sua parte alla perfezione.

«Miao.» Per fortuna, quello bianco era della stessa squadra. Fece il suo primo passo verso di loro.

«Grazie a Dio.» Jared appoggiò la fronte sul pavimento e sospirò.

«Veramente, se vuoi parlare di divinità, preferisco *dea*.» Mac fece un passo verso il calico.

«La dea batte la principessa?»

«A mani basse.» Non aveva intenzione di abboccare all'amo, scegliendo invece di tenere gli occhi sul gattino bianco, pronta a balzare se avesse cambiato idea.

Un altro paio di «*miao*» e Bianchino fu abbastanza vicino da poterlo afferrare.

«Prendi Larry!» Jared si spostò in una strana arrampicata sul parquet, afferrando la coda del calico — di Larry? — tra le dita prima che scappasse.

«MMMwwwrrrroooowww!»

«Piantala.» Jared trascinò il gattino all'indietro verso di sé.

Mac fece una smorfia mentre si sedeva per terra e prendeva il gattino da Jared. Capiva il punto di vista del piccoletto, ma una coda pizzicata era meglio di un cranio fracassato. «Larry?»

«I tre marmittoni.»

«Ci sono quattro gattini.»

Jared si sollevò sui gomiti. «E c'erano anche Shemp e Joe, quindi in realtà ci manca un gattino.»

Sbuffò e si strinse i due gattini miagolanti sotto il mento. «Ne vuoi *un altro?*» Si tolse l'elastico dalla coda di cavallo, lasciando che i capelli le cadessero intorno a loro come una tenda per dar loro un posto dove accoccolarsi e sentirsi al sicuro.

Il miagolio si placò e smisero di impastare il suo collo. Grazie a Dio. Gli artigli forse non erano grandi, ma c'erano ed erano affilati.

«Wow.»

«Cosa?» Guardò Jared.

«I tuoi capelli.»

Soffiò via una ciocca dal viso. «Sì, e allora? Capisco che non mi faranno mai fare la pubblicità di uno shampoo, ma sono un po' più preoccupata di calmare i gattini che del mio aspetto.»

«È proprio questo, Mac.» Jared girò le gambe, si mise a sedere e si sistemò i due gattini tranquilli in grembo. «Non ti ho mai vista con i capelli sciolti.»

Per un secondo — solo uno — pensò che fosse impressionato. Forse stava persino flirtando con lei. Ma poi quel momento passò. Quello era Jared. Il lupo perde il pelo ma non il vizio. Nemmeno con dei gattini di mezzo. E non era come se lui l'avesse mai guardata abbastanza a lungo da notarlo.

Si alzò in piedi e tese le mani per prendere i gattini che lui teneva, cercando disperatamente di ignorare quel petto scolpito con appena un velo di peli che sarebbero stati così piacevoli contro la sua guancia. O altre parti. «A rischio di ripetermi, ti serve aiuto per alzarti?»

«No, sono a posto.»

Desiderò davvero che smettesse di dirlo.

Gli sfilò gli altri gattini dalle cosce, cercando di concentrarsi su qualcosa di diverso da dove si trovavano. «Allora, dov'è quel coso a gabbia?»

«Il cosa?»

«Il coso a gabbia. Il box. Quella cosa che ho comprato perché non corrano dappertutto?»

«Non ho visto nessuna gabbia.»

«E allora cosa ne hai fatto? Vedo che il coperchio della cappelliera non c'è più.»

Faticò a mettersi in ginocchio e lei dovette ricordarsi che non voleva alcun aiuto da parte sua.

«Hai *guardato* nella cappelliera, Mac? È un casino. Non avevo intenzione di metterli lì.»

«E allora dove li *hai* messi?»

Lanciò un'occhiata a un gruppo di cuscini sul pavimento. «Io, uh...»

«Hai cercato di recintarli con dei cuscini? Jared, sanno arrampicarsi.»

«Me n'ero accorto.» Strappò le stampelle da terra e le usò per rimettersi in piedi. «Volevo solo lasciarli da qualche parte in fretta per potermi sedere, e poi metterli in grembo.»

«E pensavi che sarebbero rimasti lì, cosa? A guardare la partita con te? Non sono cani.»

«Senti, Mac, sono fradicio, le costole e la gamba mi fanno un male cane, e sto improvvisando, quindi se hai qualche perla di saggezza da impartire, potresti farlo in fretta così posso togliermi di mezzo? Sono ancora in convalescenza, sai.»

Come se lei non potesse capirlo, agitò le stampelle. Le venne sulla punta della lingua una qualche osservazione sarcastica, ma poi vide il pallore sotto la sua abbronzatura. Le rughe severe agli angoli della bocca. Lo sguardo stanco nei suoi occhi verdi. Le spalle curve. Quel tipo stava soffrendo. E lei era abbastanza umana da non volergliene causare di più.

«Quello.» Indicò la scatola che aveva comprato prima, poi raccolse i quattro gattini nell'incavo di un braccio, stringendoseli al collo. «Si apre e diventa un box, così non possono correre dappertutto e mettersi nei guai.»

«Come dovrei saperlo?»

Spostò la scatola dalla parete a cui l'aveva appoggiata alla poltrona a orecchioni vicino al divano, ricordando a se stessa che lui stava soffrendo. Che avrebbe dovuto avere compassione per un altro essere umano.

Che l'aveva baciata...

«C'è scritto proprio qui sulla copertina. Vedi questo adesivo? Istruzioni complete *e* una foto. Non potevano renderlo più facile.»

«Tranne che qualcuno avrebbe dovuto *vederlo* per sapere a cosa serve.» Zoppicò fino al divano e si sedette.

Dovette sforzarsi per trattenere la rabbia. Ricordarsi che era arrabbiato per la sua situazione, non con lei.

Giusto?

La vecchia insicurezza tornò per un solo istante, ma quell'istante fu sufficiente. Jared era sempre stato in grado di ridurla a un guscio balbettante di ciò che era stata — il suo sé *sicuro* di prima. Solo vicino a lui era mai stata insicura.

Beh, non più. Era una donna adulta che gestiva un'attività di successo che aveva avviato da sola. Che piacesse o no a Jared non la definiva più.

«Ehi, non è mio compito sapere cosa vedi e cosa non vedi. Non hai un assistente personale per questo?»

«No.» Sputò la parola con una tale veemenza che lei ebbe la sensazione che gli atleti non avessero bisogno di assistenti personali dopo essere finiti nella lista degli infortunati.

Beh, ehi, nessuno doveva dirle due volte di tenersi alla larga da un argomento delicato quando si trattava di Jared. Così mise i gattini sulla poltrona, poi issò la scatola davanti a loro, recintandoli, prima di aprire un'estremità per far scivolare fuori il box. Un paio di viti tintinnarono sul pavimento sotto il divano.

Questa volta fu il gattino nero a decidere di andare in esplorazione e ruzzolò giù dalla poltrona per inseguirle.

«Ehi, gattino! Torna qui!»

«Ci penso io, Mac.» Jared si appoggiò al cuscino della seduta e si mise sul ginocchio sano per recuperare il gattino. Lo posò sul divano, poi si allungò di nuovo sotto per prendere le viti. «Puoi tornare a fare quello che stavi facendo.»

«Non essere ridicolo. Possiamo montarlo insieme e poi tornerò al lavoro. Ti ci vorrà il doppio del tempo...»

«Ho detto che ci penso io. Vai a fare quello che devi fare.»

«Mi stai dicendo cosa fare?»

Lui la guardò, con un sopracciglio inarcato in quell'atteggiamento da "che mi frega" che lei sognava da adolescente. «C'è mai stato *qualcuno* in grado di dirti cosa fare?»

Le ci volle molta forza d'animo, ma non rispose con una cattiveria, visto che lui stava soffrendo, ma quella fu l'unica ragione per cui gli concesse un pass.

Imbrigliò la rabbia e la incanalò nello strappare il box dal tavolo, aprendolo nella forma esagonale mostrata sull'adesivo. «Allora, dove vuoi che lo metta?»

Rimase in silenzio per un attimo di troppo.

«Non rispondere.» Se lo issò sopra la testa — quel coso era più ingombrante nella sua forma attuale — e lo piazzò in mezzo alla stanza, poi tese la mano per le viti e attribuì il fremito che sentì quando le punte delle sue dita le sfiorarono la pelle a quella rabbia che stava cercando di tenere a freno.

Sì, continua a ripeterti che è per questo che il tuo braccio si sente come se qualcosa ti avesse dato la scossa. Ammettilo, Mary-Alice Catherine, Jared ti fa ancora effetto.

Ritrasse la mano di scatto, quasi perdendo le viti.

«Vado a prendere un cacciavite,» si arrampicò in piedi Jared, apparentemente ignaro di ciò che stava accadendo alle sue terminazioni nervose.

Com'era possibile? Come poteva non vedere la sua reazione? Come poteva non sentirla anche lui?

Strinse le dita sulle viti. Lui non l'aveva mai sentito, quindi era meglio che lo dimenticasse. Aveva già sprecato abbastanza tempo per Jared Nolan nel corso degli anni.

Per fortuna, qualcuno scelse quel momento per bussare alla porta.

Era una donna. Una donna molto snella, molto tonica. In gonna corta. E tacchi. E una maglietta attillata con scollo a barchetta. Teneva in mano un cesto con qualcosa dentro.

Andiamo, tesoro, non essere così spudorata.

Ora suonò il campanello.

«Mac, puoi vedere chi è, per favore?» la chiamò Jared dal retrocucina oltre la cucina.

Oh, avrebbe visto chi era, eccome. «Nessun problema.»

Si passò le dita tra i capelli — anche se, perché? La donna dall'altra parte della porta aveva onde perfettamente cascanti sulla sua figura perfetta alta un metro e settantacinque, quindi non era come se Mac potesse sperare di competere.

Aprì la porta. «Salve. Posso aiutarla?»

La donna era stupenda. Forse un po' troppo truccata, però, e la maglietta era un filino attillata. C'era una linea sottile tra il sexy e il pacchiano e quella tipa ci stava camminando in bilico.

«C'è Jared?» chiese con un sorriso da concorso di bellezza.

Mac si astenne dal roteare gli occhi. A malapena. «È, ehm, occupato al momento. Posso dirgli chi è passato?»

«Oh, ma volevo dargli questi di persona.» Miss Concorso di Bellezza sollevò un cesto di muffin. Muffin con gocce di cioccolato appena sfornati dalla sua pasticceria preferita, se Mac non si sbagliava. Riconobbe i pirottini di alluminio di Cups & Cakes.

«Mi dispiace. Come ho detto, è occupato al momento.» Mac prese il cesto, sorprendendo la donna al punto da farglielo mollare. Come rubare le caramelle a un bambino. «Ma mi assicurerò di dividerli con lui. Ha lasciato il suo nome» — e numero? — «nel cesto?»

«Beh, sì, l'ho fatto, quindi se potesse chiamar...»

«Mi assicurerò di farglielo sapere. Grazie mille per essere passata. Li porto subito indietro e sono sicura che si farà sentire.»

Che probabilmente l'avrebbe fatto, Mac non ne dubitava. Se fosse stata Jared, anche lei l'avrebbe fatto. La donna era sexy e se non sapeva cucinare, almeno sapeva in quale pasticceria andare.

«Oh. Beh, ehm, okay. Grazie.»

«Certo. Nessun problema. Buona giornata.» Uccidili con la gentilezza, il tutto mentre gli prendi i biscotti. I muffin. Quel che è.

«Chi era?» Jared la incontrò in cucina mentre usciva zoppicando dalla stanza sul retro con un cacciavite tra i denti.

Mac prese l'attrezzo, facendo attenzione a non toccargli le labbra. «Forse dovresti trovare un altro modo per trasportarlo, Jared. Non abbiamo bisogno di passare la notte al pronto soccorso.»

«Era il modo più semplice a cui potessi pensare. Allora, chi c'era alla porta e cosa hai in quel cesto?»

Mac posò il cacciavite e frugò nel cesto alla ricerca del biglietto da visita della donna, con tanto di comodissimo numero di cellulare. La piccola Miss Regina di Bellezza non aveva proprio pensato a tutto?

«Si chiama Juliette Lerner. Circa un metro e settantacinque, lunghi capelli castani. Carina.» Mac era la maestra dell'eufemismo. «Non sono sicura delle sue doti culinarie, però, visto che questi li ha comprati. Penseresti che una che cerca di provarci con un ragazzo si butterebbe sul fatto in casa.»

Jared si limitò a inarcare un sopracciglio e si servì un muffin. «Ehi, la ragazza ha gusto. È venuta a trovarmi *e* sa dove comprare i muffin migliori.»

Questa volta Mac lasciò che gli occhi roteassero. «Allora mangia, Casanova. Ma forse dovresti conservare un po' di spazio. Ho la sensazione che queste non saranno le ultime esplosioni di zucchero che riceverai.»

«Gelosia?»

Delle donne che avrebbero potuto avere una possibilità con lui? Sì. L'avrebbe ammesso? No.

«No. Non ho bisogno di dolci. Sono già abbastanza dolce così.»

Riuscì davvero a strappargli una risata.

«Touché, Mac.» Sollevò il muffin per brindare a lei e per la prima volta, Jared la stava guardando con qualcosa di diverso da scherno, sarcasmo o rabbia.

E questo mandò dritta all'inferno la sua tesi di averlo superato.

# Capitolo Nove

Furono i gattini a svegliarlo.

Di nuovo.

Uno era sul suo piede e miagolava.

Un altro era sul suo braccio e miagolava anche lui.

Quello nero gli teneva una zampa sull'occhio sinistro, anche se non faceva rumore, ma il grigio...

Maledetto quel gattino; se ne stava raggomitolato nel suo inguine. E dormiva lì dalle due del mattino. Jared era sicurissimo dell'ora; non capitava spesso di svegliarsi con degli artigli sui gioielli di famiglia. Uno tendeva a non dimenticare una cosa del genere, così come il suono che facevano quattro gattini affamati nel cuore della notte.

Grazie a Dio, Mac aveva portato su gli scaldabiberon. La sera prima lui aveva riempito i biberon con l'acqua e aveva già misurato il latte in polvere, così gli era bastato mescolarli per dare da mangiare ai micini. Lei aveva messo la lettiera con i bordi più alti sulla sedia accanto al letto, quindi quella non era stata la sfida che aveva temuto. Il vero timore era stato quello di rotolarci sopra quando erano usciti dal cesto della biancheria sul letto accanto a lui per la quinta volta, ma quando si erano sistemati sulle varie parti del suo corpo ogni volta che ce li aveva rimessi, alla fine si era arreso e li aveva lasciati lì.

Ma ora aveva finito l'acqua e il latte in polvere, quindi doveva alzarsi per dar loro da mangiare.

Con il gattino-sulle-palle che faceva le fusa beatamente nel suo inguine, Jared non sapeva come avrebbe fatto.

Gli altri due aumentarono il volume dei loro lamenti, abbastanza da svegliare Shemp. Era così che Jared aveva deciso di chiamare il gattino-sulle-palle nel cuore della notte, il che rendeva quello nero Moe. Non era il più femminile dei nomi per l'unica femmina del gruppo, ma era troppo stanco per essere più creativo. E poi, era un gatto; non lo avrebbe mai saputo.

Quando toccò il pavimento, la gamba gli diede una fitta. Ah, già. Il tutore. Aveva preso l'abitudine di dormire senza. C'era qualcosa nel sentirsi un dannato invalido ventiquattr'ore su ventiquattro. Sedici erano già abbastanza terribili.

Afferrò quella mostruosità e ci si legò dentro. Avrebbe fatto la doccia più tardi, ma quei tizi — e quella tipa — avevano più bisogno di cibo di quanto lui avesse bisogno di una doccia.

Li infilò nel cesto della biancheria, ci mise sopra un cuscino per tenerlo in equilibrio, afferrò le stampelle e spinse la costruzione verso le scale mentre i miagolii aumentavano.

C'era un solo modo per portarli tutti giù in fretta.

Gettando la sua dignità dalla finestra, Jared si sedette sul gradino più alto, si tirò il cesto in grembo e scese le scale seduto, un gradino alla volta, facendo scivolare le stampelle di fianco a sé.

Naturalmente, era logico che Mac comparisse proprio quando era a metà strada.

«Uhm, che ingegno.»

Gli angoli di quella bocca a forma di arco perfetto si contrassero mentre lottava per non sorridere.

«Di necessità, virtù.» Scese un altro gradino, cercando di uscire con spavalderia da quell'imbarazzo. Il karma gliela stava davvero facendo pagare con gli interessi per come l'aveva trattata.

«Vuoi una mano?»

«No.» Sì.

Suonò il campanello.

Certo che suonò. Era in boxer — grazie al gattino-sulle-palle — perché nel momento in cui gli artigli gli avevano colpito i gioielli di famiglia la notte scorsa, se li era infilati. Non che fossero così efficaci nel bloccare gli artigli di un gatto, ma gli davano un briciolo di protezione. E ora un briciolo di amor proprio, anche se non c'era modo che andasse ad aprire la porta in quelle condizioni.

«Vuoi che vada io?» Mac perse la sua battaglia contro il sorriso.

Il campanello suonò di nuovo.

Merda. «Sì. Certo. Perché no.»

«Oh, prego, figurati.»

Si girò di scatto, con un'andatura fin troppo allegra, che faceva un gran bell'effetto al suo sedere. Aveva bisogno di pantaloni da lavoro larghi. Quei modelli attillati le avrebbero creato problemi con i clienti maschi.

«Ciao» disse una voce sensuale dall'altra parte della porta. «Sono Maeve Finnegan. Abito in fondo alla strada.»

«Lasciami indovinare.» Mac appoggiò il fianco contro la porta. Aveva davvero bisogno di divise diverse. «Hai portato a Jared dei biscotti.»

Era solo un'impressione di Jared o Mac si spostò leggermente a sinistra per bloccare la visuale alla donna?

Perché ti interessa?

Perché... era bello se stava proteggendo la sua privacy e la sua dignità. E se non lo stava facendo per lui ma perché era gelosa, be', ehi, ancora meglio. No?

Il silenzio assordante del suo subconscio parlava chiaro.

«Veramente, no. Ho portato una torta al caffè.»

Jared adorava la torta al caffè. La signorina Finnegan era una donna che sapeva come prenderlo per la gola. Non che le avrebbe dato il suo cuore.

«Jared è, uhm, indisposto, quindi sarò più che felice di dargliela io e di fargli sapere che sei passata. Immagino che il tuo biglietto sia nel cesto, vero?»

«Uhm... be'... sì...»

«Bene. Tieni, prendine uno dei miei. Se mai avessi bisogno di qualcuno per dare una ripulita veloce a casa tua, mi occupo di lavori di ogni dimensione. Sai, se aspetti una compagnia speciale o qualcosa del genere.»

Jared quasi rovinò la messinscena di Mac scoppiando a ridere. Quella donna era un vero fenomeno; rifilava i suoi servizi a una che era venuta lì con un'unica cosa in mente. Questo lato imprenditoriale era una parte di Mac che non si era aspettato.

Gli piaceva.

«Stai cercando di sabotare la mia vita amorosa, Mac?» le domandò una volta che lei ebbe chiuso la porta.

«Fattene una ragione, Jared. Sono sicura che ce ne sono un'infinità come lei.» Spiò attraverso la vetrata laterale. «Fortunatamente, le orde non sono ancora arrivate, così puoi andare a metterti dei pantaloni.»

«Non dirmi cosa devo fare.»

«Non ci credo che l'hai appena detto. Quanti anni hai... sei?»

Si mise una mano sul fianco e inclinò la testa, l'immagine stessa della rabbia, ma invece, in qualche modo, riuscì a fargli venire l'acquolina in bocca. Sì, decisamente non aveva sei anni.

Che diavolo gli prendeva? Era *Mac*, tra tutte le persone.

Forse era per la torta al caffè. Sì, era per quello. Stava sbavando per quella.

«Hai intenzione di condividere quello che c'è nel cesto?»

Mac alzò gli occhi al cielo e posò il cesto sui gradini. *Appena* fuori dalla sua portata. «È meglio che non mangi tutta questa roba o ti rimetterai fuori forma molto in fretta.»

Si sporse in avanti. La torta al caffè valeva un dolore alle costole. «Ah, quindi hai notato la mia forma fisica, Principessa?»

«Sogna pure, Nolan.»

Il campanello suonò di nuovo, salvandolo dal fare davvero quello che lei aveva detto.

«Oh mio Dio. Ma stai *scherzando*?» Mac si diresse a grandi passi verso la porta. Stava per spalancarla, ma si fermò, si voltò a guardarlo e si piazzò nella stessa posizione che aveva assunto con la signorina Finnegan.

«Lasciami indovinare» disse a chiunque fosse dall'altra parte. «Brownies.»

«Biscotti con gocce di cioccolato» rispose una voce sexy. Sarebbe stato bello se la porta si fosse aperta verso le scale per poter vedere chi c'era, ma dato quello che non indossava, probabilmente era meglio così.

«Sono sicura che Jared li apprezzerà. Hai messo un biglietto, vero?»

«Be', sì, ma speravo di potergli parlare.»

«Non riceve visite al momento. Sta cercando di riprendersi dall'incidente e tutto il resto. Sono sicura che capirai. Ma so che questi gli piaceranno.» Mac sollevò il cesto per sottolineare il punto, poi si mise a dare anche a questa donna il suo biglietto da visita. «Per qualsiasi intrattenimento *speciale* tu stia pianificando.»

«Te lo devo riconoscere, Mac» disse quando lei chiuse di nuovo la porta. «Bella mossa promuovere la tua attività in quel modo. Potevo sentire l'insinuazione da qui.»

«Non so di cosa stai parlando.»

«Ah, certo. Come se non stessi giocando sulle speranze di quelle donne che io comparissi.»

«Ci sentiamo un po' pieni di noi stessi, vero?» Mac posò i biscotti sul gradino. «Inizia a mangiare quelli e sarai pieno di sicuro. E a quel punto nessuno vorrà più vederti.»

«Te inclusa?»

Mac alzò gli occhi al cielo. «Purtroppo, non mi è stata data scelta.»

Quello gli smorzò la risata. A lui poteva piacere prenderla in giro, ma a lei probabilmente no. Non era mai stato così.

Dio, si sentiva un tale stronzo. Okay, era un ragazzino, ma gli sarebbe costato tanto essere gentile con lei? O aveva dato la sua cotta così per scontata da non rendersi conto di cosa avesse significato per lei?

«Mi dispiace, Mac.» Le parole gli sfuggirono, ma erano quelle giuste da dire. Avrebbe dovuto scusarsi anni fa.

Mac fece un gesto con la mano. «Non c'è bisogno di scusarsi. Sapevo a cosa andavo incontro quando ho accettato questo lavoro. Non è colpa di nessuno.»

«No, volevo dire che mi dispiace per...»

«Jared, davvero. Non è un problema. Sono qui per fare un lavoro e non mi dispiace aprire la porta ogni tanto.» Prese il cesto della biancheria con i gattini. «Allora, hai intenzione di vestirti oggi o vuoi mostrare il sedere ai vicini? Non credo che tua nonna apprezzerebbe.»

E a quanto pare, nemmeno lei. Le era davvero passata la cotta.

E quanto era sbagliato il fatto che lui non volesse che le fosse passata?

Gesù, non avrebbe dovuto baciarla. Avrebbe dovuto starle lontano. Mac era cresciuta e lui era quello rimasto bloccato nel passato.

«Jared? Ci sei?» Lei gli sventolò una mano davanti al viso. «I fumi dello zucchero ti hanno dato alla testa?»

Scosse la testa per schiarirsi le idee. «Uhm, sì. Cioè, no. Voglio dire, hai ragione. Dovrei andare a mettermi qualcosa addosso.»

Si girò per andarsene e il campanello suonò *di nuovo*.

«Okay, ho detto che non mi dispiace aprirla *ogni tanto*. Forse dovresti pensare di installare una porta girevole, o non farò mai progressi in questa casa. Respingere le tue ammiratrici *non* rientra nelle mie mansioni.»

«Vuoi che lo sia?»

Stavolta non si prese nemmeno la briga di alzare gli occhi al cielo; si limitò a trafiggerlo con lo sguardo mentre gli porgeva il cesto della biancheria, mentre la Signorina Insistente dall'altra parte della porta suonava di nuovo.

Dannazione. Non aveva bisogno di altri dolci e non aveva bisogno di altre donne che si presentassero per cercare di farsi strada verso il suo cuore attraverso il suo stomaco. Avrebbe dovuto dire a tutte che quella strada era chiusa a causa dell'Uragano Camille.

Eppure fu il Tornado Manley a mettere la mano sulla maniglia. «Apro?»

L'ospite bussò. «Jared? Sono Dave.»

Certo che era Dave. Perché non avrebbe dovuto esserlo? Chi sarebbe stato il prossimo: l'intera troupe del network sportivo locale? Avrebbe preferito un'altra Aspirante Signora Nolan.

«*Dave?*» Mac inarcò le sopracciglia. «Apro?»

«Il mio fisioterapista, e non proprio.»

«Ti vedo, Jare. Non me ne vado.» Dave stava sbirciando dalla vetrata laterale, con le mani a coppa sugli occhi.

Jared espirò. «Va bene. Fallo entrare.»

Mac aprì la porta.

«Ciao. Sono Dave. Il fisioterapista di Jared.»

«Io sono Mac.» Mac rivolse a Dave un sorriso che Jared non vedeva da molto tempo. «Sto pulendo la casa per la nonna di Jared.»

Dave le porse la mano. «Piacere di conoscert—»

«Sei in anticipo, Dave.»

Dave lo guardò. «Vedo che sarà una bella giornata.»

«Piantala.» Non si era mai accorto che Dave fosse un bel ragazzo fino a quel momento. Un metro e settantacinque circa, un corpo che frequentava regolarmente la palestra, un viso decente, single. Non era mai stato un problema prima, ma con Mac lì in piedi con il sorriso che aveva rivolto a *lui* ora destinato a Dave, lo era.

«Non hai ricevuto il mio messaggio in segreteria?»

«No. Sono stato un po' impegnato.» Sollevò un gattino, ma non era quella la ragione per cui non aveva controllato i messaggi. No, la ragione era che non ce n'erano che volesse sentire. Come dal suo agente, dal team manager, dal proprietario... Gente che aveva un interesse nel suo futuro. Invece, riceveva solo chiamate da studi medici e dai media su cosa avrebbe fatto della sua vita dopo il baseball.

Non *aveva* una vita dopo il baseball.

Ed era per questo che doveva lavorare con Dave. Dopo essersi vestito. E dopo aver dato da mangiare ai gattini.

Come a comando, questi ricominciarono a miagolare.

«Tieni, dalli a me così puoi metterti al lavoro.» Mac, tutta dolcezza e sorrisi, salì i tre gradini e tese le mani, guardandolo come se fossero i migliori amici del mondo.

Voleva dirle di no, che si sarebbe occupato lui dei gattini, ma sarebbe stato sciocco. Doveva davvero mettersi al lavoro.

«Andiamo, Jare» disse Dave. «Abbiamo solo un'ora, e stare seduto sui gradini in boxer non ti porterà da nessuna parte.»

Dave aveva ragione. Stare seduto lì, infastidito perché Mac aveva sorriso a Dave, non lo avrebbe riportato sul monte di lancio, e dire di *no* a Mac solo per dispetto avrebbe solo aumentato il suo carico di lavoro.

Le passò i gattini, poi si diresse di sopra per mettersi dei vestiti.

Era un peccato che quell'uomo dovesse indossare dei vestiti.

Mac cercò di non sospirare mentre lo guardava saltellare su per le scale, con i boxer che non nascondevano la vista dei suoi glutei duri al lavoro. Jared era sempre stato molto ben dotato nella zona del gluteo massimo.

«Allora.» Sorrise a Dave e si sistemò più comodamente il cesto della biancheria tra le braccia. «Lavori con Jared da molto?»

«Non posso discutere delle informazioni personali di un paziente, ma lo conosco da anni come amico.» Dave si avvicinò e chiuse la porta d'ingresso. «Tieni. Lascia che lo porti io per te.» Le prese il cesto della biancheria e, tristemente, lei non sentì alcuna scarica quando le dita di lui sfiorarono le sue come era successo con Jared.

Odiava essere ancora attratta da Jared. Specialmente quando c'era un ragazzo perfettamente gentile, di bell'aspetto — lanciò un'occhiata alla sua mano sinistra — e single che le sorrideva con un certo interesse.

«Dove li vuoi?»

«Nella lavanderia. Sono sicura che hanno bisogno della lettiera. Poi devo preparare i loro biberon.»

«Biberon?» Lui la seguì attraverso lo stretto corridoio.

«Ho trovato la loro mamma sul ciglio della strada. Non sono abbastanza grandi per il cibo per gatti normale, quindi io e Jared li stiamo allattando con il biberon.» Le sembrava così naturale unire i loro nomi. Diamine, doveva esserlo; lo aveva sognato per anni. Ma questa era la realtà, e la realtà era che a Jared non piaceva ancora e lei era ancora così stupida da trovarlo attraente, ma sperava di essere abbastanza intelligente da sapere che quelle fantasie infantili erano state favole e che Jared non era affatto un Principe Azzurro.

«Posso darti una mano finché non scende Jared, se vuoi.»

Dave, però, poteva esserlo.

«Grazie.» Prese i gattini dalla cesta e li mise nella lettiera. «Puoi tenerli d'occhio mentre preparo i biberon?» domandò mentre si alzava.

«Certo. Immagino che dovrei aggiungere l'addestramento alla lettiera al repertorio terapeutico di Jared.» Sorrise, e una fossetta gli comparve sulla guancia.

Era sempre andata matta per le fossette. Proprio come Jared...

Mise un freno a quel pensiero. Non avrebbe mai trovato nessuno se avesse continuato a paragonare ogni ragazzo a Jared. «Sono sicura che il tuo paziente lo *adorerà*.»

Dave le fece l'occhiolino. «Non glielo dirò se non lo fai tu.»

«Oh, fidati. Per quanto riguarda Jared, ho le labbra sigillate.»

Come lo sarebbero state la prossima volta che avesse provato a baciarla.

Se mai avesse provato a baciarla.

Smettila di sperare che provi a baciarti.

«Torno subito.»

Si affrettò in cucina e preparò i biberon che aveva tenuto di scorta, poi prese un asciugamano dalla pila accanto al lavandino.

«Mac» disse Dave, «sembra che qui dentro abbiano finito. Li porto fuori?»

«Certo» rispose lei a voce alta, stendendo l'asciugamano sul tavolo della cucina. I gattini non erano proprio i mangiatori più ordinati. «Riesci a gestirli?»

«Se riesco a gestire Jared, quattro gattini dovrebbero essere una passeggiata.» Entrò dalla lavanderia, con pezzetti di lettiera attaccati alla maglietta.

Curly quasi gli balzò dalle braccia.

Per fortuna, Mac afferrò la pallina di pelo bianca. «Uhm, già, me ne rendo conto.»

Dave le fece di nuovo l'occhiolino. «Ehi, chi non vorrebbe una bella donna che gli corre in aiuto? Quel piccoletto l'ha fatto apposta.»

Il complimento la fece sorridere. Hmmm... era un bravo ragazzo. Amava gli animali. Riusciva a sopportare Jared. Dave aveva un sacco di frecce al suo arco.

«Allora, vedo che tu e Jared siete molto uniti. Siete... cugini?» Dave mise giù il resto dei gattini, poi infilò il biberon in bocca a Larry come se lo avesse già fatto prima.

Dovette convincere Curly ad attaccarsi, poi diede un colpetto sul naso a quello nero mentre quello grigio cercava di afferrare la coda di Larry e poppare da lì. «Cugini?» Soffocò una risata. Sarebbe stato sbagliato sotto così tanti punti di vista. «No. Io... noi... i miei fratelli e lui sono amici e lo sono anche le nostre nonne. Sto pulendo la casa per Mildred. Vuole venderla. Vedi?» Mac si girò leggermente a sinistra e indicò con un cenno del capo il logo sulla sua maglietta. «Manley Maids. Io sono Mac Manley.»

«Nome orecchiabile. Scommetto che fa bene agli affari. Hai un paio di fustacchioni che puliscono per te?»

«A dire il vero, sì.»

«Pensi di aggiungere Jared ai ranghi?»

«Oh, sì, certo. Un grande giocatore di baseball professionista che rinuncia al lavoro dei suoi sogni per pulire i cessi. Anche se penso che i media adorerebbero la storia, non conosci molto bene Jared se pensi che lo prenderebbe mai in considerazione.»

«Ma tu lo faresti?»

Mac si strinse nelle spalle. «Sto cercando di farmi pubblicità. Se volesse, certo, gli legherei un grembiule.» Oh, non un'immagine che avrebbe dovuto avere. «Voglio dire, sai, solo per promozione. Anche se i miei fratelli non vogliono la promozione, ma stanno facendo il lavoro.»

«Potresti sempre chiedergli di fare da testimonial.»

E dargli la possibilità di respingerla ancora una volta? «Jared ha altre cose su cui concentrarsi. Non è per questo che sei qui?»

«Vero.» Incuneò i due biberon che stava usando tra le dita di una mano e i gattini si allinearono come se fosse la loro madre, impastandogli persino il palmo. «Ma quel ragazzo sa fare più cose contemporaneamente, sai. È un giocatore di palla eccezionale e un ragazzo eccezionale. Scommetto che lo farebbe se glielo chiedessi.»

«Ci penserò.» Okay, Dave era saldamente nella squadra di Jared, quindi non aveva intenzione di illuminarlo sulla disponibilità di Jared ad aiutarla. «Allora, come sei finito a lavorare con gli sport professionistici?»

Lui le fece un riassunto del suo curriculum e la conversazione deviò sulle squadre con cui aveva lavorato. «Ho conosciuto Jared il giorno in cui entrambi abbiamo iniziato con la squadra. Siamo amici da allora.»

«Ah, la condivisione dell'ansia da novellino.»

«Qualcosa del genere.»

«Guarirà, vero?»

Dave cambiò l'angolazione del biberon per far arrivare il resto del latte ai gattini. «A livello professionale, non posso rispondere. Rientra nelle informazioni del paziente. Inoltre, non sono il suo medico.»

«Ma a livello personale...»

«A livello personale, conosco Jared da molto tempo. Ho visto come lavora. Quanto è determinato. Se c'è qualcuno che può riprendersi da quello che è successo, è Jared. È completamente concentrato su ciò che deve essere fatto. Lo è sempre stato. Ecco perché tutta la faccenda con Camille è stata così sorprendente. Ha lasciato che la sua concentrazione si spostasse dal gioco.»

«Deve averla amata moltissimo.»

Dave si strinse nelle spalle. «Non l'ho capito. È sbucata dal nulla, ha sfoderato tutto il suo fascino, e lui è rimasto folgorato. Non mi sono fidato di lei fin dal primo giorno. Ma non puoi dissuadere un ragazzo da una ragazza se lui la vuole.»

E non puoi convincere un ragazzo a volerne una, se lui non la vuole.

Mac ci aveva provato.

Allora perché l'aveva baciata?

«Ma sono sicuro che sai già tutto questo, se siete amici. Allora parlami di te. Di come hai avviato quest'attività. Jared mi ha parlato molto dei tuoi fratelli, ma non ricordo che abbia menzionato una bellissima sorella.»

Questo perché non l'aveva mai considerata bella.

Ma a quanto pareva Dave sì, e lei era abbastanza donna da goderselo.

Gli raccontò una versione breve di come aveva avviato la Manley Maids.

«E allora che c'entra fare la babysitter ai gattini? Un'attività secondaria?»

Mac sorrise. «Un effetto collaterale. Li ho trovati sotto un comò. Penso che la madre sia entrata da un vetro rotto della finestra per partorirli, ma ora, con lei morta, questa è stata la scelta di Jared a riguardo.»

«Non lasciarti ingannare, Dave. Non l'ho scelto io. È stata lei a costringermi a prenderli.» Jared entrò in cucina con le stampelle.

Il cuore di Mac perse un battito.

Perché? Un conto era trovarlo attraente; era una cosa ovvia come il magnifico naso sul suo magnifico viso. Ma che ci fosse di mezzo il suo cuore era tutta un'altra storia.

Maledizione. Non *voleva* che il suo cuore perdesse un battito. Non voleva pensare che fosse sexy con una semplice maglietta nera che metteva in risalto i capelli dorati e l'abbronzatura, tanto che se qualcuno non avesse saputo del suo incidente — e lui non fosse stato con le stampelle — non avrebbe mai pensato che avesse passato del tempo in ospedale. Nessuno dovrebbe avere un aspetto così bello dopo essere uscito da un centro di riabilitazione per un incidente così orribile.

Era solo una delle circa mille cose che la turbavano di Jared, e nessuna discussione con sé stessa poteva fermarla.

«Non ti ho costretto a prenderli. Ti ho dato una scelta.»

Lui le inarcò un sopracciglio. «Davvero? Prendere o lasciare. Abbastanza crudele, Mac, anche per te.»

«Ehi, Jare.» Dave si alzò di scatto, sfilando il biberon dalla bocca rosicchiante di Larry. «Dovremmo metterci al lavoro. Riesci a gestire anche questi due, Mac?» Le diede i biberon e i gattini li seguirono, miagolando mentre si accoccolavano accanto ai loro fratelli di fronte a lei.

«Sì. Vai pure a riabilitare questo ragazzo, così si...» — *toglie dai piedi* era quello che stava per dire, ma sarebbe stato un po' troppo rivelatore — «rimette in fretta.» Ecco. Era stato un comportamento da adulta. Empatico. Di supporto. E per niente da persona perdutamente innamorata di Jared Nolan come era stata una volta e non era più.

Troppo la dama si protesta, parmi.

Spinse i gattini verso il centro dell'asciugamano e si alzò. «Prendo solo Larry, Curly e Mary-Sue...»

«Moe.» Jared si liberò delle stampelle da sotto le braccia e le strinse insieme nella mano destra.

Mac lo guardò. «Cosa?»

«Moe. Quello nero si chiama Moe.»

«Ma è una femmina.»

«E allora?»

Mac prese in braccio *Moe* e le accarezzò la guancia con la sua. «Moe non è un nome molto femminile.»

«Neanche Mac, ma questo non ti ha impedito di rispondere quando ti chiamano così.»

Quello fermò la carezza sulla guancia.

La vedeva come una persona poco femminile? Era per questo che non si era mai interessato a lei?

Ma... l'aveva baciata. Sapeva che era una donna. Era stato abbastanza interessato da farlo.

O era stato solo un bacio per "chissà com'è"? Un bacio di punizione? Un bacio condiscendente, sarcastico, "non-sei-degna-di-me"?

Santo cielo, doveva smetterla di rimuginarci sopra. Era fatta. Finita.

Prese in braccio il gattino grigio. «Quindi questo è Joe?»

Jared scosse la testa. «Shemp. Joe è troppo simile a Moe.»

«Hai dato ai gatti i nomi dei Tre Marmittoni?» Dave sbuffò.

«Hai qualche problema?»

«Io? No. Non sono i miei animali, quindi per me va benissimo.» Prese le stampelle da Jared. «Allora, sei pronto o no?»

«Sì, rimettimi in sesto.»

Mac avrebbe voluto rimetterlo in sesto per bene, a partire dal fargli capire che avrebbe dovuto notarla anni prima.

«Allora qual è la storia della domestica?» Dave appoggiò le stampelle allo stipite della porta dopo aver fatto segno a Jared di sedersi sul pouf coperto di centrini in mezzo alla stanza.

«Come, scusa?»

«Oh. Non è il termine corretto? Governante? Donna delle pulizie? Dea domestica?» Si accovacciò davanti a Jared e cominciò a slacciare le chiusure in velcro del tutore.

Sì, Mac era una dea — l'aveva saputo dalla dea in persona — ma non erano affari di Dave.

Scostò le mani di Dave e slacciò le fascette da solo. «È la sorella di Liam. Possiede l'impresa di pulizie. Sta facendo un favore a mia nonna.»

Non stava facendo alcun favore a *lui*.

«È single?»

«Davvero, Dave? Ci stai provando con la mia domestica durante il lavoro?»

Dave si alzò in piedi e alzò le mani. «Ehi, Jare. Ti sto facendo una domanda, non ci sto provando. Non sapevo che fosse un tale problema parlare di una donna. Se non ricordo male, avevi molto da dire su Camille.»

Era vero, ma era stato il dolore a parlare, e il fatto che conosceva Dave da anni. Dave aveva fatto il tirocinio con i fisioterapisti della squadra e ne erano diventati amici. Così, quando Dave si era messo a fare assistenza domiciliare, era stato ovvio che sarebbe stato lui quello che Jared avrebbe chiamato una volta dimesso dal centro di riabilitazione.

Ora desiderava non averlo fatto. Il terapista che aveva lavorato con lui al centro era brutto come il peccato. Un bravo ragazzo, ma non al livello di Dave dal punto di vista estetico. Jared si sarebbe sentito molto meglio se fosse stato *lui* ad aiutare Mac con i gattini.

Oh, per l'amor del cielo. Non avrebbe licenziato Dave perché era abbastanza bello da attirare l'attenzione di Mac. Diamine, avrebbe dovuto esserne felice, perché avrebbe messo a tacere questa ridicola attrazione crescente per lei e lei sarebbe finita con un bravo ragazzo.

Ma la cosa non lo faceva sentire meglio.

«Semplicemente non credo che tu voglia iniziare qualcosa, Dave. Se non funzionasse, dovrei licenziare uno di voi, e mia nonna si dispiacerebbe se fosse Mac.»

Anche lui si sarebbe dispiaciuto, ma non voleva pensarci.

Dave tirò fuori lo strano strumento per misurare gli angoli. Goniometro o qualcosa del genere. Fece segno a Jared di piegare il ginocchio. «Sei sicuro che non sia perché *tu* sei interessato a lei?»

Jared lasciò cadere il piede a terra, senza nemmeno dover pensare a piegare il ginocchio, dato che stava per alzarsi e affrontarlo. «Interessato? Oh, Dio, ti prego. Tu non conosci Mac. È l'ultima donna di cui potrei essere interessato. Be', dopo Camille.»

«Non mi sembra che assomigli per niente a Camille.»

«Sì, be', tu la conosci da circa cinque minuti. Io la conosco da quando ne aveva cinque. Fidati quando dico che forse non ha causato la stessa quantità di danni di Camille, ma solo perché io non gliel'ho permesso. Se avessi dato retta allo stesso istinto che avevo con Mac nei confronti di Camille, non sarei in questa situazione. No, donne come Mac e Camille è meglio lasciarle stare, se vuoi mantenere la sanità mentale.»

E questo chiudeva la questione.

Mac si appoggiò al muro fuori dal salotto, stringendosi i gattini al cuore. Jared non avrebbe potuto essere più chiaro.

Era un bene.

Giusto?

Sì, lo era. Era una chiusura. Diamine, sbatteva la porta in faccia ai suoi *e se*, così ora poteva andare avanti con la sua vita senza chiedersi nulla. Certo, forse l'aveva baciata, ma il disprezzo nella sua voce parlava più forte del modo in cui le sue labbra si erano modellate sulle sue, del modo in cui la sua lingua aveva percorso la commessura, del modo in cui aveva inclinato la testa e l'aveva baciata...

Espirò. No. Finito. Tutta quella faccenda dell'attrazione che provava? Archiviata.

Peggio per lui.

Anche se avrebbe dovuto entrare e affrontarlo. E se fosse stata interessata a Dave, che ora non avrebbe voluto avere niente a che fare con lei a causa del commento di Jared?

Vuoi avere qualcosa a che fare con Dave?

Be'... no. Non c'era nessuna scintilla. Non sarebbe stato giusto illuderlo.

Okay, allora. Fa' pure, torna lì dentro e discuti con Jared del vissero felici e contenti. Vai, dimostragli chi sei, Cenerentola.

Okay, quindi no, non l'avrebbe fatto. Era sempre stata un po' insicura riguardo a tutta la storia di Cenerentola, comunque. Una tizia che sposa il ragazzo che sposerà solo la donna a cui calza una scarpetta? Non sembrava avere molta sostanza. Lei voleva un ragazzo che non solo raccogliesse la scarpa e gliela mettesse al piede, ma che non si lamentasse nemmeno del fatto che lei avesse comprato la scarpa.

Doveva esserci di più nel ragazzo dei suoi sogni che un bell'aspetto, e se Jared era abbastanza cieco da metterla nella stessa categoria della sua ex, era probabile che non ci fosse.

Capitolo Dieci

Il silenzio era la cosa peggiore.

Jared accarezzò i gattini che Dave gli aveva messo in grembo prima di andarsene e fissò il soffitto. Lei era di sopra e lui non riusciva a smettere di pensarci.

Era colpa di Dave. «A meno che non interessi a te?» Maledetto. E maledetto per averlo messo sulla difensiva. Ma Dave *doveva* proprio mostrare interesse per lei, no?

Quel tizio era un sadico, lo sottoponeva a una serie infinita di movimenti, esercizi e dolore. Il suo ginocchio non guariva così in fretta come entrambi avrebbero voluto: Dave perché sperava che non fosse il segnale di un danno peggiore, e Jared perché ogni giorno in più in cui il suo corpo non funzionava a dovere era un giorno in più che lo allontanava dal suo ritorno in campo. E ora anche un giorno in più che doveva trascorrere in presenza di Mac.

Entrambe le cose lo frustravano da morire. Mac perché, be', si spiegava da sé, ma il gioco... Lui *doveva* tornare a giocare a baseball. Non c'era altro per lui, altrimenti. Non voleva dover scegliere la strada del ristorante o darsi al commento sportivo. Gli piacevano i suoi fan e l'aspetto celebre della sua carriera, ma ciò che amava davvero era il gioco. Il senso di squadra. Di famiglia. Il coprirsi le spalle a vicenda. Lottare per un obiettivo comune. Ora? Ora galleggiava tra le macerie che l'incidente aveva fatto della sua vita, lottando per uscirne, cercando di trovare la terraferma.

Ma doveva essere la terraferma che voleva lui, non una qualsiasi. Doveva tornare a giocare. Doveva riprendersi ciò che Camille e Burke gli avevano tolto.

«Miao.» Larry si mosse, rotolando dal grembo di Jared al divano accanto a lui. Il povero piccolo si limitò a sbattere i suoi occhi blu verso Jared come per dire: «Che è successo?».

Jared sapeva esattamente come si sentiva il gattino.

Lo prese in braccio, quella piccola, fragile creaturina che Mac aveva scaraventato nella sua vita.

«Immagino che non sia stata esattamente *lei* a farlo.» Sollevò Larry fino ad averlo naso a naso. «Però è una fortuna che vi abbia trovati quando l'ha fatto. Sareste stati proprio fregati se aveste dovuto aspettare che vi trovassi *io*.»

Se lo rannicchiò sotto il collo, sorridendo quando il gattino lo leccò. Sembrava *davvero* carta vetrata, proprio come aveva sentito dire.

Nonostante tutte le sue lamentele, era contento di non aver mollato quei quattro allo studio del veterinario. Bisognava ammettere che c'era del buono nel doversi spingere oltre se stesso. Se fosse riuscito a superare il fatto che non sapeva come prendersi cura di loro, avrebbe potuto effettivamente apprezzare che loro cinque fossero una squadra a sé.

«Jared? Posso rubarti un secondo?» La voce di Mac echeggiò nell'atrio della nonna.

Gli stava chiedendo aiuto? Mac, quella dall'atteggiamento da "posso farcela da sola"? Quella era la donna che aveva battuto — a suo dire — i suoi tre fratelli maggiori in un gioco che conoscevano fin troppo bene. Jared doveva vedere cosa c'era che non riusciva a gestire da sola, perché il fascio di energia che si concentrava nel suo corpicino avrebbe potuto riempire la stazza di un uomo alto quasi due metri. Due volte.

«Arrivo subito.» Si spinse in avanti sul divano, poi sollevò i gattini ancora addormentati e li mise nel loro recinto. «Adesso fai il bravo e non svegliare gli altri» disse a Larry, stampandogli un bacio veloce sul naso da gattino calico.

Alzò lo sguardo e vide Mac sulla soglia.

«Sembra che faremo meglio a far fare presto i vaccini a quei gattini.»

«Spiritosa.» Si mise le stampelle sotto le braccia. «Di cosa hai bisogno?»

«Se mi apri la porta della cucina così porto fuori questa spazzatura, sarebbe fantastico.»

«Cos'è?» La seguì attraverso la cucina verso la veranda sul retro.

«Un mucchio di biancheria mangiata dalle tarme che ho trovato nell'armadio del corridoio.»

Le tenne aperta la porta sul retro. «Pulire gli armadi fa parte del tuo servizio?»

«Di solito no. Ma stavo cercando una lampadina e ho scoperto che le tarme avevano attaccato questa roba, così ho pensato di buttarla via. Una cosa in meno da fare per tua nonna.»

Mac gli sfilò accanto, così tanto più in basso del suo mento che poteva vederle la sommità della testa. Sapeva che era piccola; non si era mai reso conto di quanto fosse più bassa di lui, perché quando era vicino a Mac, tutto sembrava sempre amplificato.

Inciampò sull'ultimo gradino quando alcune lenzuola si impigliarono nella maniglia della porta e gli cadde addosso, la testa che sbatteva contro il suo petto, proprio sopra il cuore.

Appunto.

La avvolse con le braccia. «Stai bene?» La sua pelle era setosa. Non aveva pensato che lo sarebbe stata. Qualcuno che lavorava con prodotti per la pulizia e scale, combattendo ragnatele e gatti di polvere... non si era aspettato che la sua pelle fosse liscia e setosa come se passasse ore in una spa.

«Sto...» Lei alzò lo sguardo su di lui e si schiarì la gola. «Sto bene. Grazie.»

Si rimise in piedi e si alzò, le sue spalle non sfioravano più i suoi addominali, e Jared si sorprese ad ammettere che la rivoleva tra le sue braccia, il che lo scosse a tal punto che quasi lasciò andare la porta.

Mac tra le sue braccia? A cosa stava pensando? Quella era Mac. *Mac.* La sorellina di Liam. Terrore della casa sull'albero. Sfasci-appuntamenti per eccellenza. Tornado Manley.

Forse, se avesse continuato a ripeterselo abbastanza, gli sarebbe entrato in testa.

Svoltò l'angolo della casa, spolverandosi le mani, la coda di cavallo che le rimbalzava sfacciatamente sulla schiena. Si addiceva alla sua personalità. Non riusciva a immaginare Mac senza la coda di cavallo; be', non ci era riuscito fino al giorno prima, quando l'aveva sciolta.

Che shock era stato quello. I suoi capelli erano solo un'altra magnifica sorpresa, una tenda nera che luccicava contro la sua pelle pallida, molto più lunghi di quanto avrebbe pensato, dato che li aveva visti sempre e solo legati.

Aveva dovuto fare uno sforzo enorme per non immaginarli cadere sul suo petto. Di doverli spostare dal suo viso per tirarla a sé per un bacio. Di girarla e vederli aperti a ventaglio sul cuscino sotto di lei...

Okay, forse *l'aveva* immaginato. Era umano, dopotutto. Ma seriamente, quei pensieri dovevano sparire. Quella era Mac. La sorella del suo amico. La ragazza con cui per anni non aveva voluto avere niente a che fare.

Tranne che... ora si ritrovava a pensare alla *donna* e alle cose che *avrebbe potuto* fare con lei.

Stava uscendo di testa per la reclusione. Ecco cos'era. Era stato rinchiuso per troppo tempo in ospedale, poi nel centro di riabilitazione, e ora era bloccato a casa di sua nonna con la sola compagnia di una donna che non voleva che gli piacesse e di gattini di cui non sapeva cosa fare.

«Allora, com'è andata la fisioterapia?»

Aveva persino un buon profumo. Non di sudore e polvere o di lucido per mobili, ma fresco e pulito, con un leggero sentore di fiori o qualcosa del genere...

Dio, ora sembrava una di quelle televendite scadenti.

«Era fisioterapia. Non dovrebbe essere piacevole. Mi ha fatto male e sono frustrato, e questo è il destino di Dave: avere a che fare con gente frustrata e arrabbiata che non vuole avere niente a che fare con lui.»

«Wow. A sentirlo parlare, pensavo fosse tuo amico, ma dopo questa...»

Jared si passò una mano tra i capelli e si rimise sotto il braccio la stampella che gli era caduta dietro contro la porta quando l'aveva afferrata. «Lo è. È solo che la sua professione non è una di quelle che la gente di solito trova piacevole.»

«Be', sembra simpatico.»

Ah, davvero? «Lo è.» Jared si morse l'interno della guancia, aspettando che cominciassero le domande: È single? Ha la ragazza? Qual è il suo numero?

«Ti dispiace se pranzo qui?»

«Eh?»

«Il pranzo? Sai, il pasto di mezzogiorno? Dato che stanotte ha piovuto, i mobili della veranda sono un po' bagnati. Preferirei sedermi in cucina, se non ti dispiace.»

Gli ci vollero alcuni secondi per elaborare il fatto che non stesse chiedendo di Dave. «Uh, sì, certo. Va bene. Mi unisco a te.»

Gli ci volle molto più di qualche secondo per ammettere perché si fosse offerto di farlo.

Maledizione. Non voleva trovare Mac attraente. Non voleva notare queste piccole cose di lei, come il suo profumo o come stava tra le sue braccia o che aspetto aveva seduta di fronte a lui.

O sopra di lui.

O sotto di lui.

Questo pranzo probabilmente non era una buona idea.

Capitolo Undici

Il pranzo fu una pessima idea.

Mac non si era aspettata che le chiedesse di unirsi a lei; glielo aveva chiesto solo perché lui sapesse che sarebbe stata lì e potesse evitarla. Non aveva assolutamente previsto che lui avrebbe voluto pranzare con lei.

E questo la rendeva nervosa.

Jared aveva in mente qualcosa. Da bambino le aveva giocato ogni sorta di scherzo e, dato che per *vivere* faceva un gioco, non si aspettava che fosse cambiato molto, specialmente visto il suo evidente disprezzo per lei.

Allora perché ti ha baciata?

Probabilmente un esperimento. O per darle una lezione. Una scommessa persa.

Sì, probabilmente era così. Probabilmente aveva scommesso con qualcuno che un giorno l'avrebbe baciata e ora poteva riscuotere. Sperava non fosse stato uno dei suoi fratelli. Ma d'altra parte, a quei ragazzi piaceva scommettere su tutto. Erano dei professionisti. Uno dei motivi per cui lei aveva dovuto avere un piano prima di affrontarli tutti.

Non che riuscisse a immaginarli scommettere sul fatto che Jared l'avrebbe baciata. Dopotutto, erano prima suoi fratelli e poi amici di Jared. Eppure... Bryan avrebbe potuto pensare che valesse la pena tentare. Gli piaceva vivere sul filo del rasoio, e se mai avesse scoperto che *aveva* scommesso con Jared, ce lo avrebbe buttato giù lei da quel filo. Scommettere che Jared l'avrebbe baciata... Bel fratello.

Era stato un bel *bacio*.

Si trattenne dal toccarsi le labbra. Non avrebbe fatto sapere a Jared che ci stava anche solo pensando. Il Signor Grande Celebrità dello Sport aveva già abbastanza donne adoranti ai suoi piedi; non sarebbe stata una della folla.

Aprì il sacchetto di carta in cui aveva portato il pranzo. Era il pranzo che avrebbe voluto ai tempi della scuola: un panino, delle patatine, una bibita e un paio dei suoi biscotti preferiti comprati al negozio per dessert; cose che la nonna non si era potuta permettere, preferendo invece usare il fondo speciale della scuola così che potessero avere un pasto caldo ogni giorno, insieme a un sacchettino di biscotti fatti in casa che imbarazzavano Mac da morire.

Non si era mai resa conto che i biscotti fatti in casa dalla nonna valevano dieci volte quelli di marca prodotti in serie, vedendo solo la povertà nelle cose fatte in casa, non l'amore.

Ora lo sapeva bene, motivo per cui, una volta al mese, aiutava con l'evento Kareers for Kids del centro sociale insegnando ai bambini a cucinare. Le sue lezioni sui biscotti con gocce di cioccolato erano sempre molto frequentate.

«Allora, per quanto tempo pensi di restare qui?» chiese Jared, prendendo un barattolo gigante di una qualche polvere dalla cima del frigo e mescolandone un paio di misurini in una bottiglia d'acqua. La scosse, poi tracannò il contenuto prima di tirar fuori dal frigo un piatto con del pollo, un pomodoro e un avocado.

Niente panino al burro d'arachidi e marmellata per Jared. I suoi genitori erano ricchi sfondati, quindi le poche volte che era stata a casa sua — pochissime — c'era stato un banchetto completo. I Nolan vivevano in una grande casa che confinava con lo stesso campo dove si affacciava il suo quartiere, ma quello era l'unico terreno in comune — letteralmente e metaforicamente — che avessero mai condiviso. Le loro condizioni di vita non avrebbero potuto essere più diverse.

La nonna si era preoccupata che i suoi fratelli, che uscivano sempre con Jared, potessero essere scontenti della loro vita, ma questo li aveva solo resi più determinati a essere in grado di provvedere alle loro famiglie quando le avrebbero avute. E a provvedere alla nonna. Mac aveva la sensazione che Bryan stesse pagando più della sua parte per il grande appartamento in cui la nonna si era trasferita nella residenza assistita, ma d'altronde, la stella di Bry era in ascesa. Poteva permetterselo e chi era lei per dirgli che non poteva restituire qualcosa alla nonna che aveva fatto così tanto per tutti loro? In un certo senso, era il motivo per cui aveva incorporato l'attività di sensale della nonna nel suo lavoro di pulizie. Non poteva certo dire di no alla donna, quando si trattava di una buona causa.

«Resterò qui finché non avrò finito.» Masticò il suo panino. Roast beef e svizzero, con maionese e lattuga in una pita. Il suo preferito. «Dato che non faccio pagare Mildred, non ho fatto un preventivo. Sono praticamente partita in quarta con questo lavoro, quindi quando finisco, finisco. C'è molto da fare.»

«E i tuoi altri clienti? Non stai creando problemi a qualcuno dedicando il tuo tempo a mia nonna?» Passò il coltello lungo la circonferenza dell'avocado, ruotò le due metà per separarle, poi infilò il coltello nel nocciolo per rimuoverlo.

Non avrebbe pensato che sapesse come aprire un avocado senza massacrarlo. Anzi, non avrebbe pensato che sapesse come aprirne uno, punto. I Nolan avevano avuto chef, governanti e giardinieri. Jared aveva avuto una vita dorata. «Sto incastrando i miei clienti abituali e al momento ho alcune persone che lavorano per me per sopperire alla mancanza.»

«I tuoi fratelli.»

Non era sorpresa che lo sapesse; anche se i suoi fratelli probabilmente non stavano sbandierando la notizia, le nonne vivevano nello stesso posto. «Sì.»

Mise il piatto sul tavolo. «Ho sentito che li hai imbrogliati per convincerli.»

Questo non veniva dalle nonne. «Imbrogliati? Non li ho affatto imbrogliati. Li ho battuti a poker. Vinto onestamente.» Incrociò le dita mentre si grattava un prurito inesistente sulla nuca.

Lui tirò fuori la sedia e appoggiò le stampelle al muro. «Davvero? Hai battuto tre tizi che giocano a poker da quasi tutto il tempo che li conosco, alla tua prima partita, *proprio* quando avevi bisogno che lavorassero per te?»

Il panino le si fermò a mezz'aria. «Non mi piace quello che stai insinuando, Jared.»

Lui si sedette. «E a me non piace che i miei amici vengano sfruttati. Nemmeno dalla loro sorella.»

Mac lasciò cadere il panino. Non aveva sfruttato i suoi fratelli. Aveva solo fatto ciò che doveva fare per vincere e, se contare le carte era un peccato, sarebbe stato scolpito nella pietra con gli altri. Non era nemmeno illegale nella maggior parte dei casinò, quindi non poteva attaccarla neanche su quello. «Non li ho sfruttati. I miei fratelli avrebbero potuto passare e non accettare la scommessa. Nessuno li stava costringendo a puntare.»

Jared si mise in bocca una fetta di avocado e masticò con tutta calma. «Ah sì?»

I suoi fratelli giocavano sempre insieme. Conoscevano i punti di forza e di debolezza l'uno dell'altro. Conoscevano i loro bluff e le loro facce da poker. Lei era arrivata alla cieca; aveva dovuto equilibrare le probabilità, ma non era come se avesse avuto qualche asso nella manica da infilare nel gioco. Certo, aveva contato, ma contare le carte serviva soprattutto per il blackjack, non per il poker. Tuttavia, era riuscita ad applicare la teoria al poker, ma se le carte non fossero state distribuite nel modo giusto, sapere dove si trovavano i colori e le scale non l'avrebbe aiutata se non avesse avuto una mano per batterli. Non c'erano state garanzie fin dall'inizio, e aveva funzionato solo perché le cose erano andate come doveva. Altrimenti, ora starebbe pulendo le loro case e la Maserati di Bryan non sarebbe parcheggiata nel suo vialetto.

Quindi sì, aveva manipolato le probabilità a suo favore, ma solo perché all'inizio erano a suo sfavore. E non era come se stesse facendo del male a qualcuno. I ragazzi facevano un po' di lavoro, aiutavano persone che ne avevano bisogno e lei si faceva pubblicità. Era una situazione vantaggiosa per tutti e se era successo perché aveva lavorato un po' di più per assicurarsi che le cose *potessero* andare a modo suo, beh... la nonna aveva approvato il piano. Anzi, *era stato* il piano della nonna. Be', l'idea, quantomeno.

Ma nessuno doveva saperlo. Men che meno Jared.

Avvolse il resto del panino nel tovagliolo, l'appetito svanito. «Dovrei tornare al lavoro. Prima finisco, prima ti tolgo dai piedi.»

Gli passò accanto e rimase sorpresa quanto lui, a giudicare dalla sua espressione, quando la fermò con una mano sul braccio.

Sul braccio nudo. Con la sua mano nuda.

Quel ragazzo avrebbe dovuto indossare il suo guanto da baseball mentre lei era lì, perché una vampata di calore le risalì il braccio così velocemente che quasi saltò per aria.

Questa era molto più di una cotta adolescenziale. Poteva aver avuto un debole per lui allora, ma questo... Questa era una reazione puramente femminile e la infastidiva da morire.

«Cosa?» Forse aveva pronunciato quella parola con un tono un po' più aspro del previsto.

Jared lasciò andare il suo braccio come se fosse un ferro rovente. «Io... Aspetta.»

Si passò quella mano tra i capelli ed espirò. «Puoi sederti, per favore? Mi dispiace di essere stato uno stronzo. Non dovrei sfogare le mie frustrazioni su di te.»

Dipendeva dal perché fosse frustrato...

Mac si sedette.

E aspettò. Jared non stava dicendo nulla.

«Ho da fare, Jared. E tu non hai dei gattini di cui occuparti?»

«I gattini stanno bene. Dormono come bambini.» Espirò e le parole sembrarono uscire a forza dalle sue labbra. «Potresti... sai, restare qui e mangiare con me? Scusa se sono stato sgarbato. Mi sento sgarbato in questi giorni. Non che sia una scusa, ma non sono arrabbiato con te.»

«Conosci un sacco di altre persone che hanno *imbrogliato* i loro fratelli a poker? Perché a me è sembrato piuttosto personale.»

Lui fece una smorfia. «Come ho detto, Mac, non dovrei sfogare le mie frustrazioni su di te. Possiamo fare finta che non l'abbia mai detto? Sono così stanco di mangiare da solo. In ospedale ti portano il cibo e poi se ne vanno. In riabilitazione volevano solo assicurarsi che sapessi usare una forchetta e che non mi infilzassi un occhio. Poi ero da solo per i pasti. È diventato... diventa... un po' solitario.»

Meno male che era seduta. Jared Nolan che ammetteva una debolezza? Non avrebbe mai pensato di vederlo accadere.

«Beh, sono sicura che avrai avuto visite.» Di sesso femminile, sicuramente. Niente attirava le donne come un uomo in difficoltà. Un uomo bello, ricco, atleta professionista, in difficoltà.

Aveva pensato di fargli visita, ma perché? Non sarebbe stato felice di vederla, quindi non c'era motivo di sottoporsi a quella tortura. Aveva mandato dei biscotti con Liam, il che l'aveva fatta sembrare come tutte le altre donne che gli avevano portato da mangiare. Ugh. Alla faccia del non essere una del branco.

«Ricevi visite la prima settimana o due, quando sei troppo intontito per sapere chi c'è. Quando vuoi solo stare da solo e dormire. È quando inizia il processo di guarigione, quando sei in via di guarigione, che la gente pensa che tu stia bene e va avanti con la propria vita. È allora che si insinua la solitudine. Mi sarei annoiato a morte se non fosse stato per i tuoi fratelli. Posso sempre contare su di loro.»

Conosceva la sensazione. «Sì, ma non eri seduto proprio lì quando è suonato il campanello stamattina? Non puoi dirmi che non sia successo prima.»

Jared sospirò. «Non è quello che intendo.» Si massaggiò la nuca. «Amici. Famiglia. È di questo che parlo. Non mi va di conoscere gente nuova adesso, specialmente donne con una sola cosa in mente.»

«Wow. Non posso credere che tu l'abbia appena detto. Credo che ti ritirino il tesserino da uomo se rifiuti del sesso garantito.»

Jared si strinse nelle spalle. «Non è una novità. Groupie. Donne che vogliono dire di essersela fatta con un atleta professionista. Non fa per me.»

«Non si direbbe. Ho visto le tue foto sui tabloid con un'attrice o l'altra appesa al tuo braccio.»

L'angolo della sua bocca si sollevò. «Mi stai spiando?»

Fantastico. Proprio quello che non voleva che pensasse. «Sono i miei fratelli a commentare. Specialmente Liam e Sean. Vogliono sapere se stai superando Bryan nel Reparto Fighissime.»

«Il Reparto Fighissime? I tuoi fratelli hanno bisogno di un hobby se stanno a guardare la mia presunta vita sentimentale che si svolge sui media. La verità è che vedevo quelle donne per quello che erano. Quello che volevano. Proprio come vedo le Juliette e le Maeve del quartiere. Quando sei nella mia posizione, è bello avere qualcuno intorno che ti conosce. Persone con cui posso abbassare la guardia ed essere me stesso. Questo non succede con le consegne di brownie.»

Le dispiaceva quasi per lui, perché aveva ragione. Quando sei al tuo punto più basso, vuoi intorno persone a cui importa di te. «Beh, ci sono sempre i tuoi genitori.»

La sua bocca si piegò di lato e distolse lo sguardo. «Si direbbe, no? Ma sono in vacanza.»

Era stato in ospedale per mesi. «È una vacanza terribilmente lunga.»

«Già.»

Una parola, così tanto non detto, ma oh, cosa comunicava.

Aveva sempre pensato che sua madre fosse un po' un pezzo di ghiaccio, ma non andare a trovare suo figlio in ospedale dopo un incidente? Mac non lo capiva. La nonna avrebbe piantato una tenda nella stanza d'ospedale prima di lasciare uno qualsiasi dei suoi nipoti da solo per più di un'ora.

«Ma Mildred? Sicuramente ti ha fatto visita.»

«Sì. Ed è sempre bello vederla, ma sai come sono le nonne. Sempre ad agitarsi. A sistemare i cuscini, a mettere troppe coperte... Voglio bene a mia nonna e ha buone intenzioni, ma nessuno vuole sentirsi più invalido di quanto già non sia.»

«E sono sicura che il gin rummy ti sia venuto a noia dopo un po'.»

Jared rise, e oh, che effetto faceva al suo viso.

Non che il suo viso avesse bisogno di aiuto, splendido com'era, ma la luce tornò nei suoi occhi. Quel certo... splendore, in mancanza di una parola migliore. C'era sempre stato questo splendore in Jared. Una luce. Come il sole, che scaldava tutti, attirandoli nella sua orbita. Carisma. Ora che era adulta sapeva come si chiamava, ma allora le era sembrato che il sole sorgesse e tramontasse letteralmente su di lui.

E se Mac pensava di essere nei guai *prima*, ora era ben oltre i guai e dritta verso il disastro, perché da un Jared scontroso era abbastanza facile tenersi a distanza, ma questo... Questo Jared contrito, dispiaciuto, che sorrideva a una sua battuta... Non aveva molte difese contro questo Jared.

«Sì, la nonna voleva giocare a gin rummy. Mi ha ricordato quell'estate in cui facemmo il torneo. Ti ricordi?»

Come se potesse dimenticarlo. Era riuscita a superare le eliminatorie e aveva giocato una partita contro di lui.

Era una giocatrice decente, ma quando si era seduta di fronte a lui a quel tavolo, non era riuscita a concentrarsi sulle carte. La sua povera lingua si era ingarbugliata per non dire qualcosa di stupido, al punto che aveva perso in modo così ridicolmente penoso che il solo punteggio avrebbe potuto farla desiderare di rannicchiarsi in un angolo, per non parlare del fatto che probabilmente aveva avuto le stelle negli occhi e un'espressione ebete sul viso per tutta la partita, che era durata meno di qualsiasi altra avesse mai giocato.

«Vuoi una possibilità per la rivincita?» chiese Jared.

«Io? Adesso? Qui?»

«Sì, perché no, e certo.» Quel suo dannato sorriso era così attraente. Così come il suo fascino e il suo carisma. «Per favore.»

E dire *per favore...*

Si alzò. «Immagino che le carte siano ancora nello stesso cassetto?»

Non attese la risposta di Jared. Anche una tregua di pochi secondi sarebbe stata la benvenuta per rimettere in sincrono i suoi ormoni con la parte razionale del suo cervello che diceva che probabilmente non era una buona idea.

Si diresse verso il cestino da cucito che Mildred usava come decorazione da parete nel salotto sul davanti e aprì il terzo cassetto a sinistra, partendo dall'alto. Le carte erano state usate parecchio, quando Nonna aveva portato lei e i suoi fratelli in visita da Mildred.

«Dai prima tu le carte.» Jared fece scivolare il vassoio girevole dall'altra parte del tavolo, dopo aver preso da lì una penna e il blocco per la spesa di sua nonna. «Io tengo il punteggio.»

Lei scosse la testa. «Oh no, non se ne parla. Non sono più la bambina di otto anni di una volta. Mi ricordo bene come facevi le somme... a tuo favore. Dai tu le carte e il punteggio lo tengo *io*.»

«Mi stai accusando di barare?»

Mac mescolò il mazzo, poi lo mise a faccia in giù davanti a lui. «Beh, se ti senti chiamato in causa...»

O forse era il caso di dire "senti da che pulpito viene la predica"?

«Non porto le scarpe.»

E poco prima non portava né pantaloni né maglietta. Aveva visto il corpo seminudo di Jared più di quanto volesse. Be', no, non era del tutto esatto; aveva visto il corpo seminudo di Jared più di quanto fosse una buona idea. Era pur sempre una donna che sapeva apprezzare un bel fisico maschile, e quello di Jared era da capogiro.

«Beh, tanto per essere onesti, Jared, il punteggio lo tengo io. Qui, in bella vista, così potrai controllare i miei calcoli. Dai le carte.»

Lui prese le carte e le mescolò. «Non mi piace quello che stai insinuando, Principessa.»

«Chissà dove l'ho già sentita questa?» Prese le sue carte. Ehi, già un tris. Le sarebbe piaciuto da morire batterlo, solo per dimostrargli che non aveva bisogno di imbrogliare nessuno per vincere.

Anche se la sua abilità nel contare le carte poteva rivelarsi utile.

Lo batté alla prima mano.

«La fortuna del principiante,» disse lui, raccogliendo le carte.

«Non sono una principiante. Ho già giocato.»

Lui batté il mazzo sul lato lungo, poi glielo porse. «Non così, ne dubito. Ricordo distintamente di averti stracciata a ogni partita.»

«E questo ti faceva sentire bene, eh?» Lei mescolò il mazzo, poi diede le carte, facendo affidamento sulla spavalderia per non rivelare che il vero motivo per cui lui era riuscito a batterla, all'epoca, era che lei non si era affatto concentrata sulle carte. Non quando i suoi capelli erano schiariti dal sole, la sua pelle abbronzata, e quegli incredibili occhi verdi che sognava e quel sorriso erano stati lì, a sua completa disposizione.

Ma adesso era concentrata. Voleva batterlo.

Jared pescò la prima carta dal mazzo e scartò un due di fiori. «Che altri lavori hai fatto, Mac? Non so molto di cosa hai fatto nella vita.»

Evidentemente Mildred non aveva tessuto le *sue* lodi tanto quanto Nonna aveva fatto con quelle di lui. Mac prese il due e lo mise con l'altro due che aveva in mano, scartando un sei di quadri. «Ho fatto la cameriera. Anche quello era piuttosto redditizio, ma i costi di avviamento di un ristorante sono molto più alti rispetto a quelli di un'impresa di pulizie.»

Lui raccolse il sei. «Immagino che un paio di spazzoloni per la polvere e delle scope non costino poi così tanto.»

Lei non prese l'otto di picche che lui aveva scartato e ne pescò una dal mazzo. «E aspirapolveri, macchine per la pulizia dei tappeti e pulitrici a vapore per parquet. Non dimentichiamocelo. Sono cose che fanno presto a sommarsi. Specialmente se moltiplichi il costo per quattro o cinque dipendenti. E poi c'è il furgone. Lo ritiro questa settimana.» Batté la punta del fante di cuori con il fante di quadri. Stava collezionando quadri, ma prendere tutti e quattro i fanti sarebbe stata dura.

«Un furgone?»

Lei tenne il fante e scartò il nove. «Sì, un furgone da lavoro. Al momento rimborso il chilometraggio e parte dell'assicurazione auto delle mie dipendenti, ma alla fine vorrei una flotta di furgoni della Manley Maids per le strade, per far conoscere il marchio. Per ora usiamo delle calamite per auto per far girare il nome, ma per sembrare professionali, bisogna esserlo.»

Jared pescò una carta dal mazzo e ne batté il bordo sul tavolo. «Sono impressionato. Non avevo davvero pensato a cosa servisse per avviare un'attività del genere. Pensavo bastasse avere dei clienti.»

«Sì, ma ci sono molte aziende in competizione per accaparrarseli. Ecco perché mi serviva qualcosa che facesse risaltare la mia attività sulla concorrenza.»

«Da qui i tuoi fratelli in divisa da cameriera.»

«Esatto.» Lo guardò. Lui la stava fissando e lei non era sicura di come sentirsi al riguardo.

Beh, a disagio, per cominciare. Era sempre a disagio quando Jared la guardava. Se solo avesse tenuto chiusa quella sua boccaccia piena di speranze quella notte sul vialetto di Nonna, forse non si sarebbe sentita così impacciata con lui.

Ma non l'aveva fatto, quindi le era toccato affrontare le conseguenze. «Hai intenzione di giocare quella carta?»

«Eh?» Lui guardò la carta che aveva nella mano destra, poi la scambiò con una della sinistra. «Sembra che tu abbia un piano, Mac.»

«È meglio che ce l'abbia, perché non si va avanti a furia di desideri. Bisogna far accadere le cose.» Prese un'altra carta e mise giù la sua mano. «Gin.»

Jared stava guardando la donna di fronte a lui, una persona che pensava di conoscere, ma sentendo le parole e i piani uscirle di bocca, faceva fatica a conciliare questa imprenditrice con la ragazzina con le trecce che gli aveva rovinato un momento di effusioni con Jamie Sheridan.

Gli piaceva quello che vedeva. E quello era un problema.

Gettò giù la sua mano, neanche lontanamente vicino a batterla. Se l'aveva fregato, non sapeva come. «Stessa ora domani? Mi dai la possibilità di stracciarti?» Avvicinò le stampelle al tavolo e si alzò.

«La possibilità te la do, ma non aspettarti di riuscirci. Il punteggio non è neanche vicino.» Batté la gomma della matita sul foglio. «Leggi e piangi, Jared.»

«I veri uomini non piangono. E c'è ancora tempo per batterti.»

Lei fece spallucce e impilò le carte e il foglio del punteggio sul vassoio girevole. «Paroloni. Vediamo se la prossima volta riuscirai a farcela.»

«Ci sto.» I gattini cominciarono a far sentire la loro presenza. «Cavolo, hanno fame.»

«Cosa posso fare per aiutarti?»

Baciami. Il pensiero gli balenò in testa insieme all'immagine di quello stupido bacio, ma che gli era saltato in mente? Non avrebbe mai dovuto farlo. Avrebbe dovuto mantenere le distanze. Perché adesso sapeva esattamente che sapore aveva Mac. Come la sentiva. Come stava tra le sue braccia.

«Prendi i biberon e io prendo la carta assorbente.»

Quando arrivarono al recinto, c'era un *adorabile* pasticcio da pulire e quattro gattini da lavare. Di nuovo.

«Stai scherzando? Da dove viene tutta quella *roba*? Non sono così grandi.» Jared trattenne il respiro mentre afferrava un pezzo di carta assorbente umido e prendeva in braccio Larry.

Mac agitò il biberon. «Ciò che entra, deve uscire.»

«Hai omesso di menzionarlo quando mi hai detto che dovevo prendermi cura di queste cose.»

«Non è compito mio sapere cosa non sai tu.» Preparò rapidamente i quattro biberon, poi gli prese Larry non appena lui finì di pulire la piccola e disastrata palla di pelo.

Larry succhiò il biberon, i suoi sorsetti non fecero che aumentare i miagolii dei suoi fratelli. Jared si sbrigò a pulire gli altri e, come in una catena di montaggio, ne finiva uno e poi lo passava a Mac, che gli ficcava un biberon in bocca. Lei aveva un buon sistema, appoggiava il biberon sulla schiena di quello precedente, così quando lui finì con Curly, Larry aveva quasi finito di mangiare e gli altri due stavano succhiando contenti.

«A questo do da mangiare io.»

Lei diede una pacca sulla schiena di Shemp. «Mettilo qui. Tu devi pulire il recinto.»

«Pensavo dovessero usare la lettiera.» Guardò la vaschetta che aveva riempito a quello scopo. Immacolata come quella specie di giardino Zen da scrivania con la sabbia che il suo ricevitore aveva regalato al loro allenatore dopo la sfuriata per aver perso la partita inaugurale della scorsa stagione.

«Sono cuccioli, Jared. Devono imparare. Devi insegnarglielo tu.»

«Pensavo di averlo fatto,» mormorò, pulendo un punto particolarmente inquietante sul tappeto dove qualcuno era andato a scavare sotto gli asciugamani che aveva messo proprio per questo motivo. «Questo lascerà una macchia.»

«Ho qualcosa nel mio arsenale per quello. Non preoccuparti, me ne occuperò io.»

«Ci conto.» Raccolse gli asciugamani con una mano, tenendosi in equilibrio sull'altra e sulla gamba buona, pregando Dio di non crollare sul box, portandoselo dietro.

«Credo che ci sia una posizione yoga del genere,» disse lei. «La posizione del tavolo in equilibrio, mi pare si chiami.»

«Io non faccio yoga.»

«Ehm, sì, direi proprio di sì.» Non fece alcun tentativo di nascondere la risatina nella sua voce.

Lui si girò per fulminarla con lo sguardo e… dannazione… cadde. Sul box. Per fortuna era solo di plastica, ma non fece comunque alcun favore alle sue costole.

«Jared!» Mac fu al suo fianco nel tempo che gli ci volle per riprendere fiato. «Stai bene? Cosa posso fare?»

«Stammi lontano.» Non voleva il suo aiuto. Era così stramaledettamente stufo di aver bisogno di aiuto.

La sentì ritrarsi e vide lo sguardo ferito sul suo viso.

Maledizione. Poteva mai, solo per una volta, non abbaiarle contro?

«Scusami, Mac.» Le parole strisciarono fuori attraverso i denti stretti, il secondo respiro arrivò un po' più facilmente del primo. Il dolore faceva un male cane, e anche scusarsi. Cristo, si era scusato più nelle ultime ventiquattr'ore che negli ultimi ventiquattro anni. E sempre con Mac.

E sempre a ragione, che era la parte che odiava di più. Di solito non era uno stronzo e di certo Mac non se lo meritava.

Averla lì lo stava mettendo a dura prova. Scoprire all'improvviso di trovarla attraente — e non solo fisicamente — stava mandando all'aria le sue idee preconcette su di lei e tutta la storia di voler stare alla larga dai coinvolgimenti emotivi. Non sarebbe stato facile come pensava, con Mac.

«Scusami, Mac. È una reazione istintiva. Ne ho abbastanza di essere palpato ed esaminato. Prima i medici, poi la riabilitazione…» Si sforzò di mettersi a sedere, un'impresa non facile con le costole che protestavano.

«Lo capisco.» Lei si tirò indietro, le sue dita abbastanza lontane dalla pelle di lui da non poterle sentire.

Ma il ricordo persisteva.

«Devi esserti sentito così fuori controllo. In balia del destino, incapace di fare qualsiasi cosa da solo, dovendo sempre contare sugli altri. Dev'essere una schifezza.»

Lui la guardò. La guardò davvero. «Sì. È esattamente così. Sono così stanco di chiedere aiuto, di dover imparare di nuovo le cose o trovare nuovi modi per farle.» Soprattutto quando non era stata colpa sua. Era quello che lo irritava di più; se non fosse stato per l'avidità e la doppiezza di Camille, non si troverebbe in questa situazione e potrebbe vivere la vita per cui *lui* aveva lavorato così duramente. «Non mi aspettavo che capissi.»

Certo che no. Perché pensava sempre il peggio di lei.

Mac non sapeva perché si era data tanto disturbo. Avrebbe dovuto semplicemente lasciarlo lì.

Solo che lui era Jared e le vecchie abitudini sono dure a morire.

Si rimise sui talloni e si girò verso la poltrona con le orecchie dove aveva scaricato i gattini dietro un paio di cuscini. Li raccolse prima che Curly facesse un capitombolo sul pavimento. «Questi piccoletti hanno mangiato e ovviamente hanno fatto i loro bisogni. Tutto quello che devi fare è giocare con loro per stancarli, poi dovrebbero dormire per qualche ora.»

Raccolse un cestino da lavoro a maglia dal pavimento, ne rovesciò il contenuto e ci mise dentro i gattini. «Dove li metto?»

«Dove vuoi.» Un lampo di dolore attraversò il suo viso. Dolore vero, non la frustrazione che aveva visto prima.

Non aveva mai visto Jared in una posizione di svantaggio come in quegli ultimi due giorni. Mai in tutti gli anni in cui lo aveva conosciuto e amato platonicamente da cucciola l'aveva visto essere meno che sicuro di sé al cento per cento. Aveva sempre un piano, sapeva sempre cosa sarebbe venuto dopo e come raggiungere i suoi obiettivi. Questo lo aveva reso il giocatore di baseball che era, e anche il rompiscatole. Quindi vederlo soffrire, steso sul pavimento...

«Jared, avevi ragione. Non puoi farcela. I gattini sono troppo impegnativi.»

«Piantala, Principessa. Non venire a dirmi cosa posso e non posso fare. Posso prendermi cura di un paio di gattini, per l'amor di Dio.»

«Hai bisogno di aiuto.»

«È esattamente quello che stavo pensando, Mary-Alice,» giunse una nuova voce dall'atrio.

Un'altra consegna di brownie? Mac era sicura di aver chiuso a chiave la porta d'ingresso.

Guardò alle sue spalle mentre gli occhi di Jared si socchiudevano.

«Nonna.»

«Ciao, tesoro. Mary-Alice ha ragione, sai. Davvero non dovresti fare questo da solo.» Mildred, la nonna di Jared, fece qualche altro passo nel salotto. «Ecco perché torno a vivere qui.»

«No.» Jared si sollevò sui gomiti.

«Come, scusa?» Mildred incrociò le braccia e batté il piede.

Uh-oh. Mac sapeva cosa significava. Mildred e la Nonna erano amiche e condividevano molti degli stessi modi di fare. Questo era uno di quelli di cui Mac non voleva mai essere il bersaglio.

«Scusami, nonna. Volevo solo dire che non devi farlo. Hai la tua nuova casa, perché vorresti tornare qui?»

Gli occhi di Mildred si strinsero. «Sarò pure in una casa di riposo, Jared, ma non ho un piede nella fossa. Non puoi cacciarmi da casa mia. Sono ancora io la proprietaria di questo posto.»

«Lo so. Volevo solo dire...»

«Sono sicura che quello che Jared sta cercando di dire, signora Nolan, è che non dovrebbe sconvolgere la sua vita per prendersi cura di un branco di gattini.» Mac dovette intervenire per calmare le acque, perché non voleva che Mildred finisse per rimanere ferita e Jared stava soffrendo troppo per pensare lucidamente, come lei sapeva per esperienza diretta. «Ce la caveremo.»

«Noi?» Sul viso di Mildred comparve il sorriso più grande del mondo. «Allora aiuterai mio nipote, Mary-Alice?»

«Ehm, sì. Certo.» Mac sorrise più dolcemente che poté a denti stretti. Avrebbe dovuto tenere la bocca chiusa. L'*ultima* cosa che voleva fare era alimentare le speranze della Nonna e di Mildred. Non era stupida; sapeva esattamente dove Mildred voleva andare a parare. Il problema era che non poteva fermarla senza ferire due persone a cui voleva bene.

Poco importava se, non fermandola, avrebbe potuto finire per farsi male *lei*.

«Oh, bene.» Mildred giunse le mani davanti al cuore come una bambina in un negozio di caramelle. «Ora che so che resterai qui, posso stare tranquilla.»

«Restare qui? Oh, ma non avevo intenzione...»

«Sciocchezze, cara. Certo che devi. Ma guarda com'è dura per lui.» Mildred fece un cenno verso Jared.

Un Jared torvo.

Fantastico. Un passo avanti e sei indietro.

«Nonna...»

Mildred lo liquidò con un gesto della mano. «Allora è deciso. Mary-Alice resterà finché non starai meglio, Jared. In questo modo, non dovrò preoccuparmi che tu ti faccia ancora più male. Altrimenti, dovrò tornare io stessa a vivere qui.» Diede una pacca sulla spalla di Mac. «Grazie, Mary-Alice. Non sai quanto mi senta sollevata.»

Almeno una delle due.

Capitolo Dodici

Assolutamente no. Non se ne parlava proprio. Mac non avrebbe passato un solo minuto al buio sotto quel tetto. Non aveva bisogno di un altro momento di "curiosità". Già era abbastanza grave essere stato tentato, e aver ceduto, in pieno giorno; il buio dava tutta un'altra piega alle cose.

«Non pensi che sia un'idea meravigliosa, Jared?» La nonna aveva un sorriso stampato in faccia grande quanto la cicatrice che lui aveva sulla coscia, e dirle di *no* le avrebbe fatto più male.

Merda.

«Uh, sì, certo. Grazie.»

«Caspita, mostrati un po' più grato, ti va?» disse Mac. «Fa' sentire una ragazza desiderata.»

Era quello il problema: lui la desiderava *davvero*, per quanto fosse sorprendente. E non per prendersi cura dei gattini o portargli gli antidolorifici nel cuore della notte.

Ora, se invece avesse voluto sprimacciargli i cuscini, be', a quell'idea sarebbe stato più aperto.

«Antidolorifici. Armadietto del bagno. Ripiano in alto. Per favore.» Non era il dolore alle costole a farlo parlare a frasi spezzate.

«Mary-Alice, cara, ti dispiacerebbe?»

«Certo. Nessun problema.» Mac balzò in piedi e corse fuori dalla porta in un modo che gli fece decidere che, dopotutto, la divisa non era poi così male.

Smettila di fissarle il sedere.

«Che ci fai qui, nonna? Non sapevo che avresti fatto un salto.»

«Questo posto è mio, Jared. Non sapevo di dover annunciare le mie visite.»

«Mi dispiace. Sono...»

«Addolorato. Sì, lo so.»

Non era quello che stava per dire, ma discutere con lei del fatto che Mac sarebbe rimasta lì non sarebbe servito a nulla. Avrebbe dovuto parlarne direttamente con Mac.

La nonna si sedette sul divano. «Vorrei poterti aiutare ad alzarti, ma temo di non essere abbastanza forte e non vorrei farti ancora più male. Ecco perché è molto meglio che resti Mary-Alice. È più in forma di me. Forse può aiutarti a...»

«No.» Non aveva bisogno di pensare alla forma di Mac e di certo non la voleva da nessuna parte vicino a sé. «Non disturbarti. Ce la faccio. Ho solo bisogno degli antidolorifici.» O un paio di bicchierini di whisky solo per calmare i nervi.

Continuava a non riferirsi al dolore alle costole.

Anche se quelle dannate facevano male. Si riposizionò per alleviare un po' la pressione. «Allora, cosa ti porta qui, nonna?» Era fin troppo ovvia. Ma avrebbe usato la sua caduta per ottenere ciò che voleva, quindi sarebbe stato meglio per lui e Mac assecondarla. Quello che non sapeva sul fatto che Mac *non* si sarebbe fermata, non le avrebbe fatto del male.

«Due cose. Innanzitutto, volevo ringraziare Mary-Alice per aver fatto questo per me. È una ragazza così dolce a non farmi pagare. Anche se la pagherò. Non accetto la carità.»

«Non è carità, nonna. Vuole farlo per te.»

«Sì, be', tutto molto bello, ma questo è il suo lavoro. Non posso, in buona coscienza, approfittare di lei, visto che ha dovuto chiedere aiuto ai suoi fratelli. Quanto pensi che dovrei pagarla, Jared?»

«Non te lo permetterà. Lo sai. Me ne occupo io. La pagherò io per te. Ti garantisco che da me i soldi li accetterà.» Sperava solo che fosse l'unica cosa che avrebbe preso da lui, perché Mac Manley si stava rivelando completamente diversa da come aveva pensato.

«Va bene. E poi ti ridarò i soldi.» La nonna si sistemò sul divano, incrociando le gambe all'altezza delle caviglie come ricordava avesse sempre fatto. *Da vera signora*, aveva detto.

La mamma ci aveva aggiunto "vecchia".

Ma, d'altra parte, sua madre era una sciocca pretenziosa. Guardava la nonna dall'alto in basso perché si era sempre fatta i vestiti da sola, preparava dolci per la chiesa e viveva una vita semplice. A sentire la mamma, la nonna aveva "accumulato" i soldi dell'assicurazione sulla vita che le aveva lasciato il nonno, ma Jared pensava che fosse stata molto intelligente. Questa casa era di sua proprietà e aveva avuto abbastanza soldi per pagarsi l'ingresso nella struttura dove si trovava ora.

Era stata anche lei a insistere perché si ristabilisse qui. La mamma non gli aveva messo a disposizione la casa – non che lui ci sarebbe andato – perché erano fuori città e non aveva senso pagare il personale solo per lui. «Tua nonna ti accoglierà» aveva detto la mamma con disprezzo in ospedale, quando si era appena svegliato.

Non si era nemmeno preoccupata di venire a trovarlo alla struttura di riabilitazione una volta che era in via di guarigione; era volata in Europa. A volte dubitava persino di essere suo figlio e, se non ci fosse stata qualche foto a provarlo, ne avrebbe dubitato ancora di più.

Grazie al cielo per la nonna. Era davvero l'unica parente che poteva considerare *vera* famiglia. Gli altri erano solo parenti biologici, una versione idealizzata alla *Martha Stewart Living* di come dovrebbe essere una famiglia e, se c'era una cosa che aveva imparato dagli sport di squadra, era che la biologia non creava una famiglia. Diamine, persino Liam, Bry e Sean erano andati a trovarlo più spesso.

«Allora qual è la seconda cosa?» Jared volle tirarsi fuori da quella palude di pensieri. Le mancanze dei suoi genitori erano qualcosa che aveva imparato a gestire nel corso degli anni.

Il sorriso della nonna svanì. «Speravo che tu potessi aiutare Mary-Alice.»

Voleva bene a sua nonna, ma lei non aveva idea di cosa gli stesse chiedendo. O forse sì... «Nonna, come puoi vedere, non sono esattamente in condizioni di fare le pulizie.»

«Non con le pulizie, Jared. Ho bisogno di aiuto per qualcos'altro. Da entrambi.»

Il suo tono lo preoccupò e mille cose gli passarono per la testa. «Cos'è?»

Congiunse le mani in grembo e fece un altro respiro profondo. «Be', non so se sei già stato in soffitta, ma è piuttosto, uhm, disordinata.»

«Non ancora.»

«Ero un po' agitata l'ultima volta che ci sono salita.»

La nonna non si agitava mai. Era sorpreso che conoscesse persino quella parola. Era sempre stata calma e rassicurante. Nel corso degli anni, ogni volta che la fama, il ritmo frenetico e la copertura mediatica erano diventati troppo, aveva sempre saputo di poter tornare qui. La nonna era la fetta della sua infanzia che amava sopra ogni altra cosa. Più dei campionati, più dei premi MVP, più dei lauti contratti, la nonna era il suo porto sicuro nella tempesta della sua vita. Anche adesso, era stata lei a offrirgli solitudine e conforto quando il fondo gli era franato sotto i piedi nella vita privata e aveva stravolto quella professionale. Avrebbe fatto qualsiasi cosa per lei.

«Perché, nonna? Di cosa sei preoccupata?»

Le sue labbra si tesero e si alzò, intrecciando le mani dietro la schiena mentre iniziava a camminare avanti e indietro.

I gattini sedevano nel loro recinto, allineati l'uno accanto all'altro, i loro sguardi che la seguivano come se stessero guardando una partita di tennis. Sarebbe stato adorabile se lei non lo stesse preoccupando così tanto.

«Nonna?»

Lo guardò. «Oh, Jared, non sono malata o in punto di morte. Be', non fisicamente.»

«Adesso mi stai facendo davvero preoccupare.»

Si diede un colpetto ai capelli, poi tese la mano. La mano sinistra.

«Ho perso la mia fede nuziale. In soffitta.» Lo guardò e lui poté vedere il velo di lacrime nei suoi occhi. «Tuo nonno mi diede quell'anello quando avevamo solo diciassette anni. Lavorò così duramente per comprarlo e, anche se non era così brillante, appariscente e grande come alcuni pensavano che avrei dovuto avere», amava la nonna per non aver gettato sua madre, così superficiale, sotto un autobus, «per me è più prezioso di qualsiasi altra cosa perché me lo diede lui. Per quanto duramente lavorò per farmi diventare sua moglie e darmi una vita meravigliosa.»

Si avvicinò a lui e gli prese il mento tra le mani e improvvisamente tornò a essere il bambino che i genitori lasciavano lì per settimane intere per poter andare in vacanza e fare quello che volevano senza averlo tra i piedi. «Tuo padre, tu, questa casa... Tuo nonno non guadagnava molti soldi, ma mi diede tutto ciò di cui avevo bisogno, e sto male da quando mi sono resa conto che era sparito.»

«Quando è sparito cosa?» chiese Mac dalla soglia. «O sto interrompendo qualcosa?»

La nonna le fece cenno di entrare. «No, Mary-Alice, certo che no. Sei praticamente di famiglia, visto che tua nonna è la sorella che non ho mai avuto.» Prese Mac per il braccio e glielo accarezzò. «Ho perso l'anello di Robert.» Tese la mano vuota. «Ero in soffitta a guardare nelle scatole – ce ne sono molte – e non mi sono resa conto che mancava finché non mi stavo preparando per andare a letto quella notte.»

La nonna si accomodò sulla poltrona Queen Anne di fronte al bovindo e incrociò le caviglie, le mani che si torcevano in grembo. Jared poteva ancora vedere il segno della fede sul suo dito e fece due calcoli. Quell'anello era stato lì per quasi sessantacinque anni, anche se suo nonno se n'era andato da tren-tacinque.

«Puoi immaginare che quella notte non ho dormito bene e la mattina dopo, be', ero piuttosto agitata. Ho passato in rassegna ogni scatola che avevo guardato il giorno prima, sperando di trovarlo.» Alzò la mano. «Come puoi vedere, non l'ho trovato. E non posso vendere questa casa finché non lo faccio, perché se lo lasciassi qui? Robert lavorò così duramente per quell'anello. Io e lui non uscivamo per gli appuntamenti perché stava risparmiando ogni cente-simo per comprarmelo. Non posso perderlo. Proprio non posso. È la cosa più preziosa che ho di lui oltre a te, tesoro. E be', non posso certo portarti al dito, no?»

«A dire il vero, nonna, tu mi hai in pugno.»

Riuscì a strapparle il sorriso che sperava, ma era la verità. Non c'era quasi nulla che non avrebbe fatto per la nonna. Compreso far restare Mac lì.

Ma solo per una notte, così non avrebbe dovuto mentire.

«Certo che lo cercheremo, signora Nolan.» Mac si lasciò cadere a terra accanto alla nonna e le diede una pacca sul ginocchio. «Vero, Jared?»

«Certo.»

La nonna diede una pacca sulla spalla di Mac. «Grazie mille, Mary-Alice. Vedi perché non potevo far pulire la mia casa a qualcun altro? Non potevo fidarmi di chiunque per cercare con abbastanza attenzione. Tua nonna ha cresciuto un figlio meraviglioso e quattro nipoti meravigliosi, quindi sei la persona perfetta per essere il secondo paio d'occhi di Jared.»

Guardò Jared. «Vado a prenderti dell'acqua per mandare giù quelle pillole. Forse Mary-Alice può aiutarti ad alzarti.»

Grazie al cielo la nonna si girò, perché lui si alzò eccome, e non nel modo in cui intendeva lei.

«Forse dovresti pensare a una divisa diversa, Mac» disse mentre prendeva le pillole che lei gli offriva.

«Ah sì?»

Accidenti, le aveva cancellato il sorriso dalla faccia. «Volevo solo dire che, sai, i pantaloni...»

«Cosa c'è che non va?» Si guardò in basso, poi si girò per poter vedere oltre la spalla.

«Sono, uhm...» Merda. Si era scavato la fossa da solo. Avrebbe dovuto semplicemente lasciar perdere e godersi la vista. Che gli importava se voleva che ogni cliente maschio la squadrasse?

Aveva molti clienti maschi? E in tal caso, si occupava personalmente delle loro pulizie?

«Cosa, Jared? Li ho strappati o qualcosa del genere?»

«O qualcosa del genere.» Per fortuna, proprio in quel momento arrivò la nonna con l'acqua, così non dovette rispondere. Con un po' di fortuna, Mac si sarebbe dimenticata della domanda.

«Allora cosa c'è che non va?» chiese lei una volta che lui ebbe ingoiato le pillole, senza la minima distrazione. «È la divisa. Il mio marchio. Se c'è qualcosa che non va, vorrei saperlo.»

«Sì, Jared, cosa c'è che non va con loro?» La nonna fece un giro intorno a Mac, studiandola. «Ho aiutato Cate a disegnarli.»

Certo che l'aveva fatto. Perché mai le nonne non avrebbero dovuto essere responsabili di escogitare una forma di tortura apposta per lui? Probabilmente avevano architettato tutta quella faccenda delle pulizie solo per mettere lui e Mac nello stesso posto. Non era un segreto che avrebbero voluto imparentarsi da sempre; far sposare i loro nipoti avrebbe suggellato l'accordo.

«Non ci vedo niente di male. Te li senti bene addosso, Mary-Alice?» chiese la nonna.

«Sì, stanno bene.» Mac si passò le mani sui fianchi.

Davvero? Davvero? Non era già abbastanza nei guai che lei doveva pure accarezzare le curve che lui si sforzava di non fissare?

«Aderiscono bene e mi permettono di muovermi quando salgo le scale e cose del genere. Penso che vadano bene.» Loro due si voltarono verso di lui. «Allora qual è il tuo problema, Jared?»

«Io... uhm...» Si passò una mano tra i capelli mentre le due donne lo fissavano. «Penso solo che potrebbero essere troppo leggeri. Non pensi che dei jeans sarebbero più adatti per il lavoro?»

«Ne terrò conto.» Mac annuì e si girò sui tacchi, congedandolo e allo stesso tempo offrendogli una vista di quale fosse *esattamente* il suo problema con quei dannati pantaloni attillati. «Signora Nolan, ho finito una delle stanze di sopra e ho trovato alcune foto e ricordi dietro alcuni mobili che forse le interessano.»

«Oh, che bello, Mary-Alice. Andiamo a dare un'occhiata.» La nonna lo guardò. «Mettiamo Jared sul divano e poi saliamo.»

«Ce la faccio da solo.» Non voleva Mac da nessuna parte vicino a lui in quel momento.

Stringendo i denti, si tirò su a sedere. Contrarsi gli addominali per spostare le gambe fu doloroso, ma niente in confronto a quello che aveva già dovuto affrontare.

Poi Mac si chinò per accarezzare i gattini.

«Porca miseria.» Le parole gli uscirono di bocca prima che potesse pensarci.

Almeno non aveva fischiato.

«Oh, Jared.» La nonna accorse. «Tesoro, ti sei fatto male?»

«No. Sono solo le costole. Fanno ancora male.» Sì, dà la colpa a loro così non sospetterà che non riusciva a respirare perché Mac in quei pantaloni gli toglieva l'aria.

«Basta così. Mi trasferisco di nuovo qui. Vado a casa a prendere dei vestiti. Dafna e le altre dovranno giocare a bridge senza di me stasera. E a bunco domani. Non è importante.»

Come se non lo fosse. La nonna amava la sua vita sociale nel nuovo posto e lui non aveva assolutamente bisogno dei suoi occhi d'aquila che lo scrutavano vicino a Mac. «Nonna, starò bene. Non devi farmi da babysitter.»

«Ma non dovresti stare da solo.»

«Non lo sarà. Ci sarò io.» Mac sembrava felice come un impresario di pompe funebri.

«Sei sicura di voler fare da babysitter a Jared, Mary-Alice?»

Babysitter! «Ehilà?» Agitò una mano. «Sono proprio qui e non ho bisogno di una babysitter. Mac si è offerta di aiutare a prendersi cura dei gattini, quindi starò bene. Torna dalle tue amiche, nonna. Non c'è bisogno che salti le tue partite per me.»

«Sei sicuro, caro?» Guardò Mac.

Non aveva bisogno del sigillo di approvazione di Mac. «Certo che sono sicuro, nonna. Non sono un invalido.»

«Intendevo Mary-Alice, Jared. So quanto puoi essere scontroso. Spero proprio che ti comporterai bene mentre lei è qui.»

Jared saggiamente tenne la bocca chiusa.

Mac lo fulminò con lo sguardo. «Andrà tutto bene, signora Nolan. Io e Jared abbiamo un'intesa.»

La nonna diede una pacca sulla spalla di Jared mentre si alzava. «Posso portarti qualcosa, caro, prima che io e Mary-Alice andiamo di sopra a vedere cosa ha trovato?»

Per un secondo, ebbe un desiderio travolgente di chiederle un abbraccio. Qualcosa di così innocuo a volte, qualcosa di così comune... Non si era mai reso conto di quanto li desse per scontati finché non ci fu più nessuno a dargliene.

Caspita, stava diventando sentimentale. Doveva essere il dolore. «No, sono a posto. Andate pure voi due. Io e i miei giannizzeri staremo bene.»

La nonna guardò Mac mentre lasciavano la stanza. «Giannizzeri?»

«Ha chiamato i gattini come i Tre Marmittoni» spiegò Mac.

«Ma sono quattro.»

«A quanto pare erano più di tre.»

«E allora perché chiamarsi i *Tre* Marmittoni?»

«Chi lo sa. È una cosa da uomini, credo.»

Sì, le donne non capivano I Marmittoni. Proprio come i ragazzi non capivano la mania per i soprammobili. Era sorprendente che la razza umana fosse sopravvissuta così a lungo.

Poi ebbe una visione di profilo di Mac in quei pantaloni che le fasciavano le forme e con quella polo attillata.

Forse, dopotutto, non era così sorprendente.

Mildred compose il numero di Cate, poi prese la scatola di cioccolatini assortiti sul comò della sua camera da letto, una volta tornata nel suo nuovo appartamento.

«Allora?» Cate non si prese nemmeno la briga di salutare.

«Ci sono cascati.» Mildred sollevò il coperchio della scatola e sorrise a ciò che c'era dentro. L'unica cosa che amava più del cioccolato – a parte la sua famiglia e i suoi amici – era questo anello per cui Robert aveva lavorato così duramente.

Se lo infilò al dito. Anche solo per quelle poche ore, si era sentita nuda senza. Come se gli stesse essendo infedele.

Ma era stato per una buona causa. Quei due, Jared e Mac, erano perfetti l'uno per l'altra e lo erano sempre stati. Le scintille che volavano tra loro... Uff. Le ricordavano lei e Robert.

«Non hanno sospettato nulla, vero?»

«Andiamo, Cate, mi conosci meglio di così. Chi ti convinse di avere gli orecchioni ai bei tempi, finché non ti sei agitata così tanto da pensare di doverli prendere anche tu per morire insieme?»

«È crudele da parte tua ricordarmelo, e i ragazzi di oggi hanno internet per controllare i fatti. Non sono così ingenui come lo eravamo noi.»

«Be', io non ho ancora perso le mie doti di attrice. Sono persino riuscita a versare qualche lacrima.»

«Geniale.»

«Lo so.»

«E modesta.»

«Certo. Quando mai mi hai conosciuta diversa?»

Cate ridacchiò dall'altro capo del filo. «Vero. Mildred, sei unica.»

Mildred tese la mano per vedere il suo piccolissimo diamante catturare la luce e farle l'occhiolino, proprio come faceva Robert. Quell'anello era più prezioso per lei di qualsiasi delle mostruosità da dieci carati che le celebrità indossano oggi.

«In realtà, Cate, non è vero. Noi due siamo una bella coppia e usciremo da questa storia con una mano vincente da paura quando riusciremo a mettere insieme quei due.»

Capitolo Tredici

Jared fece una smorfia mentre rimetteva Shemp nel recinto e diede un'occhiata alla pendola nell'angolo. Mac sarebbe tornata presto, grazie a Dio.

Scosse la testa. Non avrebbe mai pensato di poterlo dire.

Si raddrizzò, facendo un'altra smorfia. Hmmm, forse si era fatto male, dopotutto.

Si trascinò con le stampelle fino allo specchio nell'atrio e si sfilò la maglietta, ispezionandosi le costole.

I lividi erano scomparsi. Erano ancora doloranti, ma non più di quanto non lo fossero stati quel giorno. Non più di quanto lo fossero dopo un buon allenamento, in realtà. Ma aveva perso massa muscolare: un'altra cosa che aveva perso per colpa di Camille.

Dio, come aveva potuto essere così stupido? Così cieco? L'orgoglio precede sempre la caduta, era proprio vero; le donne ci provavano con lui da che avesse memoria. Non aveva mai sospettato che Camille avesse un motivo diverso dall'essere attratta da lui. Non era come alcuni degli altri ragazzi la cui unica attrazione per il sesso opposto era il contratto e il prestigio di essere una stella dello sport. Era cresciuto con questo aspetto. Sapeva che effetto faceva al sesso opposto. L'aveva usato a suo vantaggio più volte di quante fosse orgoglioso di ammettere. Non aveva mai sospettato che Camille avesse un ragazzo. O che ricevesse regali da *lui* da dirottare a quel ragazzo. Questo la rendeva una puttana, ma quando l'aveva chiamata così, lei si era limitata a ridere. Aveva detto che era stato lui a pagare e quanto era patetico?

Non patetico. Credulone. Fiducioso. Desideroso di credere nel "e vissero per sempre felici e contenti".

Mac apparve nello specchio dietro di lui.

«Non bussi?»

«Dato che ci conosciamo praticamente da una vita e che sono qui per farti un favore, *e in più* ho le chiavi, non pensavo di doverlo fare. Ma se ti fa felice...» Bussò alla porta. «Posso entrare?»

Certo che sì. E no. E... merda. Si stava comportando da stronzo. «Scusa, Mac. Sono a pezzi.»

«Lo capisco.» Chiuse la porta alle sue spalle e gli porse un biglietto da visita. «Tieni. Era sulla tua porta.»

Non capì il disprezzo nella sua voce finché non lesse cosa c'era scritto sul biglietto.

Chiamami se sei solo ~ Renee.

Davvero? La gente pagava davvero per farli stampare? Lo faceva sentire davvero *così* speciale di essere uno fra cinquecento.

«Sali pure, io porto i gattini. Nel caso tu sia *solo.*» Si mise il borsone sulla schiena.

«Portarli? Dove?»

«Nella stanza di tua nonna. Non preoccuparti, non disturberemo la tua visita con *Renee.*»

Scelse di ignorare il sarcasmo. «Perché li porti lì?» La stanza di sua nonna era accanto alla sua.

«Perché devo stare vicino a loro durante la notte e non ho voglia di fare le scale al buio quando sono stanca.»

Si stava trasformando in un incubo. Non voleva Mac così vicina. Era già abbastanza brutto che dormisse sotto il suo stesso tetto. «Pensavo che avresti dormito sul divano.»

«I divani non si prestano a una buona notte di sonno. Se devo fare il turno delle due di notte, voglio dormire bene il resto della notte. Quindi tu e *Renee* dovrete solo fare piano.» Si strinse un cuscino tra le braccia. «Allora datti una mossa, Zoppetto, così posso portare i piccoli a letto prima dell'ora della pappa. E prima che arrivi la tua ospite.»

«Non ci sarà nessuna Renee.» Perché, nel momento in cui lei aveva detto *piccoli*, l'immagine era cambiata nel suo cervello? Perché mai se la immaginava con dei neonati *umani* tra le braccia, che li portava di sopra nelle loro culle?

Perché sei esausto e frustrato. Sali subito prima di fare qualcosa di cui ti pentirai.

O perché non *avrebbe* fatto qualcosa e se ne sarebbe pentito ancora di più.

Mac si costrinse a voltarsi e a dirigersi verso il salotto. Non le importava se ci sarebbe stata una Renee o no, e non era lì per sbavare dietro a Jared. Anzi, stava cercando disperatamente di non *volerlo* più sbavare dietro a lui. A quello servivano le Renee del mondo.

Ma, accidenti, quell'uomo era un esemplare magnifico.

Il *tonf tonf* delle sue stampelle sulle scale quasi soffocò i miagolii dei gattini, ma questi piccoletti — e piccoletta — avevano fame. Il che significava che doveva dar loro da mangiare, *poi* spostarli di sopra, non il contrario.

Mac sospirò. Era stanca e voleva infilarsi a letto, ma non se ne parlava finché non avesse finito il suo dovere.

Perché aveva accettato di farlo?

Era una domanda che continuava a porsi per tutto il tempo in cui preparò i biberon e li riportò in salotto. Non aveva una risposta neanche dopo aver sistemato tutti e quattro con un creativo posizionamento di cuscini e biberon, e rinunciò a cercarne una quando ebbero finito di mangiare.

Ammettilo, Manley, non hai superato la cotta per quel ragazzo. Accetta la consapevolezza e considerala una lezione di vita. Poi concentrati sul finire questo lavoro così da poter tornare alla vita reale. Questo è il piano; attieniti a esso.

Si sentì meglio dopo quella spinta dalla sua coscienza. Non c'era nulla di male nell'essere attratta da Jared: era un bel ragazzo, come le Renee del mondo le stavano dicendo così sfacciatamente. Quindi aveva ancora una cotta... Non significava che dovesse agire di conseguenza.

Ora, se solo lui non l'avesse baciata di nuovo, sarebbe andato tutto bene.

Radunò i gattini in una cesta della biancheria, riempì un contenitore da asporto di lettiera e li portò su per le scale *giusto* in tempo per imbattersi in Jared che usciva dal bagno. Senza maglietta.

«Ehm, il bagno è tutto tuo,» disse lui, strofinando i capelli umidi che gocciolavano sulle sue spalle e scorrevano in piccoli rivoli lungo il suo petto.

Quello dietro cui non avrebbe dovuto sbavare.

«Grazie.» Passare la notte lì era stata davvero una pessima idea.

«Sai, non dovevi tornare. La nonna non l'avrebbe saputo.»

«L'avrei saputo *io*. La mia parola ha un valore per me, Jared.»

«Anche la mia.»

«Allora perché stiamo avendo questa discussione? Tua nonna mi ha chiesto di restare; eccomi qui.»

Lui la guardò per qualche secondo e si passò una mano sulla bocca. «Allora mettiamo le cose in chiaro. Non ti ha chiesto di restare a tempo indeterminato. Quindi una notte e basta, e siamo a posto, giusto?»

Caspita, quel ragazzo non avrebbe potuto rendere più ovvio che non la voleva intorno. «Forte e chiaro.»

«Bene.»

«Ottimo. Altro?»

Lui la guardò per qualche altro secondo, poi scosse la testa. «Dopo di te.» Allungò la mano e lei gli passò accanto, svoltando a destra verso la sua porta.

«Buonanotte,» le gridò dietro.

«Buonanotte,» disse lei prima di appoggiarsi alla porta per chiuderla. Wow, guardala. Capace di gestire una frase completa; okay, non era *tecnicamente* quella che la sua insegnante di lettere avrebbe definito una frase completa, ma era un risultato piuttosto buono nello stato in cui si trovava.

Con lui nello stato in cui si trovava *lui*.

Fu una lunga notte. Queste vecchie case... Poteva sentire ogni passo di topo, ogni scricchiolio, ogni folata di vento.

Peccato che non ci fosse vento. E sapeva per certo che sua nonna aveva chiamato un servizio di disinfestazione la settimana scorsa, quindi la teoria del topo era da scartare.

Non poteva nemmeno mentire a se stesso. Aveva teso l'orecchio per sentire Mac. E l'aveva sentita. E la cosa l'aveva tormentato per le ultime... prese il telefono e strizzò gli occhi quando lo schermo si illuminò... quattro ore.

I gattini non dovevano stare svegli così a lungo. Quando aveva dato loro da mangiare la sera prima, avevano mangiato, risposto al richiamo della natura, e poi erano tornati a dormire — mezz'ora al massimo. Due volte.

Qualcosa andò in frantumi nella stanza di Mac. Jared si alzò in piedi prima che lei avesse finito di imprecare in modo molto creativo ed era a metà strada verso la porta quando si rese conto di non avere le stampelle.

Tornò zoppicando al letto, afferrò quelle maledette cose da accanto al comodino e raggiunse la stanza di lei più velocemente che poté.

«Stai bene?» Premette l'interruttore della luce accanto alla porta.

«Ack!» Mac si protesse gli occhi con l'avambraccio...

Dormiva con dei pantaloncini molto corti e una maglietta. Con delle balze sui bordi.

Le balze non dovrebbero essere sexy. Ma con quella porzione di addome in mostra... E poi tutte quelle gambe. Mac poteva anche non essere alta, ma aveva gambe che arrivavano fino agli occhi. Tonica, formosa, liscia... Si sarebbero avvolte perfettamente intorno alla vita di un uomo.

«Ho sentito un botto.» Spense la luce, avendo bisogno di nascondere la prova di ciò che lei gli faceva, ma l'immagine di lei in quel pigiama era impressa nel suo cervello. Che diavolo era successo ai pantaloni della tuta con cui era arrivata?

Lei si grattò la testa, e i suoi capelli — non più in quella coda di cavallo — le si gonfiarono intorno al viso mentre la luce della luna filtrava attraverso le tende di pizzo. «Uno dei gattini è saltato giù dal letto e ha fatto cadere il telecomando dal comodino.»

«È saltato? Avrebbe potuto rompersi una zampa.» Il suo letto a baldacchino era alto da terra. «Dove è andato? E quale?»

«Quello calico.»

Larry sembrava essere il combinaguai del gruppo. «Hai visto dove è andato?»

«Se l'avessi visto, pensi che sarei qui a chiedermi da dove iniziare a cercare? Era buio prima che tu accendessi il sole, e ora ho le macchie negli occhi per la luce.»

«Ehi, volevo solo assicurarmi che non ti fossi infilzata con qualcosa.»

«Beh, io no, ma non sono così sicura del gattino. Vai pure, accendi la luce, visto che ora sono pronta.»

Jared dovette controllare per assicurarsi che *lui* fosse pronto.

Trovando che tutto fosse, ehm, in ordine, accese la luce.

I suoi capezzoli erano turgidi.

Fu la prima cosa che notò. Maledizione.

Poi si mise a quattro zampe per guardare sotto il letto, e il suo sedere...

Si girò di scatto. Non aveva bisogno di vedere come il suo sedere si curvava sotto i pantaloncini che si sollevavano abbastanza da dargli un assaggio...

La sua stampella urtò il comò accanto alla porta e lui per poco non cadde di testa.

«Jared? Stai bene?»

Lei si voltò a guardarlo da sopra la spalla e, che gli sparassero subito, l'immagine di quello...

«Sì. Bene.»

Per niente.

Le passò accanto con le stampelle, tenendo gli occhi incollati al pavimento, apparentemente cercando il gattino.

«Eccoti qui, piccolo. Vieni qua.» Mac tamburellò le unghie sul pavimento di legno.

Quelle parole... Gesù, aveva un serio problema se immaginava che lei dicesse quelle parole a lui. «È lì sotto?»

«Sì, ma è rannicchiato sotto il centro del letto. Puoi usare la tua stampella per spingerlo da questa parte?»

«Certo.» Sì, dargli qualcosa da fare invece di stare lì a fantasticare su Mac che lo chiamava come aveva chiamato il gattino.

Si mise a terra e spinse dolcemente la stampella dietro il piccolo esserino.

Zampettò verso il fondo del letto.

«No, vieni qui!» Mac tamburellò di nuovo sul pavimento. «Usa anche l'altra stampella, Jared.»

Perché, sì, *era* un paio di forbici giganti.

Sentendosi come Johnny Depp in un ruolo da protagonista, Jared si sdraiò sulla spalla e sul fianco destro, e incrociò le stampelle ai lati del gattino, guidandolo verso Mac.

«Preso!» Strappò il piccoletto dal pavimento, poi balzò in piedi.

Jared si alzò in tempo per vedere Mac scaraventare il piantagrane di nuovo nella cesta della biancheria, per poi metterci un cuscino sopra.

«Forse dovresti capovolgerla così non possono arrampicarsi per uscire,» disse, contento di vedere che il dolore alle costole era sparito.

Tuttavia, quello all'inguine quando intravide il suo addome teso con un piercing scintillante all'ombelico, era un'altra storia. Quello stava crescendo.

«Okay, Mac. Contento che siano tutti di nuovo al loro posto. Ci vediamo domani.» Non vedeva l'ora di uscire dalla sua stanza.

Il che significava che, *ovviamente*, sarebbe inciampato.

La stampella andò a sinistra, lui andò a destra, e finì sopra a Mac con il materasso sotto di lei.

Per un secondo, il tempo si fermò e tornò proprio a quel momento di anni fa, quando lei era caduta dall'albero sul suo appuntamento, i suoi grandi occhi verdi spalancati e fissi nei suoi.

Come stavano facendo ora.

Anche le sue labbra erano socchiuse proprio come allora, solo che questa volta... Solo che questa volta sapeva di cosa sapessero. Come si sentissero sotto le sue.

E ora sapeva come si sentiva *lei* sotto di lui. Ogni sua parte morbida e sinuosa, e il modo in cui il suo petto fluttuava mentre inspirava aria nei polmoni...

Gemette e non aveva nulla a che fare con il dolore. Beh, non il dolore dell'incidente, ma un dolore molto teso, molto lancinante in basso, e tutto a causa di questa donna. Questa donna splendida e sexy che gli aveva afferrato l'elastico dei pantaloncini, le sue dita che accendevano fuochi sotto la sua pelle.

«Mac...»

«Jared...»

Qualcuno baciò qualcun altro. Non era sicuro chi fosse stato, ma non c'era esitazione da parte di nessuno dei due, e il bacio divenne completamente carnale in circa tre secondi.

Dio, il modo in cui i suoi polpastrelli facevano scoccare scintille sotto la sua pelle, il modo in cui lo scivolare della sua lingua contro la sua lo spingeva più a fondo, il modo in cui i suoi fianchi che cullavano la sua erezione lo facevano spingere contro di lei...

Il modo in cui quattro artigli affilati gli si piantarono nelle costole...

«Santa madre di...»

Jared si tirò indietro, interrompendo il bacio, e lasciando una donna improvvisamente molto incazzata a fissarlo dal basso.

«Ehi, non ti ho invitato a baciarmi. Se è così ripugnante, penserei che non l'avresti fatto una seconda volta.» Mac si dimenò sotto di lui e se solo avesse saputo che quello *non* era il deterrente che stava cercando di essere. «Togliti di dosso, razza di stupido presuntuoso.»

«Dammi un minuto, Mac.» Aveva bisogno di respirare, e tra i gattini e Mac, non era sicuro che ne sarebbe uscito vivo.

«Jared, togliti.» Lo spinse e una nuova ondata di dolore gli attraversò le costole.

Rotolò via da lei e sul materasso, le costole subirono un altro colpo, ma almeno il dolore fece calmare il suo cazzo.

L'effetto di Mac era tutta un'altra storia.

«Ti dispiace dirmi cos'era quello? Una donna in casa tua è un invito aperto a essere malmenata? Cosa ti dà il diritto di baciarmi quando ti pare per umiliarmi? Come osi...»

«Umiliarti?» Jared rotolò su un fianco e si puntellò sul gomito per sedersi. «*Umiliarti*? È questo che pensi che stessi facendo?»

Le spalle di Mac si fecero più squadrate e incrociò le braccia. «Non *sono* la stessa ragazzina che pensava che fossi il non plus ultra tanti anni fa.» Lanciò un'occhiata ai gattini nella cesta. Chiunque gli fosse saltato addosso non lo ammetteva. Jared aveva la sensazione che fosse stato Larry. «Le mie scuse, ragazzi. Voi valete molto più di questo lumacone.»

«Lumacone?» Jared si alzò in piedi, aggrappandosi al montante del letto. «*Lumacone*? Eri coinvolta in quel bacio tanto quanto me, Mac, quindi cosa dice questo di te che hai baciato un lumacone?»

«Non è vero...»

«Non provare a negarlo. Ero lì, se ti ricordi. *Proprio* lì. E quella era la tua lingua che scivolava nella mia bocca. Non ti stavo costringendo. Non ti stavo forzando. Mi hai afferrato e mi hai tirato contro di te.»

«Io...» Incrociò le braccia più strette e sbuffò.

«Che c'è? Il *gatto* ti ha mangiato la lingua?» Jared si staccò dal montante e si mise di fronte a lei. «Volevi baciarmi, Mac. Ammettilo.»

Lei lo guardò, quei grandi occhi verdi che lo trapassavano da parte a parte. Che lo bruciavano. Dritto al centro del petto, e improvvisamente era *lui* quello che cercava di inspirare aria nei polmoni.

«Perché mi hai baciato, Jared? Perché stai giocando con me? Pensi che sia divertente giocare con i sentimenti che provavo per te tanti anni fa? Dobbiamo stare in questa casa insieme per un paio di settimane. Dobbiamo lavorare insieme per il bene di Mildred. Non posso continuare così. Non posso continuare a chiedermi se cercherai di umiliarmi ogni volta che sono qui.»

Gesù, non avrebbe mai pensato che le parole potessero fare così male. «Non stavo cercando di umiliarti, Mac. Io... tu... eravamo lì e non era qualcosa che avevo pianificato. È solo... successo.»

Lei si allontanò dal letto e si spostò verso la pediera. «Allora assicurati che non succeda più, per favore. Mi dispiacerebbe deludere le nostre nonne, ma non resterò qui a fare da diversivo per la tua noia e a farti fare due risate.» Afferrò il copriletto e lo scosse. «Ora, se non ti dispiace, vorrei sistemare i gattini e dormire un po' prima di dovermi alzare per andare al lavoro domattina.»

La guardò, lì in piedi, così rigida. Ripassò le sue parole nella mente. Non aveva cercato di umiliarla; aveva voluto baciarla. E anche lei aveva voluto baciarlo.

«Me ne vado, ma solo perché dopo quel bacio, la tua camera da letto non è il posto più sicuro per me. Per il bene di entrambi.» Strappò le stampelle dal pavimento e se le infilò sotto le braccia. «Nasconditi dietro la tua negazione, Mac, ma volevi baciarmi tanto quanto io volevo baciare te. Non è finita qui.»

Capitolo Quattordici

Jared si frizionò la testa un'ultima volta con l'asciugamano, che poi lanciò sulla lavatrice nella lavanderia, rabbrividendo mentre l'acqua fredda gli gocciolava sulle spalle. Aveva avuto bisogno di una doccia gelata per svegliarsi quella mattina, dato che dormire dopo quel bacio era stato elusivo quanto la no-hitter che sperava di lanciare prima della fine della sua carriera. Se Dio voleva, avrebbe ancora avuto una possibilità per quella.

Una possibilità con Mac, tuttavia...

Combustione chimica a parte, vedere il suo debole per i gattini e per sua nonna, e, diavolo, persino per lui... Mac aveva un'anima buona e se qualcuno glielo avesse detto quando erano ragazzi, lui avrebbe risposto a quel qualcuno di andare a farsi un bagno nel torrente, perché Mac Manley era stata un vero terrore.

Buffo come il tempo e la distanza potessero cambiare la prospettiva di un uomo. E, sfortunatamente, la sua.

«Jared!»

«In cucina.»

Lei rientrò di volata in cucina come un tornado, ma anche se lui ci era abituato, non era preparato a vederla com'era in quel momento.

Mac in gonna e tacchi era letale.

Se ci si aggiungevano le balze sui bordi della camicetta quando si tolse la giacca del tailleur, passava a catastrofica.

Seriamente, le balze non dovevano essere sexy, ma su di lei... Gesù. Anche se non gli avessero ricordato la notte precedente, tutte quelle gambe... E quei tacchi.

Tacchi neri.

Con una balza sul retro.

E poi c'erano i suoi capelli: sciolti e fluenti intorno alle spalle mentre si girava su se stessa, agitando un paio di chiavi sopra la testa.

«Ce l'ho fatta!»

«Congratulazioni.» E quando sorrideva così le si illuminava il viso e gli rubava il fiato. Mac era semplicemente... stupenda.

«... il finanziamento è andato a buon fine, ho potuto finalmente tirare un sospiro di sollievo. Ma Liam mi ha impedito di alzarmi dalla sedia ballando finché non sono state firmate tutte le carte, e ora sono la fiera proprietaria di un furgone da lavoro. Devo solo farlo decorare con il logo e i contatti della mia ditta e poi saremo pronti per iniziare. Nel frattempo, però, ho le calamite per auto che stanno benissimo con il verde sullo sfondo bianco. Proprio come me l'ero immaginato.»

Mac non era affatto come se l'era immaginata. In tutti quegli anni in cui aveva pensato a lei —*se* mai ci aveva pensato — aveva visto la bambina che era stata.

Non è più una bambina.

Sì. Quello l'aveva capito.

Si schiarì la gola. «Questa è un'occasione da festeggiare.» Zoppicò fino alla credenza e tirò fuori un paio di calici da vino. «Non credo che nonna abbia dello champagne da queste parti, ma potremmo festeggiare con un bicchiere di succo d'arancia prima che tu mi faccia vedere il furgone.»

Lei si lasciò cadere su una delle sedie della cucina e allungò le gambe davanti a sé. «Mi piacerebbe, ma ne aveva bisogno Liam. Ha prestato il suo pick-up a Cassidy Davenport.»

«Cassidy Davenport? E che se ne fa di un pick-up? Suo padre non possiede una flotta di auto sportive? Quello è più il suo stile.»

Mac si strinse nelle spalle e le balze le fecero ricadere delle ciocche in avanti, puntando dritto alla scollatura che lui stava disperatamente cercando di non notare. Andò verso il frigo. Forse una ventata d'aria fredda gli avrebbe messo a bada la libido.

Dopo che la doccia fredda non c'è riuscita? Buona fortuna.

«A quanto pare quelle non sono auto di famiglia. So solo che lei è senza macchina e Liam deve andare al lavoro, e dato che nel mio pick-up ci sta stretto quanto te, ho dovuto dargli il furgone.» Ridacchiò. «È una seccatura non poterlo usare, ma sono andata avanti così a lungo senza, posso usare il pick-up ancora un po'.»

Bastava che lui non ci salisse con lei. C'erano stati stretti e, dopo la notte scorsa, non aveva bisogno di ritrovarsi di nuovo in quella prossimità. Aprì il frigo, ma l'aria fredda non fece nulla per fermare il calore che gli scorreva dentro al ricordo.

Versò il succo, le porse un bicchiere e sollevò il suo. «Alla tua personalissima flotta della Manley Maids.»

«Allora, come stanno i gattini?» chiese lei dopo che ebbero fatto cin cin con i loro calici di succo. «Dovrebbero dormire fino a mezzogiorno dopo stanotte.»

Ci fu un istante o due di silenzio. Non si era dimenticata della notte scorsa più di quanto non avesse fatto lui.

«In realtà, sono stati piuttosto attivi fino a circa venti minuti fa. Immagino che abbiamo tre ore buone prima che ricomincino a saltarsi addosso. Tempo per un'altra possibilità per te di battermi a ramino.»

«Non oggi.» Si raddrizzò e raccolse le gambe sotto di sé mentre si girava per appoggiare i gomiti sul tavolo. «Niente tempo per i giochi. La soffitta, ricordi?» Scolò il resto del succo e si alzò, sfiorandolo mentre andava al lavandino.

Aveva un buon profumo. Troppo buono. «Facciamo la soffitta adesso?» chiese lui mentre usciva dalla cucina dopo aver sciacquato i bicchieri.

Lei era già arrivata al secondo piano e si sporgeva dalla ringhiera, con le dita sui bottoni tra i seni. «Non c'è momento migliore del presente. Tua nonna era turbata. Non dovremmo farla aspettare. Dobbiamo comunque controllare la roba lassù per decidere cosa tenere e cosa dare via.» Entrò nella sua stanza e chiuse la porta.

Dare via? Da più giovane aveva giocato in quella soffitta per ore nei giorni di pioggia. Aveva costruito forti e trincee tra i bauli e le cianfrusaglie che nonna aveva conservato lassù.

Un senso di vuoto gli si strinse intorno al cuore e si fermò sul secondo gradino prima del pianerottolo. Darla via sarebbe stato come se un altro pezzo della sua vita gli venisse strappato. E aveva già perso troppo.

Aveva bisogno di un po' d'aria.

Saltellando giù per le scale sulla gamba sana, Jared strinse i denti contro il dolore nel petto, che fossero le costole o il cuore. Non voleva esaminarlo troppo da vicino.

In fondo alle scale, attraversò di nuovo il pavimento saltellando e spalancò la porta...

C'era una donna lì. Con altri dolci.

Non ne aveva proprio bisogno in quel momento.

«Ciao» disse lei con quello sguardo speranzoso. «Sono Renee. Ti ho lasciato un biglietto sulla porta ieri sera.»

«Ah, sì. L'ho ricevuto.»

Lei si leccò il labbro inferiore, poi se lo morse, la testa inclinata e lo sguardo rivolto a lui da sotto le ciglia.

Aveva visto la stessa mossa mille volte. E questa donna — Renee — non aveva bisogno di quell'affettazione perché era carina di suo. Ma a lui non interessava e, labbro morso o no, non gli sarebbe interessata.

«Ti ho portato dei brownies.» Sollevò il piatto.

Non era in vena. Né per il cibo né per ciò che rappresentava. «Grazie, Renee, ma anche se li apprezzo, non posso mangiarli. Devo tenermi in forma, sai?»

Grosso errore. Renee si prese tutto il tempo per squadrarlo.

«Non mi sembra che tu abbia un problema.»

Oh, sì che ce l'aveva. Due. La vita che gli stava sfuggendo di mano e la dinamo sexy e premurosa alta un metro e sessanta che, proprio in quel momento, probabilmente si stava togliendo il resto dei vestiti nella stanza sopra la sua testa.

Sapeva quale dei due fosse il problema più grande.

Mac si avvicinò alla finestra. «*Non mi sembra che tu abbia un problema*» ripeté in un sussurro nasale. «Ti prego. Non poteva trovare qualcosa di originale? Jared probabilmente se lo sente dire una dozzina di volte al giorno.»

Il coltello che era comparso quando la *prima* aspirante signora Nolan si era presentata l'altro giorno le si rigirò di mezzo giro nelle viscere con questa nuova arrivata.

«Sono una fisioterapista, in realtà. Posso darti una mano con la riabilitazione.»

Accidenti, quella non mollava.

Mac abbassò lo sguardo sulla camicetta che teneva stretta tra i seni. E al reggiseno di pizzo che indossava sotto.

Sarebbe stato sbagliato sporgersi così dalla ringhiera, vero?

Lasciò che un sorriso le incurvasse le labbra. Mildred le *aveva* chiesto di aiutare Jared, dopotutto...

Aprì la porta della camera da letto e si diresse verso la ringhiera, sporgendosi abbastanza da vedere l'ultima speranzosa. «Jared, tra pochi minuti mi sarò tolta questi vestiti, se vuoi raggiungermi di sopra.»

Lo sguardo di *Renee* schizzò su per le scale.

Mac la salutò con la mano, sforzandosi con tutta se stessa di non ridere.

Ci fu un paio di secondi di silenzio, finché Jared tossì.

Mac avrebbe giurato di aver sentito una risatina soffocata nel colpo di tosse.

«Uh, sì. Okay. Salgo tra un minuto.»

Le ci volle metà di quel tempo per correre in camera sua e afferrare una maglietta e dei pantaloncini. Quella piccola scenetta era stata esclusivamente a beneficio di Renee. Dopo la notte scorsa, non aveva la minima intenzione di tentare Jared in alcun modo. Poteva chiamare Renee per quello. Ma avevano un lavoro da fare e più in fretta finivano, più in fretta lei si sarebbe potuta sottrarre a qualsiasi tentazione.

Perché era tentata.

Quando lui salì le scale trascinando il piede, lei si era già vestita, si era legata i capelli in una coda di cavallo e lo stava aspettando in corridoio, pronta a mettersi al lavoro.

«È stato di cattivo gusto.» Il sorriso di Jared non confermava la sua affermazione.

«Ma l'ha fatta andare via, no?» Eseguì una svolta militare verso le scale della soffitta, la coda di cavallo che le sferzava la spalla.

«Sì, ma le ha dato l'idea sbagliata.»

«Volevi che avesse quella giusta?» Si voltò a guardarlo. «Da quello che ho sentito, sembrava che stessi cercando di sbarazzarti di lei. Io ti ho solo dato una mano.»

«E ora tutti sapranno che c'è una donna mezza nuda in casa mia.»

Tirò la vecchia porta di legno, ma non si mosse. Si doveva essere gonfiata nel telaio. «Questo è quello che supporranno. Non lo sapranno. Ma forse questo eviterà che altri dolcetti compaiano sulla tua porta con biglietti e numeri di telefono.»

Jared le passò un braccio sopra la spalla e si appoggiò allo stipite della porta. «Forse io *voglio* biglietti e numeri di telefono.»

Lei gli diede uno schiaffo sulla mano e tirò di nuovo la maniglia. Quella cosa non si smuoveva. «Allora metti un cesto in giardino con un grande cartello. Garantito che si riempirà in meno di ventiquattro ore e non dovrò più fare da maggiordomo.»

Lui le mise la mano sopra la sua sulla maniglia. «Mac, se non ti conoscessi, direi che sei gelosa.»

«Certo che lo diresti.» Lei sfilò la mano. «Perché nessuna donna potrebbe stare nella stessa stanza con te senza desiderarti.»

«In realtà, Mac,» scandì il suo nome mentre apriva la porta con uno strattone, «credo che Camille abbia dimostrato che *è* possibile. Una dura lezione, ma che ho imparato bene.» Le fece un cenno verso le scale. «Dopo di te, *principessa*.»

Eccola lì, quella scintilla di vulnerabilità che avrebbe potuto immaginare se non fosse stato per il sarcasmo. Jared attaccava quando qualcosa lo infastidiva; l'aveva visto più di qualche volta nel corso degli anni, e il suo cuore, senza sorpresa, si era sempre intenerito per lui.

Come faceva adesso. Camille lo aveva ferito.

Mac sentì la vibrazione di ogni passo mentre saliva in soffitta risalirle lungo la spina dorsale e avvolgerle il cuore. Una donna era riuscita a ferire Jared.

Le faceva male che quella donna non fosse stata lei.

E le faceva male ammettere di provare quella sensazione.

Dio, perché non riusciva a dimenticarlo? Forse se non fosse stato ferito, non avesse perso qualcuno a cui teneva, non fosse preoccupato per la sua carriera, sarebbe riuscita a dimenticarlo. Diavolo, con quello che aveva detto a Dave, *avrebbe dovuto* riuscirci... Ma sentiva la sua voce, sapeva quanto amasse essere un atleta professionista, e non solo capiva il suo dolore, ma lo *vedeva*. Riconosceva il suo sarcasmo come una copertura. Nessuna sorpresa in questo; lo faceva lei stessa, e l'aveva fatto dopo quella notte sul vialetto di nonna, quando Nan aveva fatto sapere al mondo intero che lui l'aveva respinta. L'aveva usato come scudo contro gli sguardi e i commenti compassionevoli.

E forse lui aveva fatto la stessa cosa in quella conversazione con Dave.

Qualcosa da considerare...

«Wow. Nonna non scherzava.» Jared usò la ringhiera per issarsi sugli ultimi due gradini. «Questo posto è un disastro. Non l'ho mai vista così disordinata.»

Mac distolse la mente dalle Possibilità e la ancorò saldamente alla Realtà, raddrizzando un portatrapunte appoggiato al cavallo a dondolo di legno su cui era salita più di qualche volta quando la nonna li portava in visita. «Deve esserci rimasta davvero male per aver perso quell'anello.»

«Già. Che storia, eh?»

Diede una pacca al cavallo. «Io la trovo dolce.» Mac amava sentire le storie su Mildred e suo marito, Peter. A sentire Mildred, il nonno di Jared era stato un Principe Azzurro in carne e ossa. Da giovane e sciocca, non le era stato difficile fare lo stesso salto mentale con Jared.

«È quello che intendo.» Jared si chinò per raccogliere una cornice da sopra una pila di cuscini ricamati. Strofinò il vetro contro la camicia e la posò sul vecchio portavasi accanto alla ringhiera. «Non riesco a immaginare di fare tutto quello che ha fatto mio nonno per mettere da parte i soldi per quell'anello.»

Lei si voltò e si diresse verso una vecchia casa delle bambole. «In quale altro modo se lo sarebbe potuto permettere? Non è che tuo nonno avesse un contratto da un milione di dollari.»

«Nemmeno io.»

Lei si girò di scatto, pronta a smascherarlo, quando vide un lampo birichino nei suoi occhi.

«Era più di un milione.»

Gli lanciò la cosa più vicina che aveva, una vecchia e orribile scimmia fatta con un calzino che andava di gran moda quando lei era una bambina. Aveva sempre odiato quegli cosi. Li trovava spaventosamente brutti e inquietanti, e il tempo non le aveva fatto cambiare idea. «Dovrebbe impressionarmi?»

Lui afferrò la scimmia, ovviamente. Non si sarebbe aspettata niente di meno da un giocatore di baseball professionista. «Non *sei* impressionata, vero?»

«Sono felice per te, Jared. Hai lavorato sodo per arrivare dove sei, quindi penso che sia fantastico. Ma la cifra? No, non mi impressiona. Perché non mi riguarda. Ti pagano per fare della tua passione un mestiere. Se potessi guadagnarmi da vivere facendo ciò che amo, non mi importerebbe quale fosse la cifra, perché essere pagata per farlo è già una ricompensa di per sé.»

«Non ami quello che fai?»

Fece spallucce. «Non lo odio. Sono brava a farlo, ma non è la mia passione. Non come il baseball lo è per te.»

«Allora cosa vuoi fare? Qual *è* la tua passione?»

«Non è niente.» Non voleva entrare così in confidenza con lui.

Lui posò la scimmia e attraversò zoppicando il pavimento di assi consunte finché non le fu abbastanza vicino da poterla toccare.

Cosa che fece, sollevandole il mento con un dito. «Non sembra affatto niente.»

Lei ritrasse la testa. In quello stato d'animo, Jared era ancora più pericoloso per il suo equilibrio di quando l'aveva baciata. Un Jared premuroso e gentile le permetteva di immaginare i *se* e i *ma*. «No, davvero. Lo è. Niente, intendo.»

Lui le sfiorò la guancia con il dito. «Qualsiasi cosa ti renda la voce così roca e ti faccia sbattere le palpebre così velocemente *è* qualcosa. È quello che vuoi fare. Quello in cui credi. Allora dimmi, Mac, qual è la tua passione?»

Il suo viso era troppo vicino e la sua voce troppo sexy per farla pensare a qualcosa che non fosse il desiderio di spiaccicarsi contro quel corpo duro e prendersi tutto il tempo per baciarlo...

«I bambini.»

Jared si tirò indietro. «I bambini?»

Beh, caspita, se avesse saputo che i bambini erano un tale deterrente per lui, ne avrebbe parlato anni prima. Niente bambini era un ostacolo insormontabile e, se lui si sentiva così poco entusiasta al riguardo, si sarebbe potuta risparmiare anni di pene d'amore.

Non c'era momento migliore del presente per iniziare.

Prese una scatola e la posò sopra un comò. Tanto valeva mettersi al lavoro. Avevano un sacco di scatole da esaminare. «Sì. Bambini. Sai, giovani adulti? Piccole persone?»

«So cosa sono i bambini, ma... cosa? Vuoi avere un sacco di figli?»

Non avrebbe dovuto immaginare i suoi bambini. I suoi e i suoi. Con i loro occhi verdi e i capelli biondi di Jared.

Okay, i suoi capelli neri erano probabilmente geneticamente dominanti, ma era la sua fantasia, quindi poteva farli assomigliare a lui se voleva.

Lo voleva.

Dannazione.

Aprì la scatola con un po' più di forza del necessario. «Uhm, no. Non ancora. Cioè, prima o poi. Quando troverò la persona giusta.» Che avrebbe voluto fosse il ragazzo di fronte a lei, ma lui era troppo stupido per capirlo, quindi doveva trovare la *prossima* persona giusta. «Ma intendo i bambini in generale. Lavorare con loro. Preparo programmi per la giornata Kareers for Kids del centro sociale e tengo dei corsi. È un programma di sensibilizzazione non solo per la comunità, ma anche per i bambini in affidamento.»

I bambini in affidamento erano quelli che le stavano più a cuore. Se non fosse stato per la nonna, quella sarebbe stata l'unica opzione per lei e i suoi fratelli.

«Sembra una causa lodevole.»

«Dei ragazzi mi hanno detto di voler diventare chef dopo i miei corsi di cucina, il che è molto gratificante. Molti di loro perdono la speranza. L'ho visto nel corso degli anni. Non essere adottati, sballottati da una casa all'altra... Almeno posso dare loro una visione per il futuro, qualcosa per cui lottare. Un modo per sapere che non saranno sempre alla mercé degli altri. Che saranno in grado di provvedere a sé stessi nella vita.»

«Ehi, respira, Mac.» Jared le mise una mano sulla spalla. «Non devi convincermi. Aiutare i bambini è una causa lodevole.»

«Pensi davvero?»

«Beh, sì. Certo. Ovviamente.»

Ovviamente? Non c'era niente di ovvio, dopo la sua reazione. Ma ora aveva la possibilità di sondare il terreno... «Lodevole abbastanza da considerare di fare qualcosa per loro?»

Ci era cascato in pieno. Avrebbe dovuto prevederlo, ma l'idea di Mac e dei bambini gli aveva dato un pugno allo stomaco e la sua guardia si era abbassata.

Solo per quella ragione, fu quasi sul punto di dire di no, ma qualcosa lo fermò. «Cosa avevi in mente?»

«Davvero?»

«Ti aspettavi che dicessi di no? Allora perché hai chiesto?»

«Perché se non chiedi, non ottieni. E, vedi, hai detto di sì, quindi ho ottenuto quello che volevo.»

E quando mai non l'aveva ottenuto? «Non ho detto di sì. Ho solo chiesto cosa hai in mente.»

Lei si picchiettò le labbra e a lui costò tutta la sua forza di volontà non ricordare la sensazione di quelle labbra. Quella donna era letale in un modo completamente diverso da quando era una ragazzina.

«C'è un evento del centro sociale in arrivo e dovresti, non so, fare qualcosa che c'entri con il baseball.»

«Intendi tipo mettermi in una cabina per il gioco dell'inzuppata e vedere chi riesce a farmi cadere dentro?»

Il suo sorriso fu accecante. «Questa sì che è un'idea.»

«Non ho intenzione di sedermi in una cabina per il gioco dell'inzuppata.»

«Uno stand delle torte in faccia?»

«No.»

«Uno stand dei baci?»

Ora c'era cascata *lei*. «Ti offri volontaria?»

Dannazione, era bellissima quando arrossiva.

«Neanche per sogno.» Si schiarì la gola. «Che ne dici di una partitella o una lezione di lancio o qualcosa del genere?»

Gli mancava il baseball. Giocarci con Chase l'altro giorno, insegnargli, era stato divertente. Diverso dal giocare con i suoi compagni di squadra, ma decisamente gratificante. Poteva davvero essere divertente. «Quand'è?»

«Questo fine settimana.»

«Cioè tra due giorni?»

Lei annuì. «Ti ho visto lanciare la palla con quel ragazzo. Potresti fare la stessa cosa sabato, no?»

«Sì.» Stette in piedi sulla gamba sinistra e usò le dita del piede destro per mantenersi in equilibrio. «Okay, allora io inizio da questo lato, tu inizi da quello, e ci facciamo strada verso il centro, sperando di trovare in fretta l'anello della nonna così posso organizzare qualcosa per sabato.»

«Sembra un piano.» Mac aggirò un miscuglio di mobili, cornici, una vecchia macchina da cucire e scatole di chissà cosa per accovacciarsi il più lontano possibile da lui, cosa di cui avrebbe *dovuto* essere grato.

Il campanello d'ingresso suonò.

Per la prima volta, ne fu grato.

Mac lo guardò. «Juliette, Maeve, Renee o qualcun altro?»

«Non lo so. È un terno al lotto, ma dovrai andare tu a rispondere perché quando arriverò io di sotto, se ne saranno già andate.»

«E questo sarebbe un problema, perché? Io dico che le lasciamo lasciare qualsiasi leccornia pensi possa passare dal tuo stomaco al tuo cuore, e poi la prendiamo quando facciamo una pausa.»

«Stai cercando di approfittare delle mie mazzette?»

Lei sorrise. «Esatto.»

Lui ricambiò il sorriso. «Sembra un piano.»

Il campanello suonò un altro paio di volte. Mac sbirciò fuori dalla finestra ottagonale, ma disse di non riuscire a vedere niente per via della tettoia del portico. «Scommetto che è Renee. Prima sembrava che non avesse intenzione di arrendersi. Probabilmente ha ricaricato il suo arsenale ed è tornata all'attacco. Che ne pensi? Torta doppio cioccolato del diavolo o gocce di cioccolato super croccanti e noci di macadamia?»

«Ma dove le tiri fuori queste cose?» Jared dovette ridere, anche se per lui sarebbe andata bene una qualsiasi di quelle opzioni.

«La posta in gioco sembra farsi più alta. Non mi sorprenderei se passassi alla Baked Alaska o alle ciliegie flambé.»

«Perché non una bella bistecca sugosa? Mi sembra che il cioccolato sia più una cosa da ragazze, e una fetta spessa di manzo più una cosa da uomini.»

«Vuoi che distribuisca dei volantini? Che vada porta a porta con dei menù?»

«Sfacciata.»

«Io la chiamo furbizia. Come ho detto, se non chiedi, non ottieni. Con me ha funzionato, no?»

Lì l'aveva messo nel sacco. «Okay, Principessa, accetto la tua scommessa e punto sui biscotti con gocce di cioccolato.»

«Quanto scommettiamo?»

Sapeva bene cosa gli sarebbe *piaciuto* scommettere... «Non soldi. Che ne dici di una cena?»

Lei si picchiettò le labbra. Il che lo costrinse solo a guardarle.

Dannazione.

«Okay. Ci sto. Io dico brownies. Di quelli in scatola, sono la cosa più facile da fare se una non sa cucinare.»

«Affare fatto.» Aprì la scatola successiva, che si rivelò piena di dischi in vinile. «Oh, cavolo, te li ricordi?»

E così andò avanti per il resto del pomeriggio, un pomeriggio che passò sorprendentemente in fretta. Non riusciva a credere a tutte le cose che la nonna aveva conservato. Le cose che lui ricordava. Le cose che *Mac* ricordava. Era stata una parte più grande della sua infanzia di quanto si fosse reso conto. Quasi come se fossero fratelli.

Ma non lo erano.

Un fatto che gli veniva ribadito più e più volte quando la sorprendeva china a frugare sul fondo di una scatola particolarmente grande, o quando si allungava per districare un cavo elettrico dalla lampada Tiffany della nonna e la sua maglietta le si sollevava a metà addome. La sua bocca si era seccata alla vista di tutta quella pelle tonica... e di quel maledetto e sexy piercing all'ombelico che gli faceva l'occhiolino con il suo rosso rubino da un capo all'altro della stanza.

A quella vista, la sua mente andò su di giri. Prendere quel piccolo ciondolo tra i denti, passare la lingua nell'incavo del suo stomaco, sentire i suoi muscoli vibrare di eccitazione...

Uno dei suoi, in particolare, stava facendo proprio quello in quel momento.

«Oh. Mio. Dio.»

Era quello che diceva anche lui... «Cosa?»

Mac era a bocca aperta e teneva in mano qualcosa di tondo e argentato. «Filmini di famiglia.»

«Wow. Non li vedo da non so quanto tempo. Dovremmo guardarli.»

Mac li teneva come se fossero ricoperti d'aglio o qualcosa del genere. «Penso che dovresti farli trasferire su DVD per tua nonna. Sarebbe un bellissimo regalo di Natale. Pensa solo a quanto le piacerebbe rivedere tuo nonno in questi filmati.»

Era quello che stava pensando. Non aveva mai conosciuto suo nonno. A *lui* sarebbe piaciuto vedere suo nonno in quei filmati.

«Chissà se c'è un proiettore quassù.» Scrutò lo spazio. «Vedi qualcosa che potrebbe esserlo?»

«No.» Posò la bobina di metallo e si spolverò le mani. «Ma forse ce l'ha la nonna. Controllerò quando torno a casa stasera.»

«Torni a casa?»

«Pensavo che fosse questo il piano. Hai davvero bisogno che resti? Dopo aver frugato tra tutta questa roba, non credo che i gattini saranno una gran sfida.»

Non era per quello che voleva che lei restasse.

Che era esattamente il motivo per cui lei doveva andarsene.

Capitolo Quindici

Mac raccolse l'ultima mandata di omaggi del vicinato — con tanto di offerte di un altro tipo di trattamento di favore — dal tavolo che aveva messo accanto alla porta d'ingresso dopo essere inciampata, la sera prima, nella bottiglia di vino su cui lei e Jared non avevano indovinato.

Per un momento, ci era rimasta male. Niente ricompensa per la scommessa sulla cena. Ma, ripensandoci, era una buona cosa. Tanto per cominciare, non avrebbe dovuto fare quella scommessa, perché una cena fuori con Jared in quel modo sarebbe stata strana.

L'offerta di quella mattina era una torta di mele fatta in casa. Con una bandierina stuzzicadenti proprio nel mezzo con il nome e il numero di telefono di *Sherisse*.

E ovviamente, come ogni altra donna single (o forse era ogni single donna?), aveva messo il tutto in un costoso piatto da portata, il che significava che andava restituito, garantendo almeno una conversazione con Jared.

Mac si strinse nelle spalle e aprì la porta. Non capiva quelle tattiche di corteggiamento, ma, ehi, non avrebbe di certo rifiutato una fetta di torta di mele. Soprattutto visto che la cena era saltata.

Appoggiò lo spazzolone allungabile alla pendola, poi controllò i gattini nel loro recinto in salotto prima di dirigersi in cucina.

Era un disastro. C'erano asciugamani appesi allo schienale di ogni sedia, uno appeso al telefono a muro, un paio drappeggiati sulle maniglie dei mobili e due appesi con delle puntine da disegno allo stipite della porta che dava sul retrocucina.

Poi c'erano tovaglioli di carta accartocciati su tutto il pavimento, come se qualcuno li avesse usati come scarpe, il cestino della spazzatura traboccava e c'era un mucchio di cibo per gattini sullo sgocciolatoio accanto al lavandino. Probabilmente spiegava l'assenza del tappeto dal salotto.

Non c'era da stupirsi che i gattini dormissero. A giudicare dalla scena, anche Jared avrebbe dovuto dormire.

Ma poi sentì dei colpi sordi dal piano di sopra, quindi fece una rapida pulizia, buttando tutto in un sacco della spazzatura o nel cesto della biancheria, avviò una lavatrice, poi portò fuori la spazzatura prima di salire ad aiutarlo. Sperava davvero che quel giorno avrebbero trovato l'anello di Mildred, perché il viaggio nei ricordi del giorno prima non era stato la sua idea di divertimento.

Oh certo, aveva sorriso nei punti giusti, aveva profuso un finto entusiasmo a ogni ritrovamento, ma la realtà era che ogni volta che vedeva qualcosa della sua infanzia, ricordava il momento ad esso legato. E, immancabilmente, quei momenti — se non riguardavano i suoi genitori — avevano qualcosa a che fare con Jared. Non erano stati periodi memorabili della sua vita.

Poi i filmini di famiglia che aveva trovato... Aveva spinto il proiettore di Mildred sotto un tavolo e ci aveva sistemato sopra un telo protettivo. Non voleva sedersi in una stanza buia con Jared a guardare filmati di lui all'età in cui si era innamorata per la prima volta.

E poi era arrivato il vino...

Non sarebbe stato un bene.

Davvero.

Alzando gli occhi al cielo, afferrò uno strofinaccio dal calendario di legno appeso al muro e lo gettò in lavatrice, poi salì le scale, dove sentì Jared parlare con qualcuno.

«Ehi, sì, grazie per ieri sera. Ho apprezzato molto.»

Per favore, che Sherisse non fosse rimasta per colazione...

«La prossima volta, il vino lo offri tu.»

La prossima volta. Ci sarebbe stata una prossima volta con Sherisse o Renee o chiunque fosse la persona con cui stava parlando.

«Sì, devo andare. Ci sentiamo dopo.»

Ah, il suo cellulare. Almeno non avrebbe dovuto affrontare chiunque avesse bevuto la sua parte di vino.

«Vedo che i gattini hanno fatto surf in cucina.» Salì i gradini, assicurandosi che lui sapesse che era lì.

Lui gemette. «Che diavolo c'è nel loro cibo? Pensavo avessero un istinto naturale a usare la lettiera.»

«Glielo devi insegnare tu. Quando li vedi grattare in un punto, devi metterli nella lettiera, così iniziano a fare l'associazione.»

«È quello che ho fatto.»

«Non per tutto il pomeriggio di ieri. Siamo stati quassù fino a cena.»

«E se la sono tenuta fino a un certo punto nel cuore della notte. Stamattina mi hanno svegliato con un aroma niente male. Per non parlare di quanto ho dovuto pulire. La cucina sembra in buono stato rispetto a come era ridotto quel box.»

«Mi chiedevo perché l'avessi spostato.»

«Se avessi visto il tappeto, lo sapresti. Ringrazia che te l'ho risparmiato. Dovrò ricomprarlo a mia nonna perché non vale la pena salvarlo.» Si asciugò la fronte con il dorso della mano. «Ho fatto l'allenamento di una giornata intera prima delle sette. E ora arriverà Dave e ne vorrà ancora.»

Conosceva bene quella sensazione...

Raddrizzò le spalle. E la sua metaforica spina dorsale. «Sono qui solo per la mattinata. Una delle mie clienti ha messo in vendita la casa e l'agente immobiliare ha deciso all'ultimo minuto di fare un open house per tutta la giornata di domani. Devo andare a pulirla oggi, visto che domani abbiamo l'evento Kareers for Kids. Oggi sarai da solo di turno in soffitta.»

Lui si strinse nelle spalle. «Va bene. C'è molto da fare. Spero ancora di trovare un proiettore. Tua nonna ne aveva uno?»

Mac incrociò le dita dietro la schiena. «Se ce l'ha, io non l'ho trovato.» Tecnicamente, non era una bugia: non l'aveva cercato.

«Mi chiedo se posso noleggiarne uno.» Prese la scatola con le bobine e ne tirò fuori due. «Ci ho pensato tutta la notte. Mi chiedo a quando risalgano. Chi c'è sopra.» Le girò. «Niente date né altro.»

«Quindi sarà una sorpresa. Come aprire un regalo.»

«Sì, e guarda queste.» Posò i filmini e prese un'altra scatola. «Un mucchio di foto di famiglia di gente che non conosco.» Ne mostrò una color seppia con un folto gruppo di bambini. «Mi ero dimenticato che mio nonno aveva nove fratelli e sorelle. Mio padre è cresciuto con una marea di cugini. Mi sarebbe piaciuto conoscerli.»

«E le riunioni di famiglia e le cene delle feste?»

Jared scosse la testa. «Stai scherzando? Mia madre che mangia su piatti di carta nel soggiorno di qualcuno a un tavolino da gioco? Assolutamente no. Andavamo sempre al Bijou o da Landers per le nostre cene festive, solo noi tre. Un gran banchetto elaborato, personale vestito di tutto punto, tonnellate di cocktail, dessert con foglie d'oro.»

«Wow. Sembra...» Mac dovette pensare a come dirlo. «Triste.»

Jared sospirò e posò la foto. «Hai centrato il punto.»

«Saresti dovuto venire a casa nostra.» Dove il suo giovane cuore si sarebbe agitato tutto... «La nonna non aveva una grande famiglia allargata, ma aveva molte amiche vedove. Avevamo sempre gente a casa. A volte persone che non conoscevamo nemmeno. Se c'era qualcuno che non aveva un posto dove andare, tutti sapevano di mandarlo dalla nonna.»

«Lo so.»

«Davvero?»

«Certo. Quando finivamo al ristorante, tornavamo a casa. Con casa tua proprio dall'altra parte del campo, potevo vedere le luci e le macchine, e se il tempo era bello, la festa si riversava in giardino. Chiedevo sempre di venire, ma mia madre non capiva che avevo un invito permanente a casa tua. Se ne aspettava uno scritto, indirizzato a lei e a mio padre. Non che sarebbe venuta. Lo sai che non ha mai guidato nel tuo quartiere? Era sempre "dietro l'angolo".»

«Tipo la parte sbagliata della città?»

«Mancavano solo le traversine della ferrovia.»

La signora Nolan le era sempre sembrata così imponente. Ora capiva perché: i Manley non erano abbastanza per lei. «Wow. È... ehm...»

«Pretenzioso.» Jared rimise la foto nella scatola. «Benvenuta nel mio mondo.»

Era un mondo di cui allora aveva desiderato far parte. Jared aveva vissuto in una grande casa su misura con bei mobili e tutta la tecnologia più recente, con un prato curato e una piscina. Per non parlare di quella gabbia di battuta. I suoi genitori guidavano auto costose e lui aveva sempre indossato abiti firmati, persino l'attrezzatura sportiva. All'epoca aveva lasciato che la fantasia di Cenerentola facesse il suo corso, immaginandolo come il suo Principe

Azzurro reale, che la portava via nel suo meraviglioso palazzo, lontano dalle faccende della vita nella piccola casa della nonna.

Mai giudicare un libro dalla copertina.

«Ma basta parlare di questo. Porterò queste foto alla nonna la prossima volta che la vado a trovare e vedrò se ne vuole qualcuna per la sua nuova casa. Immagino che butteremo via il resto. Voglio dire, chi vuole foto di gente che non conosce a ingombrare casa?» Si strinse nelle spalle e sorrise, ma il sorriso non gli arrivò agli occhi.

«Giusta osservazione.»

Lo studiò mentre lui metteva la scatola contro la ringhiera. Non avere un rapporto con la sua famiglia allargata lo infastidiva.

Jared era solo.

Il pensiero la colpì di punto in bianco. Era una realizzazione così personale, così intima, che Mac non sapeva cosa farsene. Lui di certo non ne avrebbe voluto parlare — probabilmente avrebbe negato — ma aveva senso, ripensando agli anni passati.

La nonna doveva averlo visto. Era troppo acuta per non accorgersene. E perché non avrebbe dovuto accoglierlo? Accoglieva chiunque non avesse nessuno. Solo perché Jared aveva tutti i soldi e le *cose* e i vantaggi che aveva avuto non significava che fosse più felice di lei e dei suoi fratelli. Anzi, Mac avrebbe scommesso che lei e i suoi fratelli erano stati più felici per tutta la loro infanzia.

E anche ora.

Il pensiero la sconvolse. Chi *aveva* lui? Aveva detto che i suoi genitori non si erano presentati in ospedale, i suoi compagni di squadra erano da qualche parte a fare il loro lavoro, la sua ex ragazza gli aveva fatto una vera porcata, arrivando a cacciarlo da casa sua, ed eccolo lì nella soffitta di sua nonna, solo, fatta eccezione per i ricordi.

E per lei.

Il che, con la compassione che stava provando, probabilmente non era il posto più sicuro per lei.

«Io, uhm, vado a pulire la sala da pranzo e poi me ne vado. Starai bene qui?»

Avrebbe detto di sì. Certo che lo avrebbe fatto.

«Sì.»

Ma Mac sapeva che non era vero.

Ora, cosa avrebbe fatto di quella consapevolezza era qualcosa a cui avrebbe dovuto pensare.

Fu sul punto di chiederle di restare. Di dimenticare la sala da pranzo e di tenergli compagnia.

Ma era pericoloso. Mac rappresentava tutto ciò che voleva: amore incondizionato — che aveva stupidamente distrutto con il suo atteggiamento noncurante e volutamente arrogante nei suoi confronti tanti anni fa —, una famiglia premurosa e unita, tradizioni e festività che risalivano a generazioni prima e che continuavano ancora oggi, compassione, amore, affetto. Poi c'era il fatto che i suoi fratelli erano i suoi migliori amici, che si era trasformata in una donna che non si aspettava, e che baciarla era la cosa più vicina al paradiso. E sapeva che se si fossero spinti oltre, *sarebbe stato* il paradiso.

Ma... voleva Mac per se stessa o per ciò che rappresentava?

Capitolo Sedici

«Sai chi c'è qui?» chiese una donna passando davanti allo stand di Mac il giorno dopo, al centro sociale.

«L'ho visto nel parcheggio,» disse un'altra, sventolandosi, e non faceva nemmeno così caldo. «Giuro, se mio marito fosse stato qualche passo più avanti, ci sarei andata.»

Una terza si ravvivò i capelli. «Beh, indicatemi la sua direzione e io ci *vado*, perché il mio è fuori città. Quello che non sa non m'impedirà di provarci con la cosa più sexy in uniforme che si sia vista dai tempi di Bryan Manley a torso nudo in mimetica strappata.»

Ewww ewww ewww. Mac avrebbe voluto lavarsi il cervello. Sapeva a quale scena del film di Bryan si riferisse la donna e, sebbene capisse che suo fratello fosse sexy, era così disgustoso sentire quelle donne che sbavavano per lui. E non aiutava il fatto che stessero facendo lo stesso per Jared. Diamine, avrebbe potuto essere suo fratello.

Ma non lo è...

Vero. Ma comunque. Sentire delle donne parlare di lui come se fosse un pezzo di carne... Sembrava semplicemente sbagliato.

Oppure sei gelosa.

Poco importava. Mac non voleva addentrarsi in quel discorso. Quel giorno era tutto per i bambini e quelle donne potevano portare i loro ormoni a mille da un'altra parte. Lei aveva già abbastanza ormoni a mille per conto suo, grazie tante.

«Ehi, Mac!»

Alzò lo sguardo e vide Jared zoppicare attraverso il campo, usando le stampelle più per l'equilibrio che per spostarsi.

Tutte e tre le donne si voltarono di scatto a guardarla.

Mac si morse il labbro per trattenere un sorriso soddisfatto. Potevano essere potenziali clienti e se il loro interesse per Jared le avesse incuriosite abbastanza anche su di lei, forse avrebbe potuto farle iscrivere.

Oppure... a giudicare dallo sguardo assassino nei loro occhi, forse no.

Ok, allora lasciò trasparire un po' della sua soddisfazione e lo salutò con la mano. «Ehi, Jared!»

Lui si avvicinò. «Come va?»

Molto meglio ora che sei qui.

«Bene. Ci sono un sacco di bambini. Non ho detto a nessuno che saresti venuto, altrimenti saresti stato assalito, ma ho la sensazione che la voce si spargerà molto in fretta.» Guardò alle sue spalle. Già, le donne stavano scattando foto e Mac avrebbe scommesso che sarebbero state online in dieci secondi.

«Ti ho riservato uno spazio laggiù.» Indicò i coni arancioni che aveva disposto, collegati da un nastro con su scritto "ATTENZIONE". «Forse ti conviene prepararti così sarai pronto per l'arrivo delle orde.»

«Grazie.» Fece un cenno verso lo zaino che portava. «Puoi darmi una mano con questo?»

Quale mano e dove la vuoi?

Mac si morse la lingua, temendo quasi di esprimere ad alta voce quelle domande, disse ai bambini che stava aiutando con l'impasto per i biscotti di aspettare, e si affrettò verso di lui mentre si sfilava lo zaino.

Lo afferrò, ma cadde a terra con un tonfo. «Accidenti, cosa c'è qui dentro?»

«Mazze, palle, basi, guantoni. Un paio di bottiglie d'acqua. Crema solare. La solita roba da partita improvvisata.»

«Avevi tutta questa roba in giro?»

«No, l'ha portata Liam l'altra sera. A proposito, abbiamo fatto fuori quella bottiglia di vino. Volevo dartela, ma io e lui ci siamo messi a parlare e non mi era rimasta birra, quindi è toccato al vino. Ti sono debitore.»

Liam. La conversazione che aveva sentito per caso ora aveva perfettamente senso, in un modo che non richiedeva assolutamente alcuna gelosia.

Non riuscì a trattenere un sorriso. Il che la irritò da morire. Un minuto non lo voleva e quello dopo...

Quello dopo lo voleva tanto quanto l'aveva sempre voluto. Che era stato molto. Ma quella era stata una cotta adolescenziale. Ora...

Non avrebbe analizzato l'adesso.

«Ehi, Jared.» Una bionda in minigonna lo salutò con la mano mentre si gettava i capelli sulla spalla nuda.

«Ehi.» Lui fece il classico cenno del capo da ragazzo.

«Una tua amica?» Mac non poté fare a meno di chiedere.

«Nessuna idea.»

«Davvero? Mi sembrava che foste in confidenza.»

Lui si strinse nelle spalle e sollevò lo zaino come se non pesasse nulla. «Bisogna tenere i fan contenti. Pagano fior di quattrini per vedermi fare ciò che amo. Dovrei pagarli io.»

«Se fossi in te, non lo direi troppo a voce alta o troverai chi ci sta.» Solo che le donne non avrebbero voluto che lui le pagasse per il *baseball*.

«Ehi, sapevi che c'è una fattoria didattica vicino al parcheggio?» Jared si chinò per dividere in pile le cose che aveva portato.

Mac si assicurò di guardare da un'altra parte. Ovunque tranne lì. «Lo zoo porta qui gli animali per vendere tessere associative. Inoltre, quella dello zoologo è una valida carriera e gli animali aiutano a rompere il ghiaccio con i bambini. Quello e lo stand delle granite. Il proprietario parla ai bambini di come avviare un'attività in proprio tra un assaggio e l'altro.»

«Speriamo che anche il buon vecchio baseball americano riesca a interessarli.»

Ci riuscì. E non solo i bambini.

O i papà.

Le mamme si presentarono in massa.

«Impugna la mazza più in alto, Kev,» disse Jared al bambino a cui stava lanciando. «Così. Ora tienila ferma così puoi colpire la palla.»

Jared lanciò e il bambino fece roteare la mazza... e mancò.

La folla mormorò in segno di solidarietà, ma Jared tese le mani per zittirla. «Hai distolto lo sguardo dalla palla. Guardavi me, non il lancio. Riprova.»

E così andò avanti per le tre ore successive. Mac dava una sbirciatina quando poteva, ma impedire ai bambini con lei di mangiare l'impasto crudo dei biscotti divenne un lavoro a tempo pieno.

Alla fine, fece scivolare l'ultima teglia di biscotti sulla griglia refrigerata. «Okay, banda, portiamo questa infornata dentro nei forni e poi possiamo pulire mentre cuociono.»

«Uffa, non voglio pulire. Sono uno chef. Gli chef cucinano. Non puliscono.»

Mac pizzicò il naso a Calvin. «Lo fanno quando sono agli inizi, e anche noi lo faremo. Chi altro pensi che lo farà?»

«Le formiche!» disse Janey Weston.

Mac le diede un colpetto sotto il mento. «Bel tentativo, furbetta. Ma non inviteremo le formiche alla nostra sfornata di biscotti, quindi dovrete prendere tutti uno straccio e darvi da fare.»

Jared si divertì un mondo. Dio, amava quel gioco. Allenare i bambini non era come giocare nelle leghe maggiori, ma come qualcosa per superare il momento difficile fino al suo ritorno, era stato divertente. Ed era stato bello rivedere volti familiari dai tempi della scuola e mettersi in pari, ma dopo tre ore di lanci, le sue gambe e le sue costole protestavano.

E per quanto riguardava i bambini... Erano ricettivi ai suoi consigli, entusiasti di imparare, e alcuni un po' abbagliati dalla sua fama. Fu un bene per il suo ego, ma ancora più importante, fu un bene per la sua anima. Era bello essere apprezzato per qualcosa per cui aveva lavorato così duramente per riuscire bene.

Passò altre due ore a firmare di tutto, da magliette, a passeggini e biglietti da visita, divertendosi, sorridendo fino a farsi male alle guance, ma avrebbe davvero avuto bisogno di una pausa. Con tutta l'attività fisica di pulire dopo i gattini, ispezionare la soffitta, giocare a palla con Chase e allenarsi con Dave, più il pomeriggio come ciliegina sulla torta, era distrutto, e la fila non accennava a diminuire.

«Okay, gente, ascoltate.» Mac si presentò con un piatto di biscotti con gocce di cioccolato. L'avrebbe baciata per quello.

Beh, tra le altre ragioni.

«Per quelli di voi che hanno già l'autografo di Jared, ci sono altri biscotti allo stand del forno, là dietro. Se andate di là, le altre persone in fila potranno avere la loro occasione di incontrarlo e noi potremo finire. Anche la squadra delle pulizie vuole andare a casa.» Disse l'ultima frase con un gran sorriso, togliendo l'imperativo dalle sue parole.

Peccato che la donna successiva in fila non ascoltò. Dio solo sapeva che aveva già abbastanza roba sua da assicurarsi di non dover *mai* più fare la fila.

«Cosa vuole, Camille?»

Lei tirò fuori un foglio dall'orribile borsetta di pelliccia che aveva insistito per comprare con i suoi soldi per il proprio compleanno. Solo Camille portava la pelliccia tutto l'anno. «Il Suo autografo, naturalmente.»

Ogni adulto nel raggio di un tiro di schioppo li stava guardando. Jared lo odiava. E odiava lei per questo.

Afferrò il foglio, pronto a firmarlo solo per farla sparire, quando guardò di cosa si trattava.

«Vuole che Le ceda la mia *casa*? È fuori di testa? E *non* è una domanda retorica.»

«Se vuole che me ne vada in silenzio, lo firmerà.» La stronza gli sorrise come se fosse solo un'altra fan.

Ne aveva le palle piene delle sue stronzate manipolatrici. «Faccia pure, Camille. Faccia una scenata. Non mi interessa. Non avrà la mia casa, e non appena lo sfratto sarà esecutivo, sarò io a sorridere. Quindi che ne dice di farsi da parte per qualcuno a cui piaccio davvero?» Stava facendo uno sforzo immenso per mantenere la calma. C'erano dei bambini lì intorno. Non dovevano vedere il loro idolo perdere le staffe con qualcuno. Anche se se lo meritava.

«Ho tutta la notte, Jared.» Camille incrociò le braccia e il suo sorrisetto si allargò. La borsa di volpe rossa le dondolava contro il fianco. «I miei unici piani sono passare la notte a casa. Casa *mia*.»

Jared appallottolò il foglio, senza mai staccarle gli occhi di dosso. «Sul mio cadavere.»

«Ma allora avrebbe dovuto inserirmi nel Suo testamento e ho la sensazione che non lo farà.» Camille tamburellò le dita sul braccio con una tale nonchalance che lui avrebbe voluto scuoterla.

Gesù, non era mai stato un tipo incline alla violenza fisica. Si passò una mano tra i capelli. Non avrebbe iniziato ora. Camille non ne valeva la pena.

«Vada via di qui, Camille. Non so a che gioco stia giocando, ma io non ci sto. Questo pezzo di carta non vale nulla.» Lo gettò sul tavolo, sfidandola a prenderlo.

«Ho delle copie, Jared. Pensava davvero che questo avrebbe fatto sparire tutto?»

Lui voleva che *lei* sparisse. Ma non era facile discutere con qualcuno che si rifiutava di discutere, quindi Jared si limitò a incrociare le braccia per aspettare che si stancasse.

Per fortuna, Mac si presentò a salvarlo ancora una volta. Si avvicinò al tavolo, un sorriso sul viso come se non sapesse chi ci fosse lì.

«Mi scusi? C'è qualche problema?»

Lei sapeva. Riconobbe quel tono, quello che riservava alle Renee e alle Maeve del mondo e che aveva usato con tanta efficacia sul suo portico.

Jared si appoggiò allo schienale. Se la sarebbe goduta.

«No. Non c'è nessun problema.» Camille non guardò nemmeno Mac quando lo disse.

Grosso errore. A Mac non piaceva essere ignorata.

Per la prima volta, Jared ne fu contento.

«Oh, bene allora. Quindi, se potesse gentilmente farsi da parte? Stiamo cercando di far scorrere la fila così tutti possono tornare a casa per cena. Capirà. Se ha qualche faccenda personale con Jared, sono sicura che non gli dispiacerà aspettare di aver finito con gli *altri* suoi fan.»

Cavolo, quella donna era brava. Quella leggera enfasi su *altri* era una frecciatina così sottile che se si fosse trattato di chiunque altro, a parte quella stronza bugiarda e intrigante, non l'avrebbe notata.

Camille, tuttavia, la notò.

Lo fulminò con lo sguardo. «Oh no. Non ho nessuna faccenda *personale* con Jared. È tutto lavoro. Riceverà notizie dal mio avvocato.»

Poteva minacciare cause legali quanto voleva, ma lui aveva le tasche più profonde e non aveva paura di usarle per farla uscire dalla sua vita. «Fatti sotto.»

Mac sorrise per tutto il tempo mentre ringraziava Camille e passava alla persona successiva in fila, portandola da Jared.

Ma Jared poteva vedere qualcosa che ribolliva sotto la superficie... e non era sicuro di voler sapere cosa fosse. L'ultima persona con cui voleva discutere di Camille era Mac.

Sfortunatamente, Mac non era d'accordo con quel piano. «Vivevi con quella... quell'incubo ambulante della PETA?» sibilò lei quando l'ultima persona lasciò il suo tavolo e afferrò la ciotola con i biglietti della lotteria che aveva ideato perché tre fortunati vincitori si aggiudicassero una palla autografata.

Oltre a essere una brava buttafuori, Mac era brava anche nelle pubbliche relazioni.

«Se ti fa sentire meglio, ne è allergica. È il massimo a cui il suo feticismo per le pellicce può arrivare. Deve mettere quella cosa in un sacchetto di plastica a casa. La fa imbestialire.» Il che lo rendeva felice da morire. «Ma, sì, vivere con lei non è stata una delle mie mosse più brillanti.»

Mac posò la ciotola, con uno sguardo di crescente incredulità. «Hai appena ammesso di non essere perfetto?»

«Certo che non sono perfetto, Mac. Cosa ti ha fatto pensare che lo credessi?»

«Sei arro... ehm, la tua sicurezza.» Mac fece scivolare la ciotola fino in fondo al tavolo e si profuse nel raccogliere i pennarelli che aveva usato per firmare, senza mai guardarlo.

«La mia...» Se non fosse stato già seduto, lo sarebbe stato in quel momento. «Pensi che io sia arrogante?»

«No. Certo che no. Voglio dire, devi essere estremamente sicuro di te per fare quello che fai per vivere, sempre sotto gli occhi del pubblico, con le aspettative dei fan sulle spalle, dovendo sempre essere all'altezza... cioè... Beh, sai. Potresti crollare sotto tutta quella pressione se non fossi abbastanza sicuro di te da gestirla. Alcuni potrebbero chiamarla arroganza.»

Stava blaterando ed era piuttosto carino. Mac era imbarazzata. Non l'aveva mai vista così. Nemmeno quando le aveva spezzato il suo giovane cuore con quel rifiuto indimenticabilmente sprezzante che le aveva riservato tanti anni prima. Allora, si era semplicemente zittita e si era allontanata.

Gesù, *era* stato arrogante. L'aveva ferita profondamente quella notte.

Cavolo, se solo potesse tornare indietro e rimediare...

Forse poteva.

Si alzò in piedi, le gambe che avevano bisogno di cambiare posizione dopo essere state sedute così a lungo.

«Allora, ti sei divertito?» Mac si diede un gran da fare a mettere i pennarelli in una scatola di sigari.

«Sì. Grazie per averlo suggerito.» Le porse un pennarello che era rotolato via.

«Non è stato niente.»

«È stato qualcosa, Mac.»

Lei alzò lo sguardo su di lui allora, e Jared non pensò nemmeno a quello che fece dopo.

Le accarezzò la guancia.

Per alcuni secondi, si fissarono e Jared avrebbe potuto giurare che il resto del mondo si fosse fermato insieme a loro.

Ma poi Mac fece un passo indietro e lui reagì un secondo troppo tardi per impedirglielo.

«Jared, forse dovremmo...» Si sistemò dietro l'orecchio i capelli che le erano sfuggiti dalla coda di cavallo. «È tardi. Entrambi abbiamo avuto una giornata intensa. Dovremmo solo andare a casa e riposarci un po'.»

«Sono d'accordo, Mac. Dovremmo andare a casa.»

Lei deglutì e allungò la mano verso la scatola di sigari.

Lui le mise la mano sulla sua. «Insieme, Mac.»

Lo sguardo di lei volò al suo. «In... Insieme?»

Oh, diavolo, non era uscita bene. Non le stava facendo una proposta indecente, per l'amor di Dio. «Voglio dire, dovresti venire da me a guardare i film.»

«Oh.» Emise un sospiro. «Oh. Ehm... probabilmente non è una buona idea.»

«Perché? Hai un appuntamento galante?» Non stava scherzando l'altro giorno quando glielo aveva chiesto, e di certo non stava scherzando adesso. La voleva con sé quella notte.

Lei sorrise, ma il sorriso non le arrivò agli occhi. «Grazie, Jared, ma ho sudato tutto il giorno, ho grumi di gocce di cioccolato fuso tra i capelli e ho leccato abbastanza impasto dalle dita da desiderare un antiacido e un cuscino. Devo tornare a casa.»

«Quindi è un no?»

Il suo sorriso fu un po' più sincero alla sua battuta.

Ma Jared non stava scherzando. Doveva muoversi con cautela. Lo sapeva. Naturalmente era diffidente. Nemmeno lui era esattamente sicuro di cosa stesse facendo, ma quello che sapeva era che voleva Mac con sé sul divano quella notte, anche se solo per guardare i film. Soprattutto quando avrebbe visto chi c'era dentro.

«E se ti offrissi vino e un cuscino da abbinare ai film? Non è un appunta-mento galante e non è un appuntamento, ma ho trovato il proiettore di mia nonna e l'ho montato stamattina. Funziona ancora e penso che ti piacerebbe vedere chi c'è sulla pellicola.»

«Se sono le mie foto da bambina, passo.» Impilò la ciotola della lotteria sopra la scatola di sigari e se le infilò sotto il braccio. «Non voglio starmene seduta lì mentre fai commenti su di me in pannolino.»

Lui rise. «Se ce ne sono, non le ho trovate.» Le mise una mano sul braccio e finalmente la convinse a guardarlo. «Ma ci sono i tuoi genitori.»

«I miei... genitori?»

Lui annuì. «Sono giovani. Probabilmente non ancora sposati. Non ne ho guardati molti, in un certo senso sentivo che dovessi vederli prima tu, sai?»

Lei deglutì un paio di volte. Sbatté le palpebre molto velocemente. Ma le ci volle un minuto o due prima di rispondergli. «Dammi mezz'ora per una doccia, poi verrò. Devo portare qualcosa? Formaggio? Cracker?»

Non la lasciò andare perché sentiva che stava tremando. «Ci penso io, Mac. Porta solo te stessa. E il tuo cuscino, se proprio devi.»

«È già lì. L'ho lasciato nella stanza di Mildred.»

Non sapeva perché, ma quella frase lo colpì. Il suo cuscino era a casa sua. Una cosa così innocua, ma in qualche modo... non lo era.

Sei nei guai fino al collo, Nolan. Non *dovresti servire vino di sabato sera e sederti sul divano accanto a una donna che senza dubbio diventerà molto emotiva guardando i film. Una donna che un tempo ti ha amato.*

Sì, era una mossa pericolosa, ma una che doveva fare. Vedere Camille gli aveva fatto capire che forse aveva gettato via la cosa migliore che gli sarebbe mai potuta capitare e non avrebbe sprecato questa occasione. «Prenditi più tempo, se vuoi. Non vanno da nessuna parte.»

«Questo perché se ne sono già andati,» sussurrò lei. Poi, essendo la Mac che ricordava, raddrizzò le spalle e mise una certa determinazione nel suo sorriso. «Sarò lì tra trenta minuti.»

Capitolo Diciassette

«Le somigli.»

Mac entrò nel salotto di Mildred, incapace di staccare gli occhi dallo schermo. Jared aveva fermato il film sul volto di sua madre. *Le* somigliava davvero. Così tanto che faceva male.

«Mac? Stai bene?»

No. Dio, quanto le mancavano i suoi genitori.

Si avvicinò al mobile più vicino: il bracciolo del divano. Fu fin dove le gambe riuscirono a portarla.

«Tieni. Siediti.» Jared si spostò a destra, lasciandole spazio per scivolare sul cuscino.

«Sembrano così felici.» I suoi genitori erano accoccolati su una sedia di vimini sull'erba, appena fuori dalla veranda sul retro di Mildred, con in mano bicchieri di quello che sembrava tè freddo, che facevano tintinnare, mentre il piccolo anello di diamanti di sua madre scintillava al sole.

«È vero. Da quello che dice mia nonna, sembra che fossero molto felici insieme.»

«Lo erano.» Si schiarì la voce. «Non mi ricordo molto di loro, perché ero così piccola, ma ricordo le risate. Mio padre la prendeva in braccio quando tornava a casa dal lavoro ogni giorno. Lo ricordo perché la mamma mi aveva appena letto un sacco di favole e pensavo che fosse così che si comportava il principe. Pensavo che mia madre fosse la donna più fortunata del mondo.» E lei aveva desiderato essere proprio come lei.

Maledizione, le spuntarono le lacrime. Se le asciugò in fretta. Piangere non risolveva nulla. Loro non c'erano più. E lei non era Cenerentola.

«Va bene piangere, Mac.» Jared le prese la mano.

Gliela lasciò. Le emozioni minacciavano di sopraffarla e aveva bisogno di qualcosa a cui aggrapparsi.

«Vuoi che lo spenga?»

Sì. «No.» Scosse la testa per scacciare quel pensiero traditore. «No. Non li ho mai visti prima.»

Nonna apparve subito dopo, così giovane che Mac rimase a bocca aperta. «È così bella.»

«La bellezza è di famiglia.» Le strinse la mano, facendola sorridere.

Nonna salutò la telecamera, poi si girò e fece un cenno col braccio a qualcuno in casa.

Il nonno di Mac uscì, preceduto dal suo deambulatore.

A Mac si mozzò il respiro. «Wow, non mi ero resa conto di quanto stesse male. Potrebbe essere proprio verso la fine.» Il che le spezzava ancora di più il cuore. Tutti erano così felici: i brindisi, gli abbracci, una festa tra vicini... e tutto sarebbe cambiato troppo presto. «Dio, la vita può cambiare in un istante, sai? Guardali. Non hanno idea di cosa sta per succedere...»

La voce le si spense. Non riusciva più a guardare, sapendo che se ne sarebbero andati nel giro di pochi anni, ma non voleva perdersi neanche un istante di quel dono così prezioso.

Lasciò la mano di Jared e prese il bicchiere di vino che lui le aveva preparato, desiderando il relax che le offriva. «Grazie per aver insistito perché li vedessi.»

«Non ho insistito. Te l'ho offerto.»

Inarcò le sopracciglia. «Siamo lì.»

Lui prese il suo bicchiere di vino. «Almeno ti ha portata qui.»

Non voleva soffermarsi sul perché lui pensasse che fosse una buona cosa; per anni, aveva cercato di liberarsi di lei.

«Oh, guarda. C'è tuo padre.» Mac indicò lo schermo, contenta di avere qualcun altro su cui concentrarsi oltre ai suoi genitori.

Una donna entrò nell'inquadratura e infilò la sua mano in quella del signor Nolan.

«E quella *non* è mia madre.»

«Chi è?»

Jared bevve un sorso di vino. «Non ne sono sicuro. Ma papà di certo sa chi è.»

A quel punto, il signor Nolan baciò la donna e, quando si staccarono, ridevano mentre lei sollevava la mano sinistra.

«Porca miseria. Sono fidanzati anche loro.» Jared si sporse in avanti. «Di che anno è?»

Mac fece due conti veloci.

«Non è possibile.»

Rifece i calcoli. «No, in realtà è possibile. Se mio nonno era ancora vivo a quel punto, e lo vediamo chiaramente, è allora che i miei si sono fidanzati, perché si sono sposati quando lui è entrato in ospedale. Hanno celebrato la cerimonia nella cappella dell'ospedale così che potesse accompagnarla all'altare. Ne sono sicura. La nonna me l'ha raccontato mille volte. Morì meno di una settimana dopo.»

«Ma mancherebbero circa sette mesi alla mia nascita.»

Guardarono di nuovo lo schermo.

«Uhm...»

«Già.» Jared si lasciò ricadere contro il divano. «Non c'è da stupirsi che mia madre lo meni per il naso. L'ha messa incinta e poi ha chiesto a un'altra di sposarlo.»

«Ma ovviamente ha sposato tua madre.»

«Ma a quale prezzo?» Jared espirò. «Tante cose iniziano ad avere un senso adesso. Lui si sentiva in colpa e lei non gliel'ha mai fatto dimenticare. Cristo.» Si passò di nuovo una mano tra i capelli. «Non mi sorprende che siano stati infelici per tutti questi anni.»

Sullo schermo, Mildred uscì di casa portando un altro giro di drink, e aveva qualcosa appoggiato sul braccio. Posò i bicchieri e poi porse l'oggetto a suo figlio, il padre di Jared.

Lui lo alzò davanti a sé, con un gran sorriso sul volto.

«Porca miseria! Stai scherzando?» Jared quasi balzò in piedi.

Il signor Nolan teneva in mano una maglia da baseball. Con la scritta NOLAN sulla schiena.

«All'epoca non facevano maglie personalizzate, vero?» chiese Mac.

«Assolutamente no.» Gli occhi di Jared erano incollati allo schermo e al logo ben visibile della squadra. «È autentica. Ed è sua.»

«Quindi tuo padre giocava a baseball a livello professionistico?»

A quel punto Jared la guardò, con un'espressione... cupa? Confusa? Qualcosa del genere.

«Non ne ho idea. Non me l'ha mai detto. Per tutti quegli anni in cui mi mostrava come tenere la mazza, come tirare, come prendere... non ha mai detto una parola.»

«Perché?»

«È questa la domanda, no?»

«Devi parlare con i tuoi genitori.»

«E perché? Non saprei cosa dirgli. Cavolo, non li *conosco* nemmeno. La storia della gravidanza e poi il fatto che non mi abbia detto di aver giocato a baseball... Come potrei anche solo iniziare una conversazione del genere?» Prese l'iPad dal tavolino accanto al divano, aprì il motore di ricerca e digitò il nome di suo padre.

Non spuntò nulla, indipendentemente da quante parole chiave diverse provarono.

«Dovrai chiederglielo.»

«E cosa dovrei dire: "Perché mi avete mentito per tutta la vita?"»

«Non ti hanno mentito; hanno solo omesso alcune cose.»

«Alcune cose *grosse*. Li stai difendendo?»

«Beh, no, ma non conosci le circostanze. Non puoi arrabbiarti finché non sai come stanno le cose. E per farlo, dovrai chiederglielo. Oppure potresti sempre chiedere a tua nonna.»

«La nonna.» Jared scosse la testa. «Lei ha sempre saputo tutto. Non ha mai detto niente.» Si sporse di nuovo in avanti, appoggiando una mano sul ginocchio e strofinandosi il mento con l'altra. «Perché nessuno ha detto niente? Qual è il grande segreto?»

Gli massaggiò la spalla. Quel ragazzo stava soffrendo e, anche se avrebbe dovuto stargli alla larga nello stato emotivo in cui si trovavano entrambi, doveva dargli un po' di conforto. Sembrava così smarrito. «Penso che il segreto fossi *tu*. Ricorda, le gravidanze fuori dal matrimonio non erano ancora accettate quando siamo nati noi.»

Si girò verso di lei. «Stai scherzando? Era l'epoca di sesso, droga e rock-nroll. Amore libero e maria. Nessuno si scandalizzava per le gravidanze fuori dal matrimonio.»

«Ovviamente alcuni lo facevano, altrimenti non staremmo avendo questa discussione. Non hai mai fatto i conti con la tua data di nascita e quella del matrimonio dei tuoi genitori?»

«Non ci ho mai pensato.»

«Perché i tuoi genitori non farebbero mai una cosa del genere, giusto?»

«Uhm... sì. Credo. Voglio dire, non è una cosa che passa per la testa di un adolescente quando cerca di segnare punti sia in campo che fuori.»

Mac trasalì. «Eppure, mi hai respinta senza mezzi termini.»

La sua mano ricadde in grembo.

Merda. Non intendeva dirlo ad alta voce.

«Mi dispiace, Mac.»

«Per cosa? Per non avermi usata? Non è una cosa di cui dovresti dispiacerti.»

«No.» Le mise una mano sul ginocchio. «Mi dispiace per la poca considerazione che ho avuto dei tuoi sentimenti. Sono stato egoista e ti ho ferita. Mi dispiace.»

Lei fece spallucce, volendo far sembrare che non fosse una cosa importante, ma la diciassettenne dentro di lei voleva urlare di gioia. Finalmente la vedeva. Finalmente riconosceva i suoi sentimenti. Era tutto ciò che aveva desiderato allora: sapere che lui sapeva che a lei importava. Beh, no, in realtà le sarebbe piaciuto che anche a *lui* fosse importato, ma le prese in giro e gli scherzi che erano seguiti quando lui aveva saputo della sua cotta, senza capirne il significato per lei... Anche se era stato chiedere molto da parte sua, questa era, finalmente, la convalida che aveva desiderato.

«Va bene, Jared. È acqua passata.» Gli picchiettò la mano e per i pochi secondi in cui lui la guardò, dovette chiedersi se fosse *davvero* acqua passata.

Per fortuna, Jared si schiarì la gola e tolse la mano da sotto la sua. «Beh, come ho detto, mi dispiace.»

«Scuse accettate.» Mac si appoggiò allo schienale del divano e si concentrò sul resto del filmato. C'erano molti abbracci, molti baci, sorrisi ovunque. Tutti sembravano così felici. Se solo avessero saputo...

Grazie a Dio erano stati felici. I suoi ricordi dell'infanzia con i genitori erano vaghi, ma ricordava le risate. Ricordava gli abbracci. Ricordava i sorrisi. Ricordava frammenti di suo padre che la lanciava in aria, di abbracci affettuosi di sua madre, che profumava sempre di biscotti con gocce di cioccolato. Non c'era da stupirsi che fossero i suoi preferiti e che le piacesse condividerli con i bambini. Quella parte della sua infanzia era stata felice e quei ricordi sarebbero rimasti con lei per sempre. L'amore dei suoi genitori sarebbe stato con lei per sempre.

Jared, d'altra parte...

Che shock. Prima, vedere suo padre ovviamente innamorato di un'altra e poi scoprire le circostanze della sua nascita...

Nonostante tutti i soldi che avevano i Nolan, lei e i suoi fratelli erano stati molto più ricchi.

Guardò Jared con occhi nuovi. Lo vide non come un dio di cui non avrebbe mai potuto sperare di essere degna, ma come un uomo. Con desideri e bisogni, fallimenti e trionfi come tutti gli altri.

E in quel momento, lo fece scendere dal piedistallo e lo mise al suo livello, sul divano accanto a lei.

Come semplice mortale, non era poi così male. La domanda era: come la vedeva lui?

Capitolo Diciotto

Lunedì mattina, Mac non vedeva l'ora di tornare a casa di Jared.

Si vide di sfuggita nello specchietto retrovisore mentre imboccava il suo vialetto, la Maserati di Bryan che divorava la strada molto più velocemente del suo vecchio furgone. Sì, sembrava strano essere entusiasta di trovarsi lì, e con tutte le emozioni che per anni l'avevano legata a Jared senza alcuna reciprocità, era sciocco voler tornare sulla scena del crimine, per così dire. Ma dopo la maratona di film di sabato sera, aveva capito qualcosa in più su di lui. E qualcosa in più su se stessa. Lo aveva trasformato nel Principe Azzurro e lui non lo era. Era un uomo con lo stesso bagaglio e gli stessi bisogni che aveva lei. Anche se in teoria suonava bene, nessuno vuole davvero essere venerato come un ideale; si vuole essere amati per quello che si è.

Ma non era per quello che voleva tornare indietro. Non era così ingenua da pensare che una serata passata a legare guardando dei filmini di famiglia lo avrebbe improvvisamente fatto innamorare di lei; e doveva vedere il vero Jared, non la sua versione idealizzata, per sapere se persino lo volesse ancora.

Ma neanche quella era la ragione per cui voleva venire qui. Aveva pensato a quei film per tutto il fine settimana, ne aveva persino parlato con Bryan quando lo aveva chiamato per la sua conferenza stampa improvvisata di sabato, e si era ricordata che la sedia di vimini su cui erano seduti i suoi genitori nel film era ancora sulla veranda di Mildred. Da allora era diventata un'ossessione. Non aveva alcun senso, ma voleva quella sedia.

Entrò da sola, non sapendo se Jared fosse sveglio o meno, e superò il recinto dei gattini, attraversò la cucina e il retrocucina, per poi uscire in veranda.

Era lì. Con lo stesso cuscino. Le intemperie avevano consumato gran parte delle cuciture e i topi avevano cannibalizzato l'imbottitura, ma era ancora riconoscibile.

«Mac?» Jared sporse la testa dalla porta sul retro, i capelli spettinati e la maglietta che aderiva alla pelle umida. «Tutto bene?» Guardò dietro di lei. «È quella la sedia.»

Lei annuì, cercando di non notare che si era allenato. «Posso averla? La compro da tua nonna.»

«Non accetterà soldi da te. Anzi, è stata piuttosto categorica sul fatto che ti pagherà comunque per aver pulito la casa, quindi che ne dici se la sedia fosse parte del tuo compenso?»

«Non una parte. Tutto. Non accetterò i soldi di tua nonna. Questa sedia è più che sufficiente.»

Zoppicò fuori in veranda senza le stampelle. «In bocca al lupo a farle accettare. E sai, non farai mai carriera se continui ad accettare spazzatura come pagamento.»

«Ciò che per una donna è spazzatura, per un'altra è un tesoro.»

«Giusta osservazione.» Jared le girò intorno e sollevò la sedia dai detriti che si erano accumulati lì attorno. Teloni, vecchi teli da mare, un paio di sedie a sdraio piegate. «Credo che questa fosse la pila di cose da buttare di mia nonna. Che ne dici se sistemiamo quest'angolo una volta per tutte?»

«Mi sembra un piano.»

Mac trascinò un paio di bidoni della spazzatura perché Jared potesse buttarci dentro i detriti, visto che al momento camminava meglio di lui. «Allora, hai trovato l'anello durante il fine settimana?»

Lui scosse la testa. «Ho controllato i due terzi di quella soffitta e non l'ho trovato. Sono davvero preoccupato che non lo troveremo. La nonna ne avrebbe il cuore spezzato.»

«Lo troveremo. Non è che gli sono spuntate le gambe e se n'è andato da solo.»

Entrambi interruppero ciò che stavano facendo e si guardarono.

«Non penserai che...»

«Non farebbe davvero...»

«No. Certo che no. Che senso avrebbe?»

«Giusto. Non sarebbe così subdola. Non per qualcosa di così importante per lei.»

Mac non ne era così sicura. *Jared* era così importante per lei, e Mildred era amica di sua nonna. Non le sorprenderebbe se le due avessero architettato quello scenario solo per costringere lei e Jared a stare insieme.

E non era sicura di cosa ne pensasse.

«Vuoi una mano a restaurare la sedia?» Jared sollevò il cuscino. «Non credo che riuscirai a salvare questo, ma il rattan sembra recuperabile. Qualche intreccio qua e là e un po' di vernice la faranno tornare come nuova.»

«Sai come si restaura una sedia?»

«Ehi, solo perché lancio le knuckleball non significa che sia un deficiente. Ho fatto qualche riparazione domestica ai miei tempi. So come si usa un martello.»

«Sono colpita.»

«L'uso di un martello ti colpisce, ma i contratti milionari no?»

Lei si strinse nelle spalle e prese il cuscino da lui per gettarlo nel bidone. «Uno influisce direttamente sulla mia vita, l'altro no. Quindi brandisci il martello da questa parte, signor Nolan, e togliamo i chiodi da questa ringhiera. Avranno anche retto fili di luci per anni, ma ora sono solo un invito al tetano.»

Sistemarono tutta la roba sulla veranda e nel retrocucina, una macchina ben oliata che buttava, organizzava e puliva, con Jared che si occupava delle parti in alto e Mac di quelle a terra, spuntando un'altra voce dalla lista delle cose da fare e avvicinando la fine della loro interazione quotidiana.

Mac non era più così impaziente che finisse come lo era stata all'inizio.

«Mi devi ancora una partita a gin rummy,» disse Jared, strofinandosi i capelli con l'asciugamano, dopo la doccia che aveva fatto mentre lei preparava il pranzo.

Mise i piatti con i panini sul tavolo. «Dave non viene oggi?»

«Hai paura?» Afferrò due bicchieri dalla credenza e si diresse al frigo per prendere del succo.

«Paura? Io? Sono quella che ha affrontato tre uomini Manley e li ha battuti al loro stesso gioco. Non ho paura di niente.»

Aprì la porta del frigo. «Dovrai mostrarmi come hai fatto, Mac. Non può essere stata fortuna.»

«E l'abilità? Perché non potrei giocare a poker bene come loro?»

Afferrò la bottiglia di succo di pompelmo. «Puoi, solo che non credo che sia andata così.»

«Stai dicendo che sono una bari?»

«No.» Versò da bere. «Sei troppo onorevole per farlo. Sto dicendo che sei un'opportunista. Credo che tu abbia trovato un vantaggio e l'abbia usato.»

«Mi stai dando un gran merito, Jared.»

Le porse un bicchiere, inclinandolo – se non si sbagliava – in segno di saluto. «In realtà, Mac, non credo di avertelo mai dato abbastanza.»

«Gin.» Mac mise giù le sue carte. «Due a zero per me e quante per te?»

«Nessuna.» Jared raccolse le loro mani scartate e le batté sul tavolo. «Sei una donna fortunata.»

«Preferisco pensare di avere talento.» Gli porse il resto del mazzo, poi raccolse i loro piatti. «Dopotutto, non è che io...»

Un volto apparve alla finestra sopra il lavello della cucina.

Un volto femminile.

Che si illuminò non appena Jared si voltò a guardare.

Poi la donna salutò con la mano.

Mac inarcò un sopracciglio verso Jared. «Un'amica tua?»

Lui non smise di sorridere, ma disse con un angolo della bocca: «Speravo fosse una delle tue.»

«Nossignore. Le mie amiche non si aggirano furtivamente intorno alle case della gente in pieno giorno. Le mie amiche usano la porta d'ingresso. Meno male che hai fatto la doccia prima di pranzo. A giudicare da quei capelli perfetti e da tutto quel trucco, questa probabilmente non ti apprezzerebbe tutto sudato.»

Mac, invece, sì. Jared era bello tutto accaldato e sudato. Troppo bello. L'aveva riportata dritta sulla strada dei *e se*, e se Miss Perfezione alla Finestra non fosse comparsa, avrebbe potuto percorrerla di nuovo. Niente come una dose di realtà per rimettere i suoi *e se* in prospettiva. Stava dando troppa importanza ai film di sabato sera.

Come dimostrava il fatto che Jared si era alzato per andare a parlare con la donna. «Immagino di dover vedere cosa vuole.»

Come se non lo sapessero tutti...

Jared uscì sul retro e Mac lavò rapidamente i loro piatti. Alla faccia di tutte le speculazioni sul "futuro". Il suo futuro consisteva nel finire questo lavoro, andarsene di qui e andare avanti con la sua vita. Se Jared fosse stato anche solo lontanamente interessato, non sarebbe saltato in piedi per dare un'occhiata alla loro ultima visitatrice.

Suonò il campanello d'ingresso. Caspita, sembrava la stazione centrale. Come avrebbe potuto concludere qualcosa se doveva continuare a fare da maggiordomo?

Spalancò la porta d'ingresso pronta a dirne quattro a... «Dave. Ciao.»

Dave inclinò la testa. «Aspettavi qualcun altro?»

Mac indicò il tavolo vicino alla porta. Qualche altra offerta sull'altare quella mattina, e le aveva lasciate proprio dove si trovavano. Forse se le donne avessero visto che Jared non le prendeva – e quante altre si offrivano – si sarebbero scoraggiate. «Si potrebbe dire di sì.»

«Ah. C'è già qualcuno accampato?»

«Niente tende per ora, ma è fuori sul retro a parlare con una che ha evitato la porta d'ingresso. Non capisco. Come possano le donne essere così sfacciate. Non è che lo conoscano. Solo perché è un atleta.»

«Tu non lo vedi così, vero?»

«Jared? Lo conosco da una vita. Lui e i miei fratelli sono amici. Conosco ogni sua cattiva abitudine, quindi no, per me è solo Jared. Il ragazzo fastidioso del quartiere.» Stava incrociando le dita dietro la schiena.

«È bello saperlo.» Dave le mise una mano sul braccio. «Perché mi stavo chiedendo se ti piacerebbe cenare con me.»

Il suo primo pensiero fu *No*. E anche il secondo. Il terzo fu *Cosa penserebbe Jared?*

Il che la portò a rispondere: «Sarebbe carino. Grazie.»

«Stai cercando di uccidermi, Dave?» chiese Jared con un sorriso mentre posava la fascia elastica e si asciugava il sudore dal viso con un asciugamano. Dave sapeva come spingerlo al limite e Jared aveva bisogno di quella spinta. Giocare a palla con i ragazzini l'altro giorno aveva solo rafforzato il suo bisogno di tornare a giocare, e più velocemente si fosse riabilitato, prima ci sarebbe riuscito. Si era lasciato distrarre da Mac, dall'anello e dai gattini. Ma era tornato in forma smagliante e voleva rimettere insieme tutto il suo programma di allenamento per arrivare dove doveva essere.

«Mollaccione.»

«Sadico.»

Dave gli lanciò una palla in faccia.

Jared la prese prima che potesse fargli del male.

«Bene. I tuoi riflessi sono a posto. Buona coordinazione occhio-mano e capacità motorie. Se continui così, tornerai prima della fine della stagione.»

Jared gettò la palla e la fascia nel cesto della biancheria con gli altri strumenti di tortura. «Ci conto.»

Mac apparve sulla soglia in quell'istante. «Io vado via per oggi. Ci vediamo domani.»

«Okay. Vuoi che metta la sedia in macchina?»

«Nella Maserati di Bryan? Dubito che ci stia e se gli rovino gli interni, mi fa la pelle. No, la lascio qui finché non riesco a prendere il furgone da Liam.»

Guardò Dave e sorrise.

Jared voleva prenderlo a pugni. Quel sorriso era *suo*—

Whoa. Che diavolo era quello? Dave era suo amico.

«A che ora domani, Dave? Posso essere pronta per le sei.»

«Alle sei allora. Passo a prenderti.»

Passa a prenderla? Cosa?

Poi Mac diede a Dave il suo indirizzo.

Oh.

Oh, diavolo.

Oh, merda.

Oh *no*.

Dave a quanto pare *non* era suo amico.

Jared aspettò che la porta d'ingresso si chiudesse dietro Mac e che lei scendesse dalla veranda prima di lasciar svanire il sorriso dal suo volto. «Che cazzo, Dave? Porti fuori Mac a un appuntamento?»

«Whoa, Jare.» Dave alzò le mani. «Calmati. Pensavo avessi detto di non essere interessato.»

«Non lo sono.»

Molto.

Bugiardo.

«E allora qual è il problema? Penso che sia carina, ha un'ottima personalità, ed è single. Perché non posso uscire con lei?»

«Perché...» la ragione di Jared si spense. Già, perché Dave non poteva portarla fuori? Non era come se Jared avesse qualche diritto di proprietà su di lei. Solo perché all'improvviso aveva aperto gli occhi su Mac la donna non significava che lei volesse necessariamente che lui lo facesse. Non dopo come l'aveva trattata per tutti quegli anni. E poi baciarla in quel modo...

Dio, non avrebbe mai dovuto farlo. Avevano fatto piccoli passi con i film e con la soffitta, ma lei non mostrava più alcun segno della cotta adolescenziale che aveva avuto un tempo. Forse era finita. Forse avevano superato la sua infatuazione e potevano essere solo amici.

Non voleva essere solo un amico.

«Jare? Stai bene?» Dave si alzò e prese la sua borsa da palestra. «Se davvero non vuoi che esca con lei, posso annullare, immagino.»

Davvero *non* voleva che Dave uscisse con lei. Ma non spettava a lui decidere. Finché non avesse fatto una mossa – e Mac l'avesse accettata – non aveva alcuna pretesa su di lei.

E forse Mac era interessata a Dave. Dopotutto, aveva detto di sì.

«No.» Scosse la testa, più per scacciare la... tristezza che l'aveva invasa. «No. Vai pure. Divertiti.»

«Sei sicuro?»

«Non hai bisogno del mio permesso. Se Mac ha detto di sì, allora è interessata, quindi vai. Divertitevi. Solo non troppo.»

«Non troppo? Che sei, suo padre? Qual è il prossimo passo? Mi chiederai quali sono le tue intenzioni?»

Jared non si sentiva suo padre. E non si sentiva nemmeno suo amico. O amico di Dave, a dire il vero, a prescindere dalle intenzioni del ragazzo.

Si sentiva un cavernicolo. Voleva gettarsela sulla spalla, portarla in giro per la città perché tutti sapessero che era sua, poi riportarla qui, portarla su per quelle scale e gettarla in mezzo al suo letto dove avrebbero passato la settimana successiva a ordinare cibo cinese da asporto.

«Trattala solo bene. Portale delle rose. Portala in un posto elegante, tipo da Sanders, magari. Ma sappi che i suoi fratelli sono miei amici, Dave. La conosco da tutta la vita. Falla soffrire e dovrai vedertela con me.»

«Non so, Jare. Per uno che dice di non essere interessato, sembri terribilmente interessato.» Dave si mise la tracolla della borsa da palestra sulla spalla e si diresse verso la porta. «È solo una cena. Ti farò sapere come va.»

Jared rimase fermo, stringendo il pomello di legno del bracciolo del divano come un'ancora di salvezza. Che poi lo era: quella di Dave, perché a Jared non sarebbe dispiaciuto strappargli la faccia in quel momento. «In bocca al lupo.»

Dave si fermò sulla soglia. «Lo stai dicendo a me... o a te stesso?»

Capitolo Diciannove

Jared sentì Mac sulle scale quando si alzò, la mattina dopo, e si infilò in fretta un paio di pantaloncini prima di raggiungerla in corridoio.

«Sei qui presto.»

Lei parve sorpresa. «Oh, ehm, scusa. Cercavo di non fare rumore. Volevo finire presto, così posso, ehm...»

«Prepararti per il tuo appuntamento con Dave?» Cercò di non far trapelare il sarcasmo dalla voce.

«Sì.»

«Non ti ci vorrà molto. Dave sarà entusiasta anche se ti presenti così come sei adesso.» Dio solo sapeva se non lo sarebbe stato lui. La morbida maglietta verde le faceva risaltare il colore degli occhi, incorniciati da ciglia fuligginose che si intonavano ai suoi capelli setosi, e quei pantaloni attillati erano perfetti per stuzzicare l'appetito di un uomo, e sì, quell'uomo avrebbe potuto essere proprio lui.

Maledizione.

«Dammi un minuto per infilarmi una maglietta e lavarmi i denti, e salgo a darti una mano.»

«Okay. Nessun problema.»

Mac sembrava un po' distratta. Jared lo attribuì all'appuntamento con Dave. Non vedeva davvero l'ora di andarci?

Beh, certo che non vedeva l'ora. Era una domanda stupida. Mac non era il tipo da uscire con un ragazzo solo per una cena gratis.

Non come Camille.

Jared afferrò una T-shirt blu e se la infilò, poi ficcò i piedi in un paio di pantofole con la suola di gomma. Il dottore gli aveva detto che ora poteva caricare il peso sulla gamba, quindi quelle erano sicure. Usando una stampella, riuscì a salire le scale.

Mac era china su una grande scatola nell'angolo, intenta a tirare fuori un mucchio di coperte.

«A caccia di un tesoro?» le chiese.

La testa di Mac scattò all'insù, facendo volteggiare la coda di cavallo. «Sai cosa c'è qui dentro?»

«Coperte?»

«Non coperte qualsiasi. Sono trapunte.» Ne sollevò una tutta bianca con un paio di anelli intrecciati cuciti al centro. «Trapunte nuziali. E guarda. Hanno tutte i nostri nomi. Questa è la mia.» Gli mostrò l'angolo con un elegantissimo monogramma MAM. «Ecco la tua.»

Anche la sua era bianca e identica a quella di lei. Il che era... interessante.

Si sentì leggermente meglio quando lei disse: «E ce n'è una anche per Sean, Liam e Bryan.» Una azzurra, una verde e una gialla, tutte in tonalità pastello. «Non è dolcissimo che tua nonna le abbia fatte per me e i miei fratelli?»

«Conosci la nonna.» E la conosceva anche lui. Sapeva esattamente perché la sua trapunta e quella di Mac fossero uguali e non si sarebbe sorpreso se la signora Manley ci avesse messo lo zampino. Era ovvio che le nonne stessero pianificando di far mettere insieme lui e Mac da un sacco di tempo. Peccato che nessuna delle due avesse previsto l'arrivo di un Dave.

Peccato che *lui* non avesse previsto l'arrivo di un Dave... «Immagino che dovremmo prenderci le nostre. Così contribuiamo a svuotare la soffitta.» Non che lui l'avrebbe usata a breve. Dopo Camille, il matrimonio era l'ultima cosa a cui pensava. Forse l'avrebbe usata come cuccia per i gattini.

«Assolutamente no.» Mac ne stese una e cominciò a piegarla. «Questi sono regali di nozze. Devono rimanere qui finché non serviranno.»

«Sarà un po' difficile quando venderemo la casa.»

«Oh. Giusto.» Smettendola di piegare, arricciò le labbra. «Dovremo farle riavere a tua nonna senza che lei sappia che le abbiamo viste.»

«Andiamo, Mac. Certo che lo saprà. Ci ha mandato qui a cercare il suo anello.» Quello che lui cominciava a sospettare non sarebbe mai stato trovato. «Ci ha detto di controllare ogni singola scatola. Pensi davvero che non saprà», o non si aspetterà, «che le abbiamo trovate?»

Se conosceva sua nonna, sospettava che le avesse spostate lì sopra proprio *perché* le trovassero. Nessuno teneva delle trapunte di famiglia in una scatola di cartone in soffitta. I topi le avrebbero ridotte in brandelli in men che non si dica.

«Immagino tu abbia ragione. Allora cosa dovremmo farne?»

«Io dico di portargliele. Chissà, magari il tuo appuntamento con Dave si trasformerà in qualcosa di più e potrai portartela a casa.» Si stampò un sorriso in faccia, ma in realtà non ne aveva nessuna voglia.

Mac si mostrò molto interessata a ripiegare la trapunta di Liam e a rimetterla in fondo alla scatola. «Uh, sì. Chissà?»

Non si aspettava che lei fosse *d'accordo* con lui. «Voglio dire, sì. Dave è un bravo ragazzo. Potresti trovare di molto peggio.»

Inarcando le sopracciglia, lei lo guardò. «*Questa* sarebbe la tua raccomandazione per il tuo amico? Mi piacerebbe sentire cosa dici di Liam.»

«Cosa vuoi che ti dica, Mac? Che Dave è un ragazzo fantastico e dovresti saltargli addosso?»

Amico, non fare mai una domanda di cui non vuoi sapere la risposta.

«Se è così che la pensi, allora sì, dovresti.»

Come volevasi dimostrare.

«Bene. Allora fallo. Vacci a letto. Vediamo se me ne importa.»

Sul serio? Ma sei pazzo?

«Bene. Forse lo farò.»

«Bene. Fallo.»

«Bene.»

Rimasero lì a guardarsi in cagnesco e Jared sentiva la sua coscienza che tamburellava con le sue dita metaforiche lungo la sua spina dorsale.

Che cosa aveva appena fatto? Le aveva dato carta bianca per andare a letto con uno dei suoi migliori amici? A quanto pareva *era* pazzo. «Devo andare a controllare i gattini.»

«Bene. Fai pure.»

«Lo farò.» Si girò di scatto – maledizione, non avrebbe dovuto usare la gamba malata per quello – e si diresse verso le scale prima di dire qualcos'altro di cui si sarebbe pentito.

Mac guardò Jared andarsene. Cos'era appena successo? Un minuto prima parlavano di trapunte nuziali e un minuto dopo Jared la stava spingendo tra le braccia di Dave.

Santo cielo, quell'uomo era capace di far impazzire chiunque.

Beh, non sarebbe toccato a lei. Quella sera avrebbe cenato con un uomo gentile e normale che non aveva alcun motivo per non apprezzarla. E se le serviva un'altra prova che Jared non era il dio che aveva sempre pensato che fosse, l'aveva appena avuta. No, il suo futuro non avrebbe assolutamente incluso Jared Nolan.

Jared stava impazzendo.

Dopo l'incubo di quella mattina, era rimasto con i gattini per quasi un'ora, lasciando Mac in soffitta a sistemare cose che avrebbe dovuto sistemare lui; poi, quando era salito, lei era scesa per pulire a fondo il salotto, per poi passare a un'altra sessione di bagnetti ai gattini, che avevano fatto in modo molto rigido e silenzioso, finché non era diventato più che evidente che lei non vedeva l'ora di andarsene.

Non le dava torto.

Era stato uno stronzo. Naturalmente, questa grande rivelazione non gli era arrivata finché lei non se n'era andata da neanche tre minuti e si era reso conto che avrebbe dovuto scusarsi, non mandarla a un appuntamento con un ragazzo che poteva davvero essere giusto per lei, lasciandolo lì a rodersi il fegato chiedendosi se sarebbe andata a letto con quel tizio o no.

E quanto era assurdo che le avesse detto una cosa del genere? Mac non era quel tipo di ragazza. Certo che non sarebbe andata a letto con Dave al primo appuntamento.

Se non fosse che l'aveva praticamente sfidata a farlo, e sapeva come Mac reagiva alle sfide.

Si alzò di scatto dal divano e si passò le mani tra i capelli. Non poteva restare lì seduto a immaginare cosa stesse succedendo al loro appuntamento. Forse avrebbe dovuto chiamare Renee o Sherisse o Juliette... Diavolo, forse avrebbe dovuto chiamarle tutte e tre. Distogliere la mente da Mac e vedere se c'era qualcuna là fuori per lui.

Prese il telefono e uno dei biglietti da visita nel cestino accanto, e compose le prime tre cifre.

Cosa stava facendo? Questo avrebbe solo dato il via a un'altra serie di problemi che non voleva affrontare. Loro non gli interessavano e sarebbe stato sbagliato illuderle. Non aveva bisogno di altri fardelli nella sua vita e, se fosse riuscito a superare il suo egoismo, se ne sarebbe reso conto.

Gesù. Aveva mandato Dave e Mac da Sanders'. Tra tutti i posti. Odiava quel posto; conteneva troppi ricordi frustranti di lui seduto lì, tutto impettito in giacca e cravatta, a dover badare alle buone maniere e a comportarsi da "ometto perfetto" mentre tutti gli altri che conosceva erano a casa a scartare pile di regali o a mangiare tacchino fatto in casa con ripieno e purè di patate in tuta, giocando ai videogiochi.

L'aveva suggerito perché voleva che Dave fallisse.

Ma il problema era che Sanders' non evocava gli stessi ricordi per Dave e Mac che evocava per lui, quindi avrebbero potuto davvero passare una *bella* serata. Mandati lì da *lui*.

Maledizione. Non voleva che a Mac piacesse Dave. Non in quel modo.

Il che era completamente egoista da parte sua.

Prese il telefono e scorse i contatti. Doveva uscire. C'erano ancora alcuni ragazzi del vecchio quartiere in giro. Avrebbe provato a chiamare uno di loro perché non aveva intenzione di mandare un messaggio a Liam. Non voleva stare con nessuno dei Manley quella sera, non se non poteva stare con quella che voleva.

«Sei stupenda.» Dave era sulla soglia di casa sua con un dolce sorriso e un profumatissimo mazzo di fiori. «Tieni. Questi sono per te.»

«Wow. Non sapevo che i ragazzi lo facessero ancora.»

«Ho sentito dire che ti piacciono le rose.»

«Davvero? E da chi?» In realtà, a lei piacevano le margherite.

«Da Jared.»

Beh, era strano. Jared le aveva regalato il suo primo fiore in assoluto, ed era stata una margherita. Si era sbucciata un ginocchio e stava cercando di non piangere; allora Jared le aveva messo la margherita sotto il naso e le lacrime si erano asciugate. Aveva la sensazione che i suoi *e se* fossero iniziati proprio allora.

«Grazie. È stato molto gentile da parte tua. Lascia che li metta in acqua e poi possiamo andare.»

La seguì in cucina. «Bel posto.»

Lei guardò oltre la spalla. «Ti prego. È la casa di mia nonna, un residuato degli anni Cinquanta che ha bisogno di un sacco di lavori. Si è trasferita nello stesso posto dove vive la nonna di Jared, quindi la sto rimodernando piano piano. Ci vorrà un po', però, con la mia attività.»

«Sì, essere un lavoratore autonomo significa lavorare tutto il tempo.»

«Ti capisco, ma è meglio che lavorare per qualcun altro.»

Tagliò i gambi di due centimetri, mise le rose in un vaso con acqua ghiacciata, aggiunse un po' di zucchero, poi pulì il disordine e si spolverò le mani. «Okay, sono pronta. Dove andiamo?»

«Pensavo che Sanders' sarebbe stato carino.»

Sanders' era il posto dove Jared aveva passato le vacanze.

Maledizione, non voleva pensare a Jared quella sera. Quella sera era dedicata a Dave e ad andare avanti con la sua vita.

«Ho sentito dire che è meraviglioso.» E lei si sarebbe assicurata che lo fosse.

«L'ha suggerito Jared. Ha detto che ci sarebbe piaciuto.»

Alla faccia del non pensarci.

Dave le tenne aperta sia la porta di casa che la portiera della macchina, e il suo punteggio da Principe Azzurro salì vertiginosamente. Fiori, ristorante di lusso, maniere da gentiluomo...

L'unica cosa era che continuava a parlare di Jared. Sentì del loro primo incontro, di come avevano iniziato a frequentarsi, e alcune storie delle partite in trasferta, quando Dave era il fisioterapista della squadra... Era quasi come se Dave avesse paura di parlare d'altro, nel caso scoprissero di non avere niente in comune. Se una relazione tra loro doveva nascere, non potevano contare su Jared per tenerli uniti. Soprattutto quando lei stava disperatamente cercando di *non* pensare a quel ragazzo. Voleva pensare a Dave.

«Dave, perché tiri fuori Jared così spesso? Sicuramente possiamo trovare qualcos'altro di cui parlare oltre a lui.»

Dave scrollò le spalle. «È il nostro comune denominatore e, dato che entrambi teniamo a lui, ho pensato che non ci fosse motivo di *non* parlarne. O sì?»

Rimase bloccata sulla parte del "tenere a lui". Era così evidente?

«Beh, no, ma ho sentito parlare più di lui che di te. Hai fratelli o sorelle, per esempio? So che Jared è figlio unico.» E improvvisamente capì il perché.

Crescendo, si era chiesta se i suoi genitori non potessero avere altri figli; ora si chiedeva se non ci avessero mai provato.

«Siamo in tre. Figlio di mezzo. Unico maschio. Jared è come il fratello che non ho mai avuto.»

Ed erano di nuovo tornati a Jared. «Quanti anni hanno le tue sorelle?»

Riuscì a tenerlo lontano dall'argomento Jared per i dieci minuti successivi, mentre scopriva qualcosa sulla sua famiglia, su dove era cresciuto e sulle gite in campeggio che i suoi genitori li avevano portati a fare nella roulotte pieghevole ogni fine settimana d'estate per circa cinque anni: storie che le suscitarono una fitta d'invidia. La nonna non aveva potuto permettersi vacanze. Una gita allo zoo o i campeggi estivi gratuiti della parrocchia erano stati tutto per lei e i suoi fratelli. Non era mai stata al mare finché una sua amica non l'aveva invitata per una settimana al liceo con la sua famiglia.

«Adoravamo andare alle miniere di gesso nel Sud. C'erano questi enormi cumuli di gesso – beh, di solfato di calcio – su cui ci piaceva arrampicarci. Prendevamo i sacchetti di carta marrone dai supermercati, li riempivamo e ce lo portavamo a casa. Le mie sorelle erano le regine della campana del quartiere. Le tavole da gioco, o come si chiamano i disegni col gesso, si estendevano per tutto l'isolato. Non ti dico quante caviglie slogate ci sono state quando la gente cercava di saltare per tutta la lunghezza.»

«Peccato che allora non sapessi cosa avresti fatto nella vita. Pensa a quanto ti saresti divertito a fasciare le caviglie di tutte quelle ragazze.»

«Oh, non me la sono cavata così male neanche senza le fasciature.»

Sì, poteva immaginarlo. Era di bell'aspetto, era intelligente, divertente e sapeva tenere una conversazione. E come trattare una donna. Aveva fatto un cenno furtivo al cameriere quando l'acqua di lei stava finendo, le aveva accostato la sedia, le aveva ceduto il passo per ordinare per prima, le aveva offerto un po' del suo cocktail di gamberi...

Era da tanto tempo che non usciva per un appuntamento. Diavolo, era da tanto tempo che non aveva una serata libera per considerare di fare qualcosa che non fosse sbrigare scartoffie o cercare nuovi clienti, entrambe cose che avrebbe dovuto fare quella sera.

Ma non lo stava facendo. Era lì. Cercando di trasformare Dave nel ragazzo a cui non riusciva a smettere di pensare, perché mettere Jared in quel ruolo non aveva funzionato molto bene. Anche dopo aver guardato dei film insieme sabato sera, lui aveva passato venti minuti a parlare con la signorina Faccia-

Alla-Finestra il giorno prima. Mac non aveva bisogno che glielo sbattessero in faccia per capirlo.

«Allora, Jared mi dice che siete amici da una vita.»

«L'ha detto davvero?»

«Sì, perché?»

Mac scrollò le spalle, cercando di optare per la versione meno imbarazzante della loro storia. «Lui è amico dei miei fratelli maggiori. Io ero la sorellina fastidiosa che si accodava sempre e di cui tutti dovevano prendersi cura. Lui, inutile dirlo, non era entusiasta di avermi intorno.»

«Che scemo. Scommetto che eri adorabile.» Dave prese la bottiglia di vino e gliene offrì ancora.

Lei ridacchiò mentre rifiutava con un cenno della mano. Sì, Dave era decisamente affascinante, ma il vino a un appuntamento non era sempre la mossa più intelligente. «Sono sicura che alla fine si stufava. Dopotutto, non aveva una sorella. Non aveva mai avuto a che fare con il doversi prendere cura di qualcun altro. I miei fratelli ci erano abituati.»

«Forse era geloso.»

«Geloso?»

«Pensaci. Aveva tutte le aspettative dei suoi genitori riguardo allo sport, gli avevano persino assunto un allenatore e costruito una costosa gabbia di battuta in giardino, ma le poche ore di libertà e di gioco che aveva, doveva passarle con la sorellina dei suoi amici. Per i tuoi fratelli era solo un altro giorno passato insieme, ma per lui, la sua occasione era stata sabotata. Da te.»

«Ma questo lo avrebbe fatto arrabbiare, non ingelosire.»

«A meno che non avesse voluto una sorellina. O che tu non gli piacessi.»

Soffocò con l'acqua. «È un bel pensiero, ma no, non era assolutamente il caso per me e Jared.» A Jared piaceva? Difficile.

«Oh, non lo so, Mac. Sono stato con lui durante tutto il casino con Camille. Dall'inizio della relazione alla sua disastrosa fine. E devo dire che non ho mai sentito parlare tanto dell'infanzia di Camille quanto ho sentito parlare della tua in questi ultimi due giorni.»

«Jared parlava di me?» Ora era completamente confusa.

Dave le prese la mano. «Oh, potrei avergli fatto qualche domanda. Chiamami curioso.»

Questo le strappò un sorriso. Non sentiva la stessa scintilla con Dave che sentiva con Jared, ma forse sarebbe cambiato quando l'avesse baciata.

. . .

Non cambiò.

Mac era in piedi sulla soglia di casa, molto consapevole del fatto che erano lì, che le braccia di Dave la circondavano e le sue labbra erano sulle sue, con la testa inclinata a destra in modo che i loro nasi si sfiorassero senza scontrarsi, il suo respiro caldo e profumato di vino contro la sua guancia, qualche centimetro più alto di lei, con spalle larghe e mani forti che sapevano come tenerla nel modo giusto e lei sentiva...

Niente.

Oh, era piacevole, ma il fatto che potesse sentire i grilli e rimpiangere che la luce del portico fosse accesa, e sapere esattamente come il suo naso sfiorava il suo, e come lei era in piedi, e come lui era in piedi, e un sacco di altri dettagli la deprimeva da morire.

Quando Jared l'aveva baciata, non si era resa conto di che giorno fosse, tanto meno di dove si trovassero e di come fosse inclinata la sua testa, perché non era stata in *grado* di pensare. Era stata un unico ammasso di sensazioni e ora... semplicemente, non lo era.

Dave le accarezzò la guancia mentre si allontanava, con gli occhi nei suoi. «Immagino che questo dica tutto, eh?»

«Cosa?»

Le fece scorrere l'indice lungo il naso con un piccolo colpetto alla fine. «Grazie per aver passato del tempo con me stasera, Mac. Mi sono divertito molto.» Fece un passo indietro.

«Anch'io mi sono divertita, Dave.»

Lui sorrise. «Ma ti divertiresti di più con qualcun altro.»

«Non è—»

Le posò un dito sulle labbra. «Non farlo.» Lo tolse. «Non mentire a te stessa, Mac. E non mentire a Jared. È un bravo ragazzo. Merita una brava donna.» Le fece scorrere la mano lungo il braccio e le strinse la sua. «Merita te. E spero che sia abbastanza intelligente da capirlo.»

Capitolo Venti

«Ehi, Jared. Questo era sulla tua porta.»

Mac gli porse una busta quando la mattina dopo entrò con nonchalance in cucina, con un'aria fin troppo felice per la tranquillità di Jared. Significava forse che il suo appuntamento era andato bene? E *quanto* bene?

Posò un altro vassoio di dolci, che qualcuno aveva lasciato, sul bancone. «Sembra un invito.»

Era sbagliato che il suo primo pensiero fosse stato di chiederle di andare con lui?

«Grazie.» Glielo prese, facendo attenzione a non toccarla.

Aveva cercato di ignorare le visioni di lei e Dave per tutta la notte con le numerose birre che lui e i vecchi compagni del liceo avevano consumato, tornando a casa così tardi da doversi occupare di un altro giro di pulizie per i gattini, cosa che aveva svegliato abbastanza quei tipetti da doverli sfamare, per cui aveva dormito circa quattro ore e il corpo gli doleva da morire per aver spostato una tonnellata di scatoloni in soffitta il giorno prima. E poi, vederla tutta pimpante e felice...

Prese l'invito, sapendo già prima di aprirlo di cosa si trattasse. Ne aveva ricevuti molti nel corso degli anni.

È richiesto l'onore della Vostra presenza
all'inaugurazione della piscina del centro sociale
in qualità di nostro ospite d'onore sul podio
e per la cerimonia del taglio del nastro.

«Allora, a giudicare dalla tua espressione, una tua vecchia fidanzata si sposa e ti ha invitato al matrimonio.» Mac aveva quel sorrisetto che un tempo lo infastidiva ma che ora la rendeva semplicemente adorabile.

Non aiuta...

«È un invito per la cerimonia del taglio del nastro alla piscina del centro sociale questo weekend. Mi vogliono sul podio, il che significa che dovrò preparare un discorso, e probabilmente mi daranno una chiave del posto.»

«E questo sarebbe un male?» Inclinò la testa e la coda di cavallo le ricadde sulla spalla.

Per un secondo, lui ricordò come fossero i suoi capelli senza la coda. Il secondo dopo, si chiese se Dave sapesse come fossero.

Probabilmente sì. Mac non avrebbe portato una coda di cavallo a un appuntamento.

«Dovresti portarli così.»

«Come, scusa?»

Dannazione. Non era quello che intendeva dire. Non avrebbe dovuto bere quelle ultime birre. E sarebbe dovuto andare a letto prima. «Io, ehm, voglio dire, non capiresti. Non ci vado.»

«Su questo hai ragione tu, immagino, ma dopo sabato, perché non dovresti? La gente sa che sei in giro, e in più sei un eroe locale. Certo che vogliono onorarti. In che modo è una cosa negativa?»

«Così?» Scosse le stampelle. «È un voto di compassione. Non sono riusciti a trovare nessun altro perché siamo in piena stagione. Nessuno è disponibile. Così lo chiedono al ragazzo infortunato.»

«E dici che sono *io* quella permalosa? Cavolo, Jared, forse te lo stanno chiedendo perché per una volta sei effettivamente in città. Nessuno inaugura la piscina di un centro sociale in pieno inverno quando *tu* sei disponibile, quindi il fatto che tu sia qui è un motivo più che valido per chiederti di farlo. E ti stanno *onorando*. Non dovrebbe essere un peso. Non capisco perché dovresti rifiutare. Mi sembra un ottimo modo per fare una pessima impressione.»

Beh, messa in questo modo... «Va bene. Immagino che lo farò.»

«Bene. Non volevo dover ricorrere a tua nonna.»

«Non oseresti.»

Sollevò l'invito. «Non ci scommettere. Conosco delle persone nel consiglio di amministrazione del centro sociale.»

Lui la studiò. Non era abituato a una Mac che non lo venerasse come un eroe, e anche se la cosa era diventata noiosa ai tempi, avrebbe scommesso che una che gli teneva testa gli sarebbe piaciuta ancora meno.

Era una scommessa che avrebbe perso.

Gli piaceva che gli rispondesse a tono. Che lo mettesse di fronte alle sue contraddizioni. Che lo rimettesse al suo posto e non si lasciasse impressionare dalla sua professione, dalla sua fama o dal suo conto in banca.

Non era così entusiasta, però, che fosse uscita a cena con il suo amico. «Ma devi venire con me.»

«Cosa? Perché? Nessuno vuole vedere me.»

Lui sì.

Ecco. Impossibile negarlo. Voleva Mac con sé. Se doveva affrontare gli sguardi di compassione, voleva qualcuno dalla sua parte che decisamente non provava compassione per lui.

O forse vuoi che venga con te solo perché la vuoi con te.

«Pensa alla pubblicità. Puoi indossare la tua divisa e stare al mio fianco...»

«Come mio *accompagnatore?*»

Assolutamente sì. «Vuoi pubblicità per l'azienda? Quale modo migliore per ottenerla? Sicuramente mi manderanno in onda.»

«Pensavo non volessi che ti usassi per scopi pubblicitari.»

«Chiamiamola un'usura a beneficio reciproco.»

«Ma tu cosa ci guadagni ad avermi lì?»

«Protezione.» Indicò l'ultima pila di dolci che i vicini avevano lasciato quella mattina. «E pensa alla copertura mediatica.»

«Quando è?»

«Sabato alle due.»

«Indosserai una maglietta della Manley Maids? Tanto vale ottenere più pubblicità possibile.»

«Come quella che indossi tu?»

Lei annuì.

«Esiste in un colore diverso dal pistacchio?»

«Non è pistacchio. È verde.»

«Il pistacchio *è* verde.»

«Ma non di questa tonalità.»

«Allora come la chiameresti?»

«Menta.»

«Come se fosse tanto meglio. Andrò in giro con una polo color *menta*. Non bastava che questo infortunio facesse a pezzi la mia mascolinità, ora ci aggiungi anche una divisa da cameriera color menta.»

Lei incrociò le braccia.

Avrebbe davvero preferito che non lo facesse.

«Fidati, Jared, la tua mascolinità è perfettamente al sicuro.»

A quel commento, il suo cervello andò dritto al suo... be', all'*altro* cervello. Lei lo vedeva come mascolino. Era un inizio. Ma dove si collocava la sua mascolinità rispetto a quella di Dave?

E da quando si era mai posto *quella* domanda?

Jared scosse la testa. Aveva bisogno di caffè, e in grandi quantità. Non avrebbe mai dovuto affrontare Mac con i postumi di una sbornia. Soprattutto dopo che lei era uscita per un appuntamento.

«Comunque... potresti voler rivedere le divise, Mac. Almeno per i ragazzi. Non riesco a immaginare i tuoi fratelli con quella tenuta.»

«Forse dovresti passare in uno dei loro cantieri, perché a loro va benissimo indossarle.»

«Allora almeno dagli dei jeans. Magari una maglietta blu invece che verde?»

«Vuoi dire alle nostre nonne che non ti piace quello che hanno ideato? Sei una persona molto più coraggiosa di me.»

Diavolo. Avrebbe indossato la maglietta verde.

Mac si diede mentalmente una pacca sulla spalla mentre chiudeva le porte a vetri dello studio. Era riuscita a superare la loro interazione senza fare nulla di stupido. Il commento di Dave, secondo cui Jared meritava una brava donna come lei, le era ronzato in testa per tutta la notte.

Era carino che Dave la pensasse così, ma Jared aveva avuto la sua occasione e non aveva fatto nulla. Anzi, l'aveva addirittura incoraggiata a uscire con il suo amico. Non avrebbe potuto dirlo più chiaramente di così, a meno che non le avesse detto in faccia di non essere interessato. Cosa che, in un certo senso, aveva fatto quando l'aveva sentito parlare con Dave.

Così aveva scacciato il commento di Dave dalla testa, si era concentrata su ciò che era lì per fare e aveva superato i saluti mattutini. Ora avrebbe solo pulito lo studio, per poi raggiungere Jared in soffitta a cercare l'anello. Aveva considerato l'idea di lasciarlo andare a caccia dell'anello da solo, ma non potevano mettere in vendita la casa finché non l'avessero trovato.

«Mac, hai visto Moe?» Jared aprì la porta dello studio con tre dei gattini in braccio.

«Non sapevo che fosse il mio turno di guardarli.» Okay, forse aveva un atteggiamento un po' scontroso con lui. Che la denunciasse pure. Una donna può sopportare fino a un certo punto, e lei con Jared ne aveva avuto più della sua parte.

In realtà, Dave si sbagliava. Jared *non* meritava una donna come lei e fortunatamente lui non aveva fatto nulla quando avrebbe potuto.

«Dannazione.» Sollevò un po' di più i gattini. «L'ultima volta che ho guardato erano tutti nel box, ma quando sono andato a cambiare la lettiera poco fa, lei era sparita.»

Non era una buona notizia. Erano dei cuccioli. Avevano ancora bisogno di qualcuno che si prendesse cura di loro. Non potevano ancora andarsene in giro da soli, come testimoniava la quasi catastrofe sulle scale della cantina. «Credi che sia uscita fuori?»

«Non so come abbia potuto. I buchi non sono così grandi.»

«Dobbiamo trovarla.»

«Lo so. Puoi tenere d'occhio questi mentre prendo della rete metallica dal capanno? La metterò intorno alla base del box così non potranno uscire prima che andiamo a cercarla.»

Prese i tre fratelli a cui mancava la sorellina.

Oh... cavolo.

Si sedette, con un nodo in gola. Quattro fratelli che avevano perso la madre. Una sorellina da salvare. Il parallelo con la sua famiglia... Forse era per questo che aveva insistito così tanto perché Jared li tenesse.

Beh, diavolo, dovevano trovare Moe.

Nel giro di dieci minuti, Mac aveva sparso scatolette di tonno per tutto il piano di sotto e Jared aveva rivestito il box con la rete metallica, oltre a un "coperchio" di fortuna per tenere i maschietti dove dovevano stare.

Dieci minuti dopo, Jared trovò Moe.

E perché non avrebbe dovuto? Aveva molta pratica nel salvare damigelle in pericolo.

Mac non voleva pensarci. Lui non era il Principe Azzurro e lei non era Cenerentola. Anche se puliva per vivere.

Corse giù per le scale e allungò le mani verso Moe. «Cosa stavi combinando, piccola peste?»

«È andata in cerca della lettiera nella lavanderia, anche se ne aveva una perfettamente funzionante qui. Non ha senso.»

«Quei cattivoni dei tuoi fratelli ti fanno un gran disordine?» Mac strofinò il suo naso contro quello di Moe. «Eri in esplorazione tutta da sola?»

Grandi occhi azzurri la fissarono sbattendo le palpebre.

«Non credo si sentisse persa,» sussurrò Mac con un angolo della bocca.

«Mi ricorda qualcun altro che conosco.» Le diede una spintarella con la spalla. «Come quella volta che ti abbiamo trovata in quella grotta sul sentiero, ricordi?»

Mac si strinse Moe sotto il mento, cercando di nascondere una smorfia. Odiava quella storia. «Ricordo.»

Odiava il fatto di aver avuto bisogno di essere trovata, odiava ricordare quanto si fosse spaventata: aveva appena visto *Il Mago di Oz* per la prima volta e quei "leoni, e tigri, e orsi, oh perbacco" le giravano e rigiravano nella sua piccola mente spaventata. Così, quando aveva visto la sporgenza di roccia, si era rannicchiata contro il muro, si era stretta le braccia intorno alle ginocchia e aveva cercato di seppellirci la testa, pensando che se non avesse visto i mostri, i mostri non avrebbero visto lei. La logica di una bambina di cinque anni.

Jared era stato il primo a trovarla, e gliene aveva dette di tutti i colori finché non erano arrivati i suoi fratelli.

A quel punto, era così spaventata e così infelice per essere stata sgridata, che gli aveva urlato contro, dicendogli che sapeva *esattamente* dove si trovava e che l'idiota era lui. Quando l'aveva spinto via, Liam l'aveva presa in braccio e portata a casa.

Era morta di paura. «Mi hai sgridata.»

«Lo so. Mi dispiace. Tutto quello a cui riuscivo a pensare era che ti facessi male.» Si appoggiò alla scrivania e incrociò le braccia. «Ma mi facesti spaventare, Mac. Non avevo mai perso nessuno prima. Non sapevo cosa fare. Eravamo fuori di noi, ti chiamavamo, guardavamo nel torrente, giù per le scarpate... Pensavo fossi annegata. Sul serio, Mac, avevo dieci anni e pensavo che fossi morta. Poi, quando ti trovai... Non hai idea del sollievo che provai.»

«Perché?»

«Perché?»

«Sì, perché? Non ti piacevo, quindi perché quel sollievo? Avevi messo in chiaro che non mi volevi intorno, quindi sarebbe stato meglio se mi fossi tolta di mezzo.»

Jared le prese Moe e la rimise nel recinto, assicurandosi di chiudere il coperchio. Poi si avvicinò a Mac e le sollevò il mento. «Hai presente com'ero con questi gattini, tutto preoccupato di prendermene cura?» Aspettò che lei annuisse. «Con te ero dieci volte peggio. Eri una bambina. Una bambinetta. Qualcosa che non apparteneva al mio universo. Ma vedevo quanto i tuoi fratelli tenevano a te, vedevo quanto tua nonna teneva a te, e sapevo che dovevamo proteggerti. Eppure ogni volta che provavo a suggerirti di fare qualcosa in un modo, tu di proposito andavi a farlo nell'altro.»

«È perché non mi piaceva che mi comandassero.»

«Quello che tu vedevi come comandare, io lo intendevo come cautela.» Jared le picchiettò la punta del naso.

Ohmioddio, sentì quel tocco fino alle—

Aspetta. Era una sciocchezza. Era un colpetto sul naso. La punta del naso non era una zona erogena. E poi, ehi, Dave aveva fatto la stessa cosa la sera prima e lei non aveva sentito quel... formicolio. «E le prese in giro? Il sarcasmo?»

Jared fece una smorfia e si appoggiò di nuovo alla scrivania, portando con sé le dita formicolanti. «Non ne vado fiero, Mac, ma ero un adolescente. Tu eri la sorellina del mio migliore amico con una cotta per me. Non ero sicuro di come gestirla. Così ho scelto il modo sbagliato. Non significava che non mi piacessi; semplicemente non sapevo che fare con te. Riguardo a te.» Le toccò brevemente il braccio. «Ma, ehi, ricordi la teleferica? E il giro sul carro di fieno? E quella volta nel labirinto di mais quando sentimmo i tuoi fratelli così spaventati che ci offrimmo di guidarli fuori se ci avessero comprato il gelato? Ricordi quanto ci sforzammo di non ridere mentre eravamo dall'altra parte della siepe con l'uscita in vista? Poi ci fu quella volta al lago con quella piattaforma gonfiabile da cui facevamo rimbalzare tutti. Te lo ricordi?»

Jared continuò con i ricordi e Mac dovette prendere fiato. *Aveva* dimenticato quegli altri momenti, ma erano esistiti.

«Riesci a perdonarmi, Mac?»

Poteva? Jared era stato un ragazzino e non era colpa sua se lei lo aveva guardato sotto una luce completamente nuova. Se si era spinta qualche passo più in là.

L'aveva condannato per tutti quegli anni per qualcosa che era stata colpa sua.

«Certo che posso, Jared.»

Capitolo Ventuno

«Ehi, Jare, la tua carrozza ti attende.»

Jared, Liam e Bryan erano allo stadio di baseball — Jared aveva rimediato dei biglietti all'ultimo minuto per la partita di quella sera — e Bryan stava scuotendo la sedia a rotelle vicino alla rampa, sfoggiando quel sorrisetto strafottente che i media definivano *carismatico*, ma che Jared, Liam e Sean chiamavano *insopportabile*. Funzionava con le donne, ma con Jared non attaccava minimamente.

«Non sono un invalido, ragazzi.»

«Senti chi parla, quello con un tutore alla gamba e un paio di stampelle.» Liam gli porse quegli aggeggi maledetti. «Ora chiudi il becco e sali sulla sedia a rotelle. Lo sai che muori dalla voglia che ti serviamo e riveriamo.»

In una giornata buona, forse. Adesso? Neanche per sogno.

Ma si sarebbero persi i primi tre inning se fosse dovuto arrivare ai loro posti zoppicando, e la gamba gli faceva un male cane. Quella mattina aveva raccolto troppa rete metallica senza le stampelle. Aveva esagerato. «Va bene. Andiamo.»

Si tirò il berretto da baseball ben calcato sulla fronte, sperando che Bryan facesse lo stesso. Il signor Divo del Cinema, però, si godeva la pubblicità, e sarebbe stata solo questione di tempo prima che qualcuno lo notasse.

«Ehi, ma tu non sei Bryan Manley?» chiese un ragazzino.

Appunto.

Maledizione. Erano proprio vicini ai loro posti; ce l'avevano quasi fatta.

Liam diede una gomitata a Bryan. «A quanto pare tocca a te, fratellino.»

«Non chiamarmi così» bofonchiò Bryan mentre passava a Lee il suo vassoio con il cibo. Si voltò verso il ragazzino. «Sì, sono io. Vuoi un autografo?»

«Sì» disse il ragazzino, tirandosi dietro un'adolescente. «Sul braccio di mia sorella. Dice che non se lo laverà mai più se lo fai e voglio vedere la litigata con la mamma.»

Jared dovette ridere. Non aveva mai avuto un rapporto fraterno, ma aveva visto lo stesso genere di cose tra Lee e i suoi fratelli. Aveva sempre desiderato un fratello, ed era per quello che aveva voluto Liam come amico. Quel ragazzo se ne portava dietro altri due; era la famiglia che non aveva mai avuto.

E poi c'era Mac...

Per fortuna, Liam gli lasciò cadere un vassoio di cibo in grembo prima che potesse inoltrarsi troppo in quel pensiero. Quella sera era dedicata a dimenticare Mac. Era il suo momento per stare con gli amici e rilassarsi.

«Tieni, renditi utile» disse Liam. «Quell'infortunio fasullo non ti esenterà dal fare la tua parte.»

«Fasullo?» Si girò per guardare Liam, cercando di non rovesciare la birra. «Se potessi uscire da questo maledetto aggeggio, ti farei vedere io cos'è fasullo. E fidati, sto sgobbando di questi tempi. Tua sorella...» Optò per scuotere la testa. Un conto era essere frustrato da Mac, un altro era lamentarsi di lei con i suoi fratelli.

«Non dirmi che ti ha messo a lavorare.»

In più di un modo.

Ma non aveva intenzione di condividerlo con i suoi fratelli. Sapevano tutti cosa provava per lei — cosa *aveva* provato per lei. Ciò che provava adesso erano affari suoi. «Scusa, Lee, ma è una spina nel fianco, anche se è tua sorella.»

«Ehi, non devi dirlo a me.»

Bene. Perché non ne aveva la minima intenzione. L'ultima persona con cui avrebbe voluto discutere di Mac era suo fratello maggiore.

O Dave.

Dave.

Aveva annullato la seduta di fisioterapia di oggi; non aveva voluto sentire quanto fosse stato fantastico l'appuntamento, e quando Dave l'avrebbe rivista, e se le avesse dato il bacio della buonanotte...

In realtà, su quell'argomento era combattuto. Voleva sentirselo dire solo se a Dave non fosse piaciuto.

Certo, Dave sarebbe dovuto essere morto perché un bacio di Mac non gli facesse alcun effetto. Jared lo sapeva di prima mano.

Bryan li raggiunse. «Grazie per avermi abbandonato, ragazzi.»

«Ma dai» disse Liam, prendendolo di nuovo in giro. Con Bryan era così facile. «Lo adori. Non è per questo che sei entrato nel giro? Per poterti fare tutte le donne?»

«Questo è proprio sbagliato. La ragazzina aveva quindici anni.»

«Un sacco di tempo per non lavarsi un braccio.» Appena lo disse, Jared si sentì trafiggere dal senso di colpa. Erano lì a prendersi in giro per la cotta di quella ragazza, quando lei probabilmente era al settimo cielo perché una star del cinema le aveva prestato attenzione. Aveva visto lo stesso sguardo speranzoso sul viso giovane di Mac quella notte a casa di sua nonna.

Dio, se ne sarebbe mai andato quel senso di colpa?

Era un bene che Mac avesse il giorno libero domani. Be', non libera dal lavoro, perché aveva un altro cliente a cui aveva promesso il giovedì, ma libera dal tornare a casa della nonna. Aveva bisogno di una pausa, anche solo per pensare seriamente a cosa voleva dalla vita e a dove — e se — Mac si inseriva in quel quadro.

E se lei si sarebbe lasciata inserire.

«Le ho firmato la maglietta» disse Bryan. «Quella che aveva appena comprato, non quella che indossava. Per che razza di pervertito mi hai preso?»

«Per un pervertito qualunque, nella media, immagino» disse Jared, cercando di iniettare un umorismo che non provava per sviare la conversazione dalla cotta di una ragazzina. «Che differenza fa?»

Bryan gli diede uno schiaffo sulla nuca del berretto, facendoglielo cadere sugli occhi. «Stai attento, tu. Dico il tuo nome solo un po' più forte e avremo uno sciame addosso anche a te.»

Jared si girò così in fretta che il berretto quasi gli volò via. «Non ti azzardare, Bry. Non ho bisogno di quell'incubo.»

Bryan alzò le mani in segno di resa. «Faccio un passo indietro. Non c'è bisogno di dar di matto.»

Jared si sistemò il berretto, cercando di nascondere il viso. La gente li stava guardando. Non era un segreto che fosse amico di una star del cinema, e non aveva bisogno che qualcuno collegasse i puntini e capisse chi fosse, o le macchine fotografiche e i cellulari avrebbero iniziato a scattare in pochi secondi. «Tu vivi per la pubblicità di questi tempi e lo capisco, ma io? Io penso solo a rimettermi in sesto dopo l'incidente. Non ho bisogno di telecamere e microfoni in faccia che mi chiedono come va o quando tornerò. Se lo sapessi, lo saprebbero anche loro, capisci? Sono così stufo di questa intrusione nella mia privacy. Pensano forse che mi *piaccia* dover imparare di nuovo a camminare? Che io *voglia* presentarmi in uno stadio su una sedia a rotelle? O sentire cosa fa di questi tempi la mia ex ragazza che mi ha ridotto così?» Sperava stesse marcendo all'inferno. «Perché diavolo fa notizia tutto questo? Non possono semplicemente lasciar fare il proprio lavoro a un uomo in pace?»

Nessuno dei due rispose e un paio di persone fecero un passo indietro.

Fantastico. Ferito *e* pazzo. In quel momento sarebbe stato un ottimo articolo.

Si girò sul sedile e risistemò i vassoi del cibo. Bastava che lo portassero al suo posto e tutto sarebbe potuto tornare alla normalità.

C'era un poster di una donna bellissima affisso al muro mentre entravano nella loro area posti. Cassidy Davenport, esponente dell'alta società locale e unica erede dell'impero alberghiero ed edile Davenport. Faceva notizia solo respirando. Sorprendentemente, però, nonostante fosse una bellezza classica, non poteva reggere il confronto con Mac. E quella era la pura e santa verità.

Jared scosse la testa. Come e quando le cose fossero cambiate era tutto da vedere. Ma erano cambiate.

«Accidenti, che donna stupenda» disse. Lee si sarebbe aspettato quel commento; la sua reputazione da playboy non era del tutto inventata. In parte sì, perché gli faceva guadagnare menzioni sui giornali — gli atleti professionisti non erano diversi dalle altre celebrità in questo — ma se fosse stato così attivo sentimentalmente come lo dipingevano i tabloid, non avrebbe mai avuto il tempo di giocare.

«Stanne alla larga, Jare» disse Bryan mentre lo aiutava a passare dalla sedia a rotelle al sedile. «Una donna così... non so se hai abbastanza soldi per farla felice. E se ce li hai, lei vuole solo quelli. Non è tipo da matrimonio.»

Jared sollevò la gamba su un'altra sedia. «Chi ha detto che sto cercando di sposarmi? Ma potrebbe essere l'incentivo *perfetto* per rimettermi in piedi.» Pronunciava le parole, ma non le sentiva sue. Era come se stesse parlando di un altro Jared Nolan, quello che aveva lasciato andare Mac.

«Essere in piedi non è la posizione in cui hai intenzione di stare con lei.» Bryan afferrò uno dei bicchieri di plastica. «Lee? Ecco la tua birra. Sembri averne bisogno. Scommetto che è una rottura di palle lavorare per lei, vero?»

Oh, giusto. Mac aveva dato a Liam *Cassidy Davenport* come cliente. Che cosa aveva Mac contro quel poveretto? L'ultima relazione di Lee era stata con un personaggio mondano di serie B, mentre Cassidy Davenport era una di serie A in tutto e per tutto. In realtà era stata l'idolo di Camille — il che avrebbe dovuto essere il suo primo indizio.

Povero Liam.

«Compiango il ragazzo che finirà con lei.» Bry porse una birra anche a Jared. «Abbiamo imparato a stare alla larga dalle cocche di papà. Vero, Lee?»

Liam si scolò mezza birra e Jared non lo biasimò. Diamine, se avesse dovuto lavorare per Cassidy, sarebbe stato ubriaco *tutto* il tempo.

«Vedi che sacrificio?» Bry inclinò la testa verso Liam. «Deve tracannarne un po' dopo aver passato la giornata a pulire le sue cianfrusaglie leziose. Scommetto che è tutto rosa e pizzi, ho ragione?»

Mac indossava cose rosa e ricamate?

Oh, al diavolo, non avrebbe dovuto pensare a quelle cose. Mandò giù un altro sorso della sua birra tiepida da stadio. Ah, niente di meglio.

Liam si asciugò la bocca con il braccio. «E il posto dove stai lavorando tu, Bry? Come va?»

Jared notò che Lee non aveva risposto alla domanda. Interessante.

«*Come?*» Bryan si sedette e appoggiò i piedi sulla ringhiera di fronte a sé. «Be', cominciamo col dire che Beth è vedova. E mamma. Di cinque figli.»

«*Cinque?*» Jared quasi si strozzò con la birra. Aveva sempre desiderato un fratello, ma cinque? «Chi ha più cinque figli al giorno d'oggi? Chi mai *vorrebbe* cinque figli?»

«Non ti piacciono i bambini?» chiese Bryan.

Jared dovette pensare a come rispondere, dato che quei ragazzi erano due di quattro, e quattro non era lontano da cinque. «I bambini mi piacciono abbastanza, credo. Ma cinque? È un po' troppo.»

«È una squadra di basket.»

Jared spalmò del ketchup su un hot dog. Se avesse avuto la bocca piena, non avrebbe potuto metterci dentro il piede. «Non bastano per una squadra di baseball, quindi che senso ha?»

«Aspetta un attimo. Tu vuoi *nove* figli?»

Stavolta per poco non si *strozzò* con l'hot dog. Non voleva parlare di figli. Non quando quell'immagine di Mac con un bambino in braccio gli era balenata in mente e doveva vederla tutti i giorni. «No. Sto solo dicendo che, se vuoi arrivare a cinque, che differenza fanno altri quattro?»

«Ehm, un sacco di bocche in più da sfamare» disse Bryan. «Pannolini da comprare. Rette universitarie da pagare. Chioschi allo stadio dove andare in bancarotta. Non riesco a immaginare di averne anche solo uno.»

Oh, Jared poteva immaginarlo... farli, cioè. C'era un motivo per cui il mondo era sovrappopolato.

Continuava a non essere ciò a cui doveva pensare, dato che Mac era la loro sorella... «Sì, ma una volta superati i due, sono solo numeri.» Finì il suo hot dog, poi ne prese un altro e, nel tentativo di sviare la conversazione da questo argomento, passò a quello successivo più ovvio. Bryan era un bersaglio facile. «Ma una vedova, eh? Da quanto è single?»

«Sul serio?» Gli occhi di Bryan quasi gli uscirono dalle orbite. «Non mi hai sentito? Ho detto *cinque* figli. Devo aggiungere altro?»

Il fatto era che, probabilmente, Bryan l'avrebbe fatto. Il che era strano per lui. Bryan era il massimo della tranquillità quando si trattava di donne, quindi questa esplosione era fuori dal suo personaggio. Stava forse protestando troppo?

Jared guardò Liam per vedere se se ne stesse accorgendo.

Liam bevve una sorsata di birra e a Jared parve di scorgere un accenno di sorriso dietro il bicchiere.

«Allora, qual è la prognosi, Jared? Quando tornerai in gioco?» Liam, da eterno paciere, cambiò argomento.

Ma non in meglio.

Jared si morse l'interno della guancia e fece una smorfia. «Devo portare questo maledetto tutore ancora per un po' e fare una marea di riabilitazione. Il dottore dice nove mesi in totale. Io conto di fare prima.»

«Nove mesi?» Bryan si appoggiò allo schienale. «Che sfiga. Ma è meglio che ascolti il dottore. Non vorrai tornare prima che il corpo sia pronto. Io l'ho fatto dopo essermi fatto male al ginocchio sul set in Sri Lanka, e cavolo, che grosso rimpianto. Certo, potrebbe essere dipeso dalle cure mediche non proprio eccellenti, ma comunque, il dottore mi disse di prendermela comoda per un mese, ma io *dovevo* tornare sul set. Ero preoccupato di perdere la parte.» Scosse la testa. «Stupido. Ci volle un altro mese prima che cedesse mentre tenevo in braccio Ava Stone.» Comparve il sorriso da lupo di Bryan Manley, non inaspettato quando si parlava dell'attrice. «Non che farmi cadere addosso Ava Stone sia stata tutta questa gran disgrazia.»

«Considerando che ha dato inizio alla tua relazione con lei» disse Liam sarcastico «capisco perché non lo sia stata.»

«Non una relazione. Un'usura a vantaggio reciproco.»

A quella frase, Jared si strozzò davvero con l'hot dog. Suonava un po' troppo familiare. Okay, *molto* troppo familiare. «Allora, ragazzi, avete piani per questo fine settimana? Ho un taglio del nastro al centro comunitario. Sarebbe bello avere qualche faccia amica lì.» E impedirgli di fare qualche stupidaggine con la loro sorella.

«Caspita, Jare, non so... Andare a una noiosa cerimonia del taglio del nastro o stare a casa a guardare una partita. Vediamo...» Bryan si portò il polso alla fronte nel tentativo di imitare *Il Pensatore* di Rodin.

Grazie a Dio non si tolse i vestiti per farlo o ci sarebbe stata un'isteria di massa nel loro settore.

«Ehi, non c'è gusto a guardare se non gioco io.» Jared lanciò una cannuccia inutilizzata a Bryan, cercando di fare dell'umorismo, ma la verità era che il pensiero di non essere sul monte di lancio gli scavava un buco nello stomaco. Il mondo non si era fermato per il resto della popolazione quando lui aveva smesso di giocare a baseball.

Bryan uscì dal personaggio per prendere la birra e brindare a lui. «Sai? È vero. Weymouth non ha quello che hai tu. Non c'è costanza. Non c'è stile. È come se guardasse una macchina sparapalle quando lancia.»

Weymouth era un buon lanciatore e Jared apprezzò il tentativo di Bry di salvargli l'ego. «Bene. Allora potete venire. Vi terrò due posti in prima fila. Pensi che Sean possa farcela?»

«Nessuna idea» disse Liam. «Ma io passo. Ho delle ispezioni in arrivo per la nuova casa e devo lavorare un po'. Con questo lavoretto di pulizie, sono in ritardo sulla tabella di marcia. Devo lavorare, amico. Non tutti possiamo guadagnare un milione di dollari.»

Non corresse Liam sulla cifra. Ne era quasi imbarazzato. *Quasi*, ma non era stupido. Se volevano pagarlo milioni? Se li prendeva, perché sarebbe arrivato un momento in cui non l'avrebbero più fatto.

Temeva che quello potesse essere proprio quel momento.

Capitolo Ventidue

Jared si sorprese di non avere paura di ammettere che non vedeva l'ora di vedere Mac il sabato mattina.

Gli era mancata negli ultimi due giorni. Lei era stata fuori per un altro lavoro e, dopo una lunga e deludente telefonata con il suo avvocato riguardo all'avvio di un'azione civile contro Camille e il suo ragazzo per l'aggressione e all'ulteriore attesa per lo sfratto, era rimasto bloccato lì da solo con i gattini, le pulizie e la soffitta. Aveva sistemato un bel po' di scatole, ma le giornate erano durate un'eternità. Persino i vicini non si erano presentati con qualche leccornia.

Non voleva i vicini; voleva Mac. Era quasi divertente essere emozionato all'idea di vederla, ma non c'era niente di divertente in quello che stava cominciando a provare per lei.

Jared si diede una spinta dal comodino per alzarsi e provò a caricare il peso sulla gamba malata. Reggeva una parte del suo peso senza fitte, il che era un buon segno. Dave diceva che era un eccellente segnale della sua ripresa.

Dave.

Il giorno prima avevano chiarito. A quanto pareva, Dave aveva capito cosa provava Jared per Mac prima di lui, e aveva deciso di affrontare la questione di petto chiedendole di uscire lui stesso.

«Non fraintendermi, amico,» gli aveva detto mentre lo faceva allenare.

«Se le interessasse, staremmo facendo una conversazione diversa, ma non è così, quindi non la faremo. Quella donna, per qualche ragione, è cotta di te. Quindi non rovinare tutto, o sarà quello a renderti un perdente, non questo infortunio.»

La palla era tornata nel suo campo. Doveva solo capire cosa farne.

Zoppicò fino al piccolo bagno rivestito di piastrelle a mosaico e aprì la doccia. Poi si appoggiò al lavandino e si fissò allo specchio.

Cosa vuoi, *Nolan?*

Si guardò. Si guardò davvero, quasi sfidandosi a rispondere.

Non era mai stato tipo da tirarsi indietro di fronte a una sfida.

Jared fece un respiro profondo per darsi coraggio, annuendo al suo riflesso.

Voleva non essere solo.

Ecco. L'aveva ammesso. Non voleva essere solo. Era cresciuto da solo, con i genitori distanti l'uno dall'altra e da lui. Lo erano ancora. Camille l'aveva usato, tutte le sue cosiddette premure erano una facciata. Aveva Liam e gli altri suoi amici, ma non era di quello che parlava, e i suoi compagni di squadra erano colleghi, non amici del cuore. Il baseball era un lavoro. Una carriera. Non era una vita.

Voleva qualcuno da cui tornare a casa. Qualcuno che ci fosse al mattino, che si preoccupasse per lui, che pensasse a lui. Che tenesse a lui. Che si presentasse in quel maledetto ospedale perché non sopportava l'idea che lui non fosse nel suo mondo e aveva bisogno di assicurarsi che sarebbe tornato a casa. Da lei.

Voleva una famiglia. Una vera. Tutte quelle chiacchiere sui figli con Liam e Bryan la sera prima... Forse non ne avrebbe voluti cinque, ma, d'altra parte, perché no? Non era come se non potesse permetterseli.

Il vapore appannò lo specchio e Jared lo lasciò fare. Dio, era patetico o cosa? Stare lì a struggersi per quello che non aveva, quando avrebbe dovuto essere grato per quello che aveva.

Ma voleva di più. No, non di più. Qualcos'altro. La gente pensava che la fama e la fortuna fossero tutto, ma alla fine della fiera non te le potevi portare dietro. Non ti avvolgevano con le braccia quando il mondo ti crollava addosso per dirti che sarebbero rimaste con te a prescindere da tutto. Non ti lasciavano un biglietto sul cuscino né disegnavano cuori con il rossetto sullo specchio del bagno; non che riuscisse a immaginare Mac farlo, avrebbe solo dovuto pulire dopo.

Sorrise mentre entrava nella doccia, ma era un sorriso amaro.

Mac.

L'aveva conosciuta per quasi tutta la vita, eppure non l'aveva conosciuta veramente. Quello che stava scoprendo di lei adesso, gli piaceva. Non era la seccatrice che aveva pensato, e il tornado che la circondava era dovuto al fatto che faceva un milione di cose: aiutava la gente, faceva crescere la sua attività, era parte della sua famiglia. Amava i suoi fratelli e sua nonna, amava *sua* nonna, aiutava i piccoli animali, non sopportava le sue stronzate, aveva un sorriso che poteva illuminare una stanza e, soprattutto, era sé stessa. Era Mac Manley e non se ne scusava.

No, era stato lui a doversi scusare. Come era giusto che fosse.

Passò il getto d'acqua fredda e trattenne il respiro per lo shock del cambio di temperatura. O forse era lo shock di aver sprecato la sua occasione con lei non rendendosi conto che l'ultima volta che aveva messo a nudo i suoi sentimenti era stata l'ultima occasione che avrebbe avuto.

Aveva dato Mac e i suoi sentimenti per scontati. Che ci sarebbero sempre stati. Proprio come aveva dato per scontato che avrebbe sempre avuto il controllo della sua carriera.

Camille gli aveva dimostrato che si sbagliava anche su quello.

Si strofinò il petto con la spugna. I giochi non erano ancora fatti, e al momento nessuno cantava vittoria, men che meno lui. Avrebbe cacciato Camille da casa sua in un modo o nell'altro, e avrebbe scoperto se aveva una possibilità con Mac.

Si sciacquò, si avvolse un asciugamano intorno alla vita e cominciò a elaborare un piano d'azione.

Mac si stampò un sorriso in faccia e salutò con la mano le persone che conosceva. Non aveva riflettuto sulla realtà di ciò che avrebbe comportato partecipare a quell'evento con Jared, con tutti quelli che conosceva — e quelli che non conosceva — a vederli insieme.

Lui indossava una maglietta della Manley Maids, quindi questo le forniva la scusa della promozione ma, comunque, le sue amiche sapevano della sua cotta. Metà della città lo sapeva ai tempi, e la maggior parte della città era ancora *in* città. E la maggior parte di coloro che vivevano qui da anni era *lì*.

I pettegolezzi stavano già iniziando.

Poi si erano intromessi i giornalisti.

«Nolan, qual è la tua prognosi? Quando tornerai?»

«Sarai titolare la prossima stagione?»

«Pensi che la squadra ce la farà ad arrivare alle Series senza di te?»

«Questa è la tua nuova socia in affari?»

«Fai le pulizie di questi tempi, Nolan?»

Mac non capiva molto di quel sarcasmo e di quelle frecciatine. Jared era un eroe locale. Perché avrebbero voluto infierire su di lui ora che era a terra?

Jared, tuttavia, rispose a tono con quel suo sorriso assassino, tirandosi indietro il cappellino da baseball e spingendo Mac in avanti. «In realtà, Mike, no. Non faccio le pulizie; ho assunto la Manley Maids per farle al posto mio. Lei è Mary-Alice Manley, la proprietaria. Prendi il suo biglietto da visita. Il miglior servizio in città. Soddisfazione garantita.»

Presero i suoi biglietti da visita, anche se era più per il fatto che glielo aveva detto Jared, ma chi poteva saperlo? Forse avrebbe ottenuto una menzione; sebbene quel *soddisfazione garantita* avesse fatto inarcare qualche sopracciglio e strappato qualche risatina. Oh, be'. Non le sarebbe dispiaciuto se la foto di Jared con la sua divisa fosse finita sul giornale e, dato il cliccare delle macchine fotografiche, forse anche *lei* sarebbe finita sui giornali.

Cavolo, se avesse saputo che sarebbe stato così facile, avrebbe potuto dormire un po' invece di imparare a battere i suoi fratelli a poker. Le era bastato Jared.

Sembrava essere il mantra della sua vita.

La cerimonia iniziò. Ted Bakersfield, il direttore del centro comunitario, diede il benvenuto alla folla per poi passare all'introduzione di Jared, elencando tutti i momenti salienti della sua carriera, da quando giocava per il liceo, per tutto il college e fino ai campionati maggiori.

Jared si agitava accanto a lei, quasi come se fosse imbarazzato... o preoccupato che quelle sarebbero rimaste le sue uniche statistiche a causa del suo infortunio.

E ancora una volta, il cuore le si strinse per lui. Non l'avrebbe mai superato.

«Date il benvenuto a Jared Nolan.» Ted guidò l'applauso della folla e Jared ricacciò indietro le emozioni sentendo elencare quello che aveva fatto, mentre si chiedeva se avrebbe avuto la possibilità di fare di più, poi salì sul podio.

«Grazie a tutti per essere venuti oggi. Sono orgoglioso di essere stato invitato a partecipare alla cerimonia di oggi. Come ha detto Ted, ho iniziato a giocare a baseball proprio qui, nel nostro campionato T-ball, quindi sono entusiasta di poter dare il mio contributo.» Proseguì elogiando gli organizzatori della raccolta fondi, i donatori, lo staff per aver reso il benessere della comunità una priorità con tutte le attività e i servizi offerti dal centro comunitario. Si assicurò di menzionare "Kareers for Kids", e inserì il nome di Mac nel discorso facendole un cenno con la mano, promuovendo la sua attività con la stessa disinvoltura con cui aveva inserito i nomi degli sponsor in ogni intervista che aveva fatto. Era il suo pane quotidiano; questo era ciò che Jared conosceva. Ciò in cui era bravo.

Dio, e se la dirigenza non lo avesse voluto indietro? E se, a trentacinque anni e con quegli infortuni, avessero pensato che non valeva il rischio? Che non potesse più essere quello di una volta?

Lo avrebbe ucciso. Il baseball era tutto ciò che aveva. Tutte quelle persone erano lì per chi era lui. Per quello che faceva per vivere. Una volta finito, perché si sarebbero dovuti preoccupare?

Perché dovresti volere che lo facciano? Sono loro a definirti?

Per fortuna, aveva finito il suo discorso prima che quella piccola perla di saggezza lo fulminasse.

No, non erano loro a definirlo. Era *lui* a definire sé stesso. Ma si era definito attraverso il baseball; non era sicuro di chi sarebbe stato se non avesse avuto il gioco.

Guardò tra il pubblico mentre gli porgevano le forbici cerimoniali oversize per il taglio del nastro. Il posto di Bryan era vuoto; aveva chiamato dicendo che era sorto un problema con i ragazzi della casa che stava pulendo, ma la nonna era lì insieme alla signora Manley. E poi c'era Mac.

Le persone che tenevano a lui.

Tagliò il nastro, sentendo la stessa fitta al cuore per il fatto che i suoi genitori non fossero lì.

Mac aveva ragione; doveva parlare con loro. Per tanto tempo aveva usato il gioco come la sua famiglia. I suoi compagni di squadra, lo staff tecnico, i tifosi, persino i giornalisti. Conosceva i soliti per nome e la maggior parte di vista. Giocava per loro, sapendo che avrebbe ottenuto una convalida anche se solo per il loro articolo. Una convalida che non aveva ottenuto dai suoi genitori.

Jared sorrise durante le foto di rito, con un braccio intorno al direttore e al suo staff, ma la sua mente era altrove.

Per anni aveva desiderato l'approvazione dei suoi genitori. Aveva pensato che il baseball fosse il modo per ottenerla. Ma anche con il suo successo, non avevano scelto di essere lì per lui quando ne aveva più bisogno. Aveva fissato quelle maledette pareti bianche della sua stanza al centro di riabilitazione, chiedendosi cosa diavolo avrebbe dovuto fare per convincerli a presentarsi.

Alla fine, se un grave infortunio non era sufficiente, non sapeva cosa lo sarebbe stato.

Ma la nonna era venuta. Anche la signora Manley. Liam e i ragazzi... Capiva perché Mac non l'aveva fatto, ma gli aveva mandato i biscotti con Liam quella volta...

La guardò. Si stava chinando sulla nonna di lei per parlare con la sua, prendendo la mano della nonna, con un sorriso caldo, affettuoso e genuino.

Perché non aveva mai visto questo lato di Mac prima? Perché era stato così accecato dal risentimento da non riuscire a vedere che persona genuina fosse? Perché le aveva sbattuto in faccia i suoi sentimenti?

Perché eri al college. Certe cose succedono. Smettila di tormentarti e rimedia.

Aveva intenzione di farlo.

Terminò con il servizio fotografico, diede una pacca sulla schiena al direttore, strinse qualche mano, poi divorò la distanza che lo separava da Mac con un paio di lunghe falcate tra le stampelle. A qualcosa servivano, finalmente.

«Ehi, sei pronta ad andare?» chiese quando la raggiunse. «Sono sicuro che i gattini mi hanno lasciato dei regalini.»

«Oh, ma Jared,» disse la nonna. «Volevamo parlare con qualcuno dei corsi per anziani che offrono. Vorremmo vedere se potessero tenerli nella nostra sala comune. Molti dei nostri residenti non si spostano e si perdono un sacco di cose.»

Avrebbe preferito andarsene da lì e passare un po' di tempo da solo con Mac, ma per sua nonna poteva aspettare ancora un po'. «Andiamo a parlare con il direttore. Se è una questione di soldi, digli che coprirò io i costi.»

«Davvero?» La nonna gli sorrise raggiante.

Dovette abbracciarla. Lo aveva abbracciato così tante volte quando ne aveva avuto bisogno e sua madre non c'era... Se poteva fare quella piccola cosa per lei e renderla felice, era più che disposto a farlo. «Certo. Voi signore meritate un po' di divertimento nella vostra vita.»

«Oh, è così dolce da parte tua, Jared. Sei sempre stato un ragazzo così premuroso.»

Mac tossì al suo fianco.

Le lanciò un'occhiata. Sì, aveva capito. Premuroso con tutte tranne che con lei. Avrebbe rimediato.

Chiamò il regista e lo mise in contatto con sua nonna e la signora Manley. «Qualsiasi cosa vogliano, Ted» disse mentre si voltava verso Mac, lasciando che le nonne usassero i loro poteri persuasivi collettivi sul regista. «Vuoi prendere un gelato?»

Lei inclinò la testa e lo guardò pensierosa, come se un gelato fosse una decisione di vitale importanza.

O forse era solo la metafora di una decisione del genere.

«Okay. Ci sto.»

Eh, sì, più o meno era così...

Impiegarono solo mezz'ora per raggiungere lo stand dei gelati dall'altra parte del campo da football, circa duecento autografi dopo. «Scusa per l'attesa» disse quando l'ultimo ragazzino finalmente se ne andò.

«Non scusarti. Quelli sono i tuoi fan. È piaciuto un sacco. Chi sono io per deluderli?»

«La donna che sta aspettando pazientemente il gelato che le ho promesso.»

«Quella donna può aspettare. Mi piace guardare i ragazzini, specialmente mentre fai loro l'autografo. Il loro eroe personale che prende vita.»

«Accidenti, Mac, stai attenta o finirò per montarmi la testa.»

«Ho detto che quella è l'impressione dei ragazzini. Non preoccuparti, Jared, ci sono io a riportarti con i piedi per terra.»

L'idea gli piaceva. «Mi tieni con i piedi per terra, eh?»

«Qualcuno deve pur farlo. Se non ci fossi io a tenere a bada il vostro ego, tu e Bryan potreste riempire uno stadio con la vostra aria fritta.»

Voleva prenderle la mano, ma non lo fece perché avrebbe dovuto lasciarla andare non appena avessero ricominciato a camminare. Inoltre, aveva il resto della vita per tenerle la mano...

Inciampò.

«Jared!» Il braccio di Mac lo circondò, sorreggendolo.

Beh, non proprio. Forse era quella la sua intenzione, ma il tocco delle sue mani sulla pelle lo rese tutto fuorché stabile.

Quello non era assolutamente il posto giusto. Specialmente quando c'erano tre obiettivi puntati su di lui che riusciva a vedere, e probabilmente un'altra mezza dozzina che non vedeva.

Raddrizzò la sua stupida stampella e se la sistemò sotto il braccio, liberandosi così dall'abbraccio di Mac. Non voleva che la loro relazione, in mancanza di un termine migliore, finisse sui media sotto gli occhi di tutti. Non all'inizio, almeno, anche se gli sarebbe piaciuto gridare ai quattro venti di essere finalmente rinsavito, ma probabilmente avrebbe dovuto prima parlarne con lei.

«Cosa desideri?» le chiese quando fu il loro turno di ordinare il gelato.

«Prendo un cono alla vaniglia con copertura al cioccolato.»

Non era affatto la risposta che aveva sperato.

Jared ridacchiò tra sé e sé.

Sei patetico, amico. Datti una cazzo di calmata.

Gli sarebbe piaciuto... stringerla a sé e poi conquistarla.

«E lei, signore? Cosa desidera?» chiese l'adolescente al banco.

Dovette sforzarsi per non sparare esattamente ciò che *avrebbe* voluto. «Ah...»

«Lui prende un cono doppio cioccolato con codette al cioccolato.»

Jared la guardò. Era quello che ordinava sempre. «Stavi davvero attenta.»

Lei si strinse nelle spalle e poi distolse lo sguardo, mentre un rossore le si diffondeva sulle guance. «Certe cose ti restano dentro.»

Non poté farne a meno; le fece scorrere un dito lungo l'avambraccio. «Sono contento che sia così, Mac.»

Lei lo guardò di sottecchi, con quegli occhi verdi che brillavano incerti, e Jared volle maledirsi per tutte le cose di lei che non aveva apprezzato.

«Mi dispiace, Mac.»

Lei scosse la testa e fece un gesto vago con la mano, sbattendo le palpebre un po' troppo velocemente. «Non fa niente. Sto bene.»

L'adolescente porse a Mac il suo gelato e lui non poté biasimarla per essersi allontanata dal carretto.

Tirò fuori un paio di dollari per pagare, afferrò il suo gelato e...

Merda. E adesso come diavolo avrebbe fatto a usare le stampelle e a tenere il cono?

«Mac?»

Lei si voltò con un'espressione che gli strinse il cuore in una morsa, ma poi guardò il suo cono e sorrise.

«Aspetta un attimo, Nolan.» Tornò verso di lui, gli sfilò il cono di mano e fece un cenno col capo verso una panchina. «Seriamente, cosa faresti senza di me?»

Era una domanda retorica, ma lui le avrebbe risposto lo stesso.

La seguì fino alla panchina e si sedette, appoggiandovi le stampelle, poi prese il suo cono. «Non voglio scoprire cosa farei senza di te, Mac.»

«Eh?» Smise di mangiare il gelato a metà leccata.

Lui si schiarì la gola per scacciare quell'immagine dalla mente. «Sono stato un idiota per tutti quegli anni e mi dispiace. Mi dispiace per averti ferita e mi dispiace per non averti apprezzata.»

«Da dove arriva questo cambio di rotta?»

Lui trasalì al suo sarcasmo, ma sapeva da dove proveniva. Quando Mac era ferita, o urlava e gli dava dell'idiota, o lo attaccava con il sarcasmo.

Lo sapeva perché era stato invariabilmente lui a ferirla, una consapevolezza di cui non andava fiero.

«Diciamo solo che finalmente sono cresciuto.»

Lo sguardo di lei lo esaminò. «O forse è perché sei infortunato, annoiato e solo e io mi trovo a portata di mano...»

«Non farlo.» Le posò un dito sulle labbra. «Non sminuirlo, per favore. Questa è una cosa importante per me. *Tu* sei importante per me e sono un cretino a non averlo capito prima. Non è perché sei qui e io sono solo. È perché sei qui e sei tu e finalmente me ne rendo conto. Mi sentirei così se non ci fossimo visti giorno dopo giorno nelle ultime due settimane? Non lo so. Sono stato così concentrato su questo infortunio e su cosa significa per la mia carriera che non mi guardavo intorno. Ecco perché so che è reale; ti sei insinuata sotto le mie barriere.»

«Oh, ehi! Guarda chi c'è là! Iuhuu! Jared!»

Una donna lo stava salutando dall'altra parte del campo da football, la sua voce forte garantiva di catturare l'attenzione di tutti.

Jared si trattenne dal lanciare un'imprecazione. Amava i suoi fan. Anche se significava interromperlo, ma quello era uno dei momenti più importanti della sua vita e avrebbe fatto volentieri a meno di tutta quell'attenzione.

Strinse la spalla di Mac. «Possiamo sospendere questa discussione fino a più tardi? Ho un sacco di cose che voglio dirti, Mac. E spero con tutto me stesso che tu voglia ascoltarle.»

Mac non era sicura di volerle ascoltare. Era lo stesso ragazzo che le aveva detto di andare a letto con il suo amico? Non capiva.

Ma ebbe tutto il tempo per provarci mentre sedeva accanto a lui durante un'altra sessione di autografi, tenendogli il cono gelato e poi mangiandoglielo quando i fan si moltiplicarono.

Fortunatamente, dopo un po' arrivarono le nonne, e i fan si aprirono come le acque del Mar Rosso per poi disperdersi quando capirono chi erano le donne.

«Ciao, nonna. Signora Manley.» Jared si chinò per dare loro un bacio sulla guancia e Mac poté sentire un sospiro collettivo da parte delle sue fan mentre se ne andavano.

Sorrise tra sé. Se solo quelle donne avessero saputo che aveva baciato anche lei. E non sulla guancia.

Accidenti, sentì il rossore salirle alle guance al ricordo.

«Mary-Alice?» La nonna la stava guardando in attesa.

Cavolo. Si era persa la domanda della nonna. «Sì, nonna?»

«Oh, bene. Allora è deciso.»

«Cosa è deciso?» Guardò Jared in cerca di aiuto, ma lui si limitò a inarcare un sopracciglio.

«La festa in spiaggia, ovviamente.»

«Quale festa in spiaggia?»

La nonna le diede una pacca sul braccio. «Quella che stiamo organizzando nella sala comune. Le mie amiche saranno felicissime di rivederti. E anche Jared, ovviamente.»

«Ovviamente» disse Mildred.

Mac non era sicura di essere pronta a passare altro tempo con lui dopo quel commento criptico. Era sbucato fuori all'improvviso e le serviva un po' di tempo per abituarsi al suo cambio di atteggiamento prima di fare qualcosa di stupido, come ricominciare a fare i suoi giochi del *"E se..."*.

«Sono così contenta che verrai, Mary-Alice.» La nonna le diede una rapida stretta. «Mi sei mancata a cena l'altra sera con i ragazzi.»

Aveva dovuto lavorare e la nonna lo sapeva, quindi non era giusto usarlo come leva.

Ma fu così che, sei ore dopo, Mac si ritrovò ad aver aiutato a preparare per la cena, a essersi esibita nel limbo fino a vincere un trofeo – non che fosse un granché, considerando che era la più giovane lì e una delle poche senza deambulatore –, ad aver ballato l'hula così tanto da sorprendersi che le donne più anziane con lei non si fossero lussate un'anca, e ad aver bevuto abbastanza mai tai analcolici da poter effettivamente riacquistare la sua verginità. Beh, se non fosse per il fatto che aveva sentito gli occhi di Jared su di sé per tutto il tempo e non c'era niente di verginale nel modo in cui la stava guardando.

O nel modo in cui la stava facendo sentire. Specialmente sulla scia delle sue scuse di prima.

«Dovremmo andare, Mac.» Jared finì l'ultimo sorso della sua margarita analcolica. «Ho lasciato del cibo umido per i gattini ma non sono sicuro che sappiano come mangiarlo. Probabilmente dovrei andare a casa a dar loro da mangiare.»

Il che significava che doveva accompagnarlo lei.

Non era sicura che fosse una buona idea. Perché non aveva ancora capito da dove venisse il suo cambio di rotta.

E perché avrebbe potuto non volersene più andare.

«Sei stata una furia danzante stasera» disse Jared con quel suo sorriso da infarto quando salì nella cabina del suo pick-up.

«Preferisco regina del ballo. Suona più dignitoso.» Si allacciò la cintura di sicurezza. Nessuna tentazione di scivolare sul sedile, nel caso in cui avesse continuato a dire cose come quelle dette prima sulla panchina.

«Da quando il limbo è dignitoso?»

Jared aveva ragione. Aveva vinto la gara perché era l'unica senza artrite.

Le fece scorrere un dito lungo la spalla. «Mi sono divertito stasera, Mac.»

Oh, ragazzi. Era difficile resistere a un Jared di quell'umore. «Anch'io.»

«Dovremmo rifarlo.»

«Non so quando o dove sarà la prossima gara di limbo, ma terrò gli occhi aperti.» Stava cercando di mantenere un tono leggero perché stare da sola con lui in macchina, con l'oscurità e il suono dei grilli che entrava dai finestrini aperti, stava creando un'atmosfera per cui non era pronta.

Né lo era per l'invito di Jared quando parcheggiò nel suo vialetto. «Entri con me, Mac?» Jared le sistemò una ciocca di capelli dietro l'orecchio.

I brividi che le percorsero il corpo la spingevano a dire di sì. Ma il suo cuore martoriato le lanciava segnali di *PERICOLO* da tutte le parti.

«Non credo che dovrei, Jared.»

Lui strinse le labbra e annuì. «Capisco.»

La fissò ancora per un po', il suo sguardo che saettava verso le sue labbra.

Voleva baciarla.

Lei voleva lasciarglielo fare.

Invece, aprì la portiera del pick-up e scivolò fuori. Aveva già percorso quella strada troppe volte. Doveva sapere che Jared faceva sul serio prima di lasciarsi andare. E in quel momento, non ne era sicura. «Devo andare. Domani ho una giornata impegnativa.»

«Pensavo non lavorassi di domenica.»

«Non lavoro per gli altri, ma ho delle scartoffie da sbrigare e la mia casa da sistemare. Quando lavori in proprio, non hai mai un giorno libero.»

«Ricorda solo, solo lavoro e niente svago...»

Jared sarebbe stato la parte dello *svago* ed era così difficile voltargli le spalle.

Ed era per questo che lo fece.

Capitolo Ventitré

Il sedere di Jared fu la prima cosa che Mac vide quando entrò in soffitta lunedì mattina.

Non un brutto modo per iniziare la settimana.

«La luna piena si fa vedere presto oggi?» ridacchiò Sean alle sue spalle.

A quanto pare, il giorno prima Jared si era dato da fare ed era passato per la soffitta come un tornado. Ancora nessun anello, ma un sacco di roba era pronta da portare via e Sean era l'unico dei suoi fratelli libero per darle una mano quel giorno.

«Oof!» Jared sbatté la testa contro il divano sotto cui stava strisciando.

«Attento, Jare» disse Sean, aggirando Mac e sollevando il divano. «Ho sentito dire che gli atleti professionisti perdono le cellule cerebrali più in fretta di noi comuni mortali.»

«Solo quelli giovani e stupidi. Quelli di noi che sono più maturi nel gioco hanno la testa più a posto.» Si massaggiò la sommità del capo. «Dolorante, forse, ma comunque più a posto.» Posò Moe sul cuscino, poi tese la mano per stringere quella di Sean. «Allora sei tu la squadra di trasloco?»

«Ehm.» Mac si schiarì la voce. Era perfettamente in grado di spostare i mobili.

«Io e Mac.» Sean diede un colpetto alla gamba malandata di Jared. «Dato che non sei in condizione di farlo, abbiamo pensato che fosse meglio intervenire prima che tu facessi qualche sciocchezza, tipo provare a portare tutto giù su una gamba sola.»

«Non sono uno sciocco.»

«Testardo... sciocco... è la stessa cosa.»

«Lo dici solo perché sai che adesso non posso farti il culo. Aspetta solo che sia guarito.»

«Neanche allora lo farai, perché avrai paura di romperti qualcos'altro, vecchio.»

Jared diede Moe a Mac. «Tieni. È scappata di nuovo. Giuro, questa signorina mi farà morire.»

Mac represse un sorriso e riportò la gattina di sotto dai suoi fratelli. Jared ne aveva fatta di strada da quando non sapeva come prendersi cura di loro.

Se era cambiato in quel modo, poteva cambiare anche in un altro?

«Wow, questo me lo ricordo.» Sean stava sollevando un orribile pagliaccio quando lei tornò.

«Quell'accidenti di coso era frustrante da morire» disse Jared. «Tornava sempre su.»

«Finché quella volta Bryan non ci si è seduto sopra.»

«E l'ha quasi fatto scoppiare. Mia nonna non ne fu contenta.»

«Avremmo dovuto farlo lo stesso. Questa cosa mi faceva venire gli incubi.»

Mac fece gli ultimi gradini fino al pianerottolo. «Oh, non ditemi che avete paura di un piccolo pagliaccio.»

«Guarda quella cosa.» Jared fece un gesto con la mano verso l'oggetto. «Se quello non è uscito dritto da un film dell'orrore, puoi chiamarmi Chucky.»

Il pagliaccio fu la prima cosa a scendere le scale. Seguirono i vecchi quadri, poi il divanetto e altre scatole di giocattoli e cimeli che erano stati tramandati per così tante generazioni che nessuno era più sicuro di chi fosse parente di chi. Mac destinò una parte degli oggetti alla società storica locale e altri ad alcuni rifugi per senzatetto, ma il resto, in gran parte, era diretto al negozio dell'usato o alla discarica.

Sean stava sistemando il primo carico nel retro del suo pickup e del vecchio furgone da lavoro di lei, mentre Mac saliva di nuovo le scale per prenderne un altro. Quando arrivò in cima, vide Jared che sfogliava un libro. Stava per chiedergli di cosa si trattasse quando le squillò il telefono.

L'ufficio di Mitchell Davenport. Il suo cliente più importante, non solo in termini economici, ma anche per le seccature, da quando aveva cacciato sua figlia dal suo attico e Liam, da cuore tenero qual era, le aveva offerto un posto dove stare.

Per quanto ne sapeva Mac, Mitchell non sapeva dove fosse Cassidy e Mac voleva che le cose rimanessero così.

«Mac Manley.»

«Buongiorno, signorina Manley. Sono l'assistente del signor Davenport. Vorrebbe discutere con Lei di una proposta d'affari.»

«Una proposta d'affari con la Manley Maids?» Mac si assicurò di menzionare la sua azienda perché non era sicura che la donna avesse chiamato il numero giusto.

«Sì. Le chiede di essere qui tra venti minuti per discuterne. Ritiene che lo troverà molto redditizio. Le mando un'auto?»

«Ehm, no. Vengo con i miei mezzi.» Non le era mai piaciuto essere alla mercé di qualcuno e, con Mitchell Davenport che chiamava di punto in bianco in quel modo, date certe circostanze, non voleva *assolutamente* essere alla sua mercé, perché probabilmente avrebbe dovuto implorarla se lui avesse scoperto dove si trovava sua figlia.

«Tutto bene?» le chiese Jared quando terminò la chiamata.

Si infilò il telefono nella tasca posteriore dei pantaloni. «Affari. Devo andare. Ci vediamo dopo.»

Promesso? le chiese quasi lui, guardando la sua coda di cavallo saltellare giù per le scale, combattendo l'impulso di richiamarla. Tutti i ricordi in quella soffitta, e l'album che aveva trovato, lo stavano scuotendo. Desiderare Mac era solo un'altra cosa di cui non aveva bisogno in quel momento. Non con suo fratello in casa.

Quel fratello sporse la testa tra le sbarre della ringhiera. «Ehi, Jare, ti serve aiuto con altro?»

Lui optò per «Questo» invece di *tua sorella* e porse a Sean il libro.

«Oh, che bello. Anche la nonna l'ha fatto per noi, anche se quello di Bry è di gran lunga il più grosso. Non credo che le sia sfuggito nemmeno un suo accenno su nessun tabloid. Devo ammettere, però, che fa un po' strano vedere tua nonna che ritaglia articoli su tuo fratello e il suo harem.»

«Non so come faccia a destreggiarsi tra tutte quelle donne. Una è più che sufficiente per me.»

«Già, quella ti ha proprio segnato.»

Jared ci mise qualche secondo a capire che Sean stava parlando di Camille. Bene. Glielo lasciò credere, perché non era sicuro di quale sarebbe stata la reazione di Sean se avesse saputo che si riferiva a Mac.

Sean si infilò l'album sotto il braccio. «Allora, c'è qualche possibilità che tu la cacci di casa?»

Neanche per sogno... oh, di nuovo Camille. «Il mio avvocato ci sta lavorando, ma uno sfratto è una vera seccatura.» Ecco perché doveva inventarsi qualcos'altro.

«E tu dove andrai una volta venduta questa casa?»

Jared si strinse nelle spalle. «Troverò qualcosa. O forse tornerò semplicemente a casa mia e farò incazzare Camille e Burke abbastanza da farli andare via.»

Sì, quell'opzione era fuori discussione. Anche stare vicino a Camille per quei pochi minuti al centro sociale era stato troppo.

O forse sarebbe andato a vivere con Mac nella casa in cui si sentiva più a suo agio che in quella in cui era cresciuto.

Il pensiero aveva un certo fascino, per molte ragioni.

Mac stava contando fino a cento per la sesta volta mentre guidava verso l'ultimo progetto di ristrutturazione di Liam, cercando di capire che diavolo avrebbe fatto riguardo a quest'ultimo sviluppo. Voleva bene a suo fratello, ma doveva anche mantenere immacolata la reputazione della sua azienda, e con quella riunione improvvisata in cui Mitchell Davenport le aveva offerto il contratto per tutte le sue proprietà nell'area dei tre stati, quella reputazione era più importante che mai.

Così come lo era il problema di cui doveva discutere con Liam.

Aprì la porta della sua nuova casa. «Liam! Ho un problema. Devo parlarti.»

Quel problema stava scendendo da una scala a pioli nella stanza principale.

Liam fece un cenno con la testa verso la scala. «Mac. Ti presento Cassidy. Davenport. Cassidy, mia sorella, Mac.»

«Oh. Ehm, salve.» Maledizione. Non voleva avere quella discussione davanti a Cassidy. Non finché non avesse capito cosa avrebbe fatto al riguardo. Ma si stampò un sorriso in faccia e annuì. «Piacere di conoscerla. Credo che abbiamo parlato al telefono.»

«In realtà, quella era Deborah. L'assistente di mio padre.» Cassidy si spolverò le mani e ne tese una. «Salve. Sì, sono Cassidy. Piacere di conoscerla.»

Mac si sforzò di non fissarla. Cassidy Davenport con abiti che avrebbero fatto venire un colpo al suo stilista mentre verniciava le finiture in legno? Non aveva senso, ma d'altronde, niente che riguardasse i Davenport aveva senso di recente. Non avrebbe mai dovuto mettere Liam in quell'attico. La nonna non sapeva di cosa stava parlando, e ora era solo un altro grattacapo di cui doveva occuparsi. Il fatto che Liam aiutasse Cassidy con un posto dove vivere era un disastro annunciato; *non* che Davenport avesse dovuto dire qualcosa. Non ce n'era stato bisogno; il semplice fatto che le avesse detto di chiamarlo per nome aveva trasmesso il messaggio forte e chiaro: stai dalla sua parte, altrimenti.... «Liam mi ha raccontato cos'è successo, ma non pensavo che l'avrebbe costretta a fare lavori manuali per ripagarlo.»

«Oh, non sto...»

«Mac, non è così.» Liam le mise una mano sulla schiena. «Vieni. Andiamo in cucina e mi dirai di cosa hai bisogno. In realtà, Cassidy deve mettersi al lavoro sui suoi progetti. Le dispiace, Cass?»

«No. Hai ragione. Ho del lavoro da fare.»

Mac si lasciò condurre in cucina da Liam, chiedendosi a che tipo di progetto dovesse dedicarsi Cassidy: riprogettare il suo armadio per far posto alla collezione di questa stagione? Beata lei.

Mac scosse la testa. L'armadio di Cassidy Davenport era l'ultimo dei suoi problemi.

«Ho ricevuto una telefonata da Davenport, Lee. Vuole che gestisca tutti i suoi edifici nell'area dei tre stati.»

«Ehi, è fantastico! Congratulazioni!»

«No, Lee, non capisci. Non posso firmare il contratto sapendo che hai Cassidy in casa tua.»

«E perché diavolo no? Che importanza ha quello che fa tuo fratello della sua vita, rispetto al fatto che Davenport ti assume?»

«Non sei così ingenuo, Lee. Mi sta sventolando questa carota sotto il naso perché sa dov'è lei.» E sapeva che Mac avrebbe desiderato quella carota abbastanza da fare qualcosa al riguardo.

«E allora? Cassidy è una donna adulta; può vivere dove vuole. Non è che metterà qualcosa nel contratto riguardo a sua figlia.»

Mac espirò. «A ripensarci, forse *sei* così ingenuo. Non avrà *bisogno* di inserire nulla su di lei nel contratto; se la rivuole indietro, tutto quello che dovrà fare è minacciare di parlar male della mia azienda. Quel tipo ha influenza. Non ho bisogno che la mia attività riceva cattiva pubblicità, e di certo non ho bisogno che i miei clienti mettano in discussione la mia etica. Non posso rischiare tutto per questo singolo contratto.»

«E ovviamente tu lo vuoi.»

«Tu non lo vorresti?»

Liam sospirò rumorosamente. «Vuoi che la cacci di casa.»

Sì. «Beh, no. Ovviamente non voglio che tu debba farlo, ma per quanto tempo ancora starà da te? Non voglio dover continuare a far finta di non sapere. Questa è un'opportunità davvero grande per me, Lee. Potrebbe lanciare la mia azienda.»

«Ti ha detto specificamente che dovevi consegnargli sua figlia?»

«Beh, no, ma...»

«Allora non è un problema.»

«Ma potrebbe diventarlo.»

«Mac, se non è venuto a cercarla finora, non lo farà. Quel tipo ha avuto un sacco di occasioni.»

«Vorrei poterne essere sicura.»

«Ehi, è un padre schifoso. Pensi che cambierà idea così?» Liam schioccò le dita. «Voglio dire, quanto può essere spregevole da gettare via sua figlia? Cosa non darei...»

Liam distolse lo sguardo, la voce rotta dall'emozione.

Mac capì. Si avvicinò a suo fratello e lo abbracciò. «Lo so. È triste come la gente non si renda conto che la vita è breve e che dovrebbero godersi a vicenda finché possono.»

«Mi mancano, Mac.»

«Anche a me.»

Si tennero stretti per un po', traendo forza l'uno dall'altra. Era quello che facevano loro quattro.

«Dobbiamo fare tesoro di ogni giorno che abbiamo con la nonna» disse Liam. «Sta invecchiando.»

«Lo so.»

«Ci vuole vedere sposati.»

«Lo so.» Mac fu contenta che il suo viso fosse sepolto nella maglia di Liam, così non avrebbe visto il senso di colpa sul suo volto.

«Cosa faremo a riguardo?»

«Credo che in questo stato non vedano di buon occhio i matrimoni tra fratelli e sorelle.»

«Ah ah.» La strinse più forte. «Ti voglio bene, Mary-Alice.»

«Vacce piano, Lee. Saremo pure in vena di smancerie, ma ti faccio ancora un occhio nero se usi quel nome.»

La strinse ancora più forte. «E lo faresti anche, *Mac*.» Le baciò la sommità della testa. «Diamo ancora qualche giorno a questa faccenda di Davenport. Potrebbe diventare irrilevante per allora.»

«Ah sì? Cassidy vincerà alla lotteria e potrà traslocare?»

Liam fece un passo indietro, stringendosi nelle spalle. «Qualcosa del genere.»

«Questa sì che sembra interessante.»

«Diciamo solo che Cassidy Davenport non è la piccola snob viziata che pensavo fosse. Vuoi venire a cena e vedere con i tuoi occhi?»

«Stai dicendo che non è come Rachel?» La domanda le sfuggì prima che potesse pensarci, tanto era sorpresa dall'invito. Dai tempi di Rachel, lei, Sean e Bry si impegnavano con tutte le loro forze per *non* cercare di sistemarlo con nessuna o parlare della donna che gli aveva spezzato il cuore.

Lui si strinse di nuovo nelle spalle, questa volta voltandosi e tornando in soggiorno. «Diciamo solo che non si può giudicare un libro dalla copertina. Bisogna davvero conoscere una persona prima di capire di che pasta è fatta, e vivere con Cassidy mi ha insegnato alcune cose.»

Mac poteva solo immaginare quali fossero quelle cose, perché una notte sotto lo stesso tetto con Jared le aveva mostrato molto.

Soprattutto che ne voleva un'altra.

Capitolo Ventiquattro

«Mary-Alice è proprio cresciuta, non trovi?»

Jared baciò la guancia della nonna dopo essere salito in auto con lei per la visita medica del mercoledì. Aveva passato di nuovo la giornata precedente da solo perché Mac era dovuta andare a spegnere l'incendio scoppiato quando Bryan era riuscito a farsi licenziare dalla casa della vedova. Perché una madre single con cinque figli cacciasse un aiutante, specialmente una star del cinema, doveva essere successo qualcosa di grosso. Jared non vedeva l'ora di sentire *quella* storia; sperava solo, per il bene di Mac, di non venirlo a sapere dal telegiornale. «Siamo cresciuti tutti, nonna.»

Lei gli accarezzò la guancia. «Non ricordarmelo, Jared. A una signora non piace sentirsi dire che sta invecchiando.»

«Ma tu sei bella come sempre.»

«Adulatore. Non mi stupisce che tu abbia delle groupie.»

«È Bryan quello con le groupie. Io ho delle fan.»

«Donne. Molte.»

Ce n'era solo una che contava, adesso. E quella era una conversazione che non voleva avere con sua nonna. Non finché non fosse diventata inevitabile. Come quando lui e Mac avrebbero cominciato a uscire insieme...

Jared si tirò indietro con un sibilo. Stava correndo un po' troppo. Due settimane prima aveva chiuso con le donne per sempre, Mac non era nemmeno sul suo orizzonte e a lei non piaceva più in quel senso.

«Stai bene, Jared?» La nonna si girò sul sedile, con la preoccupazione dipinta sul viso.

«Ah, sì. Sto bene. È stata solo una... fitta.» Almeno quella non era una bugia. La fitta l'aveva sentita al petto, non alla gamba, ma, di nuovo, non c'era bisogno che lei lo sapesse.

«Sei sicuro?»

«Sì, nonna, sono sicuro. E poi stiamo andando dal dottore; mi rimetterà in sesto lui.» Tra circa sette mesi e decine di sedute di fisioterapia, ma ehi, almeno erano due mesi in meno rispetto a quando aveva iniziato.

«Come procede la pulizia della soffitta?»

La guardò. Il suo tono e l'espressione sul suo viso erano un po' troppo innocenti.

«Procede. Un po' più a rilento di quanto vorrei. Mac deve occuparsi di un paio di altri clienti per un po', quindi ci sono solo io.» Uno stato d'animo che stava iniziando a detestare. Non si era mai reso conto di quanto il baseball avesse riempito la sua vita a livello personale, oltre che professionale, finché non c'era stato più.

«Sai, quella ragazza teneva davvero a te. Cate e io avevamo sperato...» La nonna lo guardò di sottecchi. «Beh, sai cosa avevamo sperato. Ma siamo solo due sciocche. Non è che ci si possa innamorare a comando. Voglio dire, se dovesse succedere qualcosa tra voi due, sarebbe già successo.» Rubò un'altra occhiata. «Giusto?»

«Giusto. Sarebbe successo.» Stava sondando il terreno, ma lui non abboccava. «Non c'è nessun anello, vero, nonna?»

«Cosa?» La sua testa scattò verso di lui, e così anche il volante.

Jared lo raddrizzò con uno strattone per farli tornare dritti.

«Oh... oh, cielo. Grazie, tesoro.» La nonna si sistemò i capelli e strinse il volante fino a farsi diventare le nocche bianche.

E non rispose alla sua domanda.

Proprio come pensava. Li aveva voluti in quella soffitta insieme.

«Ho trovato l'album di ritagli.»

Lei diede un'occhiata, ma questa volta non strattonò il volante. «Oh, bene. Mi sarebbe dispiaciuto buttarlo via. Tutta la tua fatica.»

«Intendi dire, tutta la *tua* fatica. Che hai fatto, ti sei abbonata a tutti i giornali del paese?»

«Non l'ho fatto io quell'album, tesoro.»

«No? E allora chi è stato?» Di certo non sua madre. Poteva sperarlo, ma sapeva che non era così.

«Mary-Alice, ovviamente. Mi mostrava ogni nuova pagina che aggiungeva.»

Se Jared avesse scommesso con qualcuno che non avrebbe potuto sentirsi peggio per come aveva snobbato i sentimenti di Mac anni prima, avrebbe appena perso quella scommessa. Il lavoro che c'era voluto per quell'album... Non era stato certo uno scherzo. «Ho trovato anche un sacco di filmini di famiglia.»

Il cambio di argomento funzionò alla perfezione. «Davvero? Non sapevo che fossero ancora lì. Chissà se sono ancora buoni. Dovrò trovare un proiettore.»

«Ce l'hai già, e i filmini sono a posto. Ne ho guardato uno.»

«Oh? Quale? Quello di te dopo la tua nascita? Tuo nonno passò ore a sistemare le luci, e poi tu dormisti per tutto il tempo. Credo che abbiamo un'ora di filmato di te che dormi e basta.» Gli strinse il ginocchio. «Eri un bambino così adorabile. Potrei guardare quel filmato all'infinito.»

«Uhm, no. Non è quello che ho visto.»

«Oh, era il nostro viaggio alle cascate del Niagara? Dissi a Peter che nessuno avrebbe voluto guardare un mucchio d'acqua che cadeva da una scogliera in un filmato dopo quarant'anni, ma lui volle filmarlo a tutti i costi.»

«No, nemmeno quello.» Si raddrizzò sul sedile, pronto a scattare verso il volante quando le avesse chiesto della donna misteriosa di suo padre. «Era quello in cui i genitori di Mac si sono fidanzati.»

«Oh... Quello...»

La vide rendersene conto. «Sì. Quello. Con chi era fidanzato mio padre?»

La nonna, a suo merito, riuscì a non finire contro un albero e quasi lo convinse di non aver visto il terrore nei suoi occhi.

Ma lui l'aveva visto.

«Oh, cielo, è passato così tanto tempo. Non me lo ricordo nemmeno. Ma poi ha sposato tua madre e ha avuto te, e che importa chi fosse? È finito tutto secoli fa.»

«Non credo, nonna.»

«Cosa?» Questa volta il volante andò a destra e Jared fu contento di vedere che i suoi riflessi non erano andati a farsi benedire. Forse avrebbe dovuto avere questa conversazione da un'altra parte, ma la sala d'attesa del dottore non era una scelta migliore.

«Vuoi dire che pensi che tuo padre abbia una relazione con Olive?»

«Olive? Si chiama così quella donna?»

La nonna serrò le labbra e fissò lo sguardo fuori dal parabrezza.

Jared sospirò. Riconosceva quello sguardo. Non avrebbe parlato finché non fosse stata pronta. «No, non è quello che intendevo. Quello che intendevo è che credo che papà provi ancora qualcosa per lei.»

Una lacrima scivolò sulla guancia di sua nonna.

«Accosta, nonna.» Aveva ragione; non era una conversazione da fare mentre lei guidava.

Guardò l'orologio sul cruscotto. Avevano qualche minuto di margine prima del suo appuntamento.

La indirizzò verso una strada laterale e la nonna si fermò al primo posto disponibile.

Allungò una mano e spense il motore. «Parlami di loro.»

La nonna sorrise. Un sorriso genuino. Uno che cancellò l'aria preoccupata con cui aveva quasi sbandato. «Olive Tremayne. Lui l'amava da quando aveva sei anni. E anche lei. Erano inseparabili.»

«E allora perché non si sono sposati? Non puoi dirmi che papà si è innamorato perso di mamma perché ho vissuto con loro. Tra loro non c'erano sonetti e picnic.»

«Oh, non è vero, Jared...»

«Ho fatto due più due, nonna. So che si sono sposati per causa mia.»

La sua mano ricadde e così fece quell'espressione felice. «Oh.»

«Non riesco a credere di non averlo capito prima.»

«Sì, beh, non era qualcosa che volevamo tirare fuori.»

«Allora cos'è successo?»

La nonna lo guardò, con il labbro inferiore tremante. «Credo che tu debba parlarne con tuo padre. Non sta a me raccontare questa storia.» Gli fece scorrere la punta delle dita dalla tempia al mento, che poi gli prese tra le dita. «Ricorda solo questo: se le cose non fossero andate come sono andate, io non avrei te. Quindi, qualunque cosa sia successa prima, niente è più importante del fatto che io abbia te nella mia vita, Jared.» Si sporse e gli baciò la guancia.

«Ma avresti un altro nipote. Forse più di uno.»

«Tu vorresti una nonna diversa?»

«Beh, no, ma...»

«Esatto. Non posso cambiare il passato o quello che è successo, ma posso certamente essere grata per la benedizione che ne ho ricevuto. Tu sei qui e io ti voglio bene, tesoro. Il passato è passato. Lascia stare.»

Aveva ragione; non poteva cambiare il passato.

Ma poteva imparare da esso.

Jared fece il giro del retro della casa dei suoi genitori. Non l'aveva mai considerata sua; era semplicemente il posto dove dormiva finché non avesse potuto trasferirsi per conto suo.

Suo padre era nel patio dove la governante gli aveva detto che l'avrebbe trovato, a leggere il giornale.

Da solo.

Non che si aspettasse niente di diverso. Ovviamente, la loro vacanza non aveva riavvicinato i suoi genitori.

«Ehi, papà.»

«Jared.» Suo padre guardò sopra il giornale. «Che sorpresa. Cosa posso fare per te?»

Jared si sedette. «Ho sentito che giocavi a baseball.»

Suo padre posò il giornale. «Da chi l'hai sentito dire?»

«Ho visto dei vecchi filmini. Avevi una maglia da gioco.»

«Vecchi filmini...» Le spalle di suo padre si afflosciarono. «La festa di fidanzamento.»

Non era una domanda. «Sì.»

Suo padre inspirò profondamente, trattenne il fiato per qualche secondo, poi espirò. «Vuoi sapere perché non te l'ho mai detto.»

«Sì.»

«Tua madre. Odiava sentirmi parlare di quella storia.»

«Eppure hai assunto Bill e mi hai costruito la gabbia di battuta.»

«Avevi talento e le ho detto che non era giusto che punisse te per i miei errori.»

«Olive.»

Suo padre inspirò di nuovo, con il dolore impresso sul volto. «Sì. Olive. Non potevo dare la colpa a tua madre, quindi ho fatto come mi ha chiesto.» Si massaggiò la nuca. «Non è una storia di cui vado fiero.»

«Voglio sentirla lo stesso.»

Papà piegò il giornale con precisione meticolosa. «Il padre di Olive decise che le mie aspirazioni di giocare da professionista erano irresponsabili. Disse che non avrei mai combinato nulla. Mi proibì di vederla.»

«Così una sera hai affogato i dispiaceri nell'alcol, sei finito nel letto di mamma, ed eccomi qui.»

Suo padre trasalì. «In poche parole, sì.»

«Non avevi mai sentito parlare di una cosa chiamata preservativo?»

«Ero ubriaco, Jared. Ubriaco e incazzato, e le possibilità che entrassi in squadra erano davvero esigue. Ma avevo quel sogno, capisci? E tutto era ancora possibile. Tutto a portata di mano. Quando mi disse di stare lontano da lei, pensai... pensai che stavo per perdermi la cosa più bella che mi fosse mai capitata e, beh, che posso dire? Ero giovane, ubriaco e stupido. Ed eccoti qui.»

«Wow. Con una storia del genere, c'è da meravigliarsi che abbiate deciso di tenermi.»

«Andiamo, Jared. Non è giusto. Certo che ti volevo. Ma non sapevo di te nel filmato che hai visto. Avevo passato quella notte con tua madre, poi due giorni dopo ho scoperto che la squadra mi voleva. Mi sono precipitato a casa di Olive, ho mostrato a suo padre l'offerta e le ho chiesto la mano lì per lì. Non avrei guadagnato molto, ma era un lavoro. Un lavoro vero. Improvvisamente, questo mi rendeva abbastanza bravo per sua figlia. Così ho preso in prestito i soldi dai miei genitori per comprarle quell'anello ed ero a posto. Ero il ragazzo più felice del mondo.»

«E poi hai scoperto che saresti diventato padre.»

«Sì. Avevo tutto. Ero in cima al mondo...»

«E poi sono arrivato io.» Tante cose avevano un senso, adesso. Aveva pagato per i peccati di suo padre, da parte di suo padre. E anche di sua madre, a pensarci bene.

«Mamma sa di Olive?»

«Certo. Tutti sapevano di Olive. Avevamo annunciato il nostro fidanzamento sul giornale. Tre settimane dopo, tuo nonno si presentò alla porta di casa e il resto è storia.»

«Allora perché non hai continuato a giocare a baseball?»

«Le pubbliche relazioni. La squadra non voleva avere a che fare con quella situazione. Se non avessi annunciato il fidanzamento con Olive così pubblicamente, forse me la sarei cavata. Avrei potuto sposare tua madre e continuare a giocare. Ma dato che era sui giornali e tuo nonno non voleva che tu nascessi fuori dal matrimonio, non c'era scelta. Lo scandalo sarebbe stato peggio per la squadra che perdere me. E così io ho perso.»

«Così voi due vi siete sposati, avete avuto me, e avete vissuto non-proprio-felici-e-contenti.»

«Ci abbiamo provato. Ti volevo, Jared. Quello non è mai stato in discussione.»

«Ma per avere me hai dovuto rinunciare a tutto quello che volevi. Il gioco, Olive, la vita che avevi pianificato.»

«Ma mi sono fatto il culo per dare tutto a *te*.»

«E allora perché non sei mai stato lì a godertelo?»

Suo padre sospirò e questa volta si alzò dalla sedia per andare verso il muretto di pietra ai margini del patio. «Pensavo di poter vivere la cosa tramite te. Che non avrebbe importato che non fossi io in campo. Che avrei potuto essere orgoglioso di avere un figlio giocatore professionista. E non fraintendermi, sono orgoglioso di te. Ma ogni volta che metto piede in quello stadio, mi rendo conto che avrei potuto esserci io. Sarei dovuto esserci io. Ho fatto un errore del cazzo che mi è costato tutto quello che volevo ed è come una coltellata ogni volta. E non solo ho perso la donna che amavo e la carriera che desideravo, ma ho perso la capacità di godermi il gioco.»

«Devi farti aiutare, papà. Non è sano. Sono passati trentacinque anni.»

«Trentasei e tre mesi.»

Il che da solo dimostrava che aveva bisogno di farsi aiutare. «Come vuoi. È passato tanto tempo. Hai avuto successo. Hai una carriera e una casa di cui puoi essere orgoglioso. Se non puoi venire alle mie partite, beh, immagino di poterlo capire. Ma devi smetterla di tormentarti. Si vive una volta sola; tanto vale godersi quello che resta.»

«Per te è facile dirlo, Jared. Tu hai tutto quello che vuoi.»

«Forse no. Potrebbero non riprendermi con questo infortunio.»

«E a te va bene?»

Jared scrollò le spalle. «Devo farmelo andare bene. Voglio dire, a un certo punto, sappiamo tutti che non saremo più i titolari. Invecchiare non fa che avvicinare quel giorno. Aggiungici un infortunio del genere, e il mio destino è segnato. Ma ho altre opzioni. Altre cose che voglio fare. Altre cose nella mia vita.»

Suo padre lo guardò. Lo guardò davvero. In un modo in cui non lo faceva da molto, molto tempo. Forse mai. «Sei l'uomo che avrei voluto essere.»

«Puoi ancora esserlo, papà. La tua vita non è finita. Puoi ancora farla contare. Puoi ancora...» Jared guardò la porta a vetri scorrevole dove sua madre stava in piedi a guardarli. «Sistemare le cose.»

Anche papà guardò la porta.

Mamma si girò rapidamente e si allontanò.

«Penso che quel treno sia già passato, Jared.»

«Non credo, papà. Conosci mamma. Non è il tipo di persona che va a letto con un tizio a caso.»

«Vero.»

«Eppure l'ha fatto con te. Forse per lei non era solo un'avventura di una notte. Forse ti voleva. Perché non era per i tuoi soldi, all'epoca, no? Non avevi un lavoro e non avevi un contratto. Forse voleva solo te.»

Gli occhi di suo padre si spalancarono e si risedette sulla sedia. «No. Non è...» Scosse la testa. «No. Era solo una serata fuori con le sue amiche. Qualche drink e...»

«Era con le sue amiche? Papà, sei mai stato in mezzo a un gruppo di donne? È impossibile che una di loro se ne torni a casa con un uomo a meno che non lo voglia davvero, perché le donne si dissuadono a vicenda dal fare cazzate del genere. No, lei ti voleva, papà.» Jared stava incrociando le dita, anche se aveva riconosciuto lo sguardo sul viso di sua madre.

Avrebbe dovuto; era lo stesso che aveva Mac quando era con lui.

Mamma amava papà. E aveva aspettato tutti questi anni che lui la amasse a sua volta. Le sarebbe bastato sentire quelle parole...

Si alzò e afferrò la stampella. «Devo andare, papà. Pensa a quello che ti ho detto. Forse non hai la vita che avevi immaginato, ma quella che hai non è poi così male. Sii grato di avere una famiglia. Tante persone non ce l'hanno. Troppe la perdono troppo presto.»

E alcune persone non si rendono mai conto di cosa significhi averne una.

Lui *non* sarebbe stato così.

. . .

Jared entrò a tutta velocità nel parcheggio di fronte all'ultimo progetto di Liam e si diresse alla porta con le stampelle prima di avere ripensamenti su quella che poteva essere una delle decisioni più importanti della sua vita.

La porta si aprì verso l'interno. «Jared? Che succede?»

«Ehi, Lee. Voglio uscire con tua sorella.»

Capitolo Venticinque

Liam ci mise meno tempo di Jared a riprendersi da quella dichiarazione.

«Lo sa?» Liam era, sorprendentemente, calmo.

Almeno uno dei due lo era. «No.»

«Hai intenzione di dirglielo?»

«Ovviamente.»

«Ma pensavo che mia sorella non ti piacesse.» Liam fece un cenno con la testa per invitarlo a entrare.

Jared trasalì mentre varcava la soglia. «Ho mentito.»

«Hai mentito.»

«Sì.»

«Perché?»

Jared espirò. «È complicato.»

«E pensi che il fatto che tu voglia mia sorella non lo sia?» Liam stappò due birre e gliene porse una. «Inizia a parlare, Jare.»

Jared la prese e si diresse verso la cassa rovesciata accanto al camino. Appoggiò la gamba malata su un secchio di stucco per fughe di fronte a sé e posò la birra sul pavimento, accanto a lui. Per quanto non gli sarebbe dispiaciuto rendere più facile la conversazione con l'alcol, aveva più bisogno di avere la mente lucida. «Mac... Lei è...» Si grattò la mascella. «Cavolo, Lee. È complicato.»

«Sì, questo l'ho capito. Ti faceva andare fuori di testa quando eravamo ragazzini, ed è per questo che non capisco perché di punto in bianco tu voglia uscire con lei.» Liam prese una lunga sorsata di birra, poi aggirò il tavolo a cavalletto. «Dio, solo a dirlo mi viene da vomitare. Voglio dire, tu. Tu sei Jared. Il mio migliore amico. Abbiamo parlato di ragazze. Ci siamo raccontati quello che facevamo con loro. Come diavolo dovrei guardarti se stai con mia sorella?» Ribaltò un altro secchio di stucco vuoto e ci si sedette sopra, massaggiandosi le tempie.

«Non sembri sorpreso.»

Liam lo guardò. «Non lo sono. Voi due siete sempre stati come un fiammifero e la benzina. Immagino sia inevitabile che alcune di quelle scintille siano rimaste. Ma, comunque... mia sorella?»

«Lo so, vero? Voglio dire, non ci ho mai provato con lei ai tempi. È tua sorella, lo capisco. Ma adesso...» Le dita di Jared fremettero. La voleva, quella birra. «È anche una donna.»

«Non dire altro.» Liam si sfregò un occhio con il palmo della mano. «Tu. Mac. Dio.» Scosse la testa. «Devo fare pulizia nel cervello. È troppo bizzarro.»

«Ehi, non è così strano. Voglio dire, è stupenda e ci conosciamo praticamente da tutta la vita. Giocavamo insieme da bambini...»

«No, tu la prendevi in giro di continuo e le rendevi la vita un inferno.»

«Stai esagerando, Lee.»

Liam si sporse in avanti. «Davvero? Sei stato *tu* a trovare i pezzetti di carta con su scritto *Signora Mary-Alice Nolan* sparsi per il corridoio? Hai dovuto vedere *tu* le lacrime quando dicevi qualcosa che la feriva? Hai dovuto guardare *tu* la sua espressione delusa ogni volta che ti presentavi con una nuova ragazza? Mac aveva una cotta colossale per te e tu gliel'hai stroncata. Sono scioccato che ti rivolga ancora la parola dopo Camille.»

«Gira pure il coltello nella piaga, già che ci sei.» Jared si pizzicò la radice del naso. «Senti, so di essere stato odioso con lei. E sarebbe stato strano uscire con tua sorella quando eravamo adolescenti. Eravamo dei bastardi arrapati e se ci avessi provato con Mac, avresti avuto tutto il diritto di tagliarmi le palle. Ma ora siamo adulti e, be', lei è... lei è... Mac.»

Liam appoggiò i gomiti sulle ginocchia. «Ripetilo.»

«Cosa? Che puoi tagliarmi le palle? No, grazie.»

«No, l'altra cosa.»

Jared si grattò la testa. «Cosa? Che lei è Mac?»

Liam sorrise e prese un sorso di birra. «Ti piace. Ti piace davvero.»

«Ehi, fenomeno, è quello che sto cercando di dirti.»

«No, voglio dire che ti *piace*. Forse la ami addirittura.»

«Ehi, non corriamo troppo. Mi sto appena abituando all'idea che mi piaccia.» Amore? Era solo... solo...

No. Non era innamorato di Mac. Diamine, si stava appena abituando all'idea che gli *piacesse*. Di volerla. Amore? No. Assolutamente no.

Ne sei sicuro?

Liam si tappò le orecchie con le dita. «Troppi dettagli, amico. Dopotutto, è mia sorella.»

Jared lo capiva. Non era esattamente tutto rose e fiori neanche per lui. Anche se Mac preferiva le margherite. Come lo sapesse non ne aveva idea, ma qualcosa in un angolo del suo cervello glielo stava ricordando. «Uh, sì, dev'essere strano per te.»

«Soprattutto perché posso vederlo con i miei occhi. Sei diverso quando si tratta di lei.»

Jared non poteva nemmeno negarlo, perché era vero. «Speriamo solo di non aver fatto troppi casini in passato e di non aver distrutto tutti i suoi sogni adolescenziali.» Anche se se lo sarebbe meritato.

Liam agitò le sopracciglia. «Pensa a quanto sarà divertente realizzarli adesso.»

L'aveva già fatto. Con minuziosi dettagli a colori.

Cosa che non era intenzionato a condividere con il fratello di lei. «Io, uhm, credo che stiamo di nuovo entrando in un territorio strano, Lee.»

«Sì, hai ragione.» Liam rise e fece roteare la bottiglia di birra. «È solo che non... non lo so. Immagino sia meglio che stia con un tizio che non conosco. E se fosse uno sfigato o qualcosa del genere?»

Jared aveva già vissuto quell'incubo... e Dave non era uno sfigato. «Allora, ho il tuo permesso di portare avanti la cosa?»

«Il mio permesso?» La bottiglia di birra si fermò a metà strada dalla bocca di Liam. «Jared, sei un uomo adulto. Da quando hai bisogno del permesso?»

Jared prese la birra. «Da quando si tratta della sorella del mio migliore amico e non voglio rovinare la nostra amicizia.»

«Vero. Prima gli amici.» Liam bevve un sorso.

Ora fu il turno di Jared di fermare la bottiglia prima che gli arrivasse alle labbra. «Hai appena dato della poco di buono a tua sorella?»

«Che te ne importa?» Liam inarcò un sopracciglio con quella sua aria da 'sono-più-furbo-di-te' che aveva usato con tanto successo sui suoi fratelli ma che con lui non attaccava per niente.

Jared lo salutò con la bottiglia. «Se fossi completamente guarito, ti avrei steso per questo.»

«Tu e chi altro?»

Si fissarono per un istante, poi scoppiarono a ridere.

«Questa è una situazione assurda.» Jared tese la sua birra e Liam fece cin cin con la sua. Non si riferiva solo a quella conversazione.

«Già. Lo è. Ma d'altronde, visto quello che provo per Cassidy Davenport, immagino di non poter scagliare la prima pietra.»

Jared tossì per via del sorso che aveva appena bevuto. «Cassidy Davenport? Stai dicendo che...»

«Non voglio parlarne.» Liam finì la sua birra.

Jared dovette fare lo stesso. Amare Mac... Cassidy Davenport... Quella conversazione si era rivelata una vera e propria epifania.

Jared riportò la conversazione su un terreno più sicuro. «E se tua sorella scoprisse di Cassidy? Suo padre non è uno dei suoi clienti più importanti?»

«Sì. E sta per diventarlo ancora di più, perché vuole che Mac si occupi di tutte le sue proprietà nell'area tri-statale. Capisci il mio dilemma.»

«Ma... Cassidy Davenport? Non è forse un partito ancora più grosso della tua ultima ragazza? Tipo una socialite sotto steroidi?»

«Di nuovo, capisci il dilemma. Ma non stiamo parlando di me. Stiamo parlando di te. E di mia sorella.» Liam si passò una mano tra i capelli. «Porca puttana.»

«Non seguirò questo discorso con te, Lee. Questo è uno di quei casi in cui io *non* faccio pettegolezzi sulle mie conquiste.»

«Lo apprezzo. Non so se riuscirei a digerirlo. Solo il pensiero...»

«Non pensarci. Ti farebbe esplodere la testa.»

«Sai, se stessimo parlando di chiunque altro tranne mia sorella, direi qualcosa di volgare.» Liam posò la bottiglia e intrecciò le mani dietro la testa. «Allora, cosa hai intenzione di fare con Camille?»

«Camille non ha niente a che vedere con quello che provo per Mac.»

«Lo capisco, ma comunque. Vive a casa tua. A un certo punto dovrai tagliare i ponti. Posso garantirti che a mia sorella non piacerà avere la tua ex convivente tra i piedi.»

Un ottimo punto. Voleva che Mac potesse fidarsi di lui; avere Camille nel quadro non aiutava. «Non posso cambiare legalmente le serrature se vive lì, e la procedura di sfratto è noiosa. E nessuno tranne me ha una gran fretta.»

«Andiamo, Jare, sei un ragazzo intelligente. Sono sicuro che puoi trovare un modo per farlo. Preferibilmente prima che le cose si facciano troppo serie con mia sorella. Anzi...» Gli occhi di Liam si strinsero e Jared seppe cosa stava per arrivare. «Io *scommetto* che ci riesci.»

«Non accetto questa scommessa.»

«Cagasotto.»

«Stronzo.»

«Checca.»

Jared ripercorse il resto della litania nella sua testa: *idiota, sfigato, coglione, sguattero...* Si scambiavano quegli stessi commenti da anni. E alla fine, la scommessa vinceva sempre. «Non credo sia una buona idea scommettere quando c'è di mezzo Mac.»

«Se vuoi avere una possibilità con lei, allora farai meglio ad assicurarti che Camille se ne sia andata.» Liam si portò la bottiglia alle labbra. «Su questo non transigo.»

Jared lo guardò. Potevano essere amici, ma Mac era la sorella di Lee. Il ragazzo era tremendamente serio.

Merda. Era una situazione senza via d'uscita, a meno che non si fosse inventato qualcosa.

«Affare fatto?»

«Ho scelta?»

«Voglio bene a mia sorella, Jare.»

Sì, Jared lo capiva. «Be', prima Mac deve perdonarmi. Deve essere più o meno d'accordo affinché la cosa funzioni.»

«Oh, funzionerà. Lascia fare a me. Ma ricorda, amico o no, se fai soffrire mia sorella, dovrò farti soffrire anch'io. E nelle tue condizioni,» Liam diede un colpetto con il piede alla sua gamba ferita, «non sarà difficile.»

Lee aveva ragione. Il fatto che Mac non volesse provarci sarebbe stato più efficace di qualsiasi cosa avesse potuto fargli suo fratello.

Capitolo Ventisei

«Mi dispiace, Mac» disse Liam quando aprì la porta di casa per la loro cena, «ma Cassidy non c'è. Doveva lavorare».

«Lavorare? Ha un lavoro?» Mac gli porse il piatto di brownies che aveva confiscato dalla scorta di Jared. Sapeva preparare i brownies bene quanto qualsiasi Maeve, Renee o Juliette di questo mondo, ma perché darsi la briga quando Jared ne aveva più di quanti potesse mangiarne?

«Sì, lei, ehm, fa dei lavori su commissione».

«Commissione? E per cosa? Personal shopping?»

«Ehi, non essere così dura con lei, okay? Non è come pensi».

Mac seguì Liam verso la cucina, chiedendosi di chi stesse parlando. La Cassidy Davenport che conosceva lei era nota per fare la fortuna dei designer locali con un unico giro di shopping. A parte quello, la donna non era qualificata a fare granché, se non apparire bella davanti alle telecamere e spendere i soldi di suo padre. Soldi di cui Mac voleva una fetta, ora che si era offerta di restituire il denaro del cliente di Bryan e Tina si era data malata per i giorni a venire. Mac non poteva permettersi di pagare qualcun altro per farsi carico del lavoro, quindi avrebbe dovuto occuparsene lei.

Il progetto di Mildred era appena finito in secondo piano, ma almeno c'era Jared a portarlo avanti.

«Allora cosa mangiamo?» Mac si arrampicò su uno degli sgabelli da bar di

Liam e disse ai suoi stupidi ormoni di smetterla di lamentarsi perché non avrebbero visto Jared per un po'. Quella era una cosa *buona*.

«Puoi scegliere tra lo stufato di manzo della nonna, le lasagne della nonna o il mac-n-cheese della nonna».

Mac sorrise e intrecciò le dita sul bancone. «Sì, grazie».

«Sì? A cosa?»

«A tutto».

«A tutto? Caspita, Mac, ma tu mangi mai?»

«Certo, ma ho finito il cibo che mi aveva preparato».

«E così ora stai facendo fuori le mie scorte?»

«Me l'hai offerto tu».

«Giusta osservazione».

Lui si mosse per la cucina, tirando fuori il cibo, scaldandolo, impiattandolo... La nonna aveva insegnato loro a essere autosufficienti. I suoi fratelli avrebbero reso molto felici delle donne. E se la nonna avesse potuto dire la sua, sarebbe successo il prima possibile.

Afferrò la forchetta quando lui le mise il piatto davanti. «Allora, a proposito di Cassidy, Lee...»

«Non voglio parlare di Cassidy». Tirò il suo sgabello attorno all'estremità della penisola e si sedette.

«Ma dobbiamo. Devo capire come gestire questa faccenda con suo padre».

«Tu dici solo "sissignore" e firmi sulla linea tratteggiata. Nessun conflitto. Se te lo chiede, dici che sta qui. Fine del tuo coinvolgimento». Si mise una fetta di lasagna nel piatto.

Mac prese un po' di mac-n-cheese. Nessuno faceva il mac-n-cheese come la nonna. «Allora perché mi hai invitata se volevi tenermi fuori dalla faccenda dei Davenport? Cenare e conoscere sua figlia mi sembra controproducente».

«Io, ah, avevo un secondo fine».

Mac posò la forchetta, il mac-n-cheese le sembrò quasi insipido in bocca. «Un secondo fine?»

«Sì». Liam agitò la sua forchettata di lasagne per aria. «Voglio vedere come ci hai battuti a poker».

«Vedere come... Stai dicendo che ho barato?» La terminologia corretta sarebbe stata molto importante per la sua indignazione. Infilzò un altro po' di mac-n-cheese, solo per scena.

«No, non bareresti. Ma faccio fatica a credere che tu sia arrivata dal nulla e ci abbia battuti tutti e tre. Dovevi avere un sistema».

«Notizia dell'ultima ora, fratellone: dipende tutto dalle carte che peschi». Che, in realtà, era proprio così. «A meno che tu non voglia accusarmi di qualche sofisticato gioco di prestigio?» Cosa che non aveva fatto.

«No, è solo che...»

«È stato Jared a istigarti?» Caspita. Proprio quando pensava che potesse essere cambiato.

«Jared non c'entra niente». Liam posò la forchetta. «Facciamo qualche mano. Voglio vederti vincere».

Mac si grattò il naso. Avrebbe detto che aveva un asso nella manica, ma indossava una canotta da basket senza maniche. Se si fosse rifiutata, lui avrebbe avuto motivo di dubitare di lei. Se avesse giocato, avrebbe potuto perdere e dissipare i suoi sospetti. E avrebbe potuto anche perdere per davvero.

Era una scelta ovvia. «Okay. Va bene. Come vuoi. Ma quando ti batterò di nuovo, dirai che ho barato?»

«Non a meno che tu non lo faccia».

Vinse le prime due mani, poi perse la terza. Ecco. Sospetto fugato.

Lee picchiettò il lato lungo del mazzo sul bancone. «Allora, mi hai lasciato vincere quest'ultima solo per dimostrare la tua tesi?»

«Pensi davvero che io sia così subdola?» Incrociò le dita sotto il bordo del bancone. In realtà *non* lo aveva lasciato vincere l'ultima mano; aveva perso lealmente. Proprio come aveva vinto le prime due. Era difficile contare le carte quando se ne giocavano così poche.

«No, Mac, ma nessuno può essere fortunato come te al punto da battere tutti e tre con una posta in gioco così alta».

«Cosa ti convincerà che non ho fatto niente di strano? Vuoi scommettere qualcosa così non ti lascerò "perdere di proposito"? Tipo, che so, chi perde deve fare le pulizie per un mese?»

Liam si appoggiò sui gomiti, studiandola. Mac desiderò di potersi rimangiare l'offerta. Era una situazione senza via d'uscita. Doveva vincere perché non aveva tempo di fargli le pulizie per un mese, ma vincere avrebbe solo confermato la tesi di Liam.

Liam si tirò indietro e picchiettò le carte sul bancone. «Okay, accetto la scommessa, ma voglio modificarla, dato che non ho bisogno che tu pulisca casa mia».

«Va bene. Cosa vuoi scommettere?»

«Un appuntamento».

«Sul serio, Lee, è probabilmente illegale quanto sposarci».

«*Non* con me, nanerottola». Le lanciò un paio di carte. «Voglio che tu esca con un mio amico».

Per un secondo, pensò che si riferisse a Jared. Ma ovviamente no; sapeva cosa provava per Jared. Lee voleva anche batterla, ma non l'avrebbe umiliata. «Un appuntamento. E quindi di cosa parliamo? Una lunga pedalata in bici? Un film? Solo una cena... cosa? Per quanto tempo devo stare in presenza di questo tizio?»

«Una cena va bene».

«Chi è? Lo conosco?»

«È un amico. Ed è interessato. Fermiamoci qui perché, se non vinco, non voglio metterlo in imbarazzo».

Guardò Liam. Era un gesto carino da parte sua e, se lui approvava questo appuntamento, il tipo doveva essere almeno decente. Liam non l'avrebbe mai data in pasto a un troll.

«Solo una cena?»

«Solo una cena».

Non voleva accettare la scommessa. Gli appuntamenti al buio erano strani e imbarazzanti e portavano con sé tutta una serie di aspettative extra. Ma se non l'avesse fatto, Liam non avrebbe smesso di tormentarla sulle sue abilità a poker.

Sospirò e disse: «Va bene» anche se non voleva cenare con nessuno. Non se non poteva essere Jared.

«La cena è domani sera». Liam trascinò il "piatto" di stuzzicadenti verso di sé quando vinse la mano. «Verrà a prenderti alle sei».

«Chi verrà a prendermi?» Raccolse le carte e sistemò il mazzo. «Non mi dici neanche il nome?»

Liam fece spallucce. «Come ho detto, non voglio mettere in imbarazzo il tipo. Potrebbe non presentarsi».

C'era qualcosa sotto. Non era da Liam essere così evasivo. Pensò di metterlo alle strette, ma dato che lui aveva smesso di insistere che lei avesse "un sistema", non voleva agitare le acque.

Posò il mazzo davanti a lui e picchiettò la prima carta. «Bene. Cena domani. E poi basta, giusto? Dopo siamo pari?»

Lee prese il mazzo e si alzò dallo sgabello per mettere le carte nel cassetto vicino al frigo. Mac credette di scorgere un sorrisetto prima che lui si voltasse.

«Oh, non so, Mac. Potresti finire per essermi debitrice alla grande».

Capitolo Ventisette

Jared era in piedi sulla soglia di casa sua, con una stampella sotto un braccio e un mazzo di fiori nell'altra mano.

Un mazzo di margherite.

«Tu?» Mac quasi gli chiuse la porta in faccia.

Quasi.

Jared sollevò i fiori. «Ciao, Mac.»

Li prese d'istinto perché stava cercando di capacitarsi del fatto che non solo Jared doveva aver detto a Liam che era interessato a lei, ma che Liam gli aveva ovviamente dato la sua benedizione.

O gliel'aveva data davvero? Forse era una ripicca per la scommessa?

«Forse è meglio se li metti nell'acqua. Sarebbe un peccato far appassire le margherite.»

«Cosa?» Se *era* una ripicca, non avrebbe dato a nessuno dei due la soddisfazione di vederla in difficoltà.

E se non lo era, be', allora forse avrebbe lasciato che *Jared* sì, la vedesse sudare.

Davvero?

Si riscosse mentalmente. Stava correndo troppo. In quel momento voleva solo superare la cena. «Oh. Giusto. Aspetta un attimo.»

Si diresse verso la cucina, poi si rese conto di averlo lasciato sulla soglia.

Si voltò. «Entra. Non è che non sai già come muoverti qui dentro.»

Forse non era il massimo dell'ospitalità da padrona di casa perfetta, ma d'altronde, non si sentiva il *massimo* di niente in quel momento. Tranne forse confusa.

«Sento i tuoi pensieri, Mac» disse Jared dal salotto.

«Non puoi sentire i pensieri di nessuno. Non è possibile.»

«Non è vero. Il silenzio è così forte da essere assordante.»

Sbirciò dalla cucina. «Riesci a sentire il silenzio? Dovremo presentarti alla CIA, perché sono sicura che troveranno il tuo superpotere piuttosto utile.»

Lui le rivolse quel suo dannato sorriso sexy. «Quindi pensi che io sia Superman?»

Lei alzò gli occhi al cielo. Poteva anche essere infatuata di lui, ma non era mai stata cieca di fronte al suo ego.

Mise le margherite in un vaso e sorrise. Jared le aveva portato delle margherite.

Significa che si merita un bacio a fine serata come Dave? E visto che ti ha portato i tuoi fiori preferiti, forse anche qualcosa di più?

Santo cielo, la sua coscienza doveva darsi una calmata. Che la lasciasse godere la serata.

Basta che non te la goda troppo. Abbiamo bisogno di un altro cuore spezzato qui?

Argomentazione valida.

E, inoltre, doveva scoprire cosa c'era sotto a quell'appuntamento. Jared non poteva essersi improvvisamente interessato a lei solo perché era annoiato e solo, e pensare che lei sarebbe stata al gioco. E *lei* doveva assicurarsi di non sovrapporre i suoi desideri e sogni adolescenziali a quelli da adulta.

Be', sapeva già di volerlo; quella era pura e semplice chimica. Non ne aveva mai dubitato neanche per un secondo. Ma il resto? Era ancora tutto da decidere. Doveva mantenere ogni cosa nella giusta prospettiva.

Ma Jared glielo rendeva difficile. Le aprì la portiera della macchina, le scostò la sedia, la lasciò scegliere per prima dal menù... E dopo che ebbero ordinato, si alzò quando partì la musica e le tese la mano, con l'unica stampella che aveva portato appoggiata alla sedia. «Posso?»

«Vuoi ballare?»

«Assolutamente.»

Era un lento. Mac non era sicura di cosa pensare al riguardo.

Ma sapeva di non volersi lasciar sfuggire quell'occasione.

Lui le fece scivolare una mano intorno alla vita. «Qualsiasi occasione per poterti stringere, Mac.»

Quelle parole la fecero sciogliere, come se il suo sogno adolescenziale fosse uscito dalla sua mente per entrare nel suo corpo. Ma quello che provava non era assolutamente adolescenziale. E non era assolutamente un sogno.

Le dita di lui si mossero sulla sua schiena. Appena, ma le accesero un fuoco sotto la pelle che non poté ignorare. Il suo respiro era caldo contro la sua tempia e il suo petto le sfiorava il seno quanto bastava per provocarla. Avrebbe dovuto indossare un top largo, perché dopo un altro paio di passi di danza sarebbe stato palese che tra loro c'era una chimica esplosiva.

La giravolta, l'attrazione a sé e il casqué furono quei passi.

Quando la immerse nel casqué, Mac non riuscì a distogliere lo sguardo. I suoi occhi verdi la fissavano così intensamente che sembrava potesse leggerle nel pensiero.

«Dio, sei bellissima, Mac.»

Avrebbe detto lo stesso di lui... se solo avesse potuto parlare.

Lui la rimise in piedi e le posò le labbra vicino all'orecchio. «Voglio baciarti, lo sai.»

Sapeva di volerlo anche lei... che era esattamente il motivo per cui lui non poteva farlo.

«No.» Fece un passo indietro.

Lui glielo permise. Ma non la lasciò andare.

E lei non lo obbligò a farlo.

Jared le strinse la punta delle dita. «Se ti prometto di non farlo, finisci di ballare questa canzone con me?»

Se avesse promesso di non farlo, lei avrebbe potuto mettersi a piangere, ma dato che era stata lei a tirare il freno, doveva semplicemente farsene una ragione.

«Mac?»

Lei annuì e rifece quel passo indietro tra le sue braccia.

«Troppo in fretta?»

Lei annuì.

«Non credo di averti mai sentita così silenziosa.»

Lei sorrise contro il suo petto. «Pensavo fossi tu quello che riusciva a sentire il silenzio.»

«Preferirei di gran lunga sentire cosa sta succedendo in quella tua testolina.»

No, non lo avrebbe voluto. Era un guazzabuglio di passato e presente che si scontravano, e nemmeno *lei* voleva sentirlo.

«Mac?» La strinse un po' di più. «Di' qualcosa. Mi sento un po' a disagio.»

Non aveva idea di cosa dire. Diamine, non aveva idea di cosa *pensare*. In quel momento, voleva solo sentire, godersi l'istante e lasciare che tutto andasse come doveva.

«Mac?»

Si spremette le meningi per trovare qualcosa di sensato. «Le nostre cene sono arrivate» fu il meglio che riuscì a fare.

Jared si ritrasse e le scrutò il viso, poi sfoderò quel sorriso così caldo da sciogliere la seta.

Che lei stava indossando.

Sotto il vestito.

«Non abbiamo finito questa conversazione.» Jared la ricondusse al loro tavolo, le sue dita saldamente intrecciate a quelle di lei, la sua zoppia più pronunciata man mano che si avvicinavano.

Lei si spinse da sola la sedia sotto il tavolo, così lui non avrebbe dovuto aiutarla, rischiando di infiammarle la pelle più di quanto non lo fosse già. «Non avremmo dovuto farlo.»

«Non ti è piaciuto?» Lui si lasciò scivolare sulla sedia accanto a lei, poi si mise il tovagliolo in grembo. «Io l'ho trovato piacevole. Molto più che piacevole, a dire il vero.»

«Intendevo solo... la tua gamba. Dovresti sforzarla in quel modo?»

Il suo sorriso si fece teso. Solo per un istante, e se lei non avesse conosciuto ogni sua espressione, forse non se ne sarebbe accorta. Ma conosceva Jared come le sue tasche. Da sempre.

«Sto bene, Mac. Il dottore ha detto che posso caricarci del peso. Non stavamo ballando il jitterbug, quindi dovrebbe andare bene.»

Se fosse andato tutto bene non starebbe zoppicando, ma non aveva intenzione di discutere con lui e rovinare la serata. Se non avesse mai più avuto una serata come quella, se tutto questo fosse stato solo per la scommessa a poker, se la sarebbe comunque goduta. Quella sera, sarebbe stata Cenerentola al ballo. O forse sarebbe stata Rossella e ci avrebbe pensato l'indomani.

Tagliò il suo pollo Divan. «Allora, come stanno i gattini?»

«Stanno bene. Siamo giunti a un accordo: io non do loro il latte artificiale e loro non rovinano nessun tappeto.» Jared si mise in bocca un pezzo della sua bistecca.

«Niente latte artificiale? Ma cosa mangiano?»

«Imbevo il cibo per gattini nell'acqua. Lo ammorbidisce, ma lo lascia abbastanza consistente da rendere, uhm, anche i loro bisogni consistenti. Un po' più di lavoro all'inizio, ma molto meno alla fine. Se capisci cosa intendo.»

Lei ridacchiò. «Capito.»

Lui tagliò un altro pezzo di bistecca, la testa china, senza guardarla. «Ma sentono la tua mancanza.»

«Sono gattini. Non sentono la mia mancanza.» Era un bel pensiero, ma comunque...

«Certo che la sentono. Si sono abituati ad averti intorno. Si animano quando ci sei. Quando non ci sei, si sentono soli.» Si mise in bocca dell'altra bistecca.

Non stava parlando dei gattini. Lo sapeva con la stessa certezza con cui sapeva che non sarebbe uscita da quell'appuntamento con il cuore intatto. «Quindi ora aggiungi anche 'colui che sussurrava ai gatti' alla tua lista di superpoteri?»

Lui sfoggiò il suo affascinante sorriso di sbieco e agitò le sopracciglia. «Dovresti vedermi quando sto per saltare i mobili del salotto con un balzo solo. Quei due sono affascinati da qualcosa in cantina. Quella dovrebbe essere la prossima sulla lista delle cose da sgomberare.»

«Allora la soffitta è finita?»

«Tutto tranne l'anello. E non sono così sicuro che sia mai stato lì. Quando ho detto alla nonna che non l'avevo trovato, non era così affranta come mi sarei aspettato se fosse davvero scomparso. Voglio dire, mio nonno lavorava dieci ore al giorno, sei giorni alla settimana per comprarglielo, e lei glielo lasciò fare, rinunciando agli appuntamenti per permetterglielo.» Le strinse le dita quando lo disse. «Un tempo pensavo che fosse pazzo. Che nessuno valesse quel tipo di sacrificio. La nonna avrebbe aspettato, o ne avrebbe fatto a meno.»

Rossella O'Hara le ricordò che era meglio riflettere l'indomani sulla parte *un tempo pensavo* della sua affermazione e le sue implicazioni. Sarebbe stato troppo facile lasciarsi andare con le luci soffuse e la musica, il vino e Jared seduto accanto a lei, così incredibilmente stupendo nella sua camicia blu scuro. «Ma quell'anello era un simbolo del suo impegno. Io lo trovo romantico.»

«Il romanticismo è molto sopravvalutato. Be', data la mia passata esperienza, almeno.»

Camille.

Giusto. Come aveva potuto dimenticare Camille? La donna a cui Jared aveva chiesto di andare a vivere con lui. La donna che forse avrebbe sposato se non lo avesse ferito. Sarebbe stato diverso se fosse stato Jared a chiudere la loro relazione, ma era stata Camille. Poteva ancora provare qualcosa per lei.

Un dolore le attanagliò lo stomaco. Tante volte aveva immaginato che sposasse la donna con cui stava nel momento in cui lo cercava online. Eppure, in tutto quel tempo, non l'aveva mai fatto, e lei aveva sperato che forse... Che lui potesse essere... be', che stesse aspettando lei.

Bel sogno, ma ha avuto la sua occasione e non l'ha colta.

Ma forse era a questo che serviva questa serata.

Dio, lo sperava tanto.

Perché era ancora innamorata di lui.

Mac espirò e scosse la testa, poi afferrò il bicchiere d'acqua e ne bevve una sorsata abbondante.

«Mac? Stai bene? C'è qualcosa che non va?»

Dipendeva da come definiva *qualcosa che non va*. «No. Sto bene.» In una sorta di "ti prego, Dio, fa' che non mi ferisca di nuovo". «Allora spiegami perché siamo qui, Jared.» Tanto valeva ottenere la risposta alla domanda che voleva davvero fargli. Strappare il cerotto, per così dire.

Lui la guardò, le sopracciglia aggrottate. «Per cenare?»

«No, voglio dire, noi. Perché *siamo* noi qui? Com'è successo? Noi.»

Lui prese un sorso di vino. «Perché Liam ha detto di averti accennato che volevo portarti fuori e tu hai risposto di sì? Poi mi ha chiamato e mi ha detto di passarti a prendere alle sei stasera.»

«Tutto qui? Non ti ha detto *come* te l'ha "accennato"?»

«Suppongo che abbia detto qualcosa tipo: "Mac, Jared mi ha detto che voleva portarti fuori", e tu hai risposto: "Okay".»

«Non ha menzionato la partita a poker?»

«Che c'entra quella partita? Il fatto che tu abbia pulito la casa di mia nonna non aveva niente a che fare con quella scommessa... Aspetta.» Posò le posate. «Tu e Liam avete fatto un'altra partita. Con questa cena come premio.»

Non era una domanda.

Quindi lei non doveva rispondere.

«Oh, diavolo.» Tamburellò con il pollice sul bordo del piatto e la fissò. «Lee ha scommesso che saresti uscita con me se avesse vinto, non è vero? Non ero io il premio. Ero la scommessa che hai perso.»

A volte era una vera scocciatura che lui conoscesse la sua famiglia così bene.

Lei prese un'altra sorsata d'acqua.

«Lascia perdere. Non devi rispondere.» Si passò una mano sulla mascella e si appoggiò allo schienale della sedia, borbottando un «figlio di puttana» a mezza voce.

Avrebbe dovuto godersela. E forse, se non le fosse importato di lui, l'avrebbe fatto. Ma si era innamorata di Jared dal primo momento in cui l'aveva visto — be', dopo aver finito di urlargli contro per le montagnette di terra per le moto da cross — e da allora non era cambiato nulla.

Lui scosse la testa con un'espressione incredula. «Me lo merito, eh? Mi dispiace per quella notte, Mac, quando sei venuta da me con il cuore in mano e io sono stato un tale stronzo.»

«E a me dispiace che sembri che tu sia la scommessa che ho perso. Non lo sei.»

«No?» Si sporse in avanti. «Allora cosa sono?»

Non aveva mai desiderato una risposta così tanto in vita sua. Era stato entusiasta quando Liam gli aveva detto che lei aveva accettato, e aveva attribuito i suoi silenzi di quella sera all'imbarazzo del loro passato che incontrava il loro presente. E qualunque cosa il futuro avrebbe riservato.

Ma sapere che lei era lì solo perché aveva perso una scommessa... A che gioco stava giocando Lee?

«Non l'ho ancora capito. Sto ancora cercando di afferrare il concetto che tu abbia detto a Liam che volevi portarmi a cena. E che lui fosse d'accordo.»

«Questo perché gli ho detto la verità, Mac. Che allora ero un idiota che non ci vedeva e che adesso ho aperto gli occhi.»

«E lui ti ha creduto.»

«Perché non avrebbe dovuto? È la verità.»

Lei lo guardò allora, dritto negli occhi, e, cavolo, la speranza che lui vide nei suoi...

Gesù. Come poteva farsi perdonare per averle spezzato il cuore?

Dalle il tuo.

Jared deglutì. Oh, certo. Bastava spiattellare che, dopo anni passati a respingerla, si era improvvisamente innamorato di lei.

Aspetta. Si *era* innamorato di lei?

Jared si appoggiò allo schienale. Era possibile?

La guardò: la luce della candela e il verde pallido del suo vestito le facevano sembrare gli occhi più luminosi, e lo sguardo di speranza che vi leggeva gli arrivava dritto al petto.

Lui era stato il ragazzo dei suoi sogni, ma nella sua stupidità di non apprezzarlo, aveva quasi perso la donna dei suoi.

Si sporse di nuovo in avanti e le prese la mano. «Mary-Alice Catherine Manley, sei una donna incredibile e io sono il ragazzo più fortunato del pianeta a essere a cena con te. Mi dispiace per il dolore che ti ho causato in passato, ma se me lo permetterai, mi farò perdonare.»

Attese, senza respirare, mentre lei si mordicchiava il labbro inferiore. Poi, quando la sua lingua lo sfiorò. E ancora, quando aprì la bocca per dire qualcosa, solo per ripensarci e richiuderla. Non aveva mai supplicato in vita sua, ma per Mac era disposto a fare il primo passo. «Ti prego?»

L'indecisione le attraversò il viso. L'esitazione. Comprendeva tutto. Ma quel briciolo di speranza era ciò su cui scommetteva per farle dire di sì.

«Voglio rimediare a quel dolore, Mac. Voglio che impariamo a conoscerci per come siamo adesso. Esplorare questo lato del nostro rapporto senza che il passato lo offuschi. Vorrei ricominciare da capo. Darai a me — a noi — questa possibilità?»

«Perché, Jared? Perché adesso?» La sua voce era sommessa e lui sperò con tutto se stesso che non fosse a causa delle lacrime che la velavano. L'aveva già fatta piangere troppo.

«Perché quando sei bloccato con la sola compagnia di te stesso, fai delle riflessioni profonde. Molta introspezione. Ho guardato la mia vita e ho visto gli errori che ho fatto, così come i successi. Il baseball è stato un successo, ma tu...»

«Io sono un fallimento? Caspita, questa conversazione sta andando alla grande.» Ritirò la mano e afferrò di nuovo il bicchiere.

Lui la fermò prima che potesse nascondersi dietro di esso. «Non tu, Mac. Io. Io ho fallito con te.»

«Non mi dovevi niente.»

«Ma sì. E te lo devo ancora.» Le posò il bicchiere e le prese di nuovo la mano. «I tuoi sentimenti per me erano un dono che non ho apprezzato. Do la colpa alla mancanza di maturità e all'egocentrismo degli adolescenti, ma avrei potuto gestire la cosa meglio. Non sto cercando scuse; ti sto chiedendo di perdonarmi. Perché adesso vedo il dono di ciò che mi hai offerto e io... vorrei vedere se quei sentimenti esistono ancora.»

«Perché?»

«Perché io...» Come diavolo poteva dirlo in modo che lei gli credesse? «Perché non voglio perdermi la cosa migliore che mi sia mai capitata.»

Trattenne il respiro mentre lei lo guardava, pregando che ciò che aveva provato un tempo per lui fosse ancora lì e bastasse a farle rischiare di nuovo il suo cuore.

«Io...» Si schiarì la gola e si raddrizzò un po' sulla sedia. «Okay, Jared. Ci proverò.»

Non riuscì a trattenere un sorriso. Si astenne, tuttavia, dal prenderla tra le braccia e baciarla fino a farle perdere la testa. Aveva intenzione di corteggiare Mac. Di farle credere in lui.

E avrebbe trovato un modo per cacciare Camille da casa sua, così Mac non avrebbe mai più messo in dubbio i suoi sentimenti.

Sollevò il calice di vino. «Allora, a stasera. A questa cena. Che sia la prima di tante.» Fece un cenno con la testa e bevve un sorso.

L'atmosfera cambiò allora. Quando Mac non si sentiva a disagio con lui, era dannatamente divertente. Intelligente, spiritosa, compassionevole... tutte cose che aveva sempre saputo di lei, ma che solo ora iniziava ad apprezzare.

Parlarono del fatto di essere cresciuti a un campo di distanza l'uno dall'altra e della scuola. Avevano abbastanza anni di differenza da non essere mai stati nello stesso istituto, ma avevano avuto amici nelle stesse famiglie. E c'erano sempre stati gli eventi della comunità a cui avevano partecipato.

«Ti ricordi quell'Halloween in cui Kelly Martinez indossò quella maschera orrenda e nessuno reagì?» chiese Mac durante il dessert. «La sua faccia quando gli abbiamo semplicemente detto: "Ciao, Kelly", come se niente fosse.»

«Questo perché io e Liam avevamo detto a tutti chi era» disse Jared. «Aveva pianificato di spaventare tutte le tue amiche per farle finire tra le braccia della squadra di football e, be', diciamo solo che la squadra di football come gruppo sociale non era esattamente la cricca più simpatica. Il pensiero di branco nella sua forma peggiore. Fece incazzare me e Lee. Noi non abbiamo mai dovuto ricorrere a quelle tattiche.» Le ragazze ci avevano provato con loro da quando erano nati, quindi non era mai stato un problema. E nella sua arroganza, aveva messo Mac nello stesso calderone di tutte le altre.

Stava imparando dai suoi errori.

Ballarono ancora qualche canzone e ogni volta diventava più difficile lasciarla andare.

Lasciarla sulla soglia di casa fu ancora più difficile.

Le prese la guancia nel palmo, sfiorando con il pollice la curva morbida della sua mascella, inclinandole la testa all'indietro. La luce della luna catturò la scintilla nei suoi occhi un attimo prima che lui abbassasse la testa.

Si fermò a un soffio dalle sue labbra. «Posso darti il bacio della buonanotte, Mac?»

Lei sorrise di quel sorriso genuino, che illuminava la stanza, che aveva sempre avuto per lui.

Grazie a Dio.

«Sì, Jared. Puoi baciarmi.»

Poi lei allungò le braccia e gli intrecciò le dita tra i capelli, tirandolo giù verso di sé, e Jared la avvolse con le braccia, stringendola a sé, sollevandola da terra.

Spesso dimenticava quanto fosse piccola Mac, perché la sua presenza la faceva sembrare più grande di quanto non fosse. Ma in quel momento, tra le sue braccia, era perfetta.

Il bacio lo sconvolse e fu una fortuna che fosse in piedi accanto al pilastro del portico. Vi si appoggiò, sollevandola un po' di più, baciandola profondamente. Mac aveva un sapore ancora più buono di quando l'aveva baciata l'altra volta.

Rabbrividì contro di lui e lui sorrise. Non faceva freddo quella sera e, anche se fosse stato così, lui era abbastanza grosso da proteggerla dall'aria.

Si fece strada a baci lungo la sua mascella. «Fai effetto anche a me, Mac.» Come se lei non potesse capirlo.

Lei sorrise contro la sua guancia. «Dovrei entrare, Jared.»

Non le parole che voleva sentire, ma quelle che lei aveva bisogno di dire. Capiva.

Un ultimo bacio su quel punto dolce e morbido sotto l'orecchio e la lasciò scivolare giù finché i suoi piedi non toccarono il portico.

«Oof.» Inciampò contro di lui.

«Che succede?»

Lei ridacchiò. «Mi è caduta la scarpa.»

Lui la guardò, poi guardò lei. Era come se l'universo gli stesse offrendo l'occasione perfetta. «Permettete, Principessa.»

Fu un momento totalmente smielato, e allo stesso tempo incredibilmente sexy, mentre si inginocchiava sulla gamba sana e le infilava il tacco alto al piede, le dita che le accarezzavano il polpaccio un po' più a lungo di quanto il Principe Azzurro avrebbe dovuto. D'altra parte, lui non era un principe. «Calza a pennello.»

«Oh, ti prego.» Gli diede un colpetto sulla spalla. «Alzati prima di farti male, Jared.»

Alzarsi non era il suo problema — oh, intendeva *mettersi in piedi*.

Tutta un'altra storia.

Fece leva sulla base di mattoni del pilastro del portico e la sua spalla sfiorò il fianco di lei quando si alzò.

Questo non aiuta la situazione...

Scese dal portico, mettendosi ora al suo stesso livello.

Non le stava guardando gli occhi.

Le sue labbra erano ancora gonfie per il suo bacio.

Scese un altro gradino. E un altro. Lontano dalla tentazione.

«Buonanotte, Mac. Sogni d'oro.»

I suoi lo sarebbero di certo.

Capitolo Ventotto

La mattina seguente, Mac sedeva sulla Maserati di Bryan nel vialetto di Mildred, a fissare la porta d'ingresso. Jared era lì dentro. Doveva entrare.

Ma se tutto fosse cambiato?

La notte precedente era stata una delle più magiche della sua vita, fino al momento da Cenerentola del mondo reale.

Pensavo non credessi molto a Cenerentola.

C'era solo un modo per scoprirlo. Scese dall'auto e si diresse verso il sentiero di lastroni che portava al portico.

Chase, il ragazzo con cui Jared aveva giocato a baseball sul prato, le corse incontro.

Con una margherita.

«Tieni, signorina Manley. Jared ha detto che dovevo dartela.»

«Davvero l'ha detto?»

«Sì, signorina. Proprio così. Buona giornata.» Il ragazzo si calò sulla fronte il berretto da baseball, quello con la firma di Jared sulla visiera, e corse via lungo il vialetto, salutandola con la mano.

Mac lo guardò scomparire dietro il sempreverde in fondo, con un sorriso che le faceva male alle guance. Forse, dopotutto, c'era qualcosa di vero in tutta quella storia delle favole.

«Ehm, signorina?» Un altro ragazzo uscì da dietro il rododendro accanto al portico.

Anche lui teneva in mano una margherita.

«Ciao. Non sei uno dei Bradford?»

«Sì. Sono Michael. E questa è per te. Jared ha detto che ti piacciono.»

«È vero.» Prese il fiore. «Grazie, Michael. Salutami i tuoi genitori.»

«Lo farò e prego. Buona giornata.» E anche lui corse giù per il vialetto.

I ragazzi spuntavano da dietro quel cespuglio di rododendri come marmotte dalle loro tane. Ognuno con una margherita.

Le ci vollero una dozzina di fiori prima di arrivare al primo gradino del portico.

«Ce ne sono molti altri?» chiese al dodicesimo ragazzo.

«Ancora un po'.» Lui arricciò la bocca e inclinò la testa. «È davvero divertente? Jared ha detto che l'avresti pensato, ma io non capisco. È solo un mazzo di fiori.»

«Lo è, ma più dei fiori, è il pensiero che conta. Quindi grazie per aver aiutato Jared a farmi sapere che mi sta pensando.»

Il ragazzo si strinse nelle spalle. «Poco importa. Sembra uno spreco di pomeriggio, quando potremmo giocare a baseball.» Si voltò per andarsene, poi si ricordò di augurarle una buona giornata.

«Anche a te,» disse lei mentre lui si allontanava scuotendo la testa.

Mac non poteva fare a meno di sorridere. Scommetteva che un giorno avrebbe fatto la stessa cosa, quando ne avrebbe capito il significato.

I numeri dal quattordici al diciannove furono delle ripetizioni, e il primo ragazzo, Chase, le fece l'occhiolino quando fu di nuovo il suo turno. «Questa è proprio una smanceria. Ma mia madre ha detto che le piacerebbe se mio padre lo facesse. E dato che lui è su una sedia a rotelle, penso che lo farò io per lui. A mia madre farebbe bene un sorriso come il tuo.»

Mac si portò i palmi alle guance, attenta a non perdere nemmeno una margherita. Sentiva di star arrossendo, ma non le importava. «Fallo, Chase. Ti garantisco che i tuoi genitori lo adoreranno.»

«Immagino. Beh, spero che ti piaccia, perché non sono rimasti molti fiori.»

Era proprio quello che sperava.

Jared era il fiore numero venti. Zoppicò da dietro il rododendro con una stampella sotto un braccio e un mazzo di margherite nell'altra mano.

«Volevo dartene ventinove singolarmente, ma abbiamo finito i ragazzi, e i preadolescenti sono disposti a sopportare solo una certa quantità di smancerie prima di perdere interesse. Sono scioccato di averli convinti ad arrivare a diciannove.» Si fermò di fronte a lei. «Tieni. Sono i tuoi preferiti, giusto?»

Riusciva a malapena a parlare.

«Tu...» Inspirò a fondo. «Te lo sei ricordato.»

«Forse non capisco le cose subito, Mac, ma restano al sicuro nel caveau.» Si picchiettò la tempia. «Da tirare fuori al momento del bisogno.» Le fece scorrere una mano lungo il braccio. «Mi sei mancata.»

Si sentì di nuovo come a diciassette anni e questa volta Jared stava dicendo tutte le cose giuste.

«Non guardarmi così, Mac, o potremmo non riuscire a realizzare i piani che ho per oggi.»

«Piani? Pensavo che dovessimo pulire.»

«Puoi pulire se vuoi, ma io ho in mente cose migliori.»

«Come per esempio...?»

«Beh, prima di tutto metteremo questi in un po' d'acqua.» Le prese le margherite. «Non voglio che tutto il mio duro lavoro e le mie tattiche di coercizione con i ragazzi vadano sprecate. Sono in debito con loro di almeno due partite improvvisate.»

«Lo adoreranno.»

«Anch'io.» Fece un gesto con la mano verso i gradini. «Stavo pensando che se la squadra non mi rinnova il contratto, potrei far parte di un programma sportivo giovanile da queste parti. Sono sicuro che Ted mi darebbe una possibilità.»

«Credo che Ted ti sparerà se non lo fai.» Lo urtò con la spalla mentre gli passava accanto. «Non capita tutti i giorni che un MVP si offra di allenare.»

«Non so se allenare. Pensavo più a, sai, organizzare qualche partita.»

«E poi startene seduto a bordo campo? Come se i genitori te lo permettessero.» Guardò la porta d'ingresso. Mancava il tavolo. Quello su cui i vicini mettevano le loro leccornie. «Dov'è il tavolo?»

Lui aprì la zanzariera. «L'ho messo via.»

«Perché?»

Le prese la mano e le baciò il dorso. «Perché non voglio più cesti con numeri di telefono.»

A quelle parole, sentì di arrossire.

«Accidenti, Mac, questo ti rende ancora più bella di quanto tu non sia già.» Le sue labbra si soffermarono sulla mano di lei e si guardarono per un battito di cuore o due.

Voleva baciarla.

Lei voleva che lui la baciasse.

I gattini, tuttavia, avevano altre idee.

Tre di loro rotolarono oltre il bordo del box e si precipitarono verso la porta d'ingresso.

La porta d'ingresso aperta.

«Larry, no!» Jared le lasciò la mano e riuscì a prendere il calico prima che la porta gli si chiudesse addosso.

«Shemp, vieni qui!» Il grigio schivò le gambe di Mac e si stava dirigendo verso il pannello di legno alla base della porta quando Jared riuscì a raccogliere anche lui.

«Prendi Curly!» disse lui mentre l'ultimo cercava di lanciarsi sulla panca accanto alla porta, per poi agitare il sedere e saltare verso la zanzariera.

Mac lo afferrò a mezz'aria. «Preso, piccolo mostro.» Tese la mano. «Ecco. Dammi gli altri. Credo che ci servirà quel coperchio di rete metallica come struttura permanente.»

Jared le consegnò i due esserini che si dimenavano. «Guarda. Moe è ancora lì dentro. Chissà perché non si è unita a loro.»

Mac inarcò le sopracciglia. «Dovrebbe significare qualcosa?»

«Eh?» Lui la guardò, poi guardò Moe. «Oh. Wow. Non intendevo nulla. Stavo solo dicendo che se tre gatti vanno da qualche parte, mi aspetterei che anche il quarto li segua. Non aveva niente a che fare con te e i tuoi fratelli.»

La studiò per qualche secondo, poi le sfiorò la guancia con la punta delle dita e lei desiderò voltarsi verso quella carezza e trasformarla in qualcosa di più.

«Ahi.» Per fortuna, Larry le graffiò il braccio, richiamando la sua attenzione prima che potesse fare qualcosa. Nonostante tutta la faccenda della scarpetta persa la sera prima, il tocco delicato di Jared non significava che lei *fosse* Cenerentola, e lui non si sarebbe innamorato di lei da un giorno all'altro.

«Bel modo di rovinare l'atmosfera, Larry.» Jared prese il piccolo Freddy Krueger e gli diede un colpetto sul naso. «Sul serio, gatto. Devo insegnarti un paio di cose sulle donne.»

«Oh, e tu ne sai così tanto?»

Jared scosse la testa. «Non ci penso neanche a rispondere a questa domanda. Ti ho appena riconquistata.»

Non era vero; non aveva mai smesso di amarlo.

«Andiamo, Mac. Mettiamo quelle margherite in acqua e chiudiamo questi qui al sicuro in quel recinto, così possiamo goderci la nostra giornata insieme. Ti prometto che ti divertirai.»

E si divertì. Dalla limousine che si fermò davanti a casa di Mildred cinque minuti dopo che avevano finito con i gattini, con una bottiglia di succo d'uva frizzante in ghiaccio all'interno, al paio di pantaloncini, maglietta e scarpe da ginnastica di un negozio elegante in centro, al braccio che lui le tenne intorno per tutto il viaggio, Mac stava mettendo quella giornata al pari della cena della sera precedente.

«Dove stiamo andando?» Alzò lo sguardo verso di lui e le venne voglia di darsi un pizzicotto per assicurarsi di non stare sognando.

No. Non stava sognando.

Lui le rivolse quel suo sorriso sexy e obliquo. «Non te lo dico.»

«È lo zoo?»

«Non te lo dico.»

«I giardini di Applewood?»

«Non te lo dico.»

«La Maison?» Il ristorante più costoso della zona.

Lui inarcò un sopracciglio. «Sogna in grande o lascia perdere; mi piaci. Ma no. Adesso siediti e goditi il viaggio. Ti prometto che ti piacerà.»

Aveva ragione; le sarebbe piaciuto da morire perché lo aveva organizzato lui ed era con lei.

Non si sarebbe mai aspettata il giro in mongolfiera. «Stiamo salendo lì sopra?»

«Non dirmi che hai paura, Mac. Eri tu quella che mi sfrecciava accanto su una pista da motocross.»

«Non ho paura. È solo che non me l'aspettavo. È così...»

«Spaventoso? Strano? Folle?»

«Romantico.»

«Bene. Esattamente quello che volevo.»

Onestamente, non sapeva come rispondere.

Per fortuna, la limousine si fermò e un membro dell'equipaggio della mongolfiera aprì la portiera prima che lei dovesse farlo.

«Benvenuti a In-Flight Extravaganza, dove speriamo che facciate il volo della vostra vita.»

Lei era su quel volo da quando aveva aperto la porta alle sei della sera prima.

I panorami erano incredibili, la sensazione di fluttuare nel cesto era la stessa che provava quando sognava di volare, e avere Jared al suo fianco rese il viaggio un'esperienza indimenticabile.

«Guarda. C'è casa tua.» Jared le avvolse un braccio intorno alle spalle e indicò la minuscola casa dove era cresciuta. Un tempo immaginava di lasciarla per vivere in un posto più grande, ma ora che la nonna non c'era più e lei era sola, ci aveva ripensato. La casa era piena di ricordi. Non l'avrebbe mai venduta e non vedeva l'ora di crescere lì la sua famiglia.

Alzò lo sguardo su Jared che socchiudeva gli occhi contro il sole. Forse con lui?

Voleva che fosse lui. Non era cambiato nulla. Jared le aveva rubato il cuore anni prima e gli apparteneva ancora.

Lo champagne, una volta atterrati nel campo di un contadino, fu la conclusione perfetta di una mattinata perfetta.

Ma Jared aveva ancora altri assi nella manica.

Un tour di un vigneto locale, con un drink sulla terrazza a seguire. Poi un altro giro in limousine fino a un ristorante all'aperto che si affacciava sul lago del centro città con le sue fontane, e infine, di nuovo a casa di Mildred.

«Ti sei divertita?» chiese Jared mentre la limousine si allontanava.

«Sai che è così.» Si appoggiò alla sua spalla. Le aveva a malapena tolto il braccio di dosso per tutto il giorno e lei non si era lamentata. Le piaceva che Jared la toccasse. Dio solo sa quanto le piaceva toccare lui.

«Vuoi divertirti ancora?»

Poteva pensare a così tanti modi... Ma non era sicura che dovessero passare al livello successivo. Dopotutto, mentre lei era innamorata di lui da sempre, lui stava solo iniziando a provare qualcosa per lei. Non era ancora al suo stesso punto nell'arena del *e se*. «Cosa avevi in mente?»

«I filmini di famiglia.»

Era la conclusione perfetta di una giornata perfetta. Guardare come tutto era iniziato, sapendo che sarebbero finiti qui.

Per Jared era difficile concentrarsi sulle immagini sullo schermo. Ricordava quei giorni come se fossero stati ieri, ma ora aveva una prospettiva completamente nuova, con Mac accanto a sé sul divano.

Era innamorato di lei. Non avrebbe dovuto essere una sorpresa, e non lo era. Non proprio. La sorpresa era che non se ne fosse reso conto prima. Si considerava un tipo intelligente, ma era stato così accecato dal suo risentimento verso di lei che non aveva visto *lei*. Chi era veramente.

Era stato un idiota. Mac conosceva il valore della famiglia. C'era un motivo se era amico dei suoi fratelli, quindi non avrebbe dovuto sorprendersi che anche lei avesse le stesse qualità.

E il fatto che a malapena fosse riuscito a tenerle le mani a posto oggi... Aveva intrecciato le loro dita ogni volta che ne aveva avuto la possibilità per non baciarla fino a perdere la testa. Non avrebbe desiderato altro che passare la settimana successiva chiuso in camera da letto con lei, ma Mac doveva potersi fidare di lui e di ciò che provava per lei. Si stava spremendo le meningi cercando di capire come liberarsi di Camille.

«Ehi, mi ricordo quel giorno. Ci siamo divertiti così tanto.» Mac prese una manciata dei popcorn al microonde che aveva preparato prima che si sistemassero con la ciotola e quattro gattini. «Hai vinto quella rana di pezza per me.»

Jared si concentrò sullo schermo dove le stava porgendo un gigantesco anfibio verde che era grande quasi quanto lei. «Me n'ero dimenticato. Che ne hai fatto?»

«L'ho tenuta, ovviamente.»

Il non detto *perché me l'hai data tu* aleggiò nell'aria.

«Che nome le hai dato?»

Mac espirò e distolse lo sguardo, ma vide un sorriso sulle sue labbra. «Jared.»

«Ah. Immagino che *fossi* un ranocchio, eh?»

«No, dovevi essere il principe in cui si trasformava il ranocchio.»

«Ma questo significherebbe che avresti dovuto baciarlo.»

«Come credi che mi esercitassi?»

Lui gemette. «Dio, sono stato davvero stupido, vero? Tutta la pratica di baci che avrei potuto volere, e ti ho dato il mio sostituto.» Spostò la ciotola di popcorn sul tavolo e fece scivolare il braccio sinistro lungo lo schienale del divano dietro di lei. «C'è possibilità di recuperare?»

«Non sta piovendo.»

«Allora un recupero al sole?»

«È notte.»

«Che ne dici di un bacio della buonanotte?»

Lei si sistemò una ciocca di capelli dietro l'orecchio con un sorrisetto. «Oh, beh, questo va bene, immagino.»

Assolutamente sì. Meglio che bene. Fu un bacio e molto di più.

Mac si era insinuata nelle sue vene quando lui nemmeno se ne accorgeva. Era sempre stata lì ed era solo ora, quando la sua vita aveva preso una brutta piega, che finalmente riusciva a vedere chiaramente.

«Ti voglio, Mac.»

Lei si irrigidì.

Dannazione, dannazione, dannazione. Addio al suo voto di andarci piano. *E* alla sua promessa, o scommessa, con Liam.

Quest'ultima era la minore delle sue preoccupazioni. «Aspetta. Io...»

Lei gli mise un dito sulle labbra. «Sssh. Non parlare, Jared. Baciami e basta.»

Lui fu più che felice di obbedire.

Si avvicinò, spostando i gattini e per una volta Larry non creò problemi, sistemandosi sul cuscino all'estremità opposta con i suoi fratelli.

Jared sollevò Mac in grembo, senza mai interrompere il bacio, la sensazione delle sue braccia che lo circondavano una delle più belle del mondo.

Lei gli passò le dita tra i capelli, tirandolo più vicino, e Jared si lasciò andare volentieri.

Ma non era abbastanza. E seduta com'era, doveva saperlo. Doveva sapere che effetto gli faceva. Quanto la desiderava.

La spostò per alleviare il dolore, ma non servì a nulla. Avrebbe potuto spostare Mac dall'altra parte della stanza e l'avrebbe desiderata ancora con la stessa intensità.

«Mac, così non funzionerà.»

Lei gli scivolò di dosso così in fretta che lui non ebbe il tempo di spiegarsi finché lei *non fu* dall'altra parte della stanza. «Okay. Bene. Come vuoi. Dove sono le mie chiavi?»

«Aspetta. Un attimo.» La sua gamba gli rendeva difficile alzarsi da quel divano. «Hai frainteso.»

«Non alzarti, Jared. Conosco la strada per uscire.»

«Dannazione, Mac. Aspetta un secondo, vuoi?» Si spinse via dal divano ma il maledetto ginocchio cedette, così ci ricadde sopra. «Non intendevo dire che questo, noi due, non funzionerà. Intendevo dire che baciarti sul divano non avrebbe funzionato.»

«Oh.»

Le tese la mano. «Per favore. Mac. Torna qui.»

Lei non si mosse. Ma non se ne andò neanche.

Vacci piano, Nolan.

«Io... tengo a te, tesoro. Non voglio farti del male. Mai più.»

Trattenne il respiro mentre lei lo guardava. Desiderò di poter davvero sentire i suoi pensieri, perché voleva sapere cosa le passasse per la testa.

Fece un passo verso di lui.

Poi un altro.

Ma poi afferrò le chiavi sul tavolo del proiettore. «Voglio crederti, Jared. Non puoi immaginare quanto lo desideri. Ma dovrei andare a casa. Dovremmo entrambi dormirci sopra. Vedere come ci sentiremo domani.»

«Io so come mi sentirò domani, Mac.»

«Questo vale per uno di noi.» Strinse le chiavi nel pugno. «Ci vediamo domani, Jared. Parleremo allora.»

Capitolo Ventinove

L'odore di bacon l'accolse quando aprì la porta di casa di Jared la mattina dopo.

Il profumo pungente della spremuta d'arancia fresca le stuzzicò le papille gustative e l'aroma dolce del burro fuso le fece venire l'acquolina in bocca.

Così come Jared, che indossava solo un paio di pantaloncini da basket, una canotta e delle infradito mentre portava un vassoio per la colazione nell'ingresso, con tanto di un'altra margherita in un vaso.

«Cos'è questo?»

Lui sollevò il vassoio. «La colazione. Ho pensato di farla fuori.»

«Da quando cucini?»

«Da quando voglio dimostrare che non sono uno stronzo egocentrico che non pensa ai sentimenti degli altri.»

«Non è quello che ho detto.»

«Ma è quello che hai pensato. Lo so, Mac, e lo capisco. All'epoca non ho tenuto conto dei tuoi sentimenti, quindi non hai modo di fidarti che io lo faccia adesso. Cambierò le cose.»

Fu felice di lasciarglielo fare.

Aveva trascorso una notte molto solitaria e frustrante nella stanza in cui era cresciuta, guardandosi intorno, ricordando tutte le sue speranze e i suoi sogni riguardo a Jared, e si era maledetta in tutte le lingue per essere uscita di lì la sera prima.

Ma la giornata precedente era stata quasi troppo bella per essere vera. E poi, quando lui aveva detto che non avrebbe funzionato... tutte le sue vecchie insicurezze l'avevano soffocata e aveva avuto bisogno di un po' di spazio.

Ma era tornata perché, nelle prime ore dell'alba, si era resa conto che doveva cogliere quella possibilità. Perché se Jared *faceva* sul serio, se voleva quella cosa — se voleva lei — allora l'avrebbe gettata via solo per paura.

«Puoi aprire la porta?» Lui indicò la zanzariera con un cenno del capo.

«Certo.» Uscì per prima e la tenne aperta. «Ci sediamo sui gradini?»

«Laggiù.»

Seguì il suo cenno e vide il tavolo che prima stava vicino alla porta, ora sotto il ciliegio, con due sedie accanto.

Una era quella di vimini della veranda sul retro.

«Tieni, lascia che lo porti io.» Gli prese il vassoio.

«Grazie. Non volevo dover rifare la scena del sedere,» disse lui mentre scendeva zoppicando i gradini davanti a lei. «Stai guardando il mio sedere, vero?»

Sì. «No.»

«Bugiarda. Ricorda, sento quello che pensi.»

Jared *era* sempre stato capace di farla sorridere.

Posò il vassoio sul tavolo. Lui aveva messo un cuscino del soggiorno sulla sedia di vimini. «Sei sicuro che non crollerà sotto il mio peso quando mi siederò?»

Lui inarcò un sopracciglio. «Non ho appena detto che tutta questa storia della colazione è una questione di fiducia? Quanto sarei affidabile se non mi assicurassi che la tua sedia sia sicura? Siediti, Mac. Mangia le uova prima che si freddino. Ho faticato per ore davanti a un fornello rovente.»

Il sudore che gli imperlava la pelle lo testimoniava.

E accese anche un appetito che non aveva nulla a che fare con le uova.

Sì, avrebbe decisamente dato una possibilità a quella cosa — a loro — e se le fosse esploso tutto tra le mani, be', almeno le sarebbero rimasti i ricordi. E niente più *e se* a tormentarla.

«Come sono le uova? All'occhio di bue come piacciono a te?»

Ne prese un boccone. All'occhio di bue, proprio come piacevano a lei. Da ragazzi aveva fatto colazione a casa sua abbastanza spesso da saperlo, ma era sorpresa che se lo ricordasse. «Sono perfette. Buone quasi quanto quelle della nonna.»

«Quasi?»

Fece spallucce e si infilò in bocca un'altra forchettata. In realtà *erano* buone quanto quelle della nonna, ma dopo la sera prima, stava giocando a carte coperte finché non avesse capito esattamente dove stavano andando a parare.

«Allora, Mac. Riguardo a ieri.»

«Sì?»

«Mi sono divertito.»

«Anch'io.»

«Mi piacerebbe rifarlo.»

«Davvero?»

«Sì.»

«Quando?»

«Oggi? Adesso? Questa settimana?»

«Perché?»

«Perché?» Lui lasciò cadere la forchetta. «Forse *non* eri una partecipante attiva a quella sessione di baci sul divano ieri sera? O le altre volte che ci siamo baciati? Cavolo, donna, come minimo tra noi c'è chimica. Solo questo vale la pena di essere esplorato.»

«Ma solo perché c'è chimica non significa che ci sia un *noi*.»

I suoi occhi si strinsero e Mac riconobbe quello sguardo. Era lo sguardo che assumeva subito prima di...

«Scommettiamo?»

Sfidare qualcuno.

«Mi stai sfidando a scoprire se c'è un *noi*?»

«Sì.»

Eccola, la sua occasione. La *loro* occasione. O la va o la spacca. «Okay, Jared. Ci sto. Cosa proponi? Ramino?»

Lui si sporse in avanti. «Pensavo che il poker fosse il tuo gioco preferito.»

«Ma sono brava. Sei disposto a rischiare di perdere?»

«Non ho intenzione di perdere, Mac.»

Parole studiate per farla sciogliere, e ci riuscirono alla perfezione. «Va bene allora, ci sto. Five card stud.»

Lui le rivolse quel suo sorriso assolutamente sexy. «Principessa, sarò qualunque tipo di stallone tu voglia.»

Non poté trattenere un sorrisetto. «Questa frase funziona davvero con le donne?»

«Dimmelo tu.» Lui si chinò e le sfiorò la guancia con le labbra.

Accidenti, aveva un buon profumo, e non solo per il bacon. No, Jared profumava... di Jared.

«Sei sicuro di essere pronto per questa partita?»

«Mac, abbiamo giocato a un gioco per tutta la vita,» sussurrò lui. «Almeno adesso conosciamo le regole.»

«Sono contenta che tu le conosca, perché io non ho la minima idea di quali siano le regole di questo gioco.»

«Certo che le conosci,» disse lui. «Cinque carte, la mano migliore.»

Aveva delle mani magnifiche. «Posso finire la colazione prima?»

«Vuoi finirla?»

Non con il suo viso così vicino da poterlo baciare, ma non si sarebbe semplicemente gettata tra le sue braccia sperando per il meglio alla fine dei conti, come in una partita a rubamazzetto. «Sì. Voglio finirla. E poi giocheremo a quel gioco. Il migliore su sette vince.»

«Migliore di una.»

«Cinque.»

Jared le fece scorrere l'indice lungo il naso e le labbra, tracciandole il mento, toccandola a malapena mentre il dito seguiva quella linea fino alla base della gola, dove sfiorò la clavicola con un tocco allettante, sexy e quasi impercettibile, provocandole la pelle d'oca. «Una.»

«Tre. Ed è la mia ultima offerta.» Cercò di dare un po' di forza alle sue parole. Se doveva esserci un *noi*, doveva essere alla pari, ognuno con lo stesso potere dell'altro nella relazione, altrimenti non sarebbero mai stati partner. Era già stata dalla parte di chi non ha potere; non era un bel posto.

Lui la studiò per qualche secondo, poi sorrise. «Tre, allora. E cosa vince il vincitore?»

«Hai proposto tu questo gioco. Cos'avevi in mente?»

«Te.»

Una parola. Così tante possibilità.

A proposito di posta in gioco alta. «E se vinco io?»

«Allora avrai me.»

«Non è la stessa cosa?»

«Come te, Mac, non partecipo a una partita se non ho una possibilità di vincere.»

I suoi occhi verdi le stavano praticamente perforando l'anima; era come se potesse vedere dentro di lei e scoprire ogni desiderio segreto che avesse mai avuto. Ma dato che erano tutti su di lui, non c'erano sorprese.

«Mangia, Mac.»

«Eh?»

Lui prese la forchetta di lei, ci mise sopra un po' di uova e gliela portò alla bocca.

«Mangia. Prima finisci, prima possiamo cominciare.»

Dovette leccarsi le labbra prima di prendere il boccone.

Quando lui le fissò la bocca, lei lo fece di nuovo, tanto per divertirsi.

«Mi stai uccidendo.»

«Bene.» Picchiettò la mano di lui che teneva la forchetta vuota e indicò il suo piatto.

«Vuoi che ti imbocchi?»

«Non iniziare qualcosa che non puoi portare a termine, Nolan.»

«Oh, posso portarlo a termine.» Prese un altro po' di uova sulla forchetta e la sollevò.

Si prese il suo tempo per aprire la bocca attorno alla forchetta e farla scivolare via, assicurandosi di leccare fino all'ultima goccia.

«Accidenti, donna. Che spettacolo.»

«Non dovrei essere io a dirlo, visto che hai cucinato tu la colazione?»

«Mac, se mangi le uova in quel modo, ti preparerò la colazione ogni mattina per il resto della nostra vita.»

Il pensiero di svegliarsi accanto a lui dopo una notte passata a dormire con lui — in tutte le sue accezioni — bastò a farle passare l'appetito. Be', per il cibo.

«Lo vuoi l'English muffin?» Jared lo sollevò.

«Perché? Hai fame?»

«Sì.» Il modo in cui la stava fissando diceva che non era di cibo che aveva fame.

Così lei diede un morso al muffin, tanto per fare.

Il burro le colò dall'angolo della bocca e lei tirò fuori la lingua.

Jared la batté sul tempo.

Brividi la percorsero quando lui leccò via il burro.

«Ne vuoi ancora?» chiese lui.

«Sì, per favore.» Non stava parlando del muffin.

«Vuoi *davvero* finirlo?» Jared glielo portò di nuovo alla bocca.

Non proprio. «Ehi, un patto è un patto.»

«Allora sbrigati, donna, perché stai ritardando l'affare più importante della nostra vita.»

Riuscì a dare altri tre morsi al muffin prima di cedere.

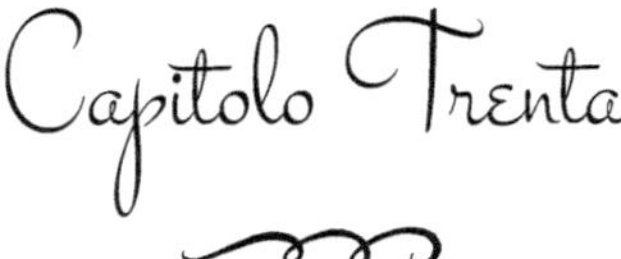

Capitolo Trenta

Portarono tutto in cucina, ripulirono, controllarono i gattini — in modo da non avere interruzioni — poi distribuirono le carte. La partita di poker con la posta in gioco più alta della sua vita era appena iniziata.

Ma Mac faceva fatica a concentrarsi, e la colpa era tutta di Jared. Continuava a toccarla. Prima fu il suo piede su quello di lei. Poi quel piede birichino iniziò a strofinarle la caviglia. Quando lo fece scivolare su per il polpaccio mentre accavallava la gamba, lei si rese conto che lui aveva un piano.

«Stai cercando di deconcentrarmi.» Resistette all'impulso di guardare la sua carta coperta. Il Five card stud si basava tutto sulla fortuna della pescata; contare le carte sarebbe servito solo a darle una vaga idea della carta coperta di lui. E anche in quel caso, non ci sarebbe stato niente che avrebbe potuto fare.

«Neanche per sogno, Mac. Sto decisamente cercando di farti concentrare su qualcosa. Ma non sono le carte, principessa.» Si mise uno stuzzicadenti in quel suo sorriso da Principe Azzurro e agitò le sopracciglia.

Era sexy anche quando faceva lo scemo.

Mescò il mazzo, poi posò la prima carta, a faccia in giù, sul tavolo tra di loro. «Metti l'ante.»

«Non pensavo che avremmo messo dei soldi in questa equazione.»

«Infatti. Ma hai altre cose da scommettere.»

Non si fidava del suo sguardo. «Oh?»

Il suo sguardo le scivolò lungo il corpo.

«Non vorrai dire... Non starai pensando...»

Invece sì. Quella vecchia volpe.

Mac dovette reprimere a stento un sorriso. Strip poker. Quel ragazzo le sapeva tutte.

Ma anche lei. Jared non avrebbe dovuto sottovalutarla. Specialmente quando lui indossava solo un paio di pantaloncini e una maglietta.

Allungò la mano e si tolse un orecchino. Uno di cinque.

Dovette mordersi il labbro con *molta* forza per non sorridere quando lui alzò gli occhi al cielo.

Poi dovette morderselo ancora più forte quando lui si tolse la maglietta. Per un motivo completamente diverso.

Fece tutta una scena nell'appallottolare la maglietta e metterla sopra il suo orecchino, il che non fece altro che evidenziare il modo in cui i suoi pettorali si muovevano. Si era decisamente rimesso in forma con la riabilitazione. *In ogni sua parte.*

Stava davvero cercando di distrarla dal gioco.

Distribuì la carta successiva scoperta. Una Regina per lei, un tre per lui.

Lui non disse una parola mentre si chinava sotto il tavolo, e Mac resistette all'impulso di vedere cos'altro gli era rimasto da togliere. Probabilmente Jared non portava le mutande, e in tal caso la partita sarebbe finita *molto* in fretta.

La sua infradito si unì alla pila.

Distribuì la carta successiva. Un Asso per lui, un dieci per lei.

Lei pensò di vedere il suo bluff — il suo muscolosissimo bluff — e di togliersi *la sua* maglietta, ma non era ancora pronta per quello.

Un secondo orecchino si unì alla pila.

Jared inarcò un sopracciglio, ma si limitò a distribuire la carta successiva. Un quattro per lui, un due per lei.

Lei aggiunse l'ultimo orecchino.

«Coperta o scoperta?» le chiese tenendo in mano la carta successiva.

«Scoperta. Tanto vale vedere con cosa abbiamo a che fare.»

Avrebbe giurato di averlo sentito mormorare: «È quello che sto cercando di fare», mentre metteva il suo dieci a faccia in su. Lei aveva una coppia scoperta. Sembrava che Jared avrebbe perso un'altra scarpa.

Già, il suo sei rese la cosa una realtà.

Gli erano rimasti solo uno o due capi d'abbigliamento e lei non aveva intenzione di chiedergli quale fosse il numero esatto.

«Vediamo, Mac.»

Le ci volle un secondo per capire che si stava riferendo alla sua carta coperta.

Mac la girò. Cinque. Per ora, aveva la mano vincente.

Finché lui non girò un re. Coppia di re batte coppia di dieci.

«Niente più orecchini, Mac. Ho vinto io, decido io.»

«Avresti dovuto specificarlo prima che iniziassimo.» Aveva imparato una cosa o due sull'importanza di chiarire le clausole prima dell'inizio di qualsiasi partita.

Si tolse il cerchietto dal lobo dell'orecchio destro.

Jared sospirò e trascinò la pila di vestiti e i suoi orecchini dalla sua parte del tavolo. «Giochi duro.»

«Mi conosci da anni, ti aspettavi davvero qualcosa di diverso?»

«È questo il punto, Mac. Non ti conoscevo davvero. Altrimenti non ti avrei mai fatto passare l'inferno che ti ho fatto passare. Mi dispiace.»

Continuava a scusarsi e, sebbene lei lo apprezzasse, non era più necessario. «Jared, basta. Accetto le tue scuse. Sono una ragazza grande, so che le persone dicono e fanno cose che non pensano. So anche che non si prova antipatia per qualcuno di proposito. Avevi le tue ragioni e ormai appartengono al passato. Avevi ragione. Ricominciamo da qui. Da chi siamo adesso. Da come ci sentiamo l'uno per l'altra adesso.» Gli tese la mano per le carte. «Ma ti farò comunque il culo.»

Lui le posò il mazzo sul palmo, poi le chiuse la mano con la sua. «Rendiamolo interessante.»

Fu il turno di lei di passargli in rassegna il corpo con lo sguardo. «Direi che lo è già abbastanza.»

«Oh, fidati, principessa. Diventerà *molto* interessante. E in fretta.» Le lasciò la mano e si appoggiò allo schienale della sedia, con le dita intrecciate sul tavolo tra di loro, con l'aria di chi sta discutendo su quale film andare a vedere. «Solo vestiti. E le scarpe non contano.»

«Non ho abbastanza vestiti addosso per arrivare alla fine della partita se perdo ogni mano.»

«Adesso capisci perché è interessante.» Si sporse in avanti e le fece cenno di fare lo stesso. «E io ho ancora meno roba addosso di te.»

Avrebbe dovuto essere imbarazzata. Avrebbe dovuto essere nervosa, ma non lo era. L'immagine che le balenò in testa... Voleva Jared nudo. Voleva *lei* nuda.

O la va o la spacca.

«Distribuisci.» Mescò le carte, senza mai staccare lo sguardo da lui.

«Allora che la partita abbia inizio.» Lui appallottolò la maglietta e la lasciò cadere al centro del tavolo. «Metti l'ante.»

Mac fece una mossa alla *Flashdance* e si tolse la canottiera che indossava sotto la polo, godendosi appieno lo sguardo truce di Jared.

Distribuì la carta coperta a entrambi, poi girò la prima carta scoperta di lui in verticale senza rivelarla.

«Pronta?»

«Come non puoi nemmeno immaginare.»

Le piaceva come suonava.

Giocò la carta. Sette.

La sua era un due.

Il sorriso di Jared non avrebbe potuto allargarsi di più. «Allora, cos'altro nascondi lì sotto?»

Facendo ancora meglio della mossa precedente, si tolse le scarpe con la punta dei piedi e si fece scivolare i pantaloni da lavoro fino alle ginocchia, poi si sfilò il perizoma al punto che, con qualche abile acrobazia, sarebbe riuscita a toglierselo da seduta senza rivelare troppo.

Ovviamente, quando mise il perizoma sulla pila, l'espressione sul volto di Jared diceva che non importava; la sua immaginazione stava lavorando a pieno ritmo.

«Sei piena di sorprese, non è vero?»

«Non hai idea.» Accidenti, la sua voce era un po' più roca di quanto volesse.

«Non mi dispiacerà scoprirlo, però.»

Mise giù la carta successiva. Re per lui. La sua unica speranza era ottenere una coppia scoperta.

Otto.

«Toglila, Mac.» Jared le sfiorò la manica della maglietta.

«Un attimo, signor Impaziente.» I pantaloni da lavoro furono i successivi a partire. Per fortuna, la polo era abbastanza lunga da coprire qualsiasi cosa imbarazzante.

«Gesù, Mac, se avessi saputo che eri una tale tentatrice, non l'avrei mai proposto.»

«Invece l'hai fatto. E ora devi rispettare le regole.» Girò la carta successiva di lui. Un due.

A meno che non le fosse uscito un asso, Jared Nolan si sarebbe ritrovato nudo di fronte alla sua nemesi d'infanzia.

Le uscì un quattro.

Lui piantò le mani sul tavolo. «Vuoi aiutarmi, visto che sono infortunato?»

No, voleva aiutarlo perché voleva mettere le mani su quel corpo. Ma lui si stava godendo la sua sconfitta fin troppo. Desiderava Jared da anni; non glie-l'avrebbe resa troppo facile. Doveva pagare per l'angoscia che le aveva causato.

«Dovresti sederti e toglierteli. Non vogliamo che tu cada. Potresti danneggiare qualcosa.»

«Codarda.» Ma lui rimase seduto e, con alcuni interessanti contorcimenti, i suoi pantaloncini apparvero magicamente in cima alla pila.

«Ultima carta. Coperta o scoperta?»

«Non vuoi vedere se mi è rimasto qualcosa?»

Non particolarmente. Perché a *lei* non era rimasto molto, e non parlava di vestiti. «Coperta o scoperta, Jared?»

«Lo sai, Mac, che questa domanda potrebbe essere interpretata in un sacco di modi diversi.»

«La partita di carte, Jared. Concentrati.»

«Oh, sono concentratissimo.»

Lei picchiettò la carta di lui. «Coperta o scoperta.»

Lui sospirò e scosse la testa. «Scoperta. Mettiamo tutto in tavola.»

«Mi sembra che tu lo stia già facendo.» Lei mise giù la carta.

Regina.

Lui aveva un Re come carta alta scoperta; a lei serviva una coppia per batterlo.

«Girala, Mac.» La voce di Jared era roca, e girò la sua carta coperta prima ancora di finire la frase.

Coppia di Re.

Non importava cosa avesse lei.

«Vinco io.»

«Sì, hai vinto tu.» Mac si abbassò la maglietta e aggirò il tavolo. «E adesso cosa hai intenzione di fare, Jared?»

Lui si alzò lentamente. «Cosa vuoi che faccia, Mac? Perché non voglio fare nulla che ti metta a disagio.»

«Stare nudo nella cucina di tua nonna ti fa sentire a tuo agio?» Inclinò la testa con un sorrisetto, cercando di mantenere lo sguardo sul viso di lui.

«Conosco un posto dove sarebbe molto più a mio agio.»

«Oh? E dove sarebbe, di preciso?»

Lui indicò il piano di sopra.

«Quindi adesso sei anche l'Uomo Ragno?»

Lui rise a quella battuta. «Santo cielo, Mac. Adoro il fatto che non prendi le cose così sul serio.»

«È qui che ti sbagli, Jared. Prendere sul serio il fatto di stare nudi nella cucina di Mildred è una cosa che faccio eccome.»

«Non sei nuda.»

Lei si sfilò la maglietta di colpo. «Adesso sì.»

Dopo di che, non importò più chi disse cosa. Jared la tirò a sé e la baciò.

Mac non ebbe il tempo di prendere fiato, non che sarebbe importato, dato che lui glielo rubò comunque, con la lingua che faceva cose incredibili alla sua bocca, le mani che le vagavano sulla schiena e una parte molto insistente di lui che le premeva contro la pancia.

Poi una mano le scivolò lungo la schiena fino al sedere.

Jared staccò bruscamente la bocca dalla sua e le appoggiò la fronte contro.

«Gesù, Mac. Sei così incredibilmente bella.» L'altra mano le scivolò sull'altra natica e lui si mosse, sollevandola. «Avvolgimi con le gambe.»

«Ma Jared, la tua gamba...»

«Ce la faccio, Mac.» Si appoggiò con un palmo al tavolo della cucina dietro di lei. «Avvolgimi con le gambe.»

Lei lo fece e il suo cazzo era proprio lì. Bastavano pochi movimenti precisi e l'avrebbe avuto dentro di sé.

«Preservativo,» riuscì a dire prima che lui la baciasse di nuovo.

Fu un bacio di breve durata. «Dannazione,» sibilò lui. «Di sopra.»

«Allora andiamo.»

Lei sciolse le gambe e volò fuori dalla porta.

Jared era motivato quanto lei, riuscendo a starle alle calcagna fino alle scale, poi su per esse e nella sua camera da letto, dove la prese in braccio e, in mezzo passo, la lanciò al centro del suo letto. Poi aprì di scatto il cassetto del comodino e rovesciò una scatola di preservativi sul lenzuolo.

«Scegli pure,» disse mentre le scivolava accanto sul fianco.

«Ti prego, dimmi che non sono aromatizzati.» Non aveva mai capito quel concetto: o ti piaceva il sapore del tuo partner o non ti piaceva. La ciliegia selvatica non avrebbe reso il sesso più eccitante.

«No, si illuminano al buio.»

«Ah, sì, perché è proprio quello che voglio vedere nel cuore della notte. Una spada laser illuminata di blu che mi viene contro.»

«Ehi, piccola, ti darò la spada laser del colore che vuoi.»

Lei alzò gli occhi al cielo mentre lui prendeva quello più vicino. «Viola? Sul serio? Mi fa venire in mente fin troppi cliché da vecchio romanzo rosa.»

«E tu come fai a sapere dei vecchi romanzi rosa?»

«Ehi, una ragazza deve pur avere una qualche vita di fantasia.»

«Voglio essere l'unica fantasia che hai.»

E quando la baciò di nuovo, facendole scivolare la mano dalla clavicola giù fino alla coscia, poi circondandole la pancia da un fianco all'altro e spingendosi più in basso, lo era. Oh, lo era eccome, e la stava portando dritta in paradiso.

Capitolo Trentuno

Jared era al settimo cielo, adorando la sensazione dei muscoli del ventre di lei mentre le sfiorava la pelle con il palmo. Nessuna delle altre donne con cui era uscito gli aveva mai dato le stesse sensazioni del suo personalissimo terrore della casa sull'albero.

Dio, se solo l'avesse saputo allora...

Le infilò la lingua in bocca. I baci di prima non erano niente in confronto a quello. Mac sfregò la lingua contro la sua, poi la risucchiò più a fondo, e lui sentì quel movimento fino in fondo alle palle. Avrebbe fatto meglio a mettere il preservativo al più presto, perché non desiderava altro che essere dentro di lei in quel preciso istante.

Poi lei gli fece scorrere una mano sul petto, la roteò sul suo capezzolo e la passò lungo i suoi obliqui.

Okay, forse c'era qualcosa che desiderava di più. Desiderava che Mac lo toccasse. Voleva le sue mani addosso. Dappertutto.

Il suo sedere era un buon punto di partenza. Lei gli fece scivolare una mano lungo la schiena e gli avvolse una gamba intorno alla sua, e lui si mosse, inarcandosi contro di lei, con il cazzo che pulsava. Diavolo, c'era un motivo se esistevano quei cliché.

Si staccò dalla bocca di lei. «Dov'è il preservativo?»

Lei passò una mano sul letto, dietro la testa.

«Non ne avevi uno, Mac?» ansimò lui, passando a sua volta una mano sulle coperte. Dove diavolo erano quei maledetti preservativi?

«Credo che ci siamo sdraiati sopra.»

Lui ridacchiò e scosse la testa. *Bella mossa, Nolan.* La prima donna che contava davvero e lui aveva incastrato i preservativi fuori dal campo di gioco.

«Aspetta.» Non lo disse in senso letterale, ma fu contento che lei l'avesse presa alla lettera, perché mentre faceva una flessione sopra di lei la sua gamba e la sua mano rimasero avvinghiate al suo sedere. «Ecco. Prendine un paio.»

«Presi.»

Mac stava strappando l'involucro con i denti mentre lui riprendeva posto accanto a lei, poi gli srotolò il preservativo come una professionista.

Scosse la testa, non voleva pensare a Mac che faceva quella stessa cosa con qualcun altro. Mac era sua. Era sempre stata sua; solo che lui era stato troppo stupido per capirlo. Aveva sempre dato per scontato che lei ci sarebbe stata. Che avrebbe aspettato.

Grazie a Dio, lo aveva fatto.

«Ecco fatto.» Lei gli diede una bella stretta al cazzo, ma non era abbastanza.

Neanche lontanamente.

«No, piccola, *ora* si fa.» La fece girare sulla schiena, si mise sopra di lei e scivolò dentro.

Sì, il paradiso.

«Dio, Mac, sei incredibile.»

Lei gli mordicchiò l'orecchio. «Hai ragione. Lo sono.» Strinse i muscoli intorno a lui e Jared dovette inspirare profondamente per non venire subito.

«Ehi, vacci piano, tesoro. Non voglio che finisca troppo presto.»

«Hai abbastanza preservativi perché possiamo farlo di nuovo, Jared. Adesso voglio che ti muovi. Voglio sentirti spingere dentro di me.»

Gesù. In quel momento non era più la sorellina di Liam, il che tolse quell'elemento dall'equazione. In quel momento, e da quel momento in poi, lei era Mary-Alice Catherine Manley, la donna che voleva.

La donna che amava.

Si riversò in lei. Era così maledettamente piacevole. Calda, stretta e bagnata intorno a lui, e lui voleva solo muoversi e sentirla andare con lui.

«Sì, Jared. Così.» Ritrasse le gambe, premendogli i talloni sul sedere.

«Dio, sì,» gemeva ora sotto di lui, accordando i suoi movimenti ai propri, lo yin e lo yang perfetti. Avrebbe dovuto farlo anni prima.

Al passato ci avrebbe pensato dopo. In quel momento, c'erano solo il qui e ora.

Affondò di nuovo, adorando il modo in cui lei si aggrappava a lui e cavalcava la sensazione con lui.

«Oh... Jared...»

«Così, piccola. Fammi sentire quanto lo vuoi.»

«Dio, Jared. Sì. Sì.» Si inarcò verso di lui quando lui le passò la lingua intorno al capezzolo e lo sfiorò con i denti.

«Ancora.» Gli afferrò la testa e lo tenne lì, mentre incrociava le caviglie sulla sua vita e inclinava il bacino per accoglierlo più a fondo.

Jared avrebbe perso il controllo all'istante se non avesse fatto qualcosa.

E così fece: spinse dentro di lei e rispose colpo su colpo. Avrebbero rallentato la prossima volta. In quel momento, doveva averla.

La baciò di nuovo, la sua lingua che imitava ciò che stava accadendo tra loro, e lei mugolò sommessamente. Dio, amava i suoni che emetteva. Il modo in cui si muoveva contro di lui, i suoi capezzoli tesi che gli sfioravano il petto.

Le fece scivolare una mano sotto il sedere e l'avvicinò a sé, strusciandosi contro di lei mentre le palle gli si contraevano.

Stava per venire e doveva assicurarsi che venisse anche lei.

Si spinse di nuovo sopra di lei, senza mai tirarsi fuori del tutto, ma quel tanto che bastava per un lungo e lento ritorno che fece gemere entrambi.

«Jared.» Lei gli afferrò i fianchi. «Cosa stai facendo?» Li strinse più forte. Riusciva a sentire le unghie che gli lasciavano dei solchi sulla pelle e non gliene importava un accidente. «Torna qui.»

«Lo farò, Mac. Lo farò. Promesso.» E lo fece. Millimetro dopo millimetro.

Quel ritmo lo stava uccidendo.

«Ti prego, Jared.» Si inarcò, il seno lucido di sudore e ci volle ogni grammo di controllo che aveva per non crollare su di lei e finire il lavoro.

Invece, fece scivolare un dito dalla base della gola, giù per il petto, sul suo cuore martellante, e giù per il ventre, guardandolo fremere mentre scendeva ancora.

Lei mosse i fianchi e Jared si assicurò di fare lo stesso con i suoi, accarezzandola dall'interno.

La testa di lei si dibatteva. «Dio, Jared. Ti prego.»

«Lo farò, piccola. Lo farò. Promesso.»

Le fece scivolare il dito sotto l'ombelico e lo lasciò scendere così lentamente...

«Dio, sì!» Si inarcò quando lui la toccò in quel punto, così pronta. Le gambe le ricaddero ai lati, i muscoli interni che si contraevano intorno a lui, il sudore che gli scivolava tra le scapole per la concentrazione necessaria a non spingere dentro di lei solo per la propria soddisfazione.

«Ti prego, Jared...» Gli afferrò il polso e gli premette la mano contro di sé.

Lui le diede ciò che voleva, giocando, strofinando, portandola fino all'apice, per poi tirarsi indietro, finché Mac non riuscì nemmeno a pronunciare il suo nome tra le rauche suppliche di liberazione.

Gliela concesse, spingendo di nuovo dentro, seguendo il suo ritmo, portandoli entrambi a quell'apice. E un attimo prima di permettere loro di precipitare oltre, ebbe un ultimo pensiero coerente.

Niente sarebbe stato più lo stesso.

Poco dopo, Mac sentì le punte dei capelli solleticarle la guancia.

«Sai, Mac, eri davvero troppo concentrata sulla partita a carte. Mi hai quasi fatto venire un complesso.»

Mac, saggiamente, tenne gli occhi e la bocca chiusi. Andava a caccia di complimenti, ma aver gridato il suo nome una dozzina di volte era tutta la spinta all'ego che gli avrebbe dato. Non riusciva ancora a credere di averlo fatto. Che l'avessero fatto. Questo. Ora. Qui.

«So che sei sveglia. Ti sento pensare.»

Quello le strappò un sorriso.

Jared le sfiorò il naso con i capelli. «Il gatto ti ha mangiato la lingua, principessa?»

I suoi occhi si spalancarono. «I gattini! Che ore sono? Per quanto tempo sono stati...»

«Rilassati. Mi sono occupato di loro mentre dormivi.»

«Mi sono addormentata?»

Lo Stregatto non avrebbe potuto superarlo in quanto a sorrisi. «Eh sì. Anche profondamente. Hai persino russato un po'.»

«Io non russo.»

«Mi dispiace dirtelo, principessa, ma sì. È carino, però.»

«Non è molto da gentiluomo da parte tua farlo notare.» Incrociò le braccia, il che le spinse le tette verso l'alto.

Lo sguardo di Jared lasciò il suo viso. «Non mi sento molto un gentiluomo al momento.»

«Cosa ti senti, Jared?» Si leccò le labbra, tanto per gradire.

«Te.»

Quella risposta era degna di un'altra spinta all'ego.

O tre...

Ma stavolta Mac si assicurò di non addormentarsi. Non voleva perdersi un solo istante del loro stare a cucchiaio dopo aver fatto di nuovo l'amore.

E, sì, lei gli stava *facendo l'amore*.

Lui non aveva detto quelle parole, e neanche lei, grazie a Dio. Ma le aveva sentite.

«Stai pensando di nuovo.» Jared le spostò una ciocca di capelli dalla guancia e persino quel gesto le provocò un brivido.

«Come stanno le tue costole?» Si girò tra le sue braccia, poi si appoggiò la testa sul palmo della mano e mise l'altra sotto il seno, sapendo benissimo che avrebbe catturato la sua attenzione. Ora che erano su un piano di parità, le piaceva avere il coltello dalla parte del manico. Per così dire.

«Le mie cosa?» Jared alzò lo sguardo da dove stava guardando.

«Le tue costole. Sai, queste?» Gliele accarezzò, fermandosi quando lui inspirò bruscamente.

«Rifallo, Mac.»

Ah. Un respiro brusco di eccitazione.

Fece come le aveva chiesto, poi gli fece scivolare la mano sul fianco e si strofinò il palmo lungo quella linea vicino alla vita. C'era qualcosa in quella parte del corpo di un uomo che la faceva impazzire.

«Faresti meglio a tenere un altro preservativo a portata di mano, donna, perché credo che tu abbia trovato una zona erogena che non sapevo di avere.»

A quanto pare, faceva un certo effetto anche a lui.

Lo strofinò di nuovo lì.

«Basta così. Considerati avvertita.»

«Uomo avvisato, mezzo salvato.» Sollevò un altro preservativo che aveva sotto la vita. «Fatti sotto, Nolan.»

E oh, come si fece sotto.

Lunedì mattina, Mac era indolenzita in punti che non sapeva di avere.

Ed era molto soddisfatta in altri che sapeva benissimo di avere.

Lei e Jared avevano trascorso l'intero fine settimana insieme e per la maggior parte del tempo a letto. Ma non solo. Avevano trovato il tempo di fare un giro sulla Maserati di Bryan, ora che Jared non aveva più bisogno del tutore, e avevano guardato le vetrine dei negozi di antiquariato del paese senza cercare nulla in particolare, concludendo il sabato in un pub del posto dove suonava una band. La domenica avevano fatto un picnic con cibo cinese da asporto nel parco vicino al fiume. Avevano riso, si erano tenuti per mano, si erano baciati... e avevano fatto l'amore.

Mac si stava innamorando sempre di più di Jared e aveva deciso di lasciarsi andare. Se fosse finita male, almeno le sarebbero rimasti quei momenti. E se *non* fosse finita, be', allora avrebbe avuto Jared.

«C'è un gran baccano qui dentro.» Jared tornò in camera da letto con un asciugamano avvolto intorno alla vita e goccioline d'acqua su tutto il petto.

Le venne voglia di leccargliele via. «Di cosa stai parlando? Qui dentro c'è un silenzio di tomba.»

«Nossignore. Stai di nuovo pensando.»

Si mise a sedere. «No, non è vero.»

«Sì, invece. Ed era qualcosa di pesante. Ti viene sempre una piccola "V" proprio qui,» disse, indicando il punto tra le sue sopracciglia, «quando fai dei pensieri importanti.»

«Oh, davvero? Adesso riesci a sentire la differenza tra pensieri importanti e pensieri leggeri, Superman? E poi, cosa sarebbe un pensiero leggero?»

«I pensieri leggeri sono cosa indosserai oggi, quale scarpa mettere per prima, quando dovresti andare in banca. I pensieri importanti sono le domande esistenziali, tipo: vorrà fare l'amore stamattina o stasera? Quel genere di cose.» Si tolse l'asciugamano con un gesto rapido. «La risposta, a proposito, è *entrambe*.»

«Me ne rendo conto.» Gli lanciò un cuscino all'inguine. «Sei incorreggibile, Nolan.»

«Ma mi ami lo stesso.»

Ora calò *davvero* un silenzio di tomba.

Mac si lasciò ricadere contro la testiera del letto.

«Ehm, cioè... È solo un modo di dire, Mac.»

Si alzò e sfilò il lenzuolo dal letto, tenendoselo davanti, sentendosi troppo esposta a causa della sua battuta. Si stampò in faccia un sorriso perfetto e finse che lui non avesse toccato un nervo scoperto. «Oh, lo so, Jared. Capisco.» Si avvolse il lenzuolo intorno alla schiena. «È il mio turno per la doccia. Spero che tu mi abbia lasciato un po' d'acqua calda. Torno tra poco.»

Jared poté solo guardarla andare via, la sua idiozia lo lasciò senza parole.

Oh, cavolo. Lei lo amava. Certo che lo amava. Era da così tanto tempo che sarebbe stato un idiota a non riconoscere i segnali, e lui aveva chiuso con l'essere un idiota. Be', dopo quest'ultima gaffe.

Doveva dirle che la amava, ma non così. Non per rimediare a un commento superficiale che non avrebbe dovuto fare, a casa di sua nonna, con entrambi avvolti in un asciugamano o in un lenzuolo. Quando avesse detto a Mac che la amava, sarebbe dovuto essere un momento speciale. Mac non meritava niente di meno dopo aver sopportato così tanto nel corso degli anni.

Ci aveva pensato per tutto il fine settimana. Be', quando era stato in grado di pensare. Il che non era successo spesso. Le poche volte in cui non erano stati a letto a essere incoerenti insieme, avevano fatto altre cose: parlare, visitare posti, godersi la reciproca compagnia, mangiare. Il momento e l'occasione non erano stati quelli giusti.

E ora, oggi, lo avrebbero passato con Liam, Sean e altre persone nella tenuta che Sean stava sgombrando, aiutando il proprietario a fare qualcosa...

Non ricordava cosa avrebbero fatto, ma era un motivo in più per cui non poteva dirglielo. Non si dice a una donna che la ami così su due piedi, per poi passare otto ore con altre persone.

Sospirò e raccolse il cuscino. Avrebbe trovato un modo; Mac era troppo importante per non farlo.

E poiché lei significava così tanto per lui, aveva escogitato il modo perfetto per cacciare Camille e il suo amichetto da casa sua, e non c'era momento migliore del presente per mettere in atto il suo piano. Non voleva che Lee scoprisse che non aveva esattamente seguito le regole per quanto riguardava Mac.

Diede un'occhiata all'orologio, poi si infilò un paio di pantaloncini. Stava per aprire la porta del bagno per dire a Mac che sarebbe uscito, quando ci ripensò. Se fosse entrato lì dentro, avrebbero finito per fare tardi e avrebbe dovuto rimandare il piano a un altro giorno. E non pensava davvero che a lei sarebbe piaciuto sentir parlare di Camille dopo la notte precedente.

Invece, scarabocchiò un biglietto sul retro del suo *Sports Illustrated*. «Sono dovuto uscire. Ci vediamo alla tenuta. –Jared»

Aveva quasi scritto "con amore", ma le parole così importanti dovevano essere dette di persona.

Jared guardò lungo la strada di fronte al suo condominio prima di scendere dal furgone, sentendosi come un ladro. Il che era ridicolo. Era Camille quella che gli aveva rubato delle cose. La sua fiducia, il suo cuore, la sua carriera, e ora la sua dannata casa. C'era un limite a tutto.

Si infilò la stampella sotto il braccio sinistro e si mise la scatola sotto il destro.

«Miao.» Larry spinse il naso attraverso l'apertura dove si incrociavano i lembi di cartone.

Jared lo rispinse dentro. «Proprio oggi impari a miagolare? Non potevi aspettare ventiquattr'ore? Non voglio che lei ti senta prima che tu faccia quello che devi fare.»

«Ehi, Preston.» Fece un cenno al portiere. Preston lavorava lì da una vita. Conosceva tutti gli inquilini. E tutti i segreti degli inquilini. «Quando Camille darà di matto, puoi radunare questi piccoletti per me? Sono quattro. Oh, e chiama questo tizio.» Gli passò il biglietto da visita del fabbro e mille dollari in banconote da cento. Meno costoso che pagare il suo avvocato e più efficace.

Preston sbirciò nella scatola. «Questa sì che sarà interessante.»

«Peccato che non sarò qui per assistere.»

«Le includo qualche foto, gratis.»

«Sei un grande, Preston.»

«E lei, signor Nolan, è il diavolo. La chiama così abbastanza spesso.»

Camille lo avrebbe chiamato in modi molto peggiori una volta che avesse liberato quei gatti nell'appartamento. Le sue allergie erano così gravi che un solo gatto sarebbe bastato a metterla KO; quattro avrebbero reso il posto inabitabile. Non era riuscito a portare una lettiera, ma Lee aveva ragione; una moquette nuova sarebbe valsa la spesa pur di liberarsi di lei.

Jared sorrise e si diresse verso l'ascensore, molto contento che Mac avesse insistito perché tenesse i gattini. «Ci vediamo, Preston. Devo andare a tener fede alla mia reputazione.»

«Allora, dove sei andato?» gli chiese Mac quando arrivò alla tenuta proprio mentre lei stava scendendo dal suo furgone.

«Dovevo sbrigare una commissione.»

«C'entravano i gattini? Stanno bene? Non erano nel recinto.»

«Stanno bene. Visto che non saremmo stati a casa, ho pensato che gli avrebbe fatto piacere un cambio d'aria.» Liberarli era stato rischioso, ma Preston se ne sarebbe occupato. Camille non sarebbe tornata a casa prima di cena – le sue serate del lunedì con le amiche erano apparse regolarmente sui suoi estratti conto quando aveva ancora accesso alle sue carte – quindi ci sarebbe stato il pandemonio più totale quando fosse entrata e si fosse trovata di fronte a così tanto pelo di gatto da riuscire a malapena a preparare una valigia, figuriamoci a cercare i gattini.

Ma anche lui e Mac si trovarono nel bel mezzo del pandemonio.

Bryan aveva portato con sé alla tenuta alcuni dei figli della vedova. Cosa stesse facendo di nuovo a casa della vedova era qualcosa che Jared voleva scoprire, ma non ora. I ragazzi correvano in giro con le spade laser, evitando per un pelo gli inestimabili pezzi d'antiquariato del posto, e c'era un branco di cani che li inseguiva. La bambina – Maggie – si trascinava dietro la sua bambola e si succhiava il pollice, seguendo Bryan come se fosse il Pifferaio Magico.

«Ehi, ragazzi, entrate pure,» disse Sean, dandogli una pacca sulla spalla. «Ogni aiuto è benvenuto.»

«Avrei dovuto portare il tutore per la gamba,» borbottò Jared quando vide le scale appoggiate alle pareti dell'atrio. Qualcuno avrebbe fatto meglio a spostarle in fretta, o i ragazzi le avrebbero fatte cadere come tessere del domino molto grandi e molto distruttive.

«Andiamo, Jared,» disse Mac, pizzicandogli il sedere mentre gli passava accanto. «O dai una mano o no, ma non puoi fingersi invalido solo quando ti fa comodo.»

Gli fece l'occhiolino quando si voltò a guardarlo.

Se non voleva che la sua famiglia sapesse che erano in intimità, era meglio che la smettesse.

Anche se sarebbe stato un vero peccato. Jared si stava godendo questo lato giocoso della loro relazione.

Finché non sorprese Lee a guardarlo.

Oh, merda.

«Allora? Com'è andata?» Lee si avvicinò.

«La cena è andata bene. Siamo stati bene.»

«E?»

«E cosa? Mi stai chiedendo se è successo qualcosa con tua *sorella*, Lee? Pensavo che stessimo cercando di evitare terreni scivolosi.»

«È scivoloso solo se è successo qualcosa.»

Di certo non era stato *scivoloso*. «Ho messo in moto le cose per liberarmi di Camille.»

Liam inarcò un sopracciglio. «E?»

«Mi aspetto una chiamata dopo cena per dirmi che la faccenda è stata sistemata.»

Liam lo fissò abbastanza a lungo che Jared dovette ricorrere a ogni abilità di bluff che possedeva. Aveva giocato abbastanza a poker con Lee per perfezionarla, ma fu comunque grato al cane che passò tra di loro portando la bambola di qualcuno.

«Merda.» Lee gli corse dietro, ponendo fine a quel momento imbarazzante, grazie a Dio.

«Cosa voleva Liam?» Mac tornò con qualcosa in mano.

«Cos'è quello?»

«Un indovinello lasciato dalla nonna di Livvy. Dovremmo cercare qualcosa che abbia a che fare con le generazioni dei Martinson. Potrebbe essere ovunque in questo posto.» Abbassò le mani. «E non pensare di sfuggire alla risposta. Suppongo che riguardasse me.»

«Infatti.»

«Allora cosa gli hai detto?»

«Cosa volevi che gli dicessi?»

«Non lo so. Cosa voleva sapere?»

«Voleva sapere com'era andata la nostra cena.»

«Oh. Be', questo è un argomento abbastanza sicuro. E quindi cosa hai detto?»

«Che siamo stati bene.»

«Oh, okay. Niente di che, allora.»

«Già, immagina se gli avessi detto cos'è successo *davvero*.»

Ottenne il rossore che voleva. E quel sorriso che lei riservava solo a lui.

«Smettila, Nolan. Oggi siamo in zona famiglia. Niente allusioni.»

«Oh, andiamo, Mac. Non sei divertente.»

«Te lo ricorderò più tardi. Fidati, so essere *poco divertente* meglio di chiunque altro.»

«Paroloni, principessa. Un mio bacio e ti divertirai. Farò in modo che tu ti *diverta*.»

Trattenne un sorriso mentre si allontanava perché Sean stava guardando. Ma sorrideva dentro perché aveva visto il lampo di desiderio nei suoi occhi.

Oh sì, più tardi sarebbe stato molto divertente.

Le otto ore successive, tuttavia... non così tanto. Preston non aveva chiamato e Sean tolse dal muro l'ultimo dipinto a olio nel corridoio. Jared gemette. «Ancora?»

«Andiamo, mollaccione.» Sean gli porse il quadro. «Siamo quasi a metà.»

«Metà?» Questa volta gemette Mac. «Vuoi dire che ce ne sono altri? Di quante generazioni stiamo parlando?»

Sean indicò un altro corridoio. «I Martinson amavano mettere in mostra ogni membro della loro famiglia.»

Jared avrebbe voluto gettare la spugna, ma strinse i denti e si mise al lavoro. Prima finivano, prima lui e Mac potevano tornare a casa. E prima avrebbe potuto dirle ciò che aveva quasi spifferato troppe volte quel giorno.

Vedere le cose di Camille a casa sua poco prima lo aveva turbato. Al diavolo il momento speciale; il momento speciale sarebbe stato quando glielo avrebbe detto. Non avrebbe sprecato un altro giorno senza che lei sapesse cosa significava per lui, così avrebbero potuto iniziare la loro vita insieme.

E lui voleva una vita con lei.

Controllò di nuovo il telefono. Niente da Preston. Toccò il braccio di Mac. «Coraggio, tesoro. Finirà presto.» Tante cose, e sorrise solo pensando al momento in cui glielo avrebbe detto. Non solo gli piaceva il fatto di essere innamorato di lei, ma gli piaceva poter realizzare i suoi sogni.

«Preferisco le margherite, e preferirei andarmene e basta,» borbottò lei, alzandosi dalla panca del diciottesimo secolo che qualche antenato aveva piazzato in mezzo al lungo corridoio e passando le mani sul retro del ritratto in cerca di chissà cosa. Sarebbe stato molto più facile se avessero avuto almeno un'*idea* di come fosse l'indizio.

«E dove sarebbe il divertimento? Dov'è il tuo senso dell'avventura?»

«L'ho lasciato con i Martinson del 1542.» Picchiettò sulla parte superiore della cornice per dare il via libera. «Quella gente era capace di smorzare l'entusiasmo di qualsiasi festa.»

«Solo quelli del sedicesimo secolo? Tesoro, sei stata in qualche altro corridoio di questo posto?»

Lei gemette. «Più di quanto volessi.»

Jared appoggiò la cornice al muro e trascinò Mac dietro l'angolo. La avvolse con le braccia e la sollevò, premendola contro il muro per darle un bacio veloce sulla bocca sorpresa. «È tutto il giorno che voglio farlo.»

«Ma l'hai fatto tante volte stamattina.»

«Anche ieri sera, ma non sembra essere abbastanza.»

Il sorriso di Mac lo riportò a ieri sera e a stamattina, finché non le si congelò sul volto quando guardò oltre la sua spalla.

I peli sulla nuca di Jared si drizzarono e la lasciò scivolare a terra prima di voltarsi.

«Ciao, tesoro.»

«Che cazzo ci fai qui, Camille? Come sapevi dov'ero?»

Incrociò le braccia e mise un fianco in fuori. «Non sei l'unico ad avere qualcuno sul libro paga.» La stronza sorrise di quel sorriso che un tempo lui trovava sexy ma che ora vedeva per quello che era: calcolatore. «Andiamo, tesoro. Non devi fingere davanti a tutti. Ho ricevuto i regali che mi hai lasciato nell'appartamento oggi.»

Sentì Mac irrigidirsi al suo fianco.

«Sono stati un pensiero così gentile.» Gli si avvicinò dondolando e gli posò una mano adunca sulla spalla, con la più fugace delle occhiate verso Mac. «Le tue scuse sono accettate.»

«Non mi sto scusando di niente.»

«Ma non neghi i regali.»

Mac si allontanò da lui con un passo di lato.

«Mac, non ascoltarla.»

Era come dire a un toro di non caricare un drappo rosso. Sfortunatamente, Mac scelse di andarsene senza dire una parola, e lui non poté nemmeno correrle dietro, grazie alla stronza che aveva di fronte.

«Oh, oh, abbiamo spezzato un altro cuore, Jared?» Camille gli passò un'unghia sulla guancia.

Jared le allontanò la mano con un gesto secco. «Vattene, Camille. Hai già fatto abbastanza danni.»

«Non hai ancora iniziato a vedere i danni che posso causare, Jared. Quello scherzetto? Il mio avvocato sta già preparando la denuncia.»

«Sei andata nel suo ufficio per parlargliene?»

«Assolutamente.»

«Hai fatto la valigia?»

Quello la fece scendere dal suo piedistallo. Lo guardò con sospetto. «Certo. Non ho intenzione di lasciare che le mie cose vengano inquinate da quel casino.»

«Perfetto. Buona fortuna a rientrare nell'appartamento.»

«Non puoi buttarmi fuori. Ci sono leggi sullo sfratto che lo impediscono.»

«Considerando che te ne sei andata volontariamente – con le valigie fatte – possiamo tranquillamente dire che te ne sei andata di tua spontanea volontà.» Il sorrisetto svanì dal volto di lei e apparve sul suo. «E ci sono anche leggi sulla *violazione di domicilio*, quindi ti suggerisco di stare alla larga dalla proprietà. Stanno cambiando le serrature proprio in questo momento.»

«Perché... tu...» Pestò un piede a terra. Aveva pagato lui quei tacchi costosissimi e non gli sarebbe dispiaciuto se avessero scelto quel momento per rompersi.

Camille si girò e se ne andò infuriata nella stessa direzione di Mac, solo per voltarsi di nuovo e tornare verso di lui, puntandogli il dito contro come una lancia.

«Ascolta, fallito. Non pensare di potermela fare. Ti distruggerò. Infangherò il tuo nome così tante volte che nessuno si ricorderà più qual è. Io...»

«Scusate.» La piccola Maggie entrò di corsa dall'altro corridoio. «State litigando?»

«No.»

«Sì.» Camille lo fulminò con lo sguardo.

La bambina si mise il pollice in bocca e li guardò entrambi.

Jared ricambiò lo sguardo, poi si abbassò al livello di Maggie. «Mi dispiace, Maggie. No, tesoro, non stiamo litigando. Stiamo avendo un disaccordo.»

«Oh. Ho dei disaccordi con i miei fratelli. Ma poi tirano fuori le spade laser e cercano di tagliarmi la testa. Tu non lo farai, vero?»

Per quanto gli sarebbe piaciuto, scosse la testa. «No, tesoro. Non le taglierò la testa con una spada laser.»

Camille incrociò le braccia e batté la punta di una di quelle scarpe. «Tanto varrebbe, Jared. Dove pensi che noi... cioè, dove dovrei andare adesso?»

«Chiedilo al tuo avvocato, se è così pieno di risposte.» Appoggiò una mano al muro per alzarsi, poi la tese a Maggie. «Ora, se non ti dispiace, Camille, ho altre cose di cui occuparmi. Suppongo che ci vedremo in tribunale. O forse, visto che dovrai effettivamente iniziare a pagare un affitto da qualche parte, vorrai risparmiare le spese legali e lasciar perdere. Mi hai già preso abbastanza. Chiudiamola qui, vuoi? Non ti stanchi di litigare? Hai avuto il tuo momento di gloria, ora goditi l'anonimato.»

«Paroloni da parte tua, Jared, soprattutto visto che potresti non giocare mai più.»

«Certo che può,» disse Maggie, con il più grande dei sorrisi sul volto. «Può giocare con me.»

L'osservazione innocente di Maggie si posò sul suo cuore come se gli appartenesse. «Non preoccuparti per me, Camille. Starò benissimo. Andiamo, Maggie. Andiamo a cercare Mac.»

Maggie lo guardò con i suoi grandi occhi. «Perché? Si è persa?»

«Non se posso evitarlo.»

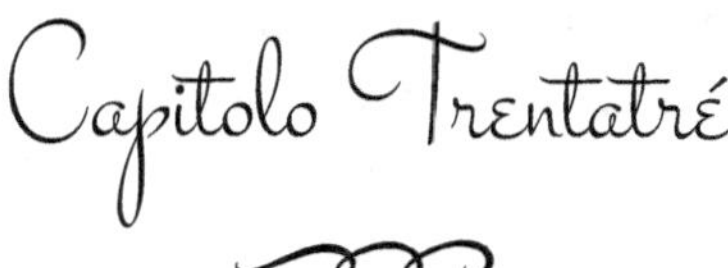

Capitolo Trentatré

Mac si asciugò le lacrime dal viso.

Maledizione. Ci era cascata di nuovo e lui l'aveva usata. Come aveva potuto dimenticarsi di Camille? La donna di cui si era innamorato. La donna con cui aveva vissuto.

La donna da cui era andato *quella mattina stessa* dopo aver passato la notte con lei.

Non aveva la minima idea del perché lui avesse lasciato il *loro* letto per tornare da Camille quella stessa stramaledetta mattina! Nel giro di mezz'ora!

Lo aveva giudicato male. Per tutti quegli anni, aveva coltivato la fantasia che lui fosse il Principe Azzurro e, quando finalmente lo aveva fatto scendere da quel piedistallo per vederlo come un uomo, non era comunque riuscita a vedere la verità.

Le Maeve, le Renee e le Juliette del mondo avrebbero dovuto metterla in guardia, ma era stata troppo cieca per capirlo.

Beh, adesso lo vedeva. O quasi. Era difficile vedere attraverso le lacrime.

Le donne erano a disposizione di Jared ogni volta che voleva e lei era appena diventata una delle tante.

E si era permessa di innamorarsi di lui. Di nuovo. Dio, era patetica.

Rallentò fino a fermarsi al semaforo successivo. Svoltando a destra sarebbe andata da Mildred.

Non voleva tornarci.

Quando la luce diventò verde, proseguì dritto. Dritto verso casa. Dritto dove avrebbe potuto leccarsi le ferite e lenire il suo cuore martoriato, nel luogo che le aveva sempre dato conforto.

Arrivò nella sua via e svoltò a destra, poi curvò a sinistra.

Imboccò il vialetto della casa della sua infanzia. Tutti i ricordi che aveva di quel posto, tutte le speranze e i sogni. E quello stramaledetto sentiero dove Jared le aveva spezzato il cuore. Avrebbe dovuto ricordarsi di quella notte.

Merda, e avrebbe dovuto ricordarsi della chiave. Dannazione, l'aveva lasciata da Mildred.

Mac si lasciò cadere a sedere sui gradini del portico. Avrebbe dovuto tornarci. Oppure poteva tornare alla tenuta e farsene dare una di riserva da uno dei suoi fratelli, ma questo avrebbe comportato domande sul perché se n'era andata di punto in bianco senza salutare nessuno.

Domande a cui non voleva rispondere.

Capitolo Trentaquattro

Jared la trovò esattamente dove sapeva che sarebbe stata.

«Ehi», disse quando scese dall'auto nel vialetto di casa e la vide seduta sul gradino d'ingresso dell'abitazione di sua nonna. «Hai dimenticato le chiavi?»

Lei alzò lo sguardo e, Dio, il dolore che lui lesse nei suoi occhi. «Sono rimaste da Mildred e io... non me la sentivo di andare lì.»

Perché lui sarebbe stato lì. Perché lei pensava che l'avrebbe ferita di nuovo.

Lui risalì quel sentiero che custodiva uno dei ricordi più tristi della sua vita. «Mi dispiace, Mac.»

«E per cosa di preciso, Jared?» Lei si sistemò una ciocca di capelli dietro l'orecchio.

Lui le si sedette accanto sul gradino. «Mi dispiace di non averti detto che oggi sarei andato all'appartamento.»

Il dolore puro che vide nei suoi occhi gli squarciò il cuore.

«Perché l'hai fatto?»

Le prese la mano. «Volevo cacciarla via.»

«Ma perché *proprio oggi*? Dopo... be', dopo la notte scorsa?»

Le coprì la mano con l'altra. «Per qualcosa che ha detto Liam.»

«Liam? Che c'entra lui in tutto questo? Sta cercando di ripagarmi per aver vinto quella maledetta partita?»

«Spero che tu non mi consideri la punizione, Mac. Speravo di essere il primo premio.»

Lei si morse il labbro.

Era troppo presto per scherzare.

Scivolò più vicino e la urtò con la spalla. «Sono andato all'appartamento con i gattini.»

«Le hai dato i nostri gattini?»

Adorava il modo in cui li aveva chiamati "nostri". «Diciamo che glieli ho prestati. Per fare un po' di pulizie.»

«Non ti seguo.»

«È allergica al pelo, ricordi? Per poterci vivere, ora dovrà far disinfestare la casa. Quindi se n'è andata e, siccome ha preparato una valigia, non può dire che l'ho sfrattata. Perciò avevo il diritto di cambiare la serratura. Cosa che ho fatto.»

«Ma perché oggi?»

Il suo cuore si spezzò per il dolore nella voce di lei. «Volevo che uscisse dalla mia vita prima di iniziare qualcosa con te, ma, be', abbiamo un po' invertito l'ordine delle cose. Stamattina è stata la prima occasione che ho avuto.»

«Ma perché non me l'hai detto?»

«Lee mi ha fatto notare che non avresti apprezzato la presenza di Camille, quindi non volevo nominarla affatto. Non mi sarei mai aspettato la scenata che ha fatto.»

«Di *cosa* avete parlato tu e Lee?»

«Di te, Mac. Abbiamo parlato di te. Di quanto io sia stato un idiota e di quanto tu mi ami.»

Lei distolse lo sguardo, mentre un rossore le saliva lungo il collo.

Lui le mise un dito sotto il mento e la costrinse a guardarlo. «Non distogliere lo sguardo, Mac. Quelle sono le parole più dolci che abbia mai sentito.»

«Non le ho mai dette.»

«Non ce n'è bisogno. Ho visto come mi guardavi mentre facevo l'amore con te... e *stavo* facendo l'amore con te, tesoro.»

Lei sbatté le palpebre e i suoi occhi si riempirono di lacrime.

Lui le sfiorò l'angolo dell'occhio con il pollice. «Non piangere, Mac. Niente più lacrime tristi. Va tutto bene. Perché anch'io ti amo.»

I suoi occhi si spalancarono e lei sbatté le palpebre più in fretta. «Tu... tu mi ami?»

«Sì, ti amo. Avrei dovuto dirtelo nell'istante in cui me ne sono reso conto, ma volevo che fosse un gesto grandioso. Qualcosa di grande e memorabile, così non l'avresti mai dimenticato.»

«Questo non succederà, Jared.»

La sua risposta lo lasciò senza fiato.

Gesù, aveva mandato tutto all'aria. Dopo tutto questo, dopo tutto quello che avevano passato, dopo aver finalmente capito ciò che avrebbe dovuto sapere da sempre, aveva rovinato tutto.

«Ne sei sicura, Mac? Non riesci a trovare nel tuo cuore la forza di perdonarmi? Di lasciarmi rimediare, di lasciarti dimostrare quanto ti amo? Lo farò, Mac. Ti amo. Te lo prometto. Avrei dovuto parlarti di Camille, cavolo, avrei dovuto dirti tutto quello che pensavo e provavo, ma...»

Lei gli posò un dito sulle labbra.

Lui glielo baciò. Doveva farlo. Doveva convincerla che ciò che provava per lei era reale. Che poteva crederci.

«No, Jared. Non è quello che intendevo. Ti amo da sempre; questo non è cambiato. No, quello che intendevo è che tu mi hai già regalato quel momento.» Si chinò e lo baciò sulla guancia: un bacio dolce, tenero, un bacio che sapeva di per sempre. «E non lo dimenticherò *mai*.»

Tre mesi dopo.

Lui le regalò un momento ancora più memorabile. Uno che avrebbero potuto raccontare ai loro nipoti.

Perché ci *sarebbero* stati dei nipoti.

«Siete pronti, ragazzi?» sussurrò alle truppe schierate dietro la casa di sua nonna. L'aveva comprata per loro due, e per la famiglia che avrebbero cresciuto lì, ma non l'aveva ancora detto a Mac. Lei era nel giardino davanti, convinta che i crisantemi gialli che stava piantando servissero a preparare la casa per la vendita.

Non vedeva l'ora di dirle che erano per commemorare quel momento. Avrebbe preferito le margherite, ma andavano piantate in primavera e lui non aveva intenzione di aspettare fino ad allora.

Non aveva intenzione di aspettare un momento di più.

«Dobbiamo davvero farlo di *nuovo*?» gemette Kevin. «Non è bastata una volta?»

Nicky gli abbassò il berretto da baseball sugli occhi. «Stai zitto, sfigato. Sta per farle la proposta. Lascia che lo faccia come vuole lui.»

«Stronzo.»

«Imbecille.»

«Ragazzi? Potete rimandare? Perché io non posso.» Erano tre mesi che Jared moriva dalla voglia di farlo. Aveva capito di volerla sposare nell'istante in cui si era innamorato di lei. *Doveva* sposarla; era giusto come respirare. Ed *era stato lui* lo sfigato troppo stupido per accorgersene. «Pronti?»

Kevin sospirò. «Immagino di sì.»

Chase lo colpì dietro le ginocchia, facendolo quasi cadere. «Allora fai l'uomo, Kev. Secondo mio padre è il momento più importante nella vita di un uomo. Dobbiamo renderlo memorabile.»

«Come ti pare. Finiamola in fretta, così possiamo andare a giocare a palla.»

Jared voleva finirla in fretta per poter iniziare a pianificare il suo futuro con Mac.

Spinse fuori Nicky per primo.

L'espressione di sorpresa e felicità sul viso di Mac era tutto ciò che aveva sperato.

I ragazzi continuarono a darle le margherite, tornando indietro a prenderne altre. Era stata la sua condizione per accettare l'incarico di allenatore: che ognuno di loro le desse una mezza dozzina di fiori. Uno per ogni anno che voleva passare con lei. Sessanta avrebbero dovuto bastare. E se no, be', c'erano le altre tre dozzine che teneva in mano.

Lei rideva quando arrivarono a trenta, e aveva le lacrime agli occhi a cinquanta.

Quando lui uscì con le restanti, quelle lacrime le scivolarono lungo le guance.

«Ti amo, Mary-Alice Catherine Manley», disse lui.

Lei cercò di dire qualcosa, ma dovette tirare su col naso per ricacciare indietro le lacrime. «Non mi arrabbierò nemmeno perché hai usato il mio nome per intero.»

«Bene. Perché devo usarlo di nuovo.» Le porse i fiori... o meglio, li incastrò tra gli altri. Cavolo, non aveva pensato bene alla logistica, perché lei aveva bisogno di entrambe le mani per tenere tutti i fiori e a lui ne serviva una per l'anello.

«Davvero?»

Lui annuì, poi le prese alcuni fiori, inginocchiandosi per posarli a terra intorno a lei.

Non si rialzò.

Invece, tirò fuori dalla tasca l'anello della nonna. Era stata entusiasta di darglielo.

Le lacrime di Mac presero a scorrere più veloci. Erano lacrime di gioia; lo capiva dal suo sorriso. Le lacrime di gioia andavano bene.

«Jared Nolan, che stai facendo?»

«Vedrai.» Le prese la mano. «Vuoi tu, Mary-Alice Catherine Manley, sposarmi ed essere mia moglie? Per averti e possederti con contratti milionari o stipendi da allenatore del centro sportivo, con gambe rotte e costole incrinate, saltando mobili con un solo balzo e accogliendo gattini randagi ovunque li troveremo, finché uno di noi non tirerà le cuoia... e quello sarà l'*unico* modo in cui saremo separati... amen?»

Alla fine lui, lei stava piangendo *e* ridendo, così tanto che non riuscì a ottenere una risposta.

Così la baciò.

Al diavolo, conosceva la sua risposta. Lo avrebbe sposato.

Epilogo

Sei mesi dopo, dall'altra parte della pista da ballo...

«Te lo dico, Lois, può funzionare.»

«Eh?» Lois Gayle si portò una mano all'orecchio per ascoltare ciò che Cate Manley stava cercando di dirle. Queste dannate feste erano sempre così rumorose che era difficile sentire.

Anche se sua nipote non l'avrebbe detto. Jennifer era una brava ragazza, sveglia come una faina, ma quel suo bel titolo da veterinaria non le aveva insegnato un bel niente sul fatto che gli esseri umani invecchiano. Gli apparecchi acustici erano per i sordi, non per chi non voleva ascoltare il baccano. A Lois piacevano la pace e il silenzio, grazie tante.

«Devi solo mettere insieme un piano. Mildred e io abbiamo fatto sposare tutti i nostri nipoti. Due di loro tra loro.»

«Tra di loro? Non è illegale? Io, ai bambini, ci farei attenzione, in quel caso, eccome.» La sua cugina di terzo grado alla lontana aveva sposato il suo cugino di primo grado, e Lois avrebbe giurato che per quello loro figlio Bill era finito in prigione. Non era cosa mescolare i geni in quel modo.

«No, non tra di loro. Mia nipote Mary-Alice Catherine ha sposato il nipote di Mildred, Jared. Sono loro che si sono sposati oggi.»

Lois li guardò, mentre sorridevano così felici. Mildred e Cate parlavano del loro piano da così tanto che era un miracolo che i loro nipoti non ne avessero saputo nulla. Per dire, perfino Lois l'aveva sentito e aveva cercato di non ascoltare.

Eppure, il piano aveva chiaramente funzionato, visto che Cate stava già blaterando di altri tre matrimoni.

Uhm. Forse avrebbe dovuto fare due chiacchiere con quelle due. Dopotutto, Jennifer non ringiovaniva e a Lois sarebbe piaciuto avere dei pronipoti tutti suoi.

Picchiettò con la mano sulle sedie accanto a sé. «Sedetevi, signore, e ditemi che cosa dovrei fare.»

Fine

* * *

Grazie per aver letto! Mi aiuterebbe molto se potessi lasciare una recensione dove hai acquistato questo libro, così altri lettori potranno scoprirlo più facilmente. E se vuoi leggere altre mie storie, gira la pagina!

QUELLO CHE UN FIGO VUOLE

JUDI FENNELL

# Serata tra uomini

Terzo venerdì del mese

«Guardate e schiattate, signorine.»

Liam Manley calò le carte, accolto da un coro di lamenti dal resto del tavolo.

Beckett Fields ricacciò indietro un *figlio di puttana* tutto suo. Vinceva quasi sempre a poker, soprattutto perché i numeri e le probabilità erano il suo forte. Se contare le carte non fosse illegale, avrebbe potuto guadagnarsi da vivere alla grande a Las Vegas e, anche se quello che sapeva fare non era *tecnicamente* contare le carte, dubitava che i pezzi grossi del casinò la vedessero diversamente.

A Liam ovviamente non importava, perché la sua scala reale batteva il full di Beck.

Così come la scala colore al sei di Sean.

E il poker d'otto di Kerry.

Il poker di nove di Kirk.

Tutti gli occhi si puntarono su Cooper. Specialmente quelli di Beck. Quel tizio *non poteva* avere una mano che battesse un full. Semplicemente *non poteva*. Le probabilità, con tutte quelle altre mani vincenti, erano astronomiche.

Cooper scoprì le sue carte.

Full. Re e sei.

Beck non aveva bisogno di guardare di nuovo la sua mano, ma lo fece comunque. Tre e due.

Aveva perso.

«Beck?» Liam bussò sul tavolo. «Hai intenzione di fissarle tutta la notte o ci farai sapere quale di questi perdenti dovrà mettersi un'uniforme da cameriera?»

Oh, merda. Giusto; in palio c'era *quello*. La partita mensile di poker dei fratelli Manley e dei loro amici alzava la posta il terzo venerdì del mese: il perdente non perdeva solo soldi. Cristo. Già era un male perdere, ma doveva proprio perdere *stanotte*? E lui che aveva pensato che la sua fortuna fosse cambiata quando aveva cambiato nome.

A quanto pare, no.

Espirò e posò le carte sul tavolo, dandosi fino al tre prima che iniziassero i festeggiamenti.

I ragazzi arrivarono a due.

«Meglio a te che a me in quei pantaloni verdi stavolta, amico» disse Cooper.

Liam rastrellò le sue fiches. «E mi devi i soldi della scommessa secondaria.»

«Pensavo che le probabilità fossero il tuo forte, Beck.» Kerry lo salutò alzando una birra.

«Sì, le probabilità di *perdere*» sbuffò Kirk.

«Ehi, non è poi così male» disse Sean. «Insomma, io ci ho guadagnato qualcosa di buono a lavorare per Mac. Anche Lee e Bry.»

«Già.» Liam annuì mentre creava delle pile perfettamente e fastidiosamente allineate, gongolando sia per la vittoria *sia* per aver conquistato la ragazza. Il bastardo. «Ma Beck non cerca moglie. Beck Una-Botta-e-Via. Dentro e fuori in un'ora.»

Kerry inclinò la sua birra verso Liam. «Forse tua sorella dovrebbe usarlo come nuovo slogan. Darebbe una svolta interessante all'elenco dei servizi disponibili di Manley Maids.»

Beck li lasciò parlare. Se l'erano guadagnato. Dopotutto, conosceva le regole quando aveva puntato. Il perdente lavora per il servizio di pulizie di Mary-Alice Catherine Manley per un mese. All'inizio era iniziata come una scommessa persa, quando Sean aveva dovuto indossare l'uniforme per la prima volta, ma la trovata era diventata un'ottima tattica di marketing. Per quanto riguardava gli altri, be', era esilarante vedere il perdente di turno dover sgobbare per un mese.

Tranne quando il perdente era *lui*.

Dio, non perdeva da quindici anni o giù di lì. Non da quando aveva rifiutato l'unica ragazza gentile che gli avesse rivolto la parola al liceo, ma era stato perché allora non era degno di lei. Non aveva prospettive. Stava per uscire dal sistema degli affidi per raggiunti limiti d'età senza un posto dove andare, senza soldi, senza piani e senza la minima idea di come sarebbe sopravvissuto.

Si direbbe che, con tutto quello che aveva raggiunto nel frattempo, quell'unico episodio non sarebbe tornato a perseguitarlo solo perché aveva perso una scommessa a poker, ma, sì, successe. Perché perdere faceva schifo.

E a quanto pare, lo stesso valeva per l'aspirapolvere che ora avrebbe dovuto usare.

Royally Sunk

Con l'acqua alla gola

Reel è un tritone senza coda, ed Erica è terrorizzata dall'oceano. Solo una cosa potrebbe convincerla a entrare in acqua: una pistola. E solo una cosa potrebbe farcela restare: il sexy tritone che le salva la vita, solo per poi rischiare la propria.

Profondo blu selvaggio

Valerie è una principessa sirena bloccata nel cuore del paese. Rod è il principe che parte per salvarla. Ma riusciranno a sventare il complotto di un usurpatore e a tornare nell'oceano prima che la sua coda, e la sua pretesa al trono, svaniscano per sempre?

La pesca perfetta

Logan è fuggito dal circo; tutto ciò che vuole è una vita normale. La donna nuda che compare sulla sua barca è tutto fuorché normale. Soprattutto quando Angel si rivela essere una sirena... con un'arrabbiata creatura marina alle calcagna.

Amore tra gli scogli

La principessa Mariana non finge, è un'artista per davvero, e sta per dimostrarlo con la statua che sta scolpendo su un'isola deserta. Il problema è che Jace si sta nascondendo proprio lì, quindi l'unica cosa che libererà Mariana dalla sua prigione dorata è la stessa che farà uccidere Jace. L'amore è già abbastanza complicato, ma quando le previsioni del tempo annunciano uno tsunami, l'amore è davvero sugli scogli.

Smuovere le acque

Leggete dell'Incidente che ha reso Erica terrorizzata dall'oceano, del motivo per cui Valerie, la principessa perduta, fu ritrovata, e di come Michael, il giovane figlio di Logan, trovò una sirena. Le storie dietro le storie.

Bottled Magic

Sogno un genio

La fortuna di Matt è finalmente cambiata quando la genio Eden fugge dalla sua bottiglia e gli finisce letteralmente in grembo. E giura di non tornarci mai più. Sfortunatamente per entrambi, il tizio che ce l'aveva rinchiusa la rivuole indietro e non si fermerà davanti a nulla per riaverla.

Il genio ha sempre ragione

Samantha eredita la tenuta di suo padre, con tanto di genio che deve servire un ultimo padrone prima che la sua schiavitù abbia fine. Sam è più che disposta a liberare Kal, finché il suo avido ex non decide che se non può avere Sam, non l'avrà nessuno.

Il mio adorabile genio

Zane ha ereditato la villa di famiglia, di cui non vede l'ora di sbarazzarsi per mettere a tacere le voci sulla folle storia della sua famiglia. Peccato che la genio, causa di quelle voci, sia stata liberata per scatenare ancora il caos. Solo che questa volta, è con il suo cuore che sta giocando.

Ogni tuo desiderio è un suo ordine

Scoprite come Kal finì imprigionato nella sua lanterna e perché deve servire 1001 padroni. È la storia dietro la storia...

<u>Once-Upon-A-Time Romance</u>

La bella e il migliore

Di giorno Jolie è una chef a domicilio, di notte una scrittrice di romanzi rosa. Così, quando ottiene un ingaggio per il sexy e solitario artista Todd, ha l'eroe perfetto per il suo libro. Finché Todd non lo scopre e la caccia dalla sua cucina, dalla sua casa, e dal suo cuore.

Se la scarpetta calza

C'era una volta, tanto tempo fa, in una terra lontana, una ragazza di nome Cenerentola. Questa non è la sua storia. Questa è la storia di Lucinda Isabella Casteleoni, che, come la sua omonima, ha una matrigna cattiva, due sorellastre pacchiane e innumerevoli ore di duro lavoro che la aspettano (senza entusiasmo). Ma a differenza di quella principessa delle fiabe, il Principe Azzurro di Bella non si vede da nessuna parte. Finché un vecchietto dagli occhi verdi scintillanti non apre un negozio di scarpe in fondo alla strada. E allora la magia ha inizio...

Attraverso il vetro piombato

Un viaggio accidentale nell'Inghilterra medievale costringe Kate, dirigente pubblicitaria, a cercare freneticamente un modo per tornare a casa... Ma potrà portare con sé il sexy cavaliere dall'armatura scintillante di cui si è innamorata?

<u>Beefcake, Inc.</u>

Figo e Frittella

Lara vuole che i suoi cupcake abbiano successo. All'esotico spogliarellista Gage non dispiacerebbe assaggiarli, ma i suoi turni di lavoro per pagare le spese mediche del nipote non gli lasciano il tempo di farlo. Finché, a una festa, muscoli e cupcake non si incontrano e, *oh*, che delizia!

Figo e Fraintendere

Quando Bryan scambia Jenna per una prostituta e lei si rende conto che lui è il padre di suo figlio adottivo, gli equivoci e le incomprensioni iniziano a moltiplicarsi. Ma tra loro sta crescendo anche qualcos'altro. A volte, una svolta sbagliata può rivelarsi quella giusta...

Figo e La Fiamma

Tanner vuole che la sua ex moglie esca per sempre dalla sua vita, ma quando la nonna di lei ha un ictus e lui deve fingere di essere ancora innamorato di Juliet, può rischiare di riprovarci con l'unica donna che non ha mai smesso di amarlo?

Figo e Fiocco di Neve

Gina ha una cotta per Darien da sempre, fino al giorno in cui lui l'ha umiliata a scuola. Quindici anni dopo, lui la lascia indifferente. Darien, spogliarellista esotico, è tornato in città per sistemare alcune cose. Una è il casino che ha combinato con Gina anni prima... e *magari* riaccendere la fiamma che un tempo ardeva tra loro. Ma l'unico modo per sciogliere il ghiaccio attorno al cuore di Gina è alzare la temperatura, sia sul lavoro... che fuori.

<u>Manley Maids – Italiano</u>

Cosa succede quando tre fratelli irresistibilmente sexy perdono una scommessa a poker contro la loro intraprendente sorella? Vengono assunti per la sua impresa di pulizie. Ora, i Manley Maids sono al vostro servizio. Soddisfazione garantita.

Quello che una donna vuole

Sean, proprietario di un resort, progetta di acquistare una tenuta storica per farsi un nome e guadagnare milioni, così vi si trasferisce con il pretesto di ripulire il posto per aggirare l'unica condizione dell'eredità. Ma l'erede Olivia e il suo serraglio gli entrano sotto la pelle, e scopre che la scommessa a poker che l'ha messo in questo guaio non è l'unica a cambiare le carte in tavola.

Quello che una donna ha bisogno

La star del cinema Bryan vuole fama e fortuna, non una replica della sua infanzia "normale" e squattrinata. Dopo il clamore mediatico che ha circondato la morte del marito, Beth ha bisogno di una vita normale per sé e per i suoi figli, e la star del cinema che ha perso una scommessa e deve pulirle casa, con i paparazzi al seguito, non fa al caso suo. Ma mentre il flirt si trasforma in seduzione, Bryan deve convincere Beth di essere più uomo che domestico. O attore. Perché sta interpretando il ruolo del protagonista in una Cenerentola al contrario, e potrebbe essere il ruolo di una vita.

Quello che una donna merita

Liam non ha pazienza per le donne che spendono i soldi di un uomo senza pensare minimamente a un vero lavoro. Ma per onorare la scommessa, Liam non solo deve tollerare la socialite Cassidy, ma dovrà anche ripulire dopo di lei quando suo padre le taglierà i fondi. Senza soldi e senza una casa da pulire per Liam, Cassidy non ha altra scelta che accettare un'offerta di lavoro: come nuova domestica di Liam. Ma quando tra loro scoccherà la scintilla, sarà vero amore o solo un'altra relazione complicata?

Che donna

MaryAlice Catherine è pronta a pulire la casa dell'amica di sua nonna, solo per scoprire che il presuntuoso nipote della donna, per cui aveva una cotta da ragazzina (e lui l'aveva sempre saputo), vive lì, e lei è mortificata. Jared la ricorda diversamente; Mac era sempre stata una tipetta autoritaria, ma non le permetterà di dettare legge adesso. Ma con due di loro che vivono nella stessa casa, non si sa chi avrà la meglio.

Quello che un figo vuole

Beckett è pronto a pagare il debito per la sua scommessa a poker persa. Solo che non si era reso conto che avrebbe dovuto farlo con il suo cuore. Jennifer è quella che gli è sfuggita e ora è proprio lì, davanti a lui. A casa sua. Che lui è lì per pulire. Jennifer non può credere che il cattivo ragazzo del liceo per cui aveva una cotta pazzesca sia in casa sua, ma se c'è una cosa che il suo ex marito le ha insegnato, è che non può fare affidamento sui cattivi ragazzi. Finché Beckett non mette tutte le sue carte in tavola e si rivela essere qualcuno su cui, dopotutto, Jennifer può scommettere.

Ecco Judi!

L'autrice pluripremiata e bestseller Judi Fennell ama ridere e ama l'amore, quindi non sorprende che ci sia un po' di entrambi in ogni libro che scrive. Date un'occhiata alle sue fiabe con un tocco originale per assaggiare le sue commedie romantiche e paranormali leggere e ironiche. Dai tritoni al largo della costa del Jersey Shore, ai geni con tappeti magici, agli spogliarellisti à la Magic Mike, e ai domestici virili il cui motto è *Soddisfazione Garantita*, c'è sempre una risata e un amore da vivere.

E, nel suo abbondante (?) tempo libero, aiuta gli autori con tutti gli aspetti della scrittura e dell'autopubblicazione con la sua azienda di formattazione, design di copertine e promozioni, servizi editoriali, consulenza e audiolibri, www.formatting4U.com.

Judi vive nella periferia di Philadelphia con un serraglio di amici a quattro zampe, e il giorno in cui queste creature inizieranno A) a cantare, B) a cucire vestiti o C) a pulire la casa sarà il giorno in cui si ritirerà dalla scrittura...!